SÉRIE NOIRE

Collection créée par Marcel Duhamel

MACHA SÉRY

PATRIOTIC SCHOOL

CHRONIQUE DE CONTRE-ESPIONNAGE EN TEMPS DE GUERRE

nrf

GALLIMARD

Cet ouvrage a été publié avec le concours
de Marie-Caroline Aubert.

Ce roman a bénéficié d'une bourse de création
du Centre National du Livre (CNL).

CNL CENTRE NATIONAL DU LIVRE

« Et un seul espion adroit, résolu, accepté, sacré comme résistant, peut faire un mal incalculable. Plutôt que de le laisser filer entre les mailles, le devoir exige de garder dans la nasse, tout le temps voulu, les vrais volontaires. Tout arrivé clandestin, quel qu'il soit, va être examiné, interrogé à fond. Épouillé pou par pou, si j'ose ainsi dire.

— Et le centre d'épouillage, c'est Patriotic School. »

« Patriotic School » (Extrait d'un projet
autobiographique inachevé),
in JOSEPH KESSEL, *Romans et récits I*,
Gallimard, « Bibliothèque de la Pléiade », 2020.

Prologue

La pose de la première pierre eut lieu le 11 juillet 1857. Ce jour-là, des milliers d'invités, convergeant en calèche, se rassemblèrent dans une prairie au sud-ouest de Londres. Bientôt, ici, les filles des soldats morts en Crimée recevraient une éducation décente. Le Commonwealth veillerait sur l'avenir des orphelines dont les pères s'étaient sacrifiés.

Trois cents d'entre elles furent sorties de leurs institutions pour former une double rangée. La cérémonie se déroula sous un ciel dénué de nuages. Un tapis mena la reine Victoria, le prince Albert et trois de leurs enfants jusqu'à une tribune enrubannée. Dans leur sillage cheminaient l'archevêque de Canterbury, le prince de Prusse et le duc de Sussex auquel avait appartenu le terrain ; soixante-cinq acres de sol sablonneux cédées à vil prix, prétendait la noblesse.

C'était là où s'édifierait le projet, parmi les fougères et les chardons.

La reine se saisit d'une truelle en argent. Elle mania vaguement le fil à plomb, puis enfonça dans le sol la première pierre ornée d'une plaque de laiton.

Au cours de l'après-midi, une vingtaine de délégués et d'ambassadeurs de l'Empire britannique se succédèrent sur l'estrade tandis que des éventails, emportés comme les parapluies au cas où, brassaient l'air tiède.

« Merci à tous. Le plafond du réfectoire portera vos armoiries afin que les fillettes vous soient éternellement reconnaissantes. Le peintre désigné pour cette tâche s'affaire déjà à ce grand œuvre », répéta un sous-fifre pendant le cocktail qui suivit. Ledit peintre, mal débarbouillé, acquiesçait de mauvaise grâce.

De cette garden-party ont survécu quelques clichés argentiques où tout paraît décor : les gerbes de fleurs, les tenues à chapeaux, l'amphithéâtre en bois où se massent les invités pour entendre les discours.

En ce jour de gloire, un photographe a immortalisé l'assemblée champêtre comme d'autres correspondants de presse venaient de figer les cadavres aux environs de Sébastopol. Soit les ravages de la guerre et du choléra. Couplés dans l'histoire neuve des technologies aux nouvelles du front par télégraphie, dévastateurs furent ces clichés auprès de l'opinion publique. Le conflit en Crimée s'invitait dans les foyers sous forme de papier journal.

Pareil orphelinat, la Royal Victoria Patriotic School, enthousiasma les foules. Songez : des gamines industrieuses, des demoiselles patriotes par lignage, vouées au mariage ou à un travail décent. Impossible de les retrouver dans un bordel ou derrière une porte cochère. Elles feraient la fierté de l'Empire.

Quêtes d'écoliers, galas de charité… Chacun participa à hauteur de ses moyens. Si bien que la souscription dépassa toute espérance. Il fut décidé que, sur le million et demi de livres sterling que totalisa l'appel aux dons, trente-huit mille seraient affectées à l'édification de la Royal Victoria Patriotic School. S'y ajouterait une provision de cent quarante mille livres pour son fonctionnement.

Ce qu'il advint du reste n'est pas du ressort de cette histoire.

Toutefois, la soustraction de cette manne manqua au confort des pupilles de la Nation.

Deux ans après l'inauguration anticipée de Patriotic School, trois cents jeunes filles y firent leur entrée. L'une d'elles provenait des pays chauds. Née à Gibraltar, Charlotte Jane Bennett était la fille aînée du sergent John Bennett. Quand le régiment impérial de celui-ci reçut l'ordre d'embarquer pour les Antilles, femme et enfants suivirent. Charlotte Jane grandit en Amérique, de caserne en caserne, d'île en île : la Barbade, les Bermudes, Trinidad et Tobago, les Bahamas… À l'âge de cinq ans, sa peau claire ne rougissait plus au soleil. Et les taches de rousseur proliféraient sur son visage au point de lui donner le teint d'une Caribéenne. La fillette parlait plusieurs langues. Des marins l'avaient initiée aux portraits à main levée et aux croquis de paysage. Charlotte nageait aussi bien qu'une adulte, et sa jeunesse était tout en couleurs. Elle prit goût aux voyages. Même si elle pleura en laissant derrière elle son perroquet chéri lors d'une énième affectation, elle vit d'autres oiseaux, aussi somptueux.

Au début de l'année 1857, quelques mois avant la première pierre de Patriotic School, le sergent Bennett partit pour la Crimée et perdit aussitôt la vie à Sébastopol. Nantie d'aucune pension, sa veuve fut contrainte d'abandonner leurs quatre enfants.

Parmi les premières pensionnaires, Patriotic School accueillit donc Charlotte Jane et sa sœur cadette, pas vraiment orphelines et peu accoutumées à la grisaille.

Dès l'aube, elles rejoignaient leurs camarades dans la grande cour où des nonnes les houspillaient. Au petit déjeuner, pendant qu'elles récitaient les grâces, la surintendante énonçait les noms des filles ayant mouillé leur lit. Une multitude de devoirs incombait à toutes : pomper l'eau, laver leurs vêtements et les draps à la blanchisserie où la matrone leur criait dessus, repasser, préparer les repas, cultiver le jardin, nettoyer les parties communes, être en tout point obéissantes. Malgré les différences de taille des pensionnaires – les filles, admises à partir de sept ans, demeuraient dans l'institution jusqu'à leur majorité –, les dortoirs étaient meublés de lits pas plus longs que quatre pieds, et le bien-être était tout relatif.

L'hiver, une bise glaciale s'insinuait à Patriotic School. La grande cheminée du réfectoire chauffait à peine les premiers rangs. Dans les dortoirs, les jeunes filles grelottaient, les calorifères étant réservés au personnel.

Au matin du 8 janvier 1862, le cadavre de Charlotte Jane Bennett, seize ans, fut découvert dans une salle de bains. Elle y avait été enfermée à clef, punie pendant quarante-huit heures pour insolence. La première nuit, Miss Bennett put regagner son lit. La seconde soirée, on l'oublia à son sort.

La prière était déjà bien avancée lorsqu'on s'avisa de son absence. Il fallut réveiller la surintendante qui détenait les clefs. Enfin, à 8 h 30, une enseignante grimpa une volée de marches et se précipita dans la salle de bains. Sitôt entrée, elle aperçut la pauvre fille allongée sur le dos, sa chemise noircie et la peau brûlée.

Charlotte Jane Bennett fut inhumée après une homélie du chapelain Kirkby, celui-là même qui avait ordonné la mesure d'isolement ayant conduit à sa mort. La police diligenta une enquête. Pour se réchauffer, la victime avait allumé le gaz avec un bâtonnet soufré, une allumette Lucifer. Ses vêtements s'étaient embrasés. *Malencontreux, malheureux, vraiment malheureux*. La parfaite définition d'un incident tragique.

Peut-être parce qu'il rappelait le destin de *La Petite Fille aux allumettes*, ce fait divers souleva néanmoins des interrogations liées aux circonstances du drame. Les dames siégeant au conseil d'administration de Patriotic School exigèrent de s'entretenir avec les pensionnaires.

Elles apprirent que, vers 18 h, les cris de Charlotte Jane avaient résonné à travers les couloirs. Ses camarades de chambrée étaient si terrifiées par la surintendante – souvent ivre – qu'elles n'osèrent répercuter son appel.

Les enquêtrices consignèrent une série de vols et de fugues, des coups de fouet administrés par l'aumônier et la matrone pour un oui ou pour un non, ainsi que des virées au bourg sans chaperon. À mots couverts, il leur fut rapporté ceci : le recteur convoquait des adolescentes dans sa chambre, elles en ressortaient en pleurs. Deux d'entre elles avaient été envoyées à Londres pour être « hypnotisées ».

Quant au secrétaire honoraire de l'institution, le capitaine Fishbourne, il recevait un salaire confortable alors qu'il était censé occuper cette fonction en qualité de bénévole.

Tout cela ne sentait pas très bon.

Les dames patronnesses préconisèrent de lourdes sanctions contre le chapelain, le recteur et la surintendante. Les autres membres du conseil d'administration s'y opposèrent : cela jetterait l'opprobre sur l'établissement et incriminerait leur rôle de superviseur. *Et puis il s'agissait d'un accident après tout… Certes, mesdames, bien fâcheux… Oui, une liste d'incidents isolés… Les jeunes filles ont tendance à mentir, vous savez comment c'est… Ne gâchons pas inutilement la vie de personnes respectables…*

Les dames de la haute société claquèrent la porte. Leur démission fit grand bruit. Un éditorial du *Times* dénonça l'inertie de l'institution. Des voix s'élevèrent sans succès à la Chambre des communes.

Les responsables restèrent en place.

Le silence retomba.

Plusieurs décennies s'écoulèrent sans que d'autres dysfonctionnements fussent rendus publics.

~

En 1914, le site fut réquisitionné par le ministère de la Guerre afin d'y abriter un hôpital militaire. L'armistice signé, Patriotic School retrouva sa vocation civile de pensionnat pour jeunes filles. En 1939, celles-ci se replièrent au pays de Galles. Le ministère de la Guerre réquisitionna à nouveau le bâtiment afin, cette fois, d'y filtrer réfugiés et futures recrues pour les forces alliées. Jusque-là, après un contrôle sommaire dans les ports et les aérodromes, ceux-ci étaient logés à diverses adresses londoniennes. On ne pouvait se permettre pareille désorganisation quand on serrait les rangs. L'idée d'une cinquième colonne soulevait, en effet, des vagues de paranoïa et de dénonciations. Des rumeurs non vérifiées colportaient que des sympathisants nazis se faisant passer pour demandeurs d'asile auraient aidé les parachutistes allemands à occuper les Pays-Bas. Un ver dans le fruit et c'en est foutu de toute une récolte, disent les paysans.

Du 9 janvier 1941 au 31 mai 1945, Patriotic School, une sorte de manoir agrémenté d'un parc, devint un haut lieu du contre-espionnage. Dans ce camp de transit affluèrent les étrangers mettant clandestinement le pied au Royaume-Uni ou désireux de s'y rendre par des voies légales : une promesse de ralliement, un visa de travail. Aux manettes de ce huis clos, le MI5, les services secrets intérieurs, vérifiaient s'ils étaient de *bona fide*, de bonne foi, et non des espions camouflés en réfugiés.

Les pensionnaires de Patriotic School vinrent d'abord de pays envahis : Pologne, Belgique, France... Puis de tous les continents. La guerre se mondialisait.

~

Depuis que le président James Monroe avait décrété, en 1823, que l'Amérique du Sud constituait l'arrière-cour des États-Unis, le FBI y grenouillait et s'y montrait efficace. En 1941, l'armée américaine débarqua à Trinidad, colonie anglaise, dans le cadre de l'accord US-UK Destroyers for Bases. C'était l'une des îles où avait vécu, enfant, Charlotte Jane Bennett, native de Gibraltar qui fut également un port de départ de nombreux exfiltrés vers l'Angleterre cette année-là et les quatre autres qui suivraient.

À Trinidad, le corps expéditionnaire américain possédait un bel arsenal. Y figurait un radar dernière génération qui servait à bombarder les sous-marins allemands sommeillant dans les environs. En vertu du règlement maritime, les navires marchands qui traversaient l'Atlantique dans les eaux territoriales sous juridiction anglaise devaient présenter un certificat de la Navy afin de poursuivre leur voyage.

En plus de se goinfrer de chocolat, les GI prirent l'habitude de survoler la mer des Caraïbes, le large de Buenos Aires et jusqu'au golfe du Mexique. Ils repéraient les cargos et les paquebots qu'arraisonnaient ensuite des navires de guerre. Chargements, équipages, passagers, bagages : tout était passé au crible. La nasse rejetait le menu fretin pour enfermer de gros poissons.

Au fil des mois, des Paraguayens, des Cubains, des Hispaniques furent escortés *manu militari* jusqu'à Londres. À Patriotic School, ils faisaient connaissance avec des officiers de renseignement. Et peut-être avec le fantôme de Charlotte Jane Bennett supposé hanter les lieux.

Ceci est l'histoire de plusieurs hommes et femmes passés par cet antre du MI5.

8 JANVIER 1941

1

Londres, 7 h 35

Hormis des explosions lointaines, la nuit avait été calme. Les commerçants s'étaient tôt affairés. Les bus circulaient. Même si des croûtes de glace salies de boue se mêlaient encore aux gravats et aux poutres calcinées, aucune odeur de phosphate ou de cordite ne flottait dans l'air. Aucun panache ne noircissait la brume du petit matin.

Comme voué à éteindre les braises, l'hiver battait – ces jours-ci – des records de froid.

Depuis l'accalmie des bombardements, Peter redécouvrait la ville. Toujours à l'improviste, toujours avec un sentiment de joie et de désastre mêlés. C'étaient d'inhabituelles trouées de ciel au cœur d'une façade, des brèches dans des perspectives familières, des tronçons s'évasant en avenues. Malgré l'omniprésence des uniformes, des parades, des défilés, des sacs de sable, des débris à déblayer, tout paraissait plus aéré depuis que les rues et les demeures aristocratiques s'étaient débarrassées de leurs grilles parties en fonderie.

Aussi les couples s'autorisaient-ils à déambuler dans les jardins privés. Un buisson, ou une futaie, offrait un refuge à leurs étreintes.

Peter serra les flancs de sa Rudge. La cinquième cylindrée de son écurie, la seconde en état de rouler, sa préférée devant la Matchless. Le gel avait grippé les freins, rien de plus. Depuis qu'il avait changé le pot d'échappement, le moteur respirait avec aplomb. Les gaz pulsaient.

Il flatta l'encolure en métal. Après tout, il l'avait à la fois domptée et rendue plus féroce.

Sous un ciel bas, il poursuivit sur New Kings Road. Il contourna une ornière. Il évita un passant. Plus loin, il croisa une femme poussant un landau. Il en fut étonné. Il aurait cru que les mères de famille et les parturientes s'étaient toutes exilées à la campagne. Au carrefour suivant, il enfonça son bonnet, tapa ses gants l'un contre l'autre puis frotta ses cuisses. Des petits nuages voletaient entre ses lèvres quand il expirait. Pour Peter, la vie, quel que soit l'angle sous lequel elle se présentait, était une question de souffle et d'haleine. Il avait érigé son expérience d'asthmatique en principe de vie : régularité et longévité. Ce n'était pas folichon, l'endurance, mais ça pouvait mener loin.

Après un pont badigeonné de bleu camouflage, Peter déboucha à Wandsworth, où la rivière Wandle rejoint la Tamise. Celle-ci y dessinait deux boucles et exhalait, à cette heure, un léger brouillard. Par contraste, les routes – Merton ou Upper Richmond – étaient rectilignes. Avec leurs éventaires, elles ressemblaient aux grandes rues des villes. À l'arrière, un chapelet de fermes, des usines textiles, des brasseries et des moulins à huile bordaient le fleuve et confondaient leurs effluves. Le coin comptait quelques pubs et un cinéma : le Grenada. Dans ce village du Surrey, les temples arboraient la modestie des églises de campagne. Partout la brique s'y mariait au vert des feuillages. Des vergers voisinaient avec des bouts de prairies piquées de fougères.

Jadis célèbre pour ses forges en cuivre, ses teintures d'écarlate et ses chapelleries, Wandsworth était sorti de sa torpeur à la fin du XIXe siècle, lorsque la gare d'Earlsfield et la London & South Western Railway mirent Waterloo à dix minutes de trajet. Trois stations de métro avaient suivi. Restait qu'à part Gifford House et son portique palladien, rien ne méritait une visite d'agrément.

Avant-guerre, les voitures élégantes traversaient ce territoire à moitié désolé quand elles se rendaient à Wimbledon ou au parc de Richmond. Ce faisant, elles croisaient des convois à destination des cimetières du district, ou de sa prison, la plus grande du pays.

La seule à Londres qui, avec Holloway, tenait encore debout.

La prison de Wandsworth, Peter la connaissait. Il y avait effectué un pan de son apprentissage. Au moins, les cellules offraient une relative intimité. À Olympia, vaste centre d'expositions et de conférences dépourvu de fenêtres dans le West London, il marchait sur des jouets d'enfant. Il conversait dans le bruit et la bousculade. Les salles d'interrogatoire servaient de dortoirs aux réfugiés et de vestiaires aux officiers. Des familles s'interpellaient. Des bébés braillaient. Des hommes se fâchaient. L'air vibrait d'éclats. Parfois quelqu'un se mettait à chanter, le brouhaha diminuait.

Peter prit Garratt Lane puis bifurqua vers Trinity Road où des terrassiers goudronnaient un tronçon effondré. Du coin de l'œil, il déchiffra la pancarte d'un laveur de carreaux : « Si vos vitres ont été soufflées, nous nettoierons vos cheminées. » Il réprima un sourire et resserra la ceinture de sa vareuse. Patriotic School faisait face à la prison, lui avait-on dit.

À présent que se profilait John Archer Way, Peter apercevait son mur d'enceinte. Mêmes pierres sombres, même punition, semblait-il.

Wandsworth possédait une tradition de terre d'asile pour les huguenots après la révocation de l'édit de Nantes, et pour Voltaire qui y ébaucha *Brutus* – « L'homme est libre au moment qu'il veut l'être ». Peter eût-il connu cette réputation, elle ne l'aurait nullement influencé : il jugeait sinistre ce *borough* auquel la neige ajoutait une couche de salpêtre. À la fois proche et relégué dans les marges.

Au-dessus du porche de Patriotic School s'élevait une tour d'horloge coiffée d'un toit pyramidal. Les aiguilles indiquaient 11 h 20. À vue de nez, elles marquaient deux heures trente de retard, estima Peter.

Il ôta son casque. Après avoir palpé ses poches, il brandit sa carte en direction des sentinelles en faction, l'un armé d'une mitraillette Thompson, l'autre d'un fusil à baïonnette. Ils se penchèrent à tour de rôle pour examiner le document. D'un air entendu, ils hochèrent la tête et déverrouillèrent le portail. Peter fit rouler sa moto. Passé le porche, il avisa un auvent. D'autres deux-roues y stationnaient déjà, des vélos pour la plupart.

Visiblement, il n'était pas le premier.

En empruntant l'allée gravillonnée, Peter dépassa quelques arbres. Des fleurs d'hiver égayaient trois maisons basses. La pelouse scintillait de givre. Par endroits, des nappes de brouillard voilaient le mur d'enceinte mangé par le lierre. Tout concourait à former une vue agreste. N'était cet édifice imposant couvert de tuiles bleues vers lequel il se dirigeait. Un mastodonte minéral hérissé de tourelles. Selon Peter, et pour négligeable que fût son avis, l'ensemble ne manquait ni de majesté ni d'austérité.

Il déclina derechef son identité, cette fois à un Irish Guard assis derrière un bureau dans le vestibule. Ensuite, un planton en pèlerine le dirigea puis le regarda franchir le seuil d'un réfectoire baigné de pénombre. C'était un antre gigantesque aux fenêtres noircies de peinture qu'éclairaient quelques lustres sans prétention. Trop hauts pour être pourvus de rideaux manœuvrables,

les carreaux peints obscurcissaient le jour. À son arrivée, Peter reconnut plusieurs visages familiers. Il salua à la cantonade et échangea quelques mots avec Rob Swayne, son supérieur chargé des pays d'Europe de l'Est, qui le présenta à « Harry Finley, chef de la section F ».

— J'ai cru comprendre que je pourrais aussi faire appel à vos services pour les francophones, dit celui-ci en français.

— Je me tiens à votre disposition, répondit Peter avec un léger accent, deux notes au-dessus.

Son interlocuteur était un grand gaillard de plus d'un mètre quatre-vingt-dix, au visage en lame de couteau.

— Bien, nous passerons un petit moment ensemble demain pour mieux nous connaître, proposa Finley.

Peter opina d'un mouvement de tête puis se détourna. Au bord d'une table traînaient des cendriers et des tasses. Il chercha des biscuits. Sans succès.

— Tu t'ennuies déjà ? entendit-il.

Peter fit volte-face. Il vit s'avancer Henry Fielding, bras dessus, bras dessous avec un rouquin. Attrapant Peter par l'épaule, Henry les mit face à face.

— Peter, Julian West. Julian, Peter Kensington.

Peter se dégagea. Du coin de l'œil, il remarqua l'air intrigué de Julian.

— Tu es le benjamin ? débuta celui-ci.

Question classique, songea Peter. Il avait vingt-quatre ans, pas de poils au menton et une chevelure ayant gardé la blondeur de l'enfance. Chez Julian, il nota la bague au doigt, l'estafilade qui barrait sa tempe gauche et un début de calvitie en partie dissimulé par de longues mèches rabattues vers l'arrière. Peter lui donnait entre trente-huit et quarante-cinq ans.

— Oh, juste une couverture, répondit-il.

— Comme moi : *semper vivens*, lui renvoya ledit Julian West avec un sourire. Qu'est-ce que c'est que cet endroit? poursuivit-il.

Il jeta un regard autour de lui.

Henry et Peter l'imitèrent.

Il s'agissait d'une pièce où s'alignaient trois interminables tables. Avec ses murs chaulés et ses hautes fenêtres, on aurait dit une salle de banquet pour deux ou trois cents convives; le style de pièce joyeuse si des Vikings y festoient, et désespérante si des orphelines s'y attablent en silence.

Le plafond à caissons, enluminé d'armoiries, était de toute beauté.

— Messieurs, bonjour! claironna un stentor.

Tous les yeux se tournèrent vers le nouveau venu. Avec sa silhouette longiligne, son menton pointu et ses pommettes de part et d'autre d'un nez en contrefort, le major Wilson ressemblait à T. E. Lawrence. Des lunettes cerclaient des yeux aussi noirs que ses cheveux coupés court. S'ils étaient dégarnis, comme effrangés, les sourcils restaient épais.

Peter se refusait à divulguer qu'il était le filleul du « boss » et l'ami d'enfance de son fils. Il devait déjà faire oublier sa jeunesse à ses futurs camarades de Patriotic School quand une majorité d'entre eux rabâchait des souvenirs d'anciens combattants. À la police du Pendjab contre les nationalistes indiens, ou à Belfast pour traquer les militants du Sinn Féin. Ces causes paraissaient à Peter... disons... En fait, il ne comprenait pas que l'Angleterre, territoire le plus septentrional conquis par les Romains et dont l'empereur Hadrien figea la frontière, eût pu se revendiquer du passé de la Britannia pour justifier ses guerres coloniales, présenter la *pax britannica* comme l'héritière de la *pax romana*. Malgré son âge, il était vieux jeu. Ou idéaliste. Ces points de vue sont réversibles.

À la droite du major se tenait une femme sans âge en uniforme, toute rose et toute grise, étrangement coiffée d'un béret. À sa gauche stationnait un paralysé en fauteuil.

Le major reposa sa tasse de thé et s'éclaircit la voix :

— Bienvenue. Nous attendons le capitaine Liddell qui m'a averti tôt ce matin qu'il serait légèrement retardé. Vous êtes, je crois, au fait des procédures par la circulaire qui vous a été communiquée. Reste-t-il des questions ?

Un doigt se leva dans l'assemblée et une tête se faufila entre deux épaules. Rob Swayne était un homme trapu d'un mètre soixante dont l'autorité était inversement proportionnelle à sa taille.

— Oui, capitaine Swayne ? encouragea le major.

— Aura-t-on accès aux rapports de suivi concernant les détenus confiés aux soins de Tin-Eye ? demanda le quadragénaire en fixant le commandant de ses yeux noirs et perçants.

Tin-Eye, c'était le surnom dont on affublait le lieutenant Stephens, à la tête du camp d'internement 020 autrefois dénommé Latchmere House ; là où atterriraient les espions qu'ils auraient débusqués. Également sous la tutelle du MI5, le camp 020 était plus petit, moins *cosy* que Patriotic School. Moins disparate, plus homogène, rapport à une tendresse coupable de ses pensionnaires pour le nazisme qui, hors de toute justice, de toute humanité, désignait en masse des coupables, les torturait et les exterminait.

— Les chefs de section, dont vous faites partie, auront un double des rapports, capitaine Swayne. Libre à vous de les divulguer.

— Comment s'effectuera le transfert ? questionna un autre officier.

— La cave a été aménagée, répondit le major. Il y a deux cellules… Colonel Belish, vous vouliez ajouter quelque chose ? fit-il en baissant la tête.

Ce dernier tira sur sa pipe et chassa d'un revers de main la fumée qu'il venait d'exhaler. Les roues de son fauteuil étaient du même chrome que ses cheveux.

— Oui, dit le sexagénaire. Nos pensionnaires n'ont pas le droit de recevoir de communication, qu'elle soit orale ou écrite, et il est interdit de faciliter des contacts extérieurs, quoi qu'ils vous racontent. Quoi qu'ils vous racontent – je répète – et peu importe l'urgence, le motif, les lamentations. Vous encourez des poursuites. De sévères poursuites.

Il martelait les mots. Ses mouvements de canne étaient ceux d'un chef d'orchestre énervé.

Sur ces entrefaites, un aide de camp pénétra dans le réfectoire à grands pas. Il chercha des yeux le commandant et lui remit un télégramme. Le major le parcourut et remercia d'un signe de tête. L'estafette s'éclipsa.

— Liddell est empêché. Il tient à nous exprimer ses encouragements.

En réalité, la missive du directeur du contre-espionnage ne contenait nul encouragement, elle formulait des exigences.

Le commandant toucha d'un doigt vif son menton, comme d'autres pointent leur nez de l'index afin de prouver que leur ivrognerie est modérée. Cela faisant, il réarrangea ses pensées. C'était là son tic. Il avait un effet rebond. Le major poursuivit :

— Il attend de vous que vous soyez un rempart efficace contre l'ennemi. Cet après-midi, le lieutenant Hinchley Cooke viendra vous entretenir de choses et d'autres pour parfaire la mission qui vous attend ici. C'est une sommité dans son domaine. Ceux qui le connaissent savent de quoi je parle. Pour le reste, mon bureau n'est pas loin. Miss Davies ici présente, fit-il en désignant la souris à béret, vous l'indiquera. Considérez-la comme la surintendante. Le *brief* aura lieu tous les jours à 8 h 30 dans une salle qui reste à définir. On vous communiquera l'info d'ici à la fin de journée.

Miss Davies l'appela d'une phalange en crochet et chuchota quelque chose à l'ornement floral et cartilagineux que le major exhibait en guise d'oreille. Un brin embarrassé, il hocha la tête. Il avait mal au cou, à force de se pencher vers la silhouette minuscule de son adjointe.

— Je laisse la parole à Miss Davies.

C'était une femme sans âge, haute comme une enfant de douze ans. Des yeux verts, des cheveux blancs mousseux, un visage parcouru d'ombres et dépourvu de rides.

— Patriotic School ne sera pas qu'un monde d'hommes, annonça-t-elle avec vivacité. Vous ferez cantine commune avec des secrétaires, des infirmières, des dactylos, dit-elle d'une voix bien timbrée, puissante et claire. Elles viendront prendre leurs quartiers cet après-midi. Vous serez, ce me semble, suffisamment affairés pour éviter tout comportement déplacé.

Son avertissement formulé, elle recula d'un pas.

Le major Wilson reprit la parole d'une voix moins hésitante et déplia une grande feuille qu'il montra à la cantonade :

— Vous disposez d'un fumoir. Sur le plan, la pastille rouge, vous voyez ? Je vous laisse entre les mains de Miss Davies qui va vous faire faire le tour du propriétaire. Cet après-midi, le lieutenant-colonel Cooke vous rappellera les grandes lignes.

La silhouette de Miss Davies était étonnamment mobile. Elle ouvrait des portes à la volée – « salle d'interrogatoire, salle d'interrogatoire, bibliothèque, salle d'interrogatoire… ». Son trottinement entraînait les officiers dans une suite de pièces et de corridors. Parvenue à un embranchement, elle étira la file et marqua une halte volubile. La distance priva les derniers rangs de son commentaire. Peter se souvint d'un séjour à Paris avec ses parents. Ils étaient sur un bateau-mouche et, quand leur parvinrent les informations sur le Louvre, ils longeaient déjà Notre-Dame.

— Cette aile est réservée au personnel du MI5, dit Miss Davies en pointant sa gauche. Nous mettrons un cordon pour le signaler et deux sentinelles afin d'en bloquer l'accès. Et pour des fournitures, une rangée d'armoires.

— C'est là où se trouvera le fumoir ? s'enquit Julian.

En queue de peloton, il n'avait capté que la fin.

— Armoires ! articula Miss Davies en haussant la voix.

S'arrêtant devant une porte semblable aux autres, elle consulta une fiche.

— Messieurs Allan, Hirsch, Samuelson, Flannagan et Nesbitt, voici vos quartiers.

Miss Davies les autorisa à glisser un œil.

— Y a-t-il des sanitaires attenants ? Il nous faut un point d'eau, dit le premier officier à s'être hasardé dans la pièce assombrie par des rideaux, où il n'y avait rien à voir. Hormis des armoires métalliques et une table occupant toute la longueur.

— Oui, capitaine Allan. Dans la tourelle, là. Et des lavabos avec des grands bacs.

— Et notre matériel ? interrogea un homme chétif aux tempes grisonnantes.

— En cours de livraison, monsieur Flannagan, répondit Miss Davies.

— Samuelson, madame, Donald Samuelson, rectifia-t-il. Flannagan, c'est lui, corrigea-t-il en désignant son voisin qui ressemblait davantage à un Espagnol qu'à un Irlandais.

Miss Davies haussa les épaules et reprit son circuit.

— Deux pièces communicantes destinées à l'entreposage des bagages… Le fameux fumoir, la pastille rouge… Les bureaux des chefs de section : capitaine Springett, nous vous avons attribué celui-ci, le suivant sera pour vous, monsieur Follett. Monsieur Finley, vous aurez le n° 3 et monsieur Swayne, le 4.

Elle avança de quelques pas et se retourna vers la cohorte qu'elle aimantait.

— Ici, c'est votre bibliothèque. Vous y trouverez tous les usuels et annuaires disponibles. Pour vous rendre au central téléphonique et au service d'archives que dirigera…

— Andreas Bergmann, clama ledit Andreas Bergmann, tel un élève répondant présent.

— Vous emprunterez l'escalier ou le monte-charge, poursuivit Miss Davies, l'index levé en direction d'une ligne de fuite, sans prêter plus d'attention au binoclard à l'air sévère.

Le mess, la cuisine, les salles de sténo, le laboratoire photographique… La tournée s'éternisait. Enfin ils débouchèrent à l'air libre.

Dehors, des camionnettes stationnaient dans l'allée. Des ouvriers déchargeaient des cageots tandis que des soldats dévidaient des rouleaux de fil barbelé et se passaient de main en main des sacs de sable. Le groupe se faufila pour contourner le bâtiment.

La glace avait fondu. Le sol était boueux. Des nuages gris s'effilochaient.

— Ici, l'infirmerie, la chapelle, égraina Miss Davies, en désignant les maisons basses que Peter avait remarquées en arrivant… Là, l'ancien logement du chapelain, désormais le pavillon du major Wilson.

— Il va vivre ici ? s'étonna Peter.

Il ne voyait guère son parrain habiter cette maison de poupées.

— C'est une éventualité, répondit Miss Davies.

— Chouettes, les rideaux à fleurs ! s'exclama Henry.

Ils longèrent ensuite une façade ornementée de gargouilles.

L'œil de Peter fut attiré par une tourelle. À côté se distinguait, en sa niche, une sculpture de saint Georges terrassant le dragon. Un pigeon ramier s'y était perché.

Après un déjeuner frugal, ils se dégourdirent les jambes dans la cour que leur avait indiquée Miss Davies. C'était un carré de pierres auquel des arbres aux branches ployées conféraient une allure nonchalante. De l'eau tombait d'une gouttière. Notes liquides trouant le silence.

Quelques-uns allumèrent des cigarettes, puis tous rejoignirent le réfectoire pour la leçon du lieutenant Cooke. Celui-ci les attendait, juché sur une table, les jambes croisées. À leur arrivée, il les décroisa, se mit debout et captiva l'auditoire sans tarder…

Au MI5, l'homme était réputé pour être le plus fin psychologue des espions ennemis. Conformément à l'affirmation du commandant en début de matinée, ceux qui le connaissaient le savaient tandis que ceux qui le découvraient s'étaient vite ralliés à l'avis des connaisseurs.

Cooke se frotta les mains :

— Les premiers agents sont venus à trois. Aujourd'hui ils forment des paires…

Peter étudiait son profil. Son surnom, Cookie, lui seyait à merveille. Il avait un visage rond, des lunettes de même forme, le sourire en demi-cercle. De petite taille, il ressemblait à Mickey Rooney. Comme médusé par son apparition, Henry ne bronchait pas. Il opinait à chaque respiration.

— Demain ils s'infiltreront en solo, conclut Cookie. C'est là où vous intervenez pour…

— Fendre l'armure, complétèrent-ils de mauvaise grâce, las d'une formule serinée.

— Fendre l'armure, oui, oui, oui.

Cela réjouit Cookie. Il ôta ses lunettes et en essuya les verres sur son pantalon comme si l'émotion les avait embués.

— Mais pas seulement. Les mailles du filet, c'est vous. Chacun d'entre vous, dit-il en pointant son doigt sur eux. Comme on dit en Afrique, il ne peut y avoir deux crocodiles dans le même marigot. Donc vous serez plus malins qu'eux.

— Hum, je me sens d'humeur carnassière, souffla Julian avec entrain.

Peter sourit. Henry, en revanche, ressemblait à un fauve tout juste anesthésié. Si exubérant d'ordinaire, il clignait à peine des paupières. Sous ses cheveux crantés, il avait le regard fixe qui caractérise les fanatiques.

— En face aussi, ils seront plus malins. Jusqu'ici les espions allemands ont fait preuve d'impréparation. Quand ils n'étaient pas morts ou blessés, les parachutés ont égaré leurs rations et perdu leurs émetteurs. Les difficultés ont surgi dès la terre ferme. En raison des poteaux indicateurs peints en noir, les rescapés ont demandé leur chemin ou l'épicerie du village. *Of course.*

Des officiers sourirent.

Cookie raconta ensuite que les survivants étaient tombés sur des habitants obligeants, lesquels les conduisirent au poste de police le plus proche. Un employé des chemins de fer d'Édimbourg signala qu'une sacoche pleine de sable venait d'être déposée à Waverley Station. Des bobbies y avaient cueilli un individu largué par sous-marin deux heures auparavant.

Depuis le début de l'après-midi, le lieutenant Hinchley Cooke se livrait à une étude de caractères :

— ... les mercenaires, les chasseurs de primes, les arrivistes... Leur point commun ? La cupidité. Pour cette engeance, efficace est le chantage. Ils sont prêts à passer une énième transaction. Il suffit de marchander quelques avantages. L'histoire se répète depuis l'Empire romain : conférez de l'importance à un homme médiocre, et il fera n'importe quoi. Si, en plus, vous mettez dans la balance une liasse de billets ou la perspective d'une ascension sociale, alors il se verra pousser des ailes. Rappelez-vous, ce sont des ailes d'autruche, développa Cookie. Dès qu'il sera en position de faiblesse, de retour à son état naturel, ses ailes ne lui serviront à rien…

Ménageant ses effets, le conférencier toisa l'auditoire.

Peter jugeait qu'il n'était pas avare de banalités : « Les fanatiques ont la foi du charbonnier » ; « quant aux illuminés, il est vain de chercher à les éclairer », venait-il d'entendre. La visite guidée de Miss Davies, le rappel des consignes de sécurité, la présentation du réseau de correspondants et, après le déjeuner, cette conférence aux allures de fable d'Ésope… Peter laissa dériver son attention et porta son regard sur la voûte du réfectoire.

Parmi les dragons et les couronnes, les croix et les léopards du plafond à caissons, il discerna les armoiries de l'île de Man : un triquètre en armure sur fond rouge, trois jambes tournant autour d'un axe. Un cycle, une roue. De toute éternité, ce lieu semblait fait pour les rallyes, songea Peter avec une pointe de regret. Avant-guerre s'y déroulait le Tourist Trophy, une course de trente-sept miles, deux cent soixante-quatre virages étroits comme des goulets, traversant des villages nichés à flanc de montagne, des gorges boisées, le Ballaugh Bridge et sa bosse traîtresse, la colline haut perchée du Snaefell. S'y affrontaient les plus belles cylindrées, des Sunbeam, des Rudge. Peter l'avait remporté une fois sur une Norton CS.

Tout cela était bel et bien révolu. Depuis 1940, d'autres légendes étaient nées avec l'internement des Allemands, des Autrichiens et des Italiens sur l'île de Man. L'une d'elles rapportait que le premier insulaire libéré n'était ni un prodige de la musique ni un Prix Nobel, mais un dompteur de fauves qu'un cirque appelait à la rescousse.

— Paraît qu'il a infiltré des camps de prisonniers allemands en 18, murmura Henry à son oreille.

— Qui ça ? se rembrunit Peter sorti de sa contemplation.

— Ben, Cookie, s'agaça Henry dont les yeux demeuraient rivés à l'instructeur.

— Comment le sais-tu ? soupira Peter.

— Tu ne lis pas les journaux, mon vieux ? ironisa Henry sans dévier son regard.

Peter se borna à sourire.

Avant-guerre, il parcourait la presse entre deux livres, entre deux rives. Quand Henry feuilletait les journaux au bureau du MI5 à New Delhi ou au club Interallié à Londres, Peter était au collège d'Eton. Il bûchait *Les Bucoliques* auquel il préférait *L'Etna,* une brûlure, un embrasement. Il n'aurait pu remonter près de deux mille ans d'histoire et suivre en même temps le cours de l'actualité. Aussi Henry s'irritait-il de son empoussièrement académique comme d'une hibernation prolongée. De vingt ans l'aîné de Peter, il adorait tout ce qui se rapportait aux crimes et aux procès, le sordide et le sublime, quand le hasard se confond avec la fatalité. Qu'il relevât de la psychologie criminelle ou de l'enquête policière, le moindre détail le passionnait. Il possédait une connaissance experte des perversions assidûment relatées. Sa curiosité paraissait morbide à ceux qui ignorent combien les tragédies minuscules purgent la violence du monde.

— Il y aura aussi, il y a toujours eu, des renégats et des aventuriers. La politique ? Pouah ! Se battre ? Ils diront que leur jeunesse a été assez turbulente comme ça, qu'ils se sont acquittés de leur service militaire. Ils demanderont s'il y a des affaires à faire ici…, monologuait Cookie.

Henry pencha la tête vers Peter.

— Le gars des services secrets qui témoignait au nom de l'État, le visage du MI5 dans un tribunal, c'était lui. Il a enfoncé le traître Norman Baillie-Stewart, l'Allemand Hermann Goertz, la coiffeuse écossaise Jessie Jordan, le journaliste Donald Adams, énuméra-t-il.

— Fort bien, railla Peter. Je ne sais plus quel exposé je dois suivre : le maître ou son disciple ?

Il pensa en réalité : la bête ou son mentor. Ni lion ni éléphant, Cookie, avec son rictus jusqu'aux oreilles, ressemblait au chat du Cheshire.

Henry ne releva pas le sarcasme.

— Non ? Ça ne te dit rien ?

Peter fit mine de réfléchir.

— Ils sont enclins à livrer des informations confidentielles dès lors qu'ils vous croient au parfum. Il est plus efficace de demander : « À quand remonte votre dernière entrevue ? » que : « Avez-vous déjà rencontré Untel ? » continuait Cookie.

Peter se sentait à la fois arriéré et tout juste surgi de l'adolescence, une cause perdue : Henry n'avait pas tort à son propos.

— Si, si, bien sûr, bredouilla-t-il sur un ton évasif tandis qu'il enregistrait le conseil dialogique de Cookie.

Après réflexion, un nom lui évoquait quelque chose. Il hasarda :

— Goertz, tu dis ?

Henry saisit l'occasion :

— Tombé à cause de sa logeuse. Elle a déclaré le vol de sa moto alors qu'il séjournait à Berlin. Il avait oublié de la prévenir qu'il l'avait mise en soute dans l'avion. La police a perquisitionné chez lui et découvert des preuves sans même les avoir cherchées. Le gus a été cueilli à son retour dans le Suffolk.

— Si l'individu n'est pas suspect, poursuivait Cookie, mais disons, indésirable, il peut, à sa sortie, être mis sous surveillance par Scotland Yard, ou déporté, ou son nom peut être inscrit sur une *blacklist* afin qu'il soit interdit d'emploi dans les administrations, les corps d'armée et les usines stratégiques… vous voyez. N'hésitez pas à consigner vos recommandations…

Peter se souvenait d'avoir vu une photo de la moto, une Zündapp avec laquelle l'Allemand avait fait sensation dès son arrivée dans la région. En définitive, rien ne valait les Rudge. Les 500 cm^3 quatre valves.

— Qu'est-il devenu ? marmotta-t-il.

— Qui ça ? soupira Henry.

— Goertz.

Henry plaqua sa main sur l'épaule de Peter. Cookie venait de lever les bras puis de les abaisser en signe de catastrophe.

— Il suffit d'une vis pour que l'édifice s'écroule. Vous aurez l'inventaire de leurs biens. Avec parfois une note de service…

À son tour, Peter se remit à écouter. Enfin Cookie en venait au rappel des procédures.

— Goertz a plaidé non coupable, reprit Henry, nettement moins intéressé par ce chapitre.

— Il croupit à Wandsworth ? relança Peter en sourdine.

— Il a purgé quatre ans, puis il a eu droit à son billet retour. La mère de Cookie est allemande. Lui travaillait à la légation de Dresde, lorsqu'il a été expulsé en 14. Cookie s'est donc fait un malin plaisir de raccompagner Goertz jusqu'au tarmac.

C'était donc ça, cette pointe d'accent germanique que Peter avait détectée, si légère qu'elle pouvait passer pour une afféterie. Henry enchaîna :

— Cookie discute avec Sélassié* depuis qu'il s'est réfugié chez nous.

Peter ne le voyait pas, si rond fût-il dans ses manières, s'entretenir avec le négus. En revanche, le chat du Cheshire ferait

* Hailé Sélassié Ier (1892-1975), dernier empereur d'Éthiopie, exilé en 1936 en Angleterre après l'invasion italienne.

merveille sanglé sur un éléphant. La même autorité, la même placidité.

— Ils parlent en amharique, précisa Henry.

Comme Rimbaud, poète et trafiquant d'armes, songea Peter.

— Ça ressemble à quoi ?

— Aucune idée, fit Henry en tapotant son épaule pour le faire taire.

C'est typique de lui, s'irrita Peter.

— Bon, nous allons faire une pause, annonça Cookie. Attendez : j'ai un en-cas pour vous.

Sous un torchon, Cookie dévoila un saladier empli d'œufs durs. Il procéda à leur distribution.

— Messieurs, parmi vous quelqu'un a tiré la fève.

Ils se regardèrent sans comprendre.

— Trouvaille des Jerries : un message à l'acide acétique sur la coquille, révéla Cookie en essuyant une nouvelle fois ses lunettes. Une fois qu'il a séché, l'œuf est plongé dans l'eau bouillante. L'écrit se fixe sur le blanc sans laisser de traces à l'extérieur. Indétectable au microscope. Écalez-les.

Samuelson découvrit l'intrus : son œuf portait une série de chiffres bleutés. Le hasard confirme parfois la destinée : spécialiste des codes secrets, perceur de coffres à sa façon, Samuelson était un mathématicien émérite.

— Le numéro de téléphone de Patriotic School, précisa Cookie. Vous pouvez les manger maintenant.

Les œufs durs que sa grand-mère donnait à Peter étaient de toutes les couleurs selon les pelures d'oignon, d'épinard ou de betterave qu'elle jetait dans l'eau de cuisson. « Pour toi, Krak, c'est Pâques tous les jours », chuintait son filet de voix.

Cookie patienta quelques bouchées avant de reprendre le fil de son enseignement :

— Que faut-il pour fabriquer de l'encre sympathique ? Des

cure-dents, du lait, du jus de citron, du sucre. Quoi d'autre? Du jus d'oignon, du vinaigre, de l'alun, du pyramidon, de l'eau blanche, du chlorure de cuivre? Et?

— Du vin, répondit quelqu'un.

— Vous êtes?

— Nesbitt. James Nesbitt, dit l'intéressé.

C'était un jeune blond naviguant d'une jambe sur l'autre, tel un marin sur un voilier secoué par la houle.

— Parfaitement, Nesbitt, le vin! le complimenta Cookie. Comme j'ai coutume de le dire : il rend tout le monde sympathique, y compris l'encre. Dans l'inventaire des biens de chaque sujet, vous noterez les produits chimiques. Les réfugiés devront justifier leur provenance et leur utilisation au cours des interrogatoires. Vous rendrez compte de leurs explications aux spécialistes de la maison.

L'orateur adopta le déhanché d'une matrone et le ton d'un ironiste :

— Dès demain vous travaillerez dans un asile. Car qui traverserait la Manche pour être arrosé par la Luftwaffe? Bien, bien... Un asile donc. Une sorte de Crazy Gang.

Encore une fois, l'idée sembla réjouir Cookie qui étira ses lèvres en demi-lune.

Julian étouffa un bâillement. Henry fut saisi d'un tic nerveux. Une veine palpita au-dessus de ses sourcils.

— Crazy Gang, j'adore, commenta Peter à voix basse.

— Ultime précision : le règlement édicté par le Home Office interdit d'insulter un suspect ou de le traiter de menteur. Il faut dire : il me semble remarquer quelques contre-vérités, conclut Cookie dont les commissures de lèvres frémirent.

Tous partirent d'un grand fou rire.

— Bonne chance!

Dehors, l'air était humide. Le vent cisaillait les joues. Des soldats finissaient de déployer des chevaux de frise sous les fenêtres. Peter remarqua deux guérites dans le parc qui – il l'aurait juré – n'étaient pas là tôt ce matin.

Au portail de Patriotic School, l'horloge indiquait toujours 11 h 20. Un temps d'arrêt pour un monde figé, songea Peter. Ce serait ce genre d'endroit, un *no man's land* entre passé et avenir. Ou, qui sait ? un asile pour trompe-la-mort, comme le prédisait Cookie.

Peter actionna le kick. La pétarade de la Rudge l'aida à formuler la conclusion de cette journée : les choses sérieuses commençaient. Il se rappela le cas d'un benêt que Cookie avait cité en exemple un peu plus tôt. Ignorant la législation britannique, l'émissaire nazi avait réclamé du cidre à neuf heures du matin.

« À Rome, fais comme les Romains. En Angleterre, pinte-toi la gueule, comme tout le monde, à partir de midi. » Peter avait cinq heures de retard pour faire sienne cette maxime. Il serra les flancs de sa moto et accéléra. Depuis quelques jours, il affectionnait un vieux pub où dansaient, au son d'un piano mécanique, des femmes de tous uniformes, des gars de la RAF, de l'infanterie de marine et des soldats alliés évacués de Dunkerque.

Rentré de Grèce à la faveur d'une permission, Patrick, son meilleur ami, le fils du major Wilson, devait déjà y être.

2

Le lendemain, deux bus acheminèrent à la Royal Victoria Patriotic School soixante pensionnaires qui, jusque-là, végétaient à Olympia Hall. Au jour succéda une nuit de pleine lune. Quatre cents bombes tombèrent sur Londres. Patriotic School ne déplora aucun dommage, mais elle connut par la suite d'autres déboires.

Ce mois de janvier souleva une foule de problèmes à mesure que les arrivées se multipliaient.

D'abord l'intendance : qui étiquetait les bagages ? qui les entreposait ?

Civils et militaires devaient-ils être logés dans des dortoirs identiques, enfin, dans les mêmes chambrées ?

Oui, le mieux était de dire « chambrée », décida le major. Il ne dirigeait quand même pas un internat pour garçons.

De qui dépendaient les sténographes ?

Quel était le protocole de la Défense passive ?

À quelle fréquence fallait-il remonter les informations au Registre central ?

Et les abris Morrison ?

Et… ?

Et… ?

Oubliés, deux pensionnaires végétaient depuis plusieurs

semaines sans avoir été reçus par un officier interrogateur. Un cahier des admissions s'imposait.

Parce qu'elle consignait les événements quotidiens dans un journal de bord, Miss Davies sonna l'alarme : avec une moyenne de deux cent cinquante pensionnaires par jour, bientôt trois cents, le chaudron menaçait d'imploser. Le major Wilson était de cet avis. Il ne décolérait pas depuis qu'il avait dû recevoir, enregistrer, faire examiner par un médecin puis allouer des lits à soixante-sept hommes débarqués à Liverpool dont l'arrivée n'avait pas été annoncée. Il mit sa bourrasque par écrit et la dirigea vers un responsable du Home Office, le ministère de l'Intérieur.

> Je vous passe les détails : l'inventaire, le vestiaire, l'intendance, le nombre de repas — nous avons dû faire appel à une cantine mobile. J'ai demandé l'aide des gardes pour les bagages et leur stockage. Quelques-uns ont été serviables. Le lendemain, un représentant du ministère de la Guerre m'a remonté les bretelles, rappelant qu'il n'était pas dans leur rôle de prêter main-forte à l'administration. L'administration ? Je crois qu'après ça, je me suis un peu emporté. Pareils manquements ne peuvent se reproduire. Si nous avions été prévenus par le service des douanes, j'aurais gardé avec moi quelques officiers et Miss Davies aurait planifié le gîte et le couvert pour les futurs pensionnaires.
>
> Le fait que des groupes comme celui de lundi ne soient pas annoncés provoque des problèmes logistiques. D'où l'importance d'une circulaire pour huiler les rouages et rappeler de nous notifier au plus tôt les effectifs, les noms et les nationalités des arrivants. L'idéal serait que les officiers d'immigration puissent rédiger un premier rapport incluant les moyens de

transport qu'ils ont empruntés, avec les circonstances de leur débarquement précisées, si possible, par des témoins, et qu'ils puissent également procéder à un inventaire sommaire de leurs biens afin que nul ne puisse nous reprocher à tort d'avoir égaré un bagage ou d'avoir acheminé à Londres tout ce qui pourrait présenter un risque immédiat : armes à feu, explosifs. J'ajoute qu'il serait bien qu'à Gourock, Newlyn, Poole, ainsi qu'à Glasgow et Liverpool, où mouillent les bateaux venant du Portugal, les réfugiés soient auscultés, de façon à en orienter certains vers les hôpitaux ou à les confiner, s'ils sont porteurs d'une maladie contagieuse.

Après plusieurs semaines vécues dans l'anarchie, le staff de Patriotic School tint une réunion de crise.

Une révision des procédures s'imposait.

— Lesquelles ? s'inquiéta le major.

— Toutes. Aucune n'est opérante depuis que le rythme des admissions s'est accéléré : le circuit sanitaire, le stockage des valises, l'attribution des lits…

— Bien, bien, Miss Davies. D'autres revendications ?

Le capitaine Allan, un gars bien charpenté et au timbre puissant, fut le premier à s'exprimer. Il exigea une lampe à ultraviolets, un appareil à rayons X, un laboratoire pourvu de becs de gaz, le renfort d'un chimiste pour seconder James Nesbitt, ainsi qu'une pièce au calme pour Samuelson, le cryptanalyste de l'institution.

— Ah oui, et deux microscopes capables de grossir quatre cents fois, ajouta celui-ci.

Il revenait d'une formation à Bletchley Park. Un bibliothécaire irlandais avait découvert des micro-points dans des caractères d'imprimerie, le « O » des titres de journaux. Convaincus de l'invisibilité de cette technique, les Allemands n'essayaient même pas d'encoder les messages. Encore fallait-il avoir le bon matériel.

Tandis que Miss Davies prenait des notes, le sergent Dixon mentionna les masques à gaz. Près de cinq cents avaient été commandés mi-décembre. Depuis, aucune nouvelle.

Le major siffla entre ses dents. Il l'ajouterait à sa liste. Bon gré mal gré, il s'était fait à l'idée que commander, c'est quémander.

— Pareil pour les incinérateurs de documents. La demande a été faite. Nous en sommes déjà à trois ou quatre semaines d'attente, intervint Miss Davies en cherchant du regard Bergmann.

Le responsable des archives confirma. Croyant son tour venu, il voulut poursuivre, mais Allan fit signe qu'il n'avait pas fini : qu'en était-il des vêtements portés par les réfugiés ? Des traîtres pouvaient sortir des gadgets de leur poche et les cacher n'importe où. Peut-être même communiquer entre ces murs. Quelques-uns acquiescèrent d'un air soucieux. Le bâtiment était vaste, et le génie humain tout autant : un code gravé sur l'envers d'une braguette, des boules de coton dissimulées dans une doublure et humectées de n'importe quelle solution.

Le constat s'imposa sans que nul eût besoin de le formuler : il fallait les déshabiller.

— Ça tombe bien : je me demandais s'il était possible de leur faire prendre une douche avant la visite médicale, intervint Miss Davies.

— Ils puent, murmura Henry qui, comme Peter, gardait des souvenirs nauséabonds d'Olympia Hall.

L'un de ses camarades de la section B, Charles Follett, émit un gloussement. Henry leva les mains pour s'excuser. Sourires dans les rangs. Quelques-uns reniflèrent. Typique de la *gentry*, pensa Donald Samuelson face à ces réactions. Il jugeait assez durement la communauté d'officiers du renseignement à laquelle il appartenait ; pas une clique de mauvais garçons. Au contraire, il s'agissait d'hommes bien nés. Par leur ascendance, ils étaient privés de la majorité des soucis qui ennuient ou accablent les gens. Y compris les odeurs d'usine ou de misère.

— De toute façon, il faudrait désinfecter leurs vêtements, dit une voix rocailleuse. Pour les puces, les poux, la gale. Une contagion serait catastrophique, le pompon.

Ils scrutèrent le freluquet en blouse blanche dont elle émanait. Le colonel Belish se souvint de son nom :

— Évidemment, docteur Devon.

— On pourrait leur proposer de les laver et de leur prêter des habits de rechange en attendant.

— Au moins un pyjama.

— Un pyjama, certainement pas, trancha le major, nos alliés nous tomberaient dessus. J'ai déjà les tympans qui bourdonnent à longueur de journée. Mais le prêt d'habits est envisageable.

— Et ceux qui refusent ? objecta Rob Swayne.

— Quel produit désinfectant permettrait de neutraliser l'encre invisible et de procéder en outre à un examen sans effluves toxiques, le tout en dix minutes ? demanda le capitaine Springett.

— Comptons une demi-heure avec la consultation et les prises de mesures, calcula Devon.

— Je vais y réfléchir, répondit le chimiste Nesbitt en oscillant de bâbord à tribord.

— À tout le moins, je déléguerais des mains discrètes pour palper les ourlets et sonder les talons de chaussures. Ni vu ni connu, dit Allan.

Flannagan se porta volontaire.

— J'ai un doigté de kleptomane, vanta-t-il.

Belish approuva en tapant sa canne sur le sol.

— En plus, quand vous verrez les fripes…, marmotta Henry.

— Il y aurait quelque indélicatesse à révéler aux pensionnaires qu'on a fouillé chaque millimètre de leurs vêtements, qu'on a épluché leur courrier, ouvert leurs livres, étudié leurs photos de famille s'ils en ont, et même évalué leur fortune, fit remarquer Finley.

— Nous ne briserons le silence qu'en cas d'absolue nécessité. Qui poursuit le grand déballage ? encouragea le major avec fatalisme.

Bergmann saisit sa chance.

— Oh là ! Qui dit Bergmann dit paperasse, fit Julian à voix basse.

Bergmann réclama des annuaires et des cartes actualisés à la place des guides Baedeker des années 1920. Il se plaignit aussi de la pénurie de papier.

— Tous les services sont logés à la même enseigne, signala le major. Le problème est à l'étude dans différents ministères.

— J'en viens au point le plus préjudiciable, reprit Bergmann d'un ton grondant.

C'était un bonhomme tout en saillies, comme surgi d'une ronde-bosse, dont les rides ainsi que les lunettes découpaient le visage à l'égal d'un vitrail.

— Le manque de rigueur dans l'orthographe des noms propres. Comment consulter et indexer ce qui est incorrect ? Vous ignorez sans doute qu'on ne dénombre pas moins de soixante-treize variantes de Smith ou Schmidt et quarante-huit pour Eriksen ?

Peter sourcilla devant l'énormité des chiffres. À part redoubler le « k » et le « s » d'Eriksen, son propre calcul penchait pour moins de cinq possibilités.

Bergmann haussa la voix :

— Comment classer le n'importe quoi ? Des toponymes n'ayant jamais existé ? Et j'en passe. Dorénavant tous les noms propres doivent être dactylographiés en majuscules pour faciliter le fichage et être suivis d'un point d'interrogation en cas d'hésitation. C'est bien clair ? C'est bien clair ? répéta l'homme grisonnant à lunettes, auquel l'énervement donnait du rose aux joues.

Clair, ça l'était. Même Belish sembla se recroqueviller sur son fauteuil et maudire cette drôle d'époque où des documentalistes, qui n'avaient jamais mis les pieds dans un cockpit ou embarqué à bord d'un navire de guerre, surpassaient en autorité les militaires de carrière.

— Parce que la coupe est pleine !

Ils avaient compris.

— C'est noté, conclut la cheffe des sténos.

— Noté pour tout le monde, j'espère, aboya Bergmann. Les interrogateurs doivent préciser si tel patronyme est exact ou s'il relève d'une transcription hasardeuse.

— Les lignes téléphoniques sont parfois mauvaises, les souvenirs vagues, essaya de justifier Henry.

— Et des pensionnaires sont illettrés, s'exclama Harry Finley.

— Raison de plus, on saura où débuter les investigations : de zéro, asséna Bergmann.

Quoi d'autre ? Des ampoules manquaient ; la cuvette d'un W.-C. était engorgée : un imbécile avait dû y jeter quelque chose. Une femme de chambre s'était plainte de gestes déplacés, énuméra Miss Davies. Le commandant soupira.

Miss Davies signala ensuite qu'on avait livré le matin même du matériel de projection.

Le commandant tomba des nues.

— Le Home Office a décidé d'adoucir le sort des pensionnaires, précisa Miss Davies.

Devon intervint :

— Les films et les tables de billard, c'est pour prévenir…

— Des tables de billard ? coupa le major.

— Je n'ai pas eu le temps de vous en parler, dit Miss Davies qui botta illico en touche. Que vouliez-vous dire, Devon ?

— La « maladie des barbelés »..., débuta celui-ci.

— On les a enlevés ! protesta le major à hauts cris. C'est une pension de famille ici.

Le commandant connaissait cette pathologie dépressive que développaient les prisonniers de guerre après leur rapatriement. Des études avaient été menées en 18. N'empêche, Wilson jugeait injuste de comparer Patriotic School à un camp de détention, même si tel était bel et bien son statut.

— Les barbelés, ce n'est pas nous, objecta-t-il, révolté. On ne peut nous imputer les terribles épreuves que nos pensionnaires ont traversées.

Devon opina.

— C'est ce que je leur ai dit. En ce qui nous concerne, la « maladie des barbelés » ne regarde qu'une petite catégorie de nos pensionnaires. De surcroît, elle n'affecte pas uniformément les prisonniers de guerre. Pour ma part, je préfère la notion de « maladie du caisson ». Revenus à la surface, les humains ne décompressent pas tous de la même façon. Cela dépend de la profondeur à laquelle ils sont descendus, de la pression exercée et de la durée d'immersion.

— Le rapport avec le billard ? éluda le commandant.

— Il faut sauver les neurasthéniques, répliqua Devon.

Le major écarquilla les yeux et avança le menton. *Ah...*

D'une chaise roulante sortit une voix de basse.

— À mon avis et sans vouloir infirmer votre diagnostic, docteur Devon, s'enroua Belish, la raison de ces divertissements me semble plus diplomatique que curative. Donner une tournure récréative à Patriotic School va disqualifier les critiques de nos alliés concernant le traitement de leurs ressortissants.

— Vous croyez vraiment qu'un piano et des tables de billard

suffiront à les faire taire ? ironisa le major qui n'attendit nulle réponse à sa question.

Il revint au cinéma et à Miss Davies :

— Et que va-t-on mettre à l'affiche ? Des niaiseries de Walt Disney, des comédies musicales, des actualités sur les oursons au zoo de La Haye ou la beauté des poissons tropicaux à l'aquarium de Trieste, des films d'hygiène et de propagande ?

— J'ai regardé la première bobine : *Le Dictateur* de Charlie Chaplin, l'informa Miss Davies.

— De mieux en mieux, un compatriote que nous avons censuré pour ne pas froisser un poil de la moustache de Hitler ? Le voilà en odeur de sainteté, à la faveur d'une déclaration de guerre, ricana le major Wilson.

Dans son fauteuil, Belish, qui repoussait l'idée de faire, tel Charlot, des moulinets avec sa canne, lui fit comprendre qu'il n'y avait pas de petite victoire.

Wilson capitula.

Miss Davies embaucha sur-le-champ deux hommes à tout faire, ainsi que trois responsables d'étage. Elle recruta également dix secrétaires supplémentaires. De son côté, Belish passa quelques coups de fil. Il convoqua des recrues prometteuses et corvéables. Il en sélectionna quatre. Celles-ci se formèrent pendant trois jours à Patriotic School. Elles partirent occuper les avant-postes de Bristol, Glasgow, Liverpool où mouillaient des paquebots en provenance du Portugal, et Poole où des hydravions déposaient des passagers du continent.

Pour les affaires qui lui incombaient, le major ne savait quelle sonnette d'alarme tirer. Un obscur brigadier était, à titre intérimaire, la tête branlante du MI5, après que Churchill eut viré l'incompétent en poste depuis trente ans. Se sachant en sursis, le brigadier lui concéderait des miettes et se défausserait de toute décision importante. D'autant que plusieurs fées s'étaient penchées sur le berceau de Patriotic School et qu'il n'était pas simple de savoir laquelle solliciter. Quel ministère ? Celui de la Guerre ? De l'Intérieur ? Des Affaires étrangères ? Le major étudia la liste de ses exigences. La priorité : des renforts humains et un matériel performant. Il verrait Churchill. Après tout, Winston voulait avoir la haute main sur Patriotic School.

3

Plusieurs mois s'écoulèrent. Un mouvement permanent régissait l'établissement ravitaillé comme pour un siège. Des dizaines de cageots et de cartons de conserves transitant par l'entrée de service, des centaines de repas à assurer, des draps et des couvertures que des entreprises de blanchisserie venaient chercher le matin et rapportaient le soir, un ramassage quotidien d'ordures, des lignes téléphoniques saturées et, devant l'édifice, une file de véhicules en maraude. C'était un casernement couplé à un hall de gare.

Aux soixante-dix officiers du renseignement – interrogateurs, archivistes, analystes et secrétaires du MI5 – s'ajoutaient les infirmières, une escouade de femmes de ménage et un barbier à demeure. Un pasteur et un prêtre officiaient le dimanche. Quant à la cuisine, elle employait deux brigades. La garde se composait de deux sergents, de deux caporaux et de trente hommes formés à réagir lors d'attaques aériennes et de départs de feu. Au quotidien, le sifflet des sentinelles se révélait efficace, de même que la rumeur : il s'était propagé qu'il existait en sous-sol une enfilade de cellules et que des salopards y croupissaient.

Chacun s'affairait dans son alvéole. Les standardistes se relayaient jour et nuit au central téléphonique. Les mitrons embauchaient à l'aube. Suivaient les officiers documentalistes qui triaient les messages débités par les huit téléscripteurs que les chefs de section classeraient selon leur degré de confidentialité – « Top secret », « Très secret », « Secret ». Puis ils les inscrivaient dans le registre, avant de les reprographier grâce aux photostats offerts par les Américains.

Les messages recevaient un code couleur : blanc pour « sortie », vert pour « entrée », rose pour « communication interne » et noir pour « circulation restreinte ».

27 MAI 1941

4

Infirmerie, 11 h 15

Jusque-là Mary n'avait pas eu l'occasion – ni l'envie, à dire vrai – de s'attacher à un pensionnaire. Aucun ne restait assez longtemps pour fendre l'armure de l'infirmière.

— Vous retrouvez la mémoire ?

En guise de réponse, le patient effectua un geste en zigzag de la main.

Pour qu'il pût constater les effets de la cicatrisation, la jeune femme fit pivoter un miroir autour de la balafre barrant ses omoplates. La guérison du barbu sans nom ni souvenirs était incontestable. Sa jambe gauche longtemps plâtrée, qu'elle avait commencé à masser deux semaines plus tôt, avait retrouvé sa souplesse. Ses cheveux avaient repoussé et enfouissaient la balafre à l'arrière de sa nuque. Parfois il perdait encore la vue mais sa tête ne lui tournait plus, même s'il souffrait toujours de migraines et de nausées. Son équilibre aussi s'était amélioré, malgré son tympan gauche crevé, et sa progression en anglais était manifeste. Il commettait de nombreuses fautes mais il apprenait vite. C'était un nouveau-né, apparemment émerveillé par ce qu'il découvrait. Avec lui plus qu'avec tout autre, Mary aimait converser. Pendant qu'elle lui faisait effectuer des flexions, il finit par lui confier qu'il s'appelait Jondo.

— Jondo ?

Il la corrigea :

— Jon Do, fit-il en marquant un temps entre les deux syllabes.

— Jondo ? répéta-t-elle sans percevoir la nuance.

Il hocha la tête.

— Jon, prénom norvégien.

— Ah bien, Jon. À demain, lui dit Mary.

— Bien. *Tomorrow, tomorrow.*

Il venait de débarquer lorsque le souffle d'une explosion l'avait projeté contre un rocher. À cause de la nuit noire et de la mer démontée, les Écossais n'avaient pu récupérer ses affaires.

Nom provisoire : John Doe. Dans une morgue, telle était l'appellation donnée aux macchabées anonymes.

John Doe, ou Jon Do, ou encore Jondo, était là depuis quinze jours lorsque le major Wilson fit sa connaissance.

La veille, les pensionnaires n'avaient pas vu les bombardiers que la pleine lune reflétait dans les eaux, mais ils les avaient entendus remonter la Tamise. Les sirènes avaient hurlé à travers la ville. Les Junkers et les Heinkel s'étaient déchaînés.

Nuit jaune, explosive, grondante, déchirée par des éclairs, saturée d'alarmes. Au petit matin, Londres n'était que ruines fumantes et les habitants titubaient comme des morts-vivants.

Au mess régnait la morosité des matins gris de plomb. Les tics de Henry s'étaient aggravés comme si les secousses de la nuit s'étaient imprimées en son corps. À l'inverse, Nesbitt ne balançait plus d'une jambe sur l'autre. Il avait les traits tirés, le visage terne et les épaules tombantes. Samuelson et Stuvesant venaient d'appeler : ils ne viendraient pas. Enfin, pas tout de suite. Miss Davies était encore au chevet d'une parente, mais faisait savoir qu'elle se mettait en route.

Les officiers présents, les secrétaires entre elles et les cuisinières aux fourneaux s'échangeaient les nouvelles. Des dépêches tombaient tous les quarts d'heure. Autour du palais de justice, les bâtiments étaient anéantis. La flèche d'Old Bailey ressemblait à un mât piqué sur des décombres. Les docks du Surrey étaient partis en flammes, faisant fuir des colonies de rats. La Chambre des communes avait été démolie. Au fil des minutes, la liste s'allongeait : la gare de Waterloo, celle de St. Pancras, le British Museum, les entrepôts de Stepney, le stade de Wembley, où se déroulait la finale de la Football League… Preston North End avait marqué contre Arsenal et les Allemands avaient tué des supporters des deux clubs. Les frappes les plus graves avaient eu lieu aux abords de la District Line. On dénombra des centaines d'incendies.

Çà et là, sur le trajet de Patriotic School au volant de sa berline, le major avait vu des gens récupérer des débris – d'objets, d'existences – ou déblayer des gravats dans la poussière de plâtre tandis que les pompiers éteignaient les braises et que des ambulances sillonnaient les quartiers dévastés. *London can take it*, Londres peut encaisser. Londres a bon dos, avait songé le major ce jour-là.

C'était un mardi. Les pensionnaires eurent exceptionnellement quartier libre. Ils se repassaient les journaux de la veille. La Grèce était perdue, bientôt la Yougoslavie. L'Allemagne et l'Italie dépeçaient la Slovénie. Des bombes tombaient sur Alexandrie. En Afrique du Nord, les troupes de Rommel venaient de forcer les Britanniques à battre en retraite jusqu'à Sallum. Le cuirassé *Bismarck* avait coulé le croiseur de bataille *HMS Hood* près du détroit du Danemark : près de mille quatre cents marins avaient péri. Les nouvelles du front atlantique étaient également désastreuses.

Au dernier glas de la cloche appelant au déjeuner, le major prit la parole :

— Il y a un an jour pour jour, Churchill a promis du sang, de la sueur et des larmes. Vous voilà témoins que le contrat a été respecté.

Derrière le major, des officiers interprètes sortirent du rang pour traduire cette entrée en matière. Le major se voulut rassurant :

— La défense civile a tenu, trente-trois avions ennemis ont été abattus par les canons antiaériens.

Au vrai, sonné lui-même par la conflagration, il ne savait quoi ajouter. Du coin de l'œil, il capta la mine désolée de Miss Davies. Elle portait encore son manteau sur le dos, ainsi que son béret. Elle lui adressa un signe discret. Il fit quelques pas vers elle. Elle franchit le reste et l'admonesta à mi-voix. « Bien, bien, bien », fit-il. Il rebroussa chemin et se planta là où il était auparavant.

— Merci d'être là, merci. Je vous souhaite un bon appétit. Et, comme aime à dire Miss Davies, l'âme de cette institution : si vous survivez à la cuisine anglaise, vous survivrez à la guerre.

Les anglophones eurent un rire bref. Tous mangèrent en silence. Le chambard de la nuit avait épuisé leur volonté d'émettre un seul son.

L'après-midi, le major invita les officiers à se mêler aux pensionnaires dans les parties communes. Lui-même donna l'exemple et engagea la conversation avec Jondo.

En attendant qu'une bibliothécaire fût affectée à Patriotic School, il le chargea du prêt de livres et du présentoir à journaux : *France, France libre, Polish Review, La Libre Belgique…* À partir de ce jour, Jondo tint une permanence de 12h à 14h et en fin d'après-midi. Il vérifiait l'état des volumes. Il notait les noms, les numéros de chambrée et de lit, les titres empruntés. Denrée rare à cause de la pénurie de papier, les exemplaires de presse étaient prêtés pour un temps de lecture fixé au quart d'heure. Jondo interrogeait les pensionnaires sur leurs goûts. Un normalien à l'anglais impeccable voulait un ouvrage de mathématiques. De préférence, *A course of Modern Analysis*, de Whittaker et Watson. Il travaillait ou plutôt avait travaillé, précisa-t-il, sur l'application des fractions continues à la formation de nombres transcendants. Il avait rédigé la démonstration du théorème d'Hadamard sur la répartition des nombres premiers. Jondo ajouta le titre à la liste d'ouvrages que Miss Davies faisait circuler auprès des cabinets de lecture et organismes de bienfaisance. À tout hasard, il commanda des recueils de contes. Il reçut le manuel de Whittaker et Watson. Mais le requérant était déjà parti.

Les mots sur les pages, Jondo les suivait à la manière d'un pisteur de traces dans la neige. Il se plongea dans l'œuvre de Bjørnstjerne Martinus Bjørnson. Par la littérature, il lui sembla mieux comprendre les hommes. Mary lui conseilla d'afficher chaque jour en deux ou trois langues une citation ou un proverbe. « Cela crée une actualité et attire les gens. Il faut leur remonter le moral. » Il la soupçonna de lui chercher des occupations. Elle n'était pas la seule. Parfois Jondo était appelé en cuisine. Et s'il allait jeter un coup d'œil au potager ? Quel était le titre du film de ce soir ? lui demandait-on aux heures d'ouverture de la bibliothèque : *Dumbo* ou *Fantasia* ? Non, *Les Aventures de Robin des Bois*. Quand la BBC diffusait-elle le programme en grec ? Pouvait-il indiquer lequel, parmi les pensionnaires, s'appelle Radoub ? Était-il possible de faire du troc ?

« Pas de retraite, pas d'échappatoire, il faut mener son combat jusqu'au bout. »

(Trygve Gulbranssen, *The Wind from the Mountain*. Citation nº 1.)

« Si vous possédez une bibliothèque et un jardin, vous avez tout ce qu'il vous faut. »

(Cicéron. Citation nº 6.)

« Que l'amour de la patrie soit au-dessus de l'amour de la gloire. »

(Virgile. Citation nº 11.)

« Chacun est responsable de tous. Chacun est seul responsable. Chacun est seul responsable de tous. »

(Antoine de Saint-Exupéry, *Pilote de guerre*. Citation nº 32.)

La trente-deuxième citation fut l'ultime sentence qu'inscrivit Jondo. Le Norvégien garda ce prénom comme *alias* dans les forces spéciales du SOE, le Special Operations Executive, qu'il incorpora après avoir retrouvé son identité.

5

Dieu sait comment, deux proches images s'insinuèrent dans l'esprit de Peter Kensington. Ce jeune féru d'Antiquité commença à voir dans Patriotic School tantôt un temple du dieu Terme, protecteur des frontières et vengeur des usurpations, tantôt un fragment du mur d'Hadrien gardé, au temps de l'occupation romaine, par des soldats venus de Thrace, de Gaule ou du Sahara, lesquels mêlaient leurs idiomes et leurs cultures dans les fortins et les tours de guet. Aujourd'hui, la Britannia n'était plus le territoire le plus septentrional d'un empire colonial, mais un bastion démocratique érigé contre la barbarie, une tour de Babel aux accents universels. Des paroles s'y élevaient qui disaient – de ces humains – qu'ils étaient à la fois différents et identiques.

Comment croire à des histoires invraisemblables ? Comment ne pas y croire précisément parce qu'elles sont invraisemblables ?

Pour Peter, ces quelques mois furent une école de vie et de mort. Réfugiés, persécutés, rescapés, évadés, quelle que soit leur appellation, paysans et intellectuels, ouvriers et officiers étaient animés d'une même inquiétude pendant leur exil : la possibilité que le monde de la veille – leur village, leur quartier, leurs champs, leur université – évolue à si grande vitesse que l'orbite ne pivote plus sur son axe, que la tyrannie détruise familles et bibliothèques, que les amis d'enfance ne gardent rien de l'enfance, qu'il ne reste personne à chérir, et du passé, qu'un mirage et des fantômes ; que le ressac du chagrin laisse à découvert des coquilles vides.

Il y eut ce résistant qui avait traversé la Tchécoslovaquie et l'Autriche sans encombre, puis avait combattu parmi les maquisards de Mikhaïlovitch. Après quoi, il avait gagné l'Italie, la France, l'Espagne et accosté à Gibraltar. Il avait défié toutes les milices, il avait échappé à toutes les polices. L'homme se justifiait de sa bonne main. « À vivre trop de fois, on ne craint plus la mort », disait-il. Il y eut ces deux mathématiciens polonais que Peter avait interrogés et peu compris, mais il leur avait accordé l'admiration qu'on doit aux champions d'échecs et aux intellectuels fourrés dans d'incessants casse-tête. Une journée fut accordée à Peter pour faciliter leur incorporation à Bletchley Park où l'équipe d'Alan Turing les attendait.

Il y eut des revenants : des agents de retour de mission privés d'exemption de passage à Patriotic School à la suite de l'affaire Pelletier : un Français dénoncé, emprisonné à Fresnes, retourné par les Allemands et arrêté en avril 1942 quand il débarqua en Grande-Bretagne. « Retournés » comme le furent en deux ans une dizaine d'espions capturés en Grande-Bretagne et désormais aux ordres des services secrets dans leurs communications avec l'Allemagne. C'était l'opération Double Cross sans laquelle les Alliés n'envisageaient pas la victoire. Ainsi diffusaient-ils de fausses informations, une contre-propagande.

Il y eut des nationalistes et des internationalistes, des marins-pêcheurs et des ingénieurs des Ponts et Chaussées, des employés de bureau et des inspecteurs des finances.

Il y eut ce militant anarchiste qui prit le nom de Claudius quand il entra en résistance. Attendu à Londres par de Gaulle, il attendit son transport en Lysander, retardé par le mauvais temps. Passionné de photographie, il patienta en prenant des clichés de la campagne environnante. Une fois développées à Patriotic School, quelques vues de paysage coïncidaient avec des aérodromes clandestins. « Claudius » l'ignorait. Patente était sa bonne foi.

Il y eut ce frais bachelier qu'un souffle au cœur handicapait et qui déserta lorsqu'il fut convoqué par Vichy dans un chantier de jeunesse.

Il y eut ce curé défroqué qui estimait qu'il faut tantôt tendre l'autre joue, tantôt mettre l'autre en joue.

Il y eut ce jeune aristocrate d'à peine vingt ans qui, ayant réparé son propre avion de tourisme, s'était envolé de son manoir breton.

Il y eut une variété de scouts : un Strasbourgeois, affilié aux laïcs Éclaireurs de France, entra en résistance à Lyon où il adhéra, par feinte, à la branche catholique, parce que les scouts pratiquants portaient l'uniforme et que celui-ci valait laissez-passer lorsqu'il traversait la capitale des Gaules. Un autre scout s'était senti fier quand Baden Powell avait interdit les Jeunesses hitlériennes. Âgé de quatorze ans en 1937, il s'était rendu au jamboree de Hollande et avait fait la connaissance d'une jeunesse enthousiaste autour de feux de camp : des Chinois, des Américains, des Canadiens, des Anglais, des Australiens... Un troisième scout au visage poupin avait pris la route d'un bon pied. Partout jusqu'à Lisbonne, il avait été bien reçu. Des gendarmes lui offrirent même du chocolat. À l'entendre, c'était comme rejoindre en stop son correspondant anglais. D'ailleurs, pourrait-il le voir ? Il s'appelait Andrew. Il ne l'avait jamais rencontré, mais connaissait son adresse par cœur. « Eh bien, qu'est-ce qui vous étonne ? » Il était louveteau. Chez les scouts, on lui avait enseigné les techniques de survie. Il pouvait fabriquer un collet, ou une boussole avec du carton et une lame de rasoir. Il maîtrisait l'art du feu polynésien. L'écorce de bouleau brûlait bien, même mouillée. Au reste, son père lui avait passé autour du cou une médaille de saint Christophe, et il avait voyagé avec deux mouchoirs d'instruction militaire, grands tissus illustrés, que celui-ci avait conservés de la Grande Guerre. L'un portait sur le paquetage, « le placement des effets pour une revue de détail », l'autre sur les astuces permettant de franchir les obstacles de terrain, notamment les rivières. Il n'avait pas cru bon, dit-il, d'emporter le mouchoir d'instruction militaire n° 7 décrivant les consignes sur le transport des blessés, il les connaissait par cœur. Il saurait aussi fabriquer une civière à l'aide d'un canif.

« Avec trois fois rien, j'ai toujours été à mon affaire. Un hameçon, du fil et une pelote de laine. Avec le fil, j'attrape des poissons. Avec la laine, des anguilles. C'est facile. Vous fouillez dans la boue des berges. Vous déterrez quelques vers, une dizaine si possible. Vous les enfilez sur un brin de laine dont l'extrémité est attachée à un bâton. La nuit, c'est mieux. C'est là qu'elles sortent. Vous n'y voyez pas grand-chose mais vous sentez le mouvement qu'exécute l'anguille lorsqu'elle mord les vers. Eh bien, il y a ce petit temps, pas long, faut être vif, où ses dents restent accrochées au fil de laine. À ce moment, vous tirez fort et vous balancez l'anguille dans un parapluie ouvert et retourné, en un tournemain. Et après, pour l'éviscérer… »

Le jeune débrouillard avait du muscle, des nerfs et une bizarre obsession des signes : les étoiles veillaient sur lui et sa défunte mère l'avertissait des dangers. Il avait aussi un esprit pratique allié à une dose de folie. Il sut faire confiance quand il le fallait et mentir quand il le devait. Il n'a pas hésité à enfreindre les interdictions – « *ACHTUNG MINEN* ». Il était optimiste et croyant. Peter avait hésité à crever son nuage. Après tout, Patriotic School s'apparentait à un jamboree… Plus tard au cours de cette journée,

Peter s'était demandé comment on enfilait un ver sur un brin de laine.

Au fil des mois, des espions ennemis essayèrent encore de pénétrer au Royaume-Uni par la voie des airs et ils échouèrent. L'automne 42 allait marquer un tournant dans la guerre et à Patriotic School, désormais vouée autant à la collecte de renseignements qu'à la détection d'agents ennemis.

En prophète, Cookie avait tôt mis en garde les officiers du MI5 : les tentatives de débarquement seraient moins grossières. Puis il avait compté l'effectif qui l'écoutait et pointé tour à tour chacun d'eux avant de conclure : « Vous êtes les mailles du filet. »

30 OCTOBRE 1942

6

Algésiras (Andalousie, Espagne), 15 h

Au cœur de l'après-midi, Victor prit l'autocar qui le conduirait d'Algésiras à Gibraltar, là où flottait l'Union Jack. Le bus longea la côte en arc de cercle sous un soleil qui faisait scintiller les eaux bleues de la Méditerranée. Au loin se découpaient avec netteté les montagnes du Rif. Parvenu à destination, Victor fut frappé par la rectitude des fûts et des rues, à l'image de Main Street traversant la ville d'un bout à l'autre. Le Rocher était une forteresse truffée de canons. Victor les oublia vite, ainsi que les tirs de DCA et les navires de guerre mouillant dans le port. Il émanait d'ici un joyeux désordre qu'embaumaient les étals de fruits. Des airs de jazz se mêlaient aux mélopées gitanes et aux chants africains tandis que des singes bondissants chapardaient bananes et galettes de maïs. La citadelle bruissait d'une multitude de langues. Militaires et civils – réfugiés, hommes d'équipage, marchands, employés de bureau –, tous formaient une bohème bariolée.

Victor se présenta à qui de droit. On le conduisit dans un baraquement. Deux officiers le soumirent à un entretien courtois pendant qu'un troisième inspectait sa sacoche. Après quoi, Victor rencontra Donald Darling du MI9. Entre eux, le courant passa.

— Attendez-vous à un examen d'entrée, quand vous arriverez en Angleterre, le prévint celui-ci à l'issue de leur conversation.

L'homme portait beau, malgré sa mâchoire carrée et les cernes qui creusaient ses orbites.

— En quoi consiste cet examen ?

— En un séjour prolongé dans une résidence de la Couronne.

— Oh, je m'évaderai une seconde fois.

— Je vous le déconseille.

Pour Victor, les conseils étaient pareils à des parapluies prêtés par beau temps. Et, quand il pleuvait, il n'était pas désagréable d'en être dépourvu. Rien ne valait l'improvisation. Un conseil n'était pas forcément un bon conseil. Ou il l'avait été, mais un bon conseil s'évente vite. Involontairement, il crispa le poing. La minime contraction n'altéra pas son optimisme.

— Quand pourrai-je voir la Tamise ?

— En ce moment, la grippe fait des dégâts sur le Rocher. Il y a des désistements sur des bateaux pour cause de maladie. Avec un peu de chance, vous pourrez embarquer demain ou après-demain. Restez dans les parages.

Quand Victor quitta Darling, la nuit était tombée. Il consulta sa montre. À peine 18 h 30. Il s'arrêta à la terrasse d'un café et commanda un verre de xérès, puis un deuxième. Lorsque le poste-frontière ferma à 23 h et que les boutiques tirèrent leur rideau, l'agitation s'évanouit. Victor se mit en quête d'un toit. Les hôtels affichaient complet. Pareil pour les pensions de famille.

Finalement Victor dégota un lit de camp à l'hôpital militaire.

Dans la nuit, un Écossais, enroulé à ses pieds, le réveilla. Il cherchait ses bésicles. Après deux battements de cils, Victor se rendormit.

31 OCTOBRE 1942

7

Gibraltar, territoire britannique, 8 h 30

Victor se réveilla dans un brouhaha infernal. L'Écossais de la veille n'avait retrouvé ni ses lunettes ni ses esprits, mais enserrait dans ses paluches un singe apeuré. Sa barbe noir de jais assourdissait une litanie de « *fucking, fucking, fucking...* » :

— Savez-vous comment la *putain* d'armée britannique recrute des *putains* d'Écossais pour les *putains* de régiments des Highlands ? Eh bien, les *putains* de sergents recruteurs vont dans les *putains* de collines, où les *putains* d'Écossais vivent dans des *putains* de grottes. Les *putains* de sergents recruteurs déposent des assiettes de *putain* de porridge dans la *putain* de bruyère devant la *putain* d'ouverture des *putains* de grottes. Les *putains* d'Écossais affamés sortent et les *putains de* sergents recruteurs se jettent sur eux, c'est comme ça qu'ils recrutent ces *putains* de régiments des Highlands !

L'Écossais adressa à Victor un sourire de brigand.

Dès qu'il fut habillé, Victor rendit visite à Donald Darling. Il plaida sa cause. *OK*, dit l'officier anglais. Le porte-avions *HMS Argus* appareillerait sous peu. À moins que le paquebot polonais MS *Batory* ne le prenne de vitesse. Victor consulta sa montre.

Elle lui avait été léguée par son père. Il lui restait vingt minutes. Il récupéra à toutes jambes sa valise glissée sous la couverture de son lit de camp. Il se rendit au port et croisa sur le quai l'Écossais qui avait chaussé son macaque de lunettes. *Fucking farewell !*

Victor monta à bord du porte-avions d'où des biplans Swordfish décollaient à toute heure et tournoyaient par cercles concentriques. Sur l'entrepont, un officier désigna un point dans les vagues. Vérification faite, juste un paravane et son aussière. À l'approche de la côte, la même vigie prêta à Victor ses jumelles :

— La Chaussée des Géants, indiqua-t-il.

Pour Victor, la formation basaltique ressemblait, en plus imposant, aux Orgues d'Espaly, près du Puy-en-Velay. De blanches falaises qu'assombrissait le contre-jour.

1er NOVEMBRE 1942

8

Katwijk, côte de la mer du Nord (Pays-Bas), minuit

Les lampes de poche pallient la panne d'électricité. Cependant, pour le montage, les frères Peteri ne jouissent pas d'une vue d'ensemble. Chaussés tous deux de lunettes, ils assemblent les pièces entre zones d'ombre et trouées de lumière. Peu à peu le kayak prend forme. Il s'incurve. Un beau squelette de bois blond. Bientôt ils auront achevé la coque. C'est un kayak de la marque allemande Pirat, cinq mètres de long, le dernier qui restait en stock à Rotterdam.

— Non!

— Quoi?

— Willem! Il manque quelque chose, s'écrie Han.

— Ben oui, la toile, répond son aîné.

— Non, ça!

Han place dans la lueur de la lampe un morceau pas plus gros qu'une main.

— Qu'est-ce que c'est?

— Je n'en sais rien. La question est : où ça va?

Par terre, il reste ce cylindre de bois. Ils balayent la coque des yeux. Ils étudient le mode d'emploi. Par où ont-ils commencé ? Ils pointent chaque étape, chaque pièce.

C'est une barre de la proue. *Verdomme !* Merde ! Ils sont contraints de défaire la moitié de ce qu'ils viennent de monter. Le départ était prévu à minuit. Il est déjà 1 h 30 lorsqu'ils se faufilent dehors en portant le kayak, Han à l'avant, Willem à l'arrière.

Dans la journée, Han a mémorisé le chemin afin de ne pas utiliser la lampe.

La plage est là. Ils ont retiré leurs chaussures et noué les lacets pour les porter autour du cou. Ils mettent le kayak à l'eau, balancent leurs affaires dedans et embarquent d'un même élan. La poussée commune les déséquilibre. Les voilà mouillés, ainsi que leur matériel. Han réprime un juron. Tout en tenant l'embarcation d'une main, il en récupère une partie dans l'obscurité. Il tâtonne du pied, plonge un bras. Une boîte de conserve. La torche, sans doute inutilisable. Lorsque Han reprend place dans le kayak, son frère et lui ont divisé par deux leur équipement. Par chance, le manuel de physique est resté bien calé à l'extrémité du kayak. Ils remontent prudemment à bord, manœuvrent les pagaies et commencent à glisser sur une mer plus noire que la nuit.

Pas de grain ni de pluie. Le vent d'est dans le dos, comme prévu. Cap à l'ouest.

Cette nuit ou jamais.

3 NOVEMBRE 1942

9

Harwich, comté d'Essex, 6 h 40

Le vieux contre-amiral Harrington habitait une demeure géorgienne transformée en poste de douane à Harwich. À l'aube, il fut tiré du lit. Trois hommes venaient d'accoster à Parkeston Quay. Il nota leurs noms : Johannes Marinus Dronkers, Jan Bruno de Langen et John Alphonsus Mulder. Il leur proposa du thé, puis se mit à la tâche.

Dans son rapport, le contre-amiral résuma l'affaire comme suit : à l'aube, le *Joppe*, un voilier battant pavillon hollandais, avait émergé de la brume, tracté par le *Corona*, un remorqueur de la Royal Navy : cela après que des officiers eurent aperçu des signaux de détresse et arraisonné le bateau à trente miles des côtes.

Jusque-là, le contre-amiral Harrington était accoutumé aux atterrissages en catastrophe, tel cet avion biplace volé par deux pilotes belges qui avait manqué de s'écraser dans les environs.

Le skipper du *Joppe* déclara qu'ils venaient de s'évader, qu'ils avaient appareillé de Hellevoetsluis quarante-huit heures plus tôt. Ils avaient navigué plein ouest et après une dizaine d'heures, ils avaient dû arrêter le moteur en surchauffe et n'avaient pu le remettre en marche, de sorte qu'ils avaient hissé les voiles. La mer était devenue agitée et ils s'étaient retrouvés en difficulté. Johannes Marinus Dronkers s'exprimait dans un anglais impeccable. Avec les deux autres, le dialogue était poussif.

Le temps qu'ils finissent de siroter leur thé brûlant, un officier d'immigration talonné par deux policiers avait pris les choses en main. Le train qui les conduirait à Londres partait à midi. Qu'ils se réchauffent en attendant. Dronkers, l'homme qui parlait bien l'anglais, s'enquit de leur destination. La présence des policiers semblait le mettre mal à l'aise. « Oh, un centre d'accueil pour vous retaper, reprendre des forces », répondit l'officier d'immigration arrivé en tête. Il paraissait amène. Il félicita les naufragés pour leur traversée héroïque et refusa, à l'heure dite, qu'ils portent leurs propres bagages. « Non, non, laissez, mes gars vont le faire. Confiez-nous aussi vos papiers d'identité, si vous en disposez. Simple mesure de précaution… pour votre propre sécurité. »

Le contre-amiral tendit l'oreille. Ce discours lui rappelait vaguement les termes d'une circulaire intitulée « Vigilance et Réassurance », l'une des dizaines passées sous ses yeux en quelques mois. Il but une gorgée d'Earl Grey et reporta son attention sur les dernières lignes de son rapport. Il ajouta : « Le voilier est réquisitionné par les douanes. L'inventaire des biens est en cours. Il suivra. » Il faillit indiquer « dans l'heure », il hésita pour « demain », il se décida pour « bientôt ».

4 NOVEMBRE 1942

10

Quelque part en mer du Nord, 3 h 40

Après la fatigue, l'épuisement. Sans sa montre tombée en panne quand il a plongé son bras dans l'eau, Han Peteri en est réduit à conjecturer. Il sait que son frère et lui ont laissé une cinquantaine d'heures derrière eux. Ils ont vu deux levers de soleil, peut-être un phoque, à moins qu'il ne s'agisse d'un débris de couleur sombre.

Le mieux serait de s'étirer. Au moins, se mettre debout. Mais Han n'ose plus faire de grands mouvements depuis le dessalage. Son frère s'est roulé en boule, sa serviette en guise d'oreiller. Il tient ses mains croisées sur sa poitrine. Ses fesses pataugent dans une flaque. À cause du mal de mer, il a vomi sa ration de biscuits et de haricots en conserve.

Tous les cent cinquante ou deux cents coups de rame, Han plie les jambes et ouvre un œil. Il avise la boussole à la lueur de la torche qui, contre toute attente, fonctionne encore. Le cap… Aucune mouette. Peu de houle. La rythmique des bras le berce. Quand ses muscles sont endoloris, il diminue l'amplitude. Parfois il effleure à peine la surface. Il continue ainsi jusqu'à retrouver de la vigueur. Les chiffres lui donnent le tournis. À partir de

180, il renonce à marmonner. Il visualise le décompte. À chaque tour de rame, il change l'unité et parfois la dizaine. Comme un ressort qui, parvenu au butoir, fait tomber l'image suivante. Efficace est la méthode. Elle le tient concentré. Le souffle se préserve, Han l'a compris.

224… 225… 226… Il peigne l'eau. Il la démêle. Il peigne encore. Tandis que le kayak file sur son erre, il agite les genoux, puis remet en place la serviette entre ses jambes. Il immerge de nouveau les pales et pousse l'eau vers l'arrière.

Il reste des choses non domesticables en ce monde : la révolte, le coup de foudre, les démocrates convaincus, les vagues.

Pour l'instant, l'eau est paisible.

Han souffle un peu puis reprend les rames. Il recompte depuis le début. Il laisse son frère se reposer un peu. Avant leur fuite, il s'est entraîné sur l'Oude à Delft. Son université s'étant mise en grève, il a eu du temps libre. Willem occupait un emploi. Il a moins d'endurance.

L'aube se lève par stries. De pâles lueurs rasent la surface de la mer. La vue de Han est brouillée par la bruine. Ses lunettes sont criblées d'eau. Il les essuie à son col. Quand il les repose sur son nez, total est l'émerveillement : partout des méduses, des dizaines de méduses. Elles lui réservent un spectacle datant du Précambrien. Ces corolles, ces fusées, ces voilages de dentelle, ces effets de transparence, les bulbes et les lianes, à la fois bouées et balises, champ de fleurs écloses, petits rats de l'Opéra, parachutes aquatiques et mobiles ombres chinoises. Il range les rames pour s'accorder à leurs oscillations. Il se sent privilégié.

Peu à peu, la lumière moins rasante enfonce les méduses dans les profondeurs. Han poursuit sa navigation. Ses muscles sont lourds. Pour alléger le kayak, il a jeté par-dessus bord la conférence du professeur Kronig, son professeur à l'université de technologie de Delft. Dieu sait quand il poursuivra ses études. Il reprend le compte qu'il avait abandonné : « 497-498-499-500… »

Il se retourne et secoue Willem. Celui-ci cligne des yeux.

— Tu as vu une mouette ?

— Pas encore. C'est ton tour.

Han s'assoupit un peu. Pas longtemps. Il est réveillé par son frère. Il se redresse, mais Willem l'abaisse d'une tape sur l'épaule. Il se penche vers lui et désigne, avec une pagaie, un cargo à bâbord. Han le rassure : leur embarcation tutoie à peine la crête des vagues. Par prudence, son frère amorce un virage pour s'éloigner, le temps que le cargo disparaisse.

Après la pluie, le brouillard. Devant eux, tout s'est estompé en l'espace d'une demi-heure. Tout paraît ouaté, comme sulfaté de blanc.

Han, incapable de trouver le sommeil, distingue d'abord une croûte. Des aspérités sur la ligne d'horizon qui grossissent lentement. La côte se précise. Voici un phare, tel un sceptre brandi en direction du ciel, une quille qu'un géant aurait oubliée.

La falaise en craie blanche ne présente plus un aspect aussi aigu qu'auparavant.

Han saisit son frère par l'épaule.

— Willem, ça y est, un peu à droite. Doucement.

La houle le projette contre le bord. Une vague le submerge jusqu'à mi-corps.

Un bond. Maintenant !

Les deux frères tirent leur kayak vers le rivage et l'abandonnent à sec. Des chevaux de frise protègent l'accès à la plage. Ils la contournent. Entre deux fortins, Han entrevoit une série de marches sculptées dans la craie.

— Qu'est-ce que tu fais Han ?

— Je monte.

— Mais non, se récrie Willem.

— Quoi ?

— Si c'était un champ de mines ou s'ils nous tiraient dessus ?

— Ce serait stupide.

— De la part de qui ?

— Trop tard.

Des hommes en armes viennent de surgir d'un bloc de béton, à moitié dissimulé, que Han a pris pour de la roche.

Les frères lèvent les bras en signe de reddition. Ils sourient, un peu inquiets.

— *Hello, gentlemen !* entendent-ils.

Han trébuche sur un buisson de genièvre.

— *You came to join the Army ?*

— *Yes*, répondent-ils.

Des mouettes poussent des cris d'olifant, et les frères Peteri entonnent un cri de victoire.

11

Greenock, côte ouest de l'Écosse, 8 h 30 du matin

De Greenock où il débarqua, Victor fut emmené en voiture à la gare de Glasgow. Le trajet dura une demi-heure dont la moitié le long du littoral. Dans le train, les rideaux étaient tirés et les lumières éteintes. Un policier sortit une lampe torche et l'enveloppa d'un cône de papier pour diriger le faisceau de lumière sur son carnet. Dehors il y avait des feux d'incendie. Il les vit rougeoyer derrière les rideaux, dont les plis faisaient trembler les flammes. Il en compta cinq. À intervalles réguliers, avec toujours la même hauteur et la même forme de brasier, oblongue. Captant son regard, le policier éteignit sa lampe et jeta un coup d'œil à travers la vitre. Il referma le rideau et se remit à griffonner des bordereaux. Qu'est-ce qui brûlait? se demanda Victor. Des maisons, probablement. Le train ne ralentit pas. Aucune sirène ne retentit.

Sur le quai de la gare Victoria, des policiers surveillaient les passagers qui descendaient. Son escorte le mena vers une fourgonnette en maraude. Victor grimpa dedans.

— C'est la première fois que je suis dans un panier à salade, commenta-t-il.

Pour toute réponse, il eut droit à de minces sourires. Deux jeunes gens discutaient en néerlandais, langue que Victor jugeait la plus laide de la terre. Même quand ils murmurent, ils éructent, se dit-il.

Sa tension monta d'un cran quand trois autres Bataves les rejoignirent. Victor se décala vers l'avant. Il frissonna un peu : la banquette en tergal était glacée. Il étendit ses jambes pour les secouer un peu.

— *May I smoke?* demanda-t-il.

L'estafette montée avec eux fit signe que oui, avant de préciser :

— On patiente. Un autre train.

De son blouson en cuir, Victor sortit son paquet et proposa des cigarettes. Le trio nouvellement arrivé se servit. Les jeunes Bataves déclinèrent. Ils avaient l'air éreinté. Victor nota un air de famille. Une dizaine de minutes s'étaient écoulées quand la porte s'ouvrit et qu'un autre trio fut invité à monter. Tous paraissaient mal en point, terriblement amaigris. Le plus âgé, la quarantaine bien avancée, se hissa à l'aide d'une canne dans l'habitacle. Un adolescent au teint mat le poussa sans ménagement. Victor rattrapa l'infirme et l'aida à s'asseoir. Il décocha un coup d'œil sévère au jeune malotru. Malgré sa couche de vêtements, celui-ci paraissait squelettique, de même que l'homme qui l'accompagnait et qui s'évertuait à le calmer. La fourgonnette démarra. Les jeunes Bataves s'assoupirent aussitôt. Un type d'âge mûr, à la chevelure en bataille, commença à fredonner. Victor l'arrêta d'une pointe de botte dans le mollet.

Par le grillage et la petite lucarne entre deux têtes, il entrevit une enfilade de rues. Des voitures circulaient, quelques bus, des charrettes. Les rebords de trottoir étaient zébrés, une géométrie en noir et blanc différente des pavés de Lisbonne qu'il avait quitté quelques jours plus tôt, où les deux couleurs sinuaient en larges courbes, le basalte contrastant avec le calcaire.

Au bout d'une vingtaine de minutes, les maisons s'espacèrent et se réduisirent à un étage tandis que les nuées de brume se dissipaient. Entre deux édifices en brique se glissaient des cottages.

La fourgonnette s'arrêta le long d'une rue où stationnaient d'autres véhicules.

Des portières s'ouvrirent et claquèrent.

— *Stop ! The end !* cria le chauffeur.

Quand, par l'entrebâillement du portail, ils aperçurent le bâtiment flanqué de tourelles, le passager aux cheveux en broussaille s'exclama :

— *The Parliament !*

— *Wow ! No !* s'esclaffa l'escorte.

— Qu'est-ce que c'est ?

— Une propriété de la Couronne, intervint Victor.

— *An asylum center*, expliqua l'estafette.

— Patriotic School, claironna le chauffeur qui sauta hors du Black Maria.

Eux devaient rester là, fit-il comprendre aux autres passagers.

— Patriotic School ? Un peu simplet comme nom. C'est quoi ? Un camp de redressement ? relança en anglais un Néerlandais.

— Notre comité d'accueil, répondit Victor qui écrasa son deuxième mégot sur la paroi en tôle.

Devant eux, la file de véhicules diminuait. Trois hommes sortirent d'un taxi. L'un d'eux claudiquait. Un autre d'allure juvénile ne dépassait pas un mètre cinquante-cinq.

Une place se dégageant, le chauffeur du Black Maria remonta à bord et embraya pour gagner quelques mètres.

Vint leur tour. L'estafette réveilla l'endormi et les fit tous descendre. Victor salua les sentinelles qui reportèrent leur regard sur un autre fourgon de police en approche. Dans le vestibule, l'estafette transmit des documents à un réceptionniste. Celui-ci les examina, prit une feuille, la tamponna et la remit à l'escorte qui s'éclipsa. Le cerbère plut à Victor. C'était un bougon engoncé dans une tunique rouge d'apparat et coiffé d'un casque, sorte de plat à barbe qu'on aurait renversé sur sa tête. Ou une écuelle, le moule en creux d'un œuf au plat, une bouche d'incendie… Victor hésitait. Avec un accent à couper à la baïonnette, l'Irish Guard déchiffra l'en-tête des dossiers qu'il venait de recevoir : « Victor Ruzou » (c'était Rousseau), « Gunnar Olsen » (celui-ci leva sa canne), « Han Peteri et Willem Peteri » (leurs noms à eux ne furent pas écorchés). Le réceptionniste poursuivit en articulant : « Mulder ». Celui-ci fit un signe de tête. « Langen » ? Le susnommé acquiesça. « Dronkers ? » Ledit Dronkers commença à parler. L'Irish Guard l'arrêta de la main.

— *Dutch ?*

La majorité hocha la tête.

— *French ?* Français ?

— *Yes*, répondit Victor.

Le costaud, dont les pommettes étaient aussi vermillon que sa tenue, lui désigna une affichette.

Victor lut : « L'Angleterre est une forteresse qui se défend à l'entrée. Charles de Gaulle. » Il opina.

L'Irish Guard se gratta derrière la jugulaire enfouie dans ses poils et s'empara des deux dossiers restants. Des Yougoslaves ?

— *Speak English ?*

L'un des deux secoua la tête en signe de dénégation.

Mince ! Le réceptionniste tira un tiroir de son bureau, chercha dans la paperasse, ne trouva rien dans leur langue et se décida à passer un coup de fil. En attendant que Belish décroche, il fit comprendre aux autres qu'ils devaient inscrire leurs noms sur un registre et signer la notice d'accueil.

NOTICE D'ACCUEIL

Le major de la Royal Victoria Patriotic School, à Wandsworth, vous présente ses compliments et a l'honneur de vous remettre ci-dessous une copie des règlements qu'il vous prie de bien vouloir observer pendant votre séjour ici. Il espère que vous vous rendrez compte de la nécessité d'avoir un centre d'accueil de ce genre, où les personnes arrivant dans ce pays auront l'occasion de donner les renseignements nous permettant de vérifier leur identité et leurs antécédents. Il tient à attirer votre attention sur l'importance qu'il y a, tant dans votre propre intérêt que dans celui de la cause alliée, à observer strictement les règlements de ce centre.
De la part du gouvernement de Sa Majesté, le major vous souhaite la bienvenue dans ce pays et vous félicite de votre arrivée ici sain et sauf. Il vous suggère, aussitôt que vous aurez quitté ce centre, de ne pas manquer d'aller offrir vos services à la cause des Alliés.

Règlement du centre d'accueil

Ce centre d'accueil a été établi en vue d'offrir un hébergement temporaire aux sujets alliés et neutres qui arrivent en Grande-Bretagne.
Il est du devoir des officiers de ce centre de vous aider à prouver votre identité et, à cet effet, de voir tous les documents

pouvant se trouver en votre possession et de vous demander tous les renseignements qu'ils jugeront nécessaires.
Votre intérêt est donc de répondre de façon franche et explicite aux questions qui vous seront posées.
Aussitôt que votre identité et votre bonne foi auront été établies, vous serez envoyé au représentant de votre pays en Grande-Bretagne, et toute facilité vous sera donnée pour vous permettre d'atteindre votre destination.
En attendant, vous comprendrez que, pour des raisons de sûreté, aucune communication ne sera permise avec l'extérieur, soit par message, lettre, téléphone ou tout autre moyen.
Je, soussigné, *Victor Rousseau*, déclare avoir, pris connaissance, le 4 novembre 1942, des règlements ci-dessus et comprends qu'il est de mon devoir de les observer pendant mon séjour dans ce centre d'accueil.

Cette formalité accomplie, un caporal précéda Victor et les frères Peteri tandis que les autres étaient retenus par l'Irish Guard. Ils traversèrent trois salons en enfilade où étaient disposés des chaises et des fauteuils club occupés par des hommes qui ne leur prêtèrent aucune attention. Victor remarqua les tables de jeu, les livres, les journaux, le billard. Au moins, pendant son bref séjour, il ne mourrait pas d'ennui.

Ils passèrent devant un réfectoire. Sur un guéridon à l'entrée trônaient des drapeaux en papier, vissés dans des socles en bois. Victor se laissa distraire par le plafond festonné de blasons. Parfois, le caporal s'arrêtait et indiquait de la main quelque chose. Une succession de salles laissait entrevoir des pupitres d'écolier séparés par des paravents de type médical. Dans les corridors dallés de pierre, la lumière pâlotte se confinait aux fenêtres à meneaux, trop hautes pour être à portée de vue.

Le caporal les entraîna dans une pièce meublée d'étagères métalliques où ils furent reçus par un individu aux mains gantées.

— Malle, sacoche, valise. Soyez assez aimables pour vider vos poches. Les montres…

Victor, Han et Willem Peteri s'en défirent.

— Tout vous sera restitué.

Ils authentifièrent leurs bagages, étiquetés à leur nom. Chaque valise fut épluchée, couche par couche. Papiers, billets, pièces de monnaie furent glissés dans des enveloppes.

— Donnez aussi vos cigarettes, briquets et boîtes d'allumettes.

— Pas question, fulmina Victor.

— On vous en fournira d'autres : dix par jour, et vous aurez la possibilité d'en acheter. L'argent vous sera rendu demain ou après-demain. À moins que vous ne préfériez qu'il soit conservé dans un coffre à l'entrepôt. Et vous pouvez réclamer dans vingt-quatre heures quelques objets qui vous sont utiles le temps de votre séjour.

— Ma montre, par exemple ?

— Par exemple.

— Il y a des vols ? s'inquiéta l'un des frères Peteri.

Question de pure forme : lui n'avait pour tout bagage que les vêtements élimés qu'il portait.

— Très peu. Nous avons des responsables d'étage. Mais il y a des trafics. La semaine dernière, un Polonais a remporté au poker un appareil photo et son officier supérieur fut, disons, mauvais perdant. Justement vous allez faire la connaissance de Matthew, notre maître du Leica. Clic-clac ! C'est bon, les inventaires sont contresignés ? demanda l'homme aux gants blancs pour confirmation.

Les deux préposés au dépôt lui firent un signe affirmatif.

Le caporal anglais les emmena ensuite dans une salle d'attente.

Victor fut le premier à pénétrer dans le studio de prises de vue. Machinalement il redonna son nom. « Victor Rousseau. »

— Nous l'avons déjà. Vous portez des lunettes ? questionna Matthew en ajustant son trépied.

Quatre photos sous la toise, face et profil, dont une paire avec matricule. Direction : le dispensaire.

La douche qui s'ensuivit fut bienfaisante. Un médecin maigrichon jugea Victor en excellente santé, et une infirmière à la peau délicate inspecta ses cheveux avec satisfaction. Une fois rhabillé, il renifla son pantalon et son blouson. Ceux-ci exhalaient une drôle d'odeur qu'il n'avait pas perçue avant, à croire que l'eau de la douche lui avait débouché le nez. Victor regretta d'avoir renoncé au service de blanchisserie offert par la maison. À la sortie du dispensaire, un autre soldat l'attendait. Le circuit est bien rodé, jugea Victor. Ils empruntèrent un escalier à cage étroite jusqu'au deuxième étage. À chaque palier, des W.-C. sans verrou, juste un disque mobile à l'extérieur. Victor se revit au pensionnat, décorant les mêmes disques de dessins : tête de mort, cible, pénis. Rien de plus commun.

Le soldat le laissa aux mains d'un responsable d'étage. Celui-ci invita Victor à le suivre jusqu'à la chambrée 12 comme l'indiquait le numéro sur la porte entrouverte. Il lui désigna sa place parmi les lits alignés le long des murs, que séparaient des tentures. Il y avait un coffre en bois devant chaque couchette.

— Pour vos affaires. Quand vous les aurez récupérées.

Dans la chambrée aux rideaux tirés qu'éclairaient des ampoules nues, Victor tapota son lit. Ça allait. Il lança : « Salut, la compagnie ! » et se présenta. Des voix répondirent : « Sylvain, garagiste », « François, communiste ». Il y avait aussi Luc, un saint-cyrien taciturne d'une trentaine d'années ; Lorenz, un Alsacien enrôlé de force qui avait faussé compagnie à la Wehrmacht en Sicile ; Raymond, fait prisonnier au début de la guerre ; Germain avait laissé ses parents à Nouméa, et Daniel, militaire de carrière, avait déserté en Syrie et transité par la Cisjordanie. « Ça n'existe pas une armée d'armistice. Que Pétain aille se faire cuire le cul. » Valère avait pris un voilier à Djibouti pour rallier l'Afrique du Sud. D'Hubert, Victor ne sut pas grand-chose, excepté qu'il grenouillait à Grenoble avant les hostilités. Le plus jeune s'appelait Roger. Il était issu d'une famille bretonne de douze enfants. Lui-même était encore un enfant, malgré sa barbe fournie et ses cals aux mains. Le plus ombrageux était un Oranais surnommé le Mistigri, dit-on à Victor en lui désignant une couchette proche d'une fenêtre. Un type s'y morfondait, un bras replié sur le visage.

— Il y a encore dix gars avec nous, que des Français et deux Belges. Mais ils sont en entretien, expliqua Valère.

Il avait une voix étrangement perchée pour un homme si corpulent.

— Pas vous ? s'étonna Victor.

— Tu vas vite comprendre comment ça marche. Il y a des roulements, des priorités et des vérifications, qu'ils disent. Alors, on mijote parfois à petit feu, observa Germain.

Ils lui détaillèrent les horaires de la maison :

— Les interrogatoires de l'après-midi débutent à 14 h. Le matin, c'est à partir de 9 h. Le bar-épicerie ouvre à 17 h. Le dîner est servi à 21 h. En se pressant un peu, on a fini à temps pour *Les Français parlent aux Français*.

Victor enregistra les informations.

— Et là, quelle heure est-il ? Les Anglais m'ont pris ma montre.

Germain regarda la sienne.

— Presque 17 h 30.

— Et qui est, parmi vous, le mouton noir ? demanda Victor à brûle-pourpoint.

C'est ainsi que Donald Darling, à Gibraltar, lui avait résumé la vocation de l'établissement : une gare de triage pour identifier les brebis galeuses.

Ceux qui comprirent sa question partirent d'un rire bref, un peu gêné. Deux paires d'yeux coulissèrent discrètement vers Raymond.

— Vous êtes ici depuis longtemps ? reprit Victor auquel leur embarras n'avait pas échappé.

— Hier, répondit Daniel.

Douze jours pour Valère et Hubert, trois pour Sylvain et François. Lorenz et Raymond baissèrent la tête et ne répondirent pas. L'atmosphère s'était chargée d'anxiété.

Valère s'approcha de Victor :

— C'est une question un peu taboue ici. Ça démoralise, lui souffla-t-il à l'oreille. Si on reste longtemps, c'est que quelque chose coince et on est mal vu.

Personnellement, Valère ne pensait pas qu'un traître pût se glisser parmi eux. Il voyait les Anglais débordés et avait tiré le constat suivant : des gens sortaient en trois jours, parfois moins, quand lui allait voisiner la durée moyenne de séjour. Pas loin de deux semaines. C'était une question d'importance et de priorité. Ici revenaient des agents de retour de mission. Il ne fallait pas être un fin limier pour s'apercevoir qu'ils étaient l'objet de toutes les attentions, de même que les militaires galonnés, les préfets et députés français. À Patriotic School, il y avait une histoire orale que recevaient les arrivants de la part des candidats au départ. Elle était faite de *name dropping* et d'anecdotes. Aussi savait-on qui occupait la chambrée auparavant.

— Eh, le nouveau ! héla François.

— Hein ?

Victor tourna la tête.

— On se demandait si les British te confisqueraient quelque chose, questionna son voisin.

Valère était un gars athlétique au sourire franc.

— Probablement mes faux papiers, dit Victor en pliant son blouson de cuir et en le déposant à l'intérieur de son coffre.

Il se ravisa et le reprit. Il devait faire prendre l'air à son blouson et en chasser la mauvaise odeur.

— Tu as emporté des lettres ? gloussa Sylvain.

— Des lettres ?

— Du courrier, quoi.

— Oh là, grogna un petit gros à sa gauche.

François, se rappela Victor.

— Oh là, répéta Sylvain, un gringalet au visage anguleux fendu par l'hilarité.

— *Too bad!* s'exclama le premier.

— *Too bad!* fit le second en écho.

Le duo piqua la curiosité de Victor :

— Les Anglais n'aiment pas les lettres ?

— Ils les adorent au contraire, répondit le ventripotent : encre sympathique, code chiffré, adresses cryptées. Tout le toutim ! ajouta-t-il en tendant la main.

— Victor, dit-il en la lui serrant.

François se tourna vers son copain.

— Sylvain va t'expliquer.

Et Sylvain expliqua :

— Avec François...

Il désigna le rondouillard, lequel se mit à rire et hoqueta :

— Je sais, Laurel et Hardy.

— On a parcouru ensemble un bout de chemin, reprit Sylvain.

Leurs itinéraires avaient convergé, une fois passées les Pyrénées. À peine étaient-ils descendus vers l'Espagne que la Guardia Civil les avait arrêtés. Elle les avait emprisonnés à Goron, puis transférés au camp de Miranda où ils avaient partagé une logette dans un baraquement, et passé leur temps à s'épouiller et écosser des pois. Les Français arrivés clandestinement en Espagne y étaient internés, considérés comme une monnaie d'échange contre des livraisons d'engrais ou de blé. Remis à la Croix-Rouge, Sylvain et François avaient été relâchés le même jour. Ils avaient poursuivi côte à côte leur trajet jusqu'à Londres. À leur arrivée, ils s'étaient liés d'amitié avec Maurice, voué tantôt à un enjouement méridional, tantôt à la mélancolie la plus noire. Le Mistigri.

— La couchette là-bas, tu vois ? dit-il en baissant d'un ton.

Valère désignait le type couché.

— Il est malade ? s'enquit Victor.

— Non, il suinte l'ennui et la mauvaise humeur aujourd'hui. Mais tu le verrais dans un bon jour…

— Euh, le Mistigri ?

— Le fameux. Il nous a mis dans le bain. Le gars chaleureux. Et courageux. Dis, tu n'aurais pas un coton-tige dans ton coffre ?

— Désolé, mon vieux, je viens d'arriver, dit Victor.

L'autre fit un geste d'excuse et continua :

— Affilié à un groupe de résistance, il a été arrêté par la police de Darlan… Et un repousse-cuticules ? fit Sylvain.

— Non plus.

— Tant pis. Bon, donc le gars sans peur et sans reproche. Tu vois ?

Victor voyait.

— Ben, il a emporté toutes les lettres d'amour qu'il a reçues. Un paquet. Maurice est un tombeur. Un baratineur de première.

Donc, des femmes, il en a eu, de-ci de-là. Représentant de commerce, c'est bonnard. Tu vois ?

Victor voyait toujours :

— Quelle branche ?

— Les machines Underwood. Ses succès se sont retournés contre lui. Les Anglais lui ont demandé les noms et adresses de toutes ses correspondantes. Ils ne l'autoriseront pas à sortir avant d'avoir vérifié le pedigree de toutes ces dames.

— Aïe.

— Et une lime à ongles ? insista Sylvain.

— Non plus, désolé.

Qu'est-ce qu'il a, il est bouché ou quoi ? se demanda Victor, passablement irrité. Heureusement Valère changea de sujet.

— Tu as une fiancée ?

— Non.

Une fiancée, non. Une amoureuse, oui.

— Pas de lettres d'elle ?

— Aucune, répliqua-t-il sur un ton sans appel.

Victor considérait l'amour véritable comme il envisagerait l'achat d'une maison. Soit une projection dans l'avenir, une relation à long terme mais avec de l'espace, des entrées de service, des sorties de secours, des coffres-forts et quelques tiroirs cachés. Son fil dans le temps portait le prénom de Carole. Victor escomptait qu'elle préserve ses secrets à elle. Ils attisaient sa séduction. Avec sa finesse d'esprit et de traits, ils lui plaisaient tant. Cette femme était une reine. Comment opérait-elle à présent ? Quels risques prenait-elle chaque jour ? Il aurait voulu pointer un endroit sur une carte et se dire que l'amante, que l'aimée, trônait là avec ses points cardinaux bien à elle. Mais, à la vérité, il n'en savait rien. Elle avait beau s'être évanouie dans la nature, Carole traçait l'une des lignes de mire de son avenir.

Mais cela ne regardait que lui. Personne d'autre dans cette pièce, ou ailleurs.

Dans la couchette d'à côté, Germain se rappelait le mot qu'il avait laissé à Linda dans la cuisine. Pas vraiment une lettre, juste une phrase : « Je reviendrai. » Linda ne savait même pas où il était. Il l'imagina remonter la rangée de tilleuls et d'aubépines, Squirrel à ses trousses.

— Heureux homme ! Pas de lettres, pas d'emmerdes, conclut Hubert à l'adresse de Victor.

— Pas de femmes, pas d'emmerdes, mentit celui-ci.

Les présentations faites, il partit explorer la propriété. Il avait quelques heures à tuer avant d'avaler quelque chose. Il jeta un coup d'œil envieux à la buvette. Sans argent jusqu'au lendemain, il ne pourrait rien s'offrir. Victor sortit dans le parc. Il essaya de deviner où était situé ce centre d'accueil dans lequel il venait d'atterrir. Il se remémora quelques noms de rues repérés par la lucarne de la fourgonnette, mais ces noms n'avaient rien réveillé en lui. Il n'était même pas sûr d'être encore à Londres. L'endroit semblait plus verdoyant que n'importe quel quartier de n'importe quelle capitale européenne.

Victor résolut de partir d'ici à deux semaines. Il accordait quelques jours aux Anglais pour lui donner les clefs de sa sortie. Sinon il en ferait son affaire. À Carlton Gardens, siège de la France Libre, personne ne lui en tiendrait rigueur, vu les renseignements qu'il fournirait.

5 NOVEMBRE 1942

12

Chambrée n° 12, 7 h

— *Seven o'clock! Glorious day, gentlemen.*

— Ta gueule!

Ce truc qu'ont en commun toutes les armées; sonner le tocsin, hurler tels des loups-garous surpris par l'aube, marquer leur territoire, songea Victor. Il s'était endormi en chien de fusil. Il déplia ses membres. Pas de craquement ni d'élancement. Le toubib de la veille n'avait pas tort. Il était « en excellente santé », déjà électrisé par la journée qui s'annonçait.

— *Seven o'clock! Glorious day, gentlemen! Seven o'clock! Glorious day, gentlemen,* répéta le préposé au deuxième étage en tirant les rideaux.

— Ta gueule! fit Hubert.

Ouais, ta gueule! pensa Victor, en écartant doigts et orteils.

Dès son réveil, ses narines furent assaillies par l'odeur âcre du tabac froid et de la transpiration.

— *It's always a pleasure, gentlemen. Breakfast is coming.*

— C'est ça, votre purée de pois. Votre pauvre *ridge*, entendit Victor.

— Beurk! lâcha un gars en caleçon. Je préfère encore bouffer du café en grains.

— Faut aussi que vous arrêtiez de nous filer des haricots. Vos foutus *beans*. Tout le monde pète ici, c'est infernal.

— Survivez à la *cooking* anglaise et vous survivrez à tout, déclama le responsable d'étage sans se départir de son sourire.

C'était la seule phrase qu'il connaissait peu ou prou en français. Miss Davies la lui avait soufflée.

Il ouvrit les fenêtres pour aérer. Comme disait son épouse, « les mâles sentent le chacal ». Il passa à la chambrée voisine en sifflotant *It's a Long Way to Tipperary*.

Si électrisé qu'il fût, Victor eut du mal à se tirer du lit. La torpeur de ce début de journée, alourdie d'une nuit mouvementée, faisait gîter ses paupières. Par son ronflement, Valère avait incommodé toute la chambrée, jusqu'à ce que Victor, secondé par deux complices, décide de transporter son lit et de l'abandonner dans le couloir. Le responsable d'étage n'avait pas moufté. Ce matin, Valère faisait la gueule tandis que Victor n'aspirait qu'à une chose : passer une nuit dans une chambre à soi. Depuis des mois et des mois, il n'avait dormi qu'en dortoir, au sein de communautés bruyantes, et sitôt signé son ordre d'enrôlement, il récidiverait peut-être. Il se consola à moitié en se postant dans l'embrasure de la fenêtre rendue à la lumière du jour : la vue était dégagée. En contrebas, au-delà du mur d'enceinte, il crut apercevoir une voie ferrée. Il se rappela avoir entendu dans un demi-sommeil une mélopée métallique et sut, sans l'ombre d'un doute, que sa vue ne lui mentait pas : c'étaient bien des rails. Jamais, en deux ans, une voie de chemin de fer ne s'était trouvée si près de son bivouac. Victor retrouva le sourire.

À l'étage en dessous, les frères Peteri étaient déjà debout après avoir dormi près de dix heures. De Langen s'étirait. Mulder et Dronkers jacassaient. Les cinq Néerlandais occupaient une chambrée où résidaient plusieurs Flamands, trois Danois, deux Yougoslaves et Gunnar Olsen. C'était le premier Norvégien qu'enregistrait Patriotic School depuis quelques mois. Ce trentenaire dont les tempes grisonnaient tentait de chasser une image effrayante demeurée sous ses paupières : Shock. Tel était le nom de son pire cauchemar.

Sur le même palier, le Yougoslave Goran s'était réveillé oppressé, comme si quelqu'un avait appuyé sur sa poitrine de tout son poids. Il plia son caleçon usé et le déposa dans le retrait de sa couchette, il enfila ses habits de la veille, des fripes que des Écossais lui avaient données. Puis il tira le rideau de son lit. Il trouva Radan assis sur son coffre. Depuis la veille, l'adolescent y rangeait n'importe quoi : un caillou piqué dans le jardin, un rouleau de papier toilette, sa ration de cigarettes. Le garçon lui jeta un coup d'œil et se leva.

Ils descendirent au réfectoire. Ils dépassèrent Gunnar, le Norvégien en compagnie duquel ils étaient partis d'Écosse. Celui-ci avançait pesamment à cause de sa claudication. À son passage, Radan le bouscula. Le boiteux réussit à maintenir son équilibre. Il jura. Goran rattrapa Radan et lui dit : « *Prekini!* Arrête! » Radan se défit d'un geste brusque de la main posée sur son épaule et pressa le pas. Tôt ou tard, il provoquera une rixe, c'est inévitable, songea Goran. Le petit avait déjà refusé de se déshabiller pour la visite médicale, il avait envoyé pieds et poings pour s'y soustraire, et si Goran n'était pas intervenu, les soldats auraient employé la force. Le docteur, prenant Radan pour son fils, avait demandé à Goran de rester à ses côtés. C'est là que celui-ci avait vu les cicatrices zébrant le dos du garçon. Le médecin aussi les avait remarquées, ainsi que l'infirmière notant les observations qu'il lui dictait. Goran avait perçu l'effarement qu'elle s'efforça de dissiper en reprenant le fil de sa routine.

Sur le seuil du réfectoire, il se retourna vers le Norvégien et convoqua les maigres rudiments de langue qu'il avait appris dans les camps du Nord :

— *Tok ikke hensyn. Ikke start på nytt.* Pas fait attention, pas recommencer. »

À l'entrée, chacun prit deux tranches de pain. Dans les travées, plusieurs chariots circulaient.

— *Tea ? Coffee ?*

Au petit déjeuner, Hubert s'employa à mettre Victor en garde, comme il le faisait avec chaque novice. Il lui désigna Raymond du menton :

— Ne te lie pas à lui, ça te rendrait suspect », murmura-t-il.

Puis il évoqua le P.-V. de chique, soit la première audition.

— Ensuite les policiers nous mettent le nez dans notre caca. Ils reprennent tout de zéro. Ils relèvent les contradictions chez les jeunots. Alors, ne dégoise pas à tort et à travers.

Ce n'est pas à un vieux singe qu'on apprend à faire la grimace, songea Victor avec une pointe d'amusement. Il laissa Hubert continuer. Il avait joué franc-jeu, disait celui-ci. Son casier judiciaire valait expérience. Victor n'en doutait pas. Il dévisagea l'auteur de fric-frac. Hubert avait les cheveux en bataille et la moustache bien cirée. Si Victor lui avait demandé pourquoi il gardait un pot pour la lustrer avec régularité, Hubert lui aurait dispensé un autre conseil : toujours présenter un visage au garde-à-vous. Débraillé et même nu, une moustache rasée au cordeau, évasée au-dessus d'un franc sourire, pouvait tirer quiconque de situations – Hubert chercha le mot suivant :

— Délicates ? suggéra Victor.

— Oui, délicates, répondit-il.

Il abrégea pour en venir à la conclusion : c'est pourquoi il était « l'homme de la situation ».

— Toi, l'homme de la situation ? Laquelle ? s'exclama Valère.

— Figurez-vous, quand vous digériez hier votre cake à la carotte, un Rosbif m'a rendu visite. Il m'a proposé de me recruter pour des opérations spéciales, qu'il a dit. Ils cherchent des casse-cou. On va me renvoyer en France.

— Tu as accepté ? s'enquit Victor qui n'ignorait plus sa réputation autoproclamée d'aigrefin.

Il le jugeait bavard, imprudemment confiant. Si Hubert disait vrai, c'était une chose à ne pas partager à la cantonade. Une idée mauvaise lui traversa l'esprit : le Grenoblois se taillait une légende de *bad boy*, afin d'endormir toute suspicion.

Hubert confirma :

— J'admire de Gaulle, mais on ne fomente des coups qu'avec des gars qui ont du matos et sont au jus. Première puissance maritime, ça ne rigole pas.

— L'écoute pas, Victor, dit Valère sur un ton bienveillant. C'est du détournement de majeurs.

— C'est vrai. Ce n'est pas le choix des vrais patriotes, asséna Luc le saint-cyrien sans cacher son mépris.

Hubert cracha un glaviot et le défia du regard.

— Répète ça pour voir. Si tu veux vivre vieux, avale ta langue. Du respect pour nos hôtes. Des braves combattants. Sans eux, on serait dans une merde noire.

— Oh, ne t'emballe pas ! Je sais, je ne serais pas là sinon, répliqua Luc sur un ton d'apaisement.

Hubert le toisa et décida de passer outre. La tension retomba.

Pour Valère, il était temps d'en revenir aux choses sérieuses : la gaudriole.

— Hein, le Mistigri, tu t'y connais dans ce domaine, pas vrai ? Majeures ou mineures ?

L'Oranais grommela avant de quitter la table. À sa place et à celle d'à côté s'installèrent deux hommes aussi dépareillés qu'on pût l'être. L'un se servit du café, l'autre du thé.

— Moi j'appartiens aux Français pragmatiques, poursuivit Roger en faisant rouler entre ses paumes un drapeau tricolore en papier. Ceux qui, dans l'Histoire, ont lutté pour mettre fin aux monopoles : la monarchie, Dieu, aujourd'hui Hitler.

— J'ajouterais : la propriété individuelle, observa François en rabattant vers lui un bol de confiture.

— Je suis d'accord, opina Valère.

— Si chaque individu possède quelque chose, il n'y a plus monopole, objecta Germain. Sinon en face, c'est un monopole d'État.

— T'es marié, Roger ? s'enroua Hubert.

— Y a trois mois ! J'espère que les Anglais me rendront mon alliance.

— Et le mariage, ce n'est pas un monopole ? Une fille qui t'a mis le grappin dessus et a évincé toutes les autres ? s'esclaffa Valère.

— C'est un choix, ce n'est pas subi, répliqua Roger, un peu vexé.

Le jeune Breton se leva en même temps qu'Hubert. Il était temps de faire un brin de toilette avant que ne reprenne la ronde des interrogatoires. Ils s'étaient déjà éloignés quand ils entendirent un bruit de chute. Ils rebroussèrent chemin et virent une silhouette malingre filer en direction du parc. Le réfectoire était quasi vide, à l'exception de deux gardes conversant avec Victor et d'un gars assis qui leur tournait le dos. Quelques bols étaient renversés. Une table et son banc s'étaient déportés vers la gauche. Sur le sol, des flaques brunes de thé ou de café.

Victor tapota l'épaule de l'homme assis et rejoignit Hubert.

— Pas bon quand il y a d'la flicaille, observa celui-ci, le front plissé.

Derrière eux, un soldat aidait Gunnar à se mettre debout.

— Ce n'est rien, mon vieux, dit Victor, un peu débraillé.

— T'en es venu aux mains ? demanda Germain qui s'était rapproché.

— Pas eu le temps.

— Raconte !

— Un môme a craché un jet de salive à un type, je l'ai pris au collet, il m'a flanqué un coup, résuma Victor en rajustant son chandail que maculait une tache sombre.

— T'es rouillé, déplora Hubert. Tu t'es fait rétamer par un môme. Viens, on va s'échauffer.

— Je ne peux pas, j'ai interro.

— Viens quand tu peux.

Roger, lui aussi, était convoqué dans la matinée.

13

Salle de réunion des officiers du renseignement, 8 h

— Hier, Latchmere House a découvert de l'encre invisible au creux d'une fausse dent, annonça Belish.

Requis au Comité de liaison du renseignement, le major avait, ce matin, cédé la place au colonel pour assurer le *brief*. Le capitaine Guy Liddell s'y était invité sans prévenir : après tout, il était le tuteur de Patriotic School. Dans l'assemblée, chacun respectait le directeur de la division B, chargée du contre-espionnage. Certes Liddell ne payait pas de mine avec ses paupières tombantes, sa moustache dépourvue de panache et ses traits sans finesse. Le 8 novembre, il fêterait ses cinquante ans, le cheveu déjà rare. Mais l'homme était habile : il conjuguait la rondeur du politique et le tranchant d'une arme. Promis à une carrière de violoncelliste, il en avait été détourné par la Première Guerre et s'était depuis forgé une solide réputation au sein des services secrets.

— Nouvelle procédure après la douche, poids, taille et examen dentaire, enchaîna John Devon avec la diction mécanique et le ton rauque qui le caractérisaient.

— Comment crois-tu qu'ils aient su pour la cavité dentaire ? murmura Peter à l'intention de Henry.

— Un coup de chance : ils lui arrachaient doucettement les dents quand ils sont tombés dessus, répondit Fielding d'un ton pince-sans-rire.

Les pires rumeurs couraient sur le camp 020. Qu'on y portait son uniforme comme un cuisinier son tablier : pour ne pas se tacher.

— Alors les arrivages ? lança abruptement Finley, pressé d'en finir.

Chaque matin, lors du *brief*, les officiers de Patriotic School s'informaient des admissions de la veille.

— Les cas à traiter en urgence concernent des hispanophones, embraya Belish en levant le menton en direction du chef de la section B.

Interpellé, Charles Follett développa :

— Ce sont plusieurs suspects convoyés depuis Trinidad. Leur arrivée est prévue dans l'heure, et en fin de journée ils dormiront tous au camp 020. Nous leur tirerons le portrait et procéderons à un examen sommaire. La bande de Tin-Eye les pressurera comme il faut.

— On vérifiera aussi l'inventaire établi par Trinidad, compléta le capitaine Allan. On ne sait jamais.

— Et leurs empreintes digitales ? tempêta le sergent Dixon.

Tel était son dada. Affecté auparavant à la brigade criminelle, Dixon était un partisan forcené de cette nouveauté qu'était l'analyse dactyloscopique. C'est le Graal, répétait-il souvent.

— On l'ajoutera à la procédure, l'assura Belish. À la réception ? En fin d'inventaire ?

— Avant la douche, une fois déshabillés. Pour ne pas salir leurs vêtements, trancha Miss Davies.

Follett s'approcha et ôta des mains de Belish les dossiers portant pour nom Lecube, Gilinski et Perez.

— Une prise du FBI, clama Mike.

Parmi les officiers américains stationnés à Londres, les nouvelles couraient vite.

— Effectivement, confirma Liddell sur un ton rabat-joie.

Pour le chef du contre-espionnage, c'était là un juste retour des choses. Passé par Scotland Yard, il avait noué dès 1936 des liens avec le Bureau fédéral d'investigation en lui dévoilant l'existence d'un réseau d'espionnage allemand à New York. Bien tuyauté, Liddell avait même averti d'une attaque imminente sur Pearl Harbor. Hoover ne l'avait pas pris au sérieux. Tant pis pour eux, tant mieux pour nous, pensa-t-il furtivement.

— OK. Donc nous avons un marchand d'armes, l'attaché de police à l'ambassade d'Espagne de Buenos Aires et un champion de foot, poursuivit Follett.

— Lequel ? s'enthousiasma Henry.

— Lecube. Il jouait à l'Atletico, précisa Follett après avoir jeté un coup d'œil au dossier de l'intéressé.

— Non ? Je m'en charge !

La passion du natif de Liverpool pour le ballon rond n'était un secret pour personne, il leur avait rebattu les oreilles de la victoire éclatante d'Everton en 1939.

— Vous parlez espagnol, Fielding ? fustigea Belish.

— Non, mais je peux m'arranger avec un trad' ou…

Conscient de sa maladresse, Henry n'acheva pas sa phrase.

— Julian, tu prends Lecube, je m'occupe de Perez et de Gilinski, décida Follett.

Il tendit le dossier à Julian, lequel survola la première page. Une décharge électrique parcourut sa nuque : un phalangiste de la Camisa vieja, la pire espèce. Julian était tombé dans le chaudron espagnol à la suite d'un coup de foudre. Marié à une Sévillane (« Crucifixión, vous vous rendez compte ? ») qui lui avait donné quatre filles âgées de neuf à quinze ans (« ma malédiction »), il abritait aussi sous son toit sa belle-mère (« Visitación, vous croyez ça ? ») et l'une de ses sœurs (« Anunciación »). À présent que sa famille s'était réfugiée dans le Devonshire, il tournait chez lui tel un célibataire dans sa garçonnière. Entre plusieurs choses, il supportait mal que des fascistes ibères, alliés des nazis, fassent fuir la sainte trinité qui organisait sa vie.

— Le reste est plus disparate, reprit Belish : deux Français, cinq Néerlandais, un Polonais, trois Norvégiens, dont deux Yougos, corrigea-t-il. Non, un Norvégien et deux Yougos exfiltrés de Norvège pour lesquels j'ai sollicité un interprète.

— Un Norvégien ? On n'en a pas accueilli depuis longtemps, rebondit Finley.

Après Narvick et les raids menés aux côtés des Britanniques aux îles Lofoten, les Norvégiens, rapatriés ou repêchés aux îles Shetland et sur la côte orientale de l'Écosse, occupaient la moitié des dortoirs. Puis ils avaient tous disparu.

— C'est un hôte un peu spécial. Un agent du SOE, précisa Belish.

— Comment le Bureau des opérations spéciales prend-il la chose ? s'inquiéta aussitôt le capitaine Springett.

Les regards des dix-sept officiers s'étaient braqués sur le chef de la section A, qui se serait volontiers dispensé de cette épreuve à haut risque. Il allait devoir marcher sur des œufs.

— Avec mauvaise humeur, intervint Liddell. Il a fallu une seconde circulaire pour les faire plier. Avant ils jouaient au chat et à la souris avec nous. Ils nous ont probablement caché quelques rapatriements. Le MI6 a aussi fait des pieds et des mains pour que leurs agents soient exemptés de Patriotic School à leur retour de mission. Pareil pour nos alliés. Ce qui calme tout le monde est l'idée d'être logé la même enseigne. N'hésitez pas à le rappeler. Rien de plus efficace contre les récriminations que le principe d'égalité appliqué à la réalité.

Springett semblait peu convaincu par cet argument. Liddell le rassura :

— En cas de difficulté avec le SOE sur cette affaire, contactez-moi. Voyez le meilleur en cet agent comme en tous les braves qui transitent ici, mais envisagez le pire.

Quelques secondes s'écoulèrent à méditer en silence sur ce dilemme dont ils étaient coutumiers : adopter une attitude entre le marteau et l'enclume, bienveillance et vigilance.

— C'est tout ? s'étonna Rob Swayne.

D'habitude, la moyenne journalière des admissions dépassait la vingtaine.

— Demain, on attend trente-deux gus, annonça Belish. Réjouissez-vous.

Les chefs de section passèrent prendre les dossiers restants des mains du paralysé.

— Si je peux me permettre, hasarda Liddell.

— Accordez-vous cette licence, dit complaisamment Belish.

— Étant donné la quantité des informations reçues des…

Liddell tâtonna.

— Pensionnaires, compléta Belish.

— Oui, merci, pensionnaires. Étant donné donc la quantité d'informations – ou de fictions – qu'ils nous rapportent, il serait judicieux d'inscrire le degré de crédibilité que l'on attribue à leurs propos. Au moins pour le rapport final de chacun, que les autres chefs de section et moi-même supervisons.

— Développez, dit Belish en levant sa canne vers Liddell en guise d'invite.

— C'est une idée de la Direction du renseignement militaire.

La DMI préconise de résumer des appréciations. Les pensionnaires…

— Pardon, Liddell, on dit « informateurs » à présent, le coupa Belish.

— Ce ne sont plus des « in-vi-tés » ? se souvint Follett en détachant ostensiblement les syllabes.

— Non, c'était l'été dernier, rappela Peter.

— Et juste avant, des « résidents », ajouta Follett.

Son ton de léger sarcasme n'échappait à personne. Une mode chassait l'autre. Le terme le plus commun demeurait « pensionnaire ».

— Chez nous, on s'est décidé pour *persons of interest*, intervint Mike.

— Quelles sont ces « personnes dignes d'intérêt » ? s'enquit Peter qui prenait plaisir à la tournure de la conversation.

— Des gens potentiellement impliqués dans une enquête criminelle, qui n'ont pas été arrêtés ou officiellement accusés, détailla Mike. Cela peut être de simples témoins.

— *Potentiellement ?!* sourcilla Rob Swayne.

Une fraction de seconde plus tard, son indignation retomba. À l'entrée de Patriotic School, les « informateurs » étaient *potentiellement* des espions.

— C'est parfait, vague comme il faut et assez flatteur, convint Henry.

Une canne surgit dans le champ de vision de l'auditoire pour intimer le silence.

— Poursuivez, Liddell, lui enjoignit Belish.

— Il s'agirait donc de résumer nos appréciations, reprit celui-ci, reconnaissant. Les informateurs seraient classés en quatre catégories.

Il sortit une fiche d'une poche intérieure.

— A : source de premier choix. Cela qualifierait l'observateur avisé, dit-il en reniflant. Comme un médecin ou un technicien hautement qualifié. B : source compétente. C : moyenne fiabilité. D : témoin non fiable.

— Donc on leur met des notes, déduisit Follett.

— Vous réduisez à l'os, rectifia Liddell, impérieux.

Aussitôt il se radoucit :

— Qu'en pensez-vous, Bergmann ?

— J'y suis très favorable, dit le responsable des archives qui, pareil à un instituteur, ne détestait pas distribuer bons et mauvais points. Le renseignement naval a déjà adopté ce système. On peut faire figurer une hiérarchie des sources sur nos fiches.

— D'autres commentaires ? héla Belish à la cantonade.

Personne.

Somme toute, l'initiative paraissait convaincante.

Bientôt Belish ouvrit un autre chapitre :

— De Gibraltar partira demain un Chinois né à Milan. J'ai prévenu Stuvesant. Et on attend un autre Chinois, de Chine cette fois. Il a sympathisé avec un matelot français que l'armistice de Vichy a surpris en Indochine et qui a attendu plusieurs mois que ses chefs rallient de Gaulle. Il a gagné la côte, a traversé la jungle au jugé et franchi la frontière. À Tchang-King, il a fait la connaissance du Chinois en question. Celui-ci l'a suivi dans son périple par amitié et haine des Japs. Ils sont passés aux Indes. Leur bateau a été coulé en Méditerranée. Ils ont réembarqué à Malte. Ils seront là dans deux jours. Quelqu'un parle chinois ?

Personne.

Décidément, ce brief est d'un calme, songea Belish.

Rob Swayne brisa le silence : il solliciterait un contact.

— Une nouvelle qui vous concerne, Samuelson, conclut Belish, soudain ragaillardi. Edward Coffey du FBI a apporté au major un ouvrage intitulé… (il plongea son nez dans ses notes) :

L'Analyse cryptographique élémentaire, de Helen Fouché Gaines. C'est un recueil d'échantillons édité à Boston en 39. Le code 111/333 employé par le docteur Westerlinck y figure parmi d'autres codes peut-être connus des Allemands. Les Américains vont s'arranger pour obtenir des dizaines d'exemplaires à nous diffuser. Patriotic School sera destinataire d'un second exemplaire.

Samuelson fit un geste d'assentiment. Il observa :

— Cela confirme à quel point les nazis étaient attentifs à tout ce qui se publiait.

À cette idée, Fielding grimaça.

— Les Américains procèdent actuellement à un grand ménage dans les bibliothèques – les livres sur les explosifs, l'encre invisible et le chiffrement, poursuivit Liddell.

— J'espère qu'ils convoqueront au plus vite les anciens emprunteurs, commenta le sergent Dixon, le chef de la sécurité. Cela donnerait des pistes.

— Rassurez-vous, Dixon, intervint Oreste Pinto. Oui, nos grands alliés convoqueront ceux qui se sont intéressés à l'ouvrage. Les Américains ne sont pas des perdreaux de l'année, ajouta-t-il en jetant un regard appuyé à Mike.

— Quel lèche-cul, celui-là, marmonna Henry en levant les yeux au ciel.

— S'il y en a un qui va s'empresser d'écrire ses Mémoires à la fin de la guerre, c'est bien lui, enchérit Julian, peu soucieux qu'on l'entende.

— La guerre aura été gagnée grâce à son flair, prédit Peter.

— Je devine le titre : *Chasseur d'espions*, dit Henry.

— Sous-titre : *La Maison du péril*, compléta Julian.

— Signé « Hercule Pinto », compléta Henry auquel la référence au roman policier d'Agatha Christie n'avait pas échappé.

— Encore mieux, complimenta Julian.

Alors que Belish, les mains sur les roues de son fauteuil, s'apprêtait à rompre les rangs, Henry fit un pas de côté.

— Pardon, colonel !

— J'avais fini. Allez-y Fielding !

Belish s'était radouci à l'égard de celui-ci.

— Je lance un message à la cantonade. Y a-t-il un dessinateur parmi nous ?

— Pour des portraits-robots ?

— Pour peaufiner des croquis.

— Je connais quelqu'un de compétent, intervint Bergmann. Je vous l'envoie.

Affaire conclue. Belish leva la séance en martelant le parquet de trois coups de canne, à la manière d'un brigadier au théâtre.

L'assemblée se dispersa à la va-vite.

La section A du capitaine Springett s'occupait de la Scandinavie – Finlande comprise. À la tête de la section B, Charles Follett était responsable de la péninsule Ibérique, des colonies espagnoles et portugaises, ainsi que de l'Amérique latine. La section F, dirigée par Finley, avait en charge les Pays-Bas, la Belgique, la France et ses colonies, la Suisse, le Luxembourg ; et la section E, les pays d'Europe de l'Est, incombait à Rob Swayne.

Parce qu'il parlait le français et le polonais, Peter intervenait aussi bien en F qu'en E. Restait le casse-tête de l'Italie. La Botte aurait dû échoir à la B qui supervisait l'Europe du Sud, mais, bizarrement elle relevait de la section E. Personne ne s'en était formalisé. Faute de candidats transalpins, Stuvesant, l'officier traitant, ne venait quasiment plus. Et vu les milliers de soldats de l'Afrika Korps faits prisonniers par la VIIIe Armée de Montgomery, il y avait fort à parier qu'il partirait bientôt pour l'Égypte. Il lui fallait trouver des Italiens qui accepteraient de retourner chez eux pour des missions de reconnaissance. Entre les officiers des différentes sections, les dossiers circulaient. Il y avait les pays d'origine et les pays que les pensionnaires avaient parcourus pour échouer entre les murs de Patriotic School. Hormis la géographie, des facultés intellectuelles entraient en jeu. Par exemple, les langues parlées et la profession mentionnée sur la fiche d'accueil. Il était toujours préférable de réunir, dans une pièce, des militaires du même grade, de placer un garagiste devant un mécanicien, un dentiste en face d'un dentiste.

Henry Fielding sortit du *brief*, découragé : le mal était fait. Ce manuel de cryptographie, signalé par le FBI, en était une énième preuve. Avant-guerre les Américains avaient manqué de vigilance. En témoignait le tirage, outre-Atlantique, de l'autobiographie de Henry Landau. L'ouvrage de cet ex-capitaine anglais décrivait avec une telle précision – une telle imprudence! – un ancien officier de la marine impériale, vieille recrue du MI6, que celui-ci fut passé par les armes en 1939. Toutefois Fielding en voulait moins aux Américains qu'aux autorités de son propre pays. Elles avaient laissé diffuser en librairie des secrets d'État. Compton Mackenzie, le romancier que salua Henry James et qui inspira D. H. Lawrence, avait, par exemple, dévoilé dans le troisième tome de ses Mémoires l'identité d'agents toujours en service et son rôle au Moyen-Orient en 1917. Quoique l'Official Secret Act l'eût frappé d'interdiction, le risque était grand que le manuscrit fût tombé entre de mauvaises mains. D'autres vétérans de la Grande Guerre avaient exposé au public leurs techniques d'infiltration, de chiffrement ou d'évasion. Connues du haut commandement allemand, toutes étaient devenues obsolètes. Quant aux astuces de dissimulation, c'étaient des tuyaux percés. Le point positif de cette vogue de récits était la vocation qu'elle avait fait naître parmi des adolescents exaltés. Comme Churchill, ils avaient lu les Mémoires de Marthe McKenna et ceux d'Edwin Woodhall, issu de la division du contre-espionnage à Scotland Yard. Ils se voyaient se faufiler incognito dans des coupe-gorge et évoluer dans les couloirs d'ambassades ou d'hôtels de luxe. Les uns s'étaient identifiés à Ashenden, l'écrivain-aventurier de Somerset Maugham. Les autres s'étaient imaginé poursuivre l'Imposteur du livre de Phillips Oppenheim ou l'infâme doktor Adolf Grundt, l'exécuteur des basses œuvres du Kaiser que traque Desmond Okewood dans le roman de Valentine Williams. En ce qui le concernait, Henry Fielding ambitionnait, à l'âge de la puberté, de ressembler à Sir Leonard Wallace, le chef espion, inventé par Alexander Wilson, qui résout l'affaire dans *Le Mystère du tunnel 51*. À présent, la réalité était autrement brutale et les aînés n'avaient plus rien à leur apprendre. Restait Cookie, le rusé, le modeste, l'impénétrable. Pas un mot. À la pensée de son idole, Henry puisa l'énergie d'attaquer cette journée.

Après le *brief*, l'agenda des officiers évoluait. Quelques-uns prolongeaient un interrogatoire jusqu'au soir ou convoquaient plusieurs personnes d'affilée. À moins de vérifier une info après un face-à-face. Alors ils dépliaient des cartes. Ils feuilletaient des annuaires. Ils passaient des coups de fil. Ils sollicitaient les archives. À l'égal de policiers ou de procureurs menant de front plusieurs enquêtes, ils différaient les unes pour avancer sur d'autres. Leurs chefs de section cherchaient à associer les officiers interrogateurs selon la difficulté des dossiers. Ils avaient eu vent de la technique employée par chacun d'eux. Les uns pratiquaient l'art de la conversation, les autres de la confrontation. Ou ils les alternaient. Julian, par exemple, touillait sa cuillère dans sa tasse, de façon à produire un son hypnotique, et s'éclaircissait la gorge avant d'adopter un ton sec. Peter était méthodique, Henry enthousiaste, Pinto méprisant.

14

Parc de Patriotic School, 10 h

Par temps clair, quoique humide comme aujourd'hui, Hubert aimait prendre le frais et courir dans le parc. Il était grand, large d'épaules, musclé des bras et des cuisses. Un corps souple comme le sien s'entretenait. Il s'agissait d'huiler des rouages.

— Venez voir ! s'écria un promeneur. Un écureuil !

Ils le suivirent des yeux tandis qu'il grimpait sur la branche d'un érable, puis entreprenait en spirale l'ascension du tronc.

Hubert ralentit sa foulée. De son angle de vue ne se profilait qu'un pompon roux semblable à une bogue de marron. Hubert respectait les écureuils : ils étaient aussi furtifs que lui et d'habiles camoufleurs.

De la manche, il s'essuya le visage. La bruine : invention remarquable du peuple anglais.

Il réfléchit à sa sortie du purgatoire. La date demeurait hypothétique. « Considérez l'ensemble du processus à la manière dont les femmes voient l'accouchement : un épisode nécessaire, déplaisant, mais vite oublié », l'avait-on prévenu lors de son admission début octobre. L'échéance était proche à présent :

d'ici à deux jours, aux dernières nouvelles. Après quoi, il partirait pour un centre d'entraînement.

Pour Hubert, se mettre au vert n'avait rien de déplaisant. La place était bonne. Il bénéficiait de savon en abondance et de repas à heures fixes. Un bureau de change ouvrait en fin d'après-midi. Le bar-épicerie vendait une bière pas dégueulasse et des cigarettes qui s'ajoutaient, au besoin, à sa ration quotidienne. Et les nouvelles n'étaient pas si mauvaises. Dans le journal, Hubert avait lu que les Russes bataillaient ferme contre les Boches à Stalingrad, que l'Afrika Korps avait été maté dans le désert égyptien, que les Japs se viandaient à Guadalcanal.

Hubert effectuait des étirements quand on l'interpella. Il tourna la tête et vit Valère, un gars qu'il aimait bien, car celui-ci avait passé deux jours à la prison de Wandsworth pour avoir tabassé un cagoulard qui crachait sur de Gaulle et son « repaire de francs-maçons ». Valère, de son côté, aimait bien Hubert. Il aimait bien le Mistigri aussi. Ils avaient passé ensemble deux soirées à refaire le monde. Avec Hubert, une poignée d'heures avait suffi à Valère pour constater qu'ils s'entendaient à merveille et possédaient un répertoire commun de jurons. Pour lui, c'était là un point essentiel quand il s'agissait de mesurer la longueur d'onde entre deux personnes ou leur discordance irréductible. La spontanéité ne trompe pas.

Valère sortit rincé du premier match de foot de la matinée. Celui-ci avait opposé des Français, des Belges, des Grecs et des Tchécoslovaques pendant trente minutes. Après, les équipes tournaient. Valère avait retrouvé sa bonne humeur malgré son bannissement de la chambrée pour cause de ronflement, et un coup franc raté dix minutes plus tôt. Prendre l'air, c'était prendre la lumière, si chétive soit-elle. À l'intérieur, à cause du black-out, les vitres étaient obscurcies par de la peinture noire. Par conséquent, l'éclairage fonctionnait du lever au coucher. Dans la journée, on tirait les rideaux et on ouvrait les fenêtres pour aérer. Cela ne durait pas longtemps. Ces jours-ci le froid mordait puis engourdissait. Les calorifères tournaient à plein régime. À présent, c'était une autre chaleur qui inondait son corps après s'être dépensé sur le terrain.

— C'est vrai ce qu'on raconte? demanda-t-il, goguenard.

Hubert sortit les mains de ses poches et l'inspecta des pieds à la tête. Il avait l'air d'un gandin, le pif d'un boxeur et la voix mêlant graves et aigus.

— Quoi?

On racontait tant de choses.

— Que t'es un cambrioleur.

— On le raconte parce que je l'ai dit. Qu'est-ce qu'on dit d'autre?

— Que tu t'es enfui avec des bijoux que t'as barbotés.

— L'important n'est pas d'où l'on vient, mais ce qu'on fait à destination, et je compte bien écraser les Huns.

— T'es bon dans ton domaine?

— Le meilleur.

— Ah ouais? fit Valère sur un ton badin.

Il fouillait l'herbe de la pointe de sa chaussure et affectait de s'intéresser au nouveau match qui débutait. Grossière était la ficelle, mais Hubert s'y laissa prendre.

— Quand j'arrive quelque part, j'analyse le coin. Le toit est-il plus facile d'accès que les sorties de secours? Combien de temps faut-il pour évacuer? Où est le commissariat le plus proche et en combien de temps les poulets vont débouler?

— Et le corps-à-corps?

— Mon record, c'est quatre hommes sur le tapis en deux minutes. Pas des poulets, attention, même si, des poulets, j'en ai rétamé quelques-uns.

— T'es taillé pour être un héros, complimenta Valère avec sincérité.

Celui-ci lorgna ses couilles.

— Un vrai monte-en-l'air.

Au vrai, Hubert devait tout au métier, y compris son premier baiser. Lors d'un fric-frac, un cador lui avait prodigué un conseil : « Crochète-lui la langue. » Fouiller, trifouiller, farfouiller. Il avait essayé autant de combinaisons qu'il avait connu de femmes.

Pas autant que Mistigri, à en croire la rumeur.

— C'est vrai que t'es autorisé à débarquer ?

— Ouais, les British vont me signer mon bon de sortie. Paraît que je pourrais faire un excellent saboteur. Et toi, que comptes-tu faire ?

— J'étudierai toutes les propositions de la France Combattante. Je m'y connais en mécanique.

Valère et Hubert braquèrent en même temps leur regard vers un trio d'hommes en uniforme qui contemplaient la façade de Patriotic School. Sans doute des sentinelles, pensa Hubert.

— Qu'est-ce qu'ils font ? s'interrogea Valère.

Non, pas des sentinelles : Hubert corrigea sa première impression. L'un d'eux portait une veste fendue dans le dos dont les pans en pointe tombaient jusqu'aux mollets. Hubert ignorait le nom de cet accoutrement, mais c'était, de même que le chapeau rond, celui de quelques officiels en visite. À ses côtés – Hubert le reconnut à l'arabesque de sa moustache – se tenait le major. Le troisième, non, décidément, même de près, ne lui évoquait rien. Hubert ne connaissait pas plus les grades et les galons qu'un poisson les différentes espèces d'hameçons. Il suivit leur regard. La toiture en tuiles ne semblait pas endommagée, non plus que les rangées de fenêtres. Et, pour une fois, le ciel n'était guère menaçant. Pas de fumées, nul nuage annonciateur d'orage, juste un filament cotonneux à l'ouest et cette vapeur d'eau qui humectait son visage. Piqué par la curiosité, Hubert se rapprocha du groupe lorsqu'il vit le visiteur officiel pointer son index.

— Un tas de pierres avec quelques afféteries : des tourelles, quelques balcons à croisillons, des statuettes lovées en leur niche. C'est l'un des plus sinistres spécimens de néogothique qu'il m'ait été donné de voir. Je dirais, quoi, 1865 ?

— 1859, précisa le major.

— Pourquoi avoir recouvert les briques de mortier noir ?

— Bonne question, Trench. L'intérieur est tout aussi sinistre, anticipa le major. Le bâtiment a été conçu pour garder les enfants dans une disposition d'esprit aussi austère que possible. Votre marge de manœuvre ne sera pas bien grande.

— Bon, en ce qui concerne l'extérieur, il n'y a rien à faire, hormis planter des massifs de fleurs. Notez : le parc est grand. En cas d'urgence, il pourra accueillir des baraquements ou des abris Anderson.

Les abris Anderson – tout comme des abris antiaériens pour protéger le peuple de Patriotic School –, le major n'y croyait plus. Ce n'était pas faute de les avoir réclamés depuis deux ans.

Il se dirigea vers une entrée latérale. L'officiel et son aide de camp lui emboîtèrent le pas.

— Attendez, l'interpella Trench. Qu'est-ce que c'est que ce chantier là-bas ?

— Un potager. L'opération « *Dig the campaign* ». Nous avons aussi des volailles.

Disant cela, le major ne put s'empêcher de pester contre le poulailler. À l'aube, un coq présomptueux criait tous les jours victoire. Le commandant déplorait amèrement l'existence de ce fanfaron les nuits où il restait dormir dans la maison du chapelain.

Ils s'engouffrèrent dans le hall.

— Regardez ! aboya le major.

L'escorte s'arrêta.

— Qu'est-ce que c'est que ça ?

— Vous parlez de l'escalier, major ? demande l'aide de camp. Il mène aux dortoirs.

— Non, non, non ! Je sais où il mène, c'est moi qui dirige cet établissement, s'agaça le major.

Il tira Trench par le bras. Devant eux, à mi-palier, lorsque l'escalier principal épousait sa première courbe, un triptyque d'une hauteur d'un mètre cinquante sur trois présentait un planisphère joliment exécuté : relief des eaux, ombre des montagnes, bleu des fleuves. Tout y était délicat et pédagogique. Les noms des pays s'étalaient en calligraphie soignée, barrant ici un territoire, en rendant d'autres plus grands par leur seule présence au sein d'un vaste ensemble. On y voyait les empires coloniaux, où flottaient, seuls visibles, les drapeaux de l'Union Jack.

Le major s'emporta :

— Tous les jours, non, pas tous les jours, plusieurs fois par jour, ces hommes qui montent et descendent ces marches, ces hommes qui se lèvent, qui se couchent, qui ont enduré mille périls pour nous rejoindre, que voient-ils ? L'image de la défaite. Pas la leur ! Leur première victoire est d'être déjà parvenus jusqu'ici. La nôtre ! Ces possessions qu'on a cédées sur le champ de bataille ou que nous sommes sur le point de perdre. L'Irlande, l'Égypte, bon ça va, mais Hong Kong, la Malaisie… L'unique planche de salut qu'on offre à ces messieurs ressemble à une barque qui prend l'eau. Foutez-moi ça dans une cave.

L'architecte écarta les bras, paumes dirigées vers le ciel.

— Si vous voulez mon avis, ce n'est même pas une affaire de patriotisme, mais une mesure de salubrité esthétique. Voyons, il suffit de dévisser.

Il fit signe à l'aide de camp. L'homme à l'aiguillette s'exécuta à l'aide d'un couteau de poche.

— Quoi d'autre, major ? demanda Trench, alors qu'ils s'engageaient dans l'aile réservée aux officiers.

— La même chose que le mois dernier, Trench : poussez les murs.

Dans le détail, le major réclama une salle d'inventaire trois fois plus grande et davantage de cloisons pour des entretiens en tête à tête.

15

Salle d'interrogatoire n° 9, 10 h 15

Par le fait d'un semi-hasard, tel était le vœu le plus cher de Cornelius de Bruyn pendant qu'il tendait l'oreille : de la DISCRÉTION ! Cet officier tenait son prénom du fondateur du jansénisme : Cornelius Jansen, évêque d'Ypres. Et c'est précisément là, en région flamande, que le demi-frère de Cornelius avait été blessé sous uniforme anglais en 1918. Il était revenu des tranchées avec la gueule cassée et ne supportait plus aucun bruit. De Bruyn partageait, à l'instant, la phobie de son aîné.

DISCRÉTION ! : il eût aimé hurler ce mot à l'oreille de son collègue, le tympaniser. Attaché à la section néerlandaise, il partageait une pièce meublée de quatre tables, huit chaises et deux paravents avec Oreste Pinto, et il supportait mal que les inflexions nasillardes de celui-ci perturbent son entrevue avec Jan Bruno de Langen.

Âge de vingt et un ans, ce blond timide aux yeux verts poussait sa voix pour se faire entendre. Il était fils unique. Sa mère, malade, lui avait d'abord interdit de tenter l'aventure. Face à sa détermination, elle avait fini par céder et pioché dans ses économies pour payer la somme réclamée par Dronkers. Non, de Langen n'avait pas été étonné que son collègue lui demande une participation pour les frais d'évasion : le bateau, l'essence, les faux papiers, le temps passé à nouer des contacts… Et l'honneur qu'il lui avait témoigné en l'acceptant comme passager, ajouta de Langen. Le jeune Néerlandais, qui voulait, disait-il, « tuer le plus de nazis possibles », n'avait pas beaucoup d'amis, hormis d'anciens camarades de collège, mais il en connaissait au moins deux qui auraient saisi pareille chance sans se retourner. S'il y avait quelqu'un à qui Jan Bruno vouait une reconnaissance éternelle, c'était bien Dronkers, assis à quelques mètres de lui et dissimulé à moitié par un paravent. Quand il était entré, à dix-sept ans, au bureau de poste de La Haye, John l'avait pris sous son aile, disait de Langen, comme le ferait un oncle. Ils avaient pour habitude de déjeuner ensemble. Orphelin de père, le fils à maman avait vu en Dronkers une figure à respecter, un modèle à suivre, excepté pour l'assiduité au travail.

Saisi de pudeur après cette confession, de Langen se retourna. Le capitaine du *Joppe* était concentré sur son propre récit qu'il ponctuait par des moulinets de bras tandis que Pinto le relançait. Sur la chaise où il débordait, le colonel belge avait adopté une posture raide et un regard de biais.

16

Dispensaire, 11 h

Dans le bus 77, qui l'avait emmenée ce matin-là à Patriotic School, Mary avait noté avec dépit que les affiches publiques considéraient les femmes comme des têtes de linotte.

Careless talk costs lives
Be careful what you say
Talk kills
Tittle tattle lost the battle
Be like Dad keep Mum!
She talked… this happened…
Tell nobody – not even her.

Les paroles imprudentes coûtent des vies
Faites attention à ce que vous dites
Les paroles tuent
La bataille peut être perdue par des bavardages
Pas un mot devant Maman.
Elle a parlé… voyez ce qui est arrivé.
Ne confiez rien à personne – pas même à elle.

Mary avait soufflé sur la vitre. La buée lui avait brouillé la vue. Cela n'avait pas suffi à lui ôter de l'esprit qu'en matière de maladresse, elle s'était illustrée de piteuse façon la veille.

Ou alors c'étaient ces gens, ces bonnes âmes intoxiquées par la paranoïa. *La guerre rend fou.*

Une heure et demie plus tard, Mary inspectait une toison : indémêlable et grouillante. Elle fit un signe. L'homme se dirigea vers le barbier.

Next!

Le suivant s'assit sur le tabouret, dos tourné à sa poitrine. À celui-ci, elle éviterait la boule à zéro. Elle étala de la vaseline sur son front, puis fit tomber quelques gouttes de sassafras sur ses cheveux. L'odeur était proprement atroce. D'où le masque et les gants. Ensuite elle recouvrit d'un linge le crâne du pouilleux et le noua au ras de la nuque. Son geste était aussi léger que machinal.

Next!

Distraite, Mary ne remarqua pas la balafre qui prenait naissance derrière l'oreille. Ni qu'il manquait une partie de l'autre oreille. Son sentiment de honte ne s'était pas dissipé. Mêlé à la colère, il lui collait à la peau.

La veille, elle s'était égarée à Belgrave Square. Elle avait pénétré dans une cour d'immeuble, trébuché, puis percuté une poubelle dont le couvercle était tombé avec fracas. Sous le choc, elle s'était permis d'allumer sa lampe torche. Une seconde de trop. Inquiets, les habitants avaient appelé la police. Deux bobbies avaient raccompagné Mary à son domicile, deux rues plus loin. Quand ils se présentèrent dans l'encadrement de la porte, sa mère manqua défaillir. Mary se faufila entre eux et la prit dans ses bras. Elle devina que sa mère l'avait crue morte le temps d'un instant.

Le black-out était propice aux drames : dénonciations de voisins, homicides, pillages, viols, bombardements, accidents automobiles ou d'autre nature. Tel ce boxeur professionnel qui courait dans les ténèbres et qui s'était pris l'uppercut mortel d'un lampadaire. Actuellement, un héritier de Jack l'Éventreur sévissait dans les rues. Il tenait en haleine policiers et journalistes.

Mary n'avait pas besoin de ça pour être sur les nerfs.

Malgré leur surcharge de travail, les *policemen* avaient eu la délicatesse de ne pas la sermonner. Elle dut néanmoins leur présenter ses papiers. L'idée qu'elle pût inspirer de la peur à des inconnus et une peine immense à sa mère persistait à l'horrifier.

— Mary ! Mary !

Elle dormait debout.

— Quoi ? dit-elle sur un ton de reproche à Margaret.

— Devon te réclame, fit une blonde aux épaules trapues.

— Tu peux t'en occuper ?

— Il m'a déjà collé trois patients ce matin. Il y en a un…

Elle leva les yeux et se pinça le nez.

— Faisandé ?

— Soi-disant les douches ne sont jamais libres.

Elles savaient que c'était faux pour s'y être faufilées lorsque les pensionnaires déjeunaient. Mais c'était pendant l'heure réglementaire du repas et, en plus, il y avait eu un gel des canalisations, alors le doute était permis.

Margaret prit conscience de l'odeur du sassafras lorsqu'elle lui remonta dans le nez : un poisseux mélange d'acide et de fenouil.

— Il est où, Devon ? s'enquit Mary.

Margaret brandit plusieurs doigts et disparut aussitôt.

— Paravent 4, OK, marmonna Mary.

Elle rejoignit le chef du dispensaire. Devon lui indiqua un patient qui attendait qu'on lui change son bandage.

Celui-ci s'était mis torse nu. Il s'agissait d'un homme musculeux avec des mains grosses comme des battoirs et des biceps rondement dessinés. Mary lui sourit derrière son masque, qu'elle avait oublié de retirer après l'épreuve du sassafras. Elle se pencha sur son épaule droite, puis sur la gauche. Les plaies suintaient encore.

— Première fois que je me fais soigner par une femme. C'est bizarre, dit le patient.

— Plus bizarre que des hommes soignant des femmes ?

— Ce n'est pas la même chose.

— Votre mère ne vous donnait pas des remèdes contre la toux ?

— Les mères ne sont pas des femmes.

— C'est vrai. Ce sont des êtres chimériques. Des licornes asexuées. Qui est en charge des hommes depuis la nuit des temps ? Si les femmes ne prenaient pas soin d'eux, comment auraient-ils eu le temps pour leurs théories, les religions, la guerre ?

Au vrai, sa connaissance de l'anglais n'était pas assez poussée pour que le patient comprît le raisonnement. Il répondit en conséquence.

— Mouais, soupira-t-il.

— Comment vous appelez-vous ?

— Martin.

— Les plaies ont besoin d'être asséchées, *Martin*, constata Mary en appliquant un premier pansement. Qu'est-ce qui vous êtes arrivé, *Martin* ?

— Martin, pas Martine, corrigea-t-il sur un ton offusqué.

— Vous êtes tombé ? enchaîna-t-elle par réflexe.

— Non, c'est à cause de ma barbe.

Perplexe, Mary ne répondit rien. Elle découpa un second pansement.

— Écoutez, il n'y a pas grand-chose à faire. Je vais vous mettre une couche de lanoline et un autre bandage. Évitez de vous mouiller les épaules avant qu'une croûte ne se forme.

— J'aurais dû raser ma barbe.

— Elle n'est pas bien épaisse, commenta Mary. Je peux appeler le barbier si vous le souhaitez.

— Auparavant. Pour m'épargner cette blessure, poursuivit Martin, les yeux dans le vague.

— Comment ça ?

— Avant la traversée.

Elle était lasse de jouer aux devinettes. Elle lui fit faire quelques flexions du coude.

— Le détroit d'Algésiras à la nage. Quatre heures et demie. Remarquez, cela m'a décrassé après avoir passé la nuit dans une cuve à charbon.

— Vous avez nagé pendant quatre heures et demie ?

— Vous non plus, vous ne me croyez pas.

— Si, si, je suis impressionnée. Quel rapport avec votre barbe ? s'interrogea Mary qui essayait de suivre le fil tant bien que mal.

— À cause du crawl et de mes poils drus. Quand je tournais la tête, dit-il en joignant le geste à la parole.

— Je vois… Voilà, c'est fini. Évitez de mouiller le haut du corps, à l'exception du visage, répéta Mary. Revenez dans deux jours. Nous vérifierons tout ça.

Elle aperçut un chat tigré qui se faufilait dans la salle de garde.

— Ouste !

Le chat cracha et disparut.

Mary eut envie de faire de même. Seule l'idée de paraître

affolée la retint de courir au cagibi pour s'octroyer une pause. Le rythme de ses journées était frénétique et quand elle voyait les officiers s'attarder à la cantine, cela la rendait folle, folle furieuse.

Pressentant le début d'une file d'attente devant l'infirmerie, elle hâta le pas. Un homme venait vers elle à grandes enjambées.

— Vous désirez, lieutenant ? fit-elle.

Mary commençait à discerner les grades.

— Je voudrais savoir ce que c'est.

Nesbitt présenta un comprimé.

— Vous avez la boîte ?

Il la lui tendit. Elle l'étudia l'un et l'autre.

— Un traitement contre les maladies vénériennes, conclut-elle après examen.

— En êtes-vous sûre ?

— Oui. C'est marqué sur la boîte. Ce n'est pas ce qu'il vous a dit ?

— Si. Il dit être guéri.

— Pourquoi avoir emporté la boîte dans ce cas-là ?

— Par peur d'une récidive ?

Mary éluda la question et fronça les sourcils.

— De qui s'agit-il ? Il faut que son lit soit désinfecté. Le ministère de la Santé redoute au plus haut point un scandale sanitaire si des maladies venaient à se propager. Son nom ?

— Perez. Un hidalgo. Il n'a pas de lit. Il n'est là que pour quelques heures.

— N'empêche. Devon préférera jeter un coup d'œil à son anatomie.

— Je transmettrai.

— Merci mademoiselle, fit Nesbitt, en parodiant un salut militaire. Je vous envoie l'énergumène dans l'après-midi.

Ah ce lieutenant…, songea-t-elle. Au moins Peter ne s'embarrassait d'aucune déférence. Elle ne savait pas si c'était un défaut ou une qualité. Elle ne savait rien de lui, en fait. N'était que ses regards à la dérobée ne lui avaient pas échappé, pas plus qu'elle n'avait manqué de remarquer qu'il était bougrement joli garçon.

Nesbitt parti, Mary fit signe à un géant au dos voûté de s'avancer. Ce qu'il fit péniblement. Il s'aida d'une canne.

— C'est pour votre traitement ? se souvint Mary.

Il avait eu des nerfs sectionnés et Devon avait prescrit des antidouleurs.

— Ne bougez pas. Je vous l'apporte.

Gunnar acquiesça.

Il prit deux comprimés dans un verre d'eau et clopina en direction inverse.

Tôt ce matin, son officier traitant lui avait rendu visite.

Il l'avait assuré qu'il ferait tout pour abréger son séjour ici. Le lieutenant Vishner s'était répandu en excuses : il se désolait du sort qu'on lui réservait ; Gunnar faisait les frais d'une circulaire qui obligeait dorénavant les agents, de retour d'un territoire ennemi, à passer par Patriotic School pour un débriefing. « Le MI5 redoute que certains aient pu être retournés. Des Quisling par choix ou malgré eux. » Pour Gunnar, il n'existait rien de plus infamant que le nom du fasciste à la tête de la Norvège : il était devenu synonyme de collaboration au-delà des frontières du pays.

Le lieutenant Vishner, du SOE, avait pris congé en déclarant que toute l'équipe de la section N – N, comme Norvège – avait hâte de le retrouver.

La réciproque était-elle vraie ? Était-il pressé de les revoir ? Sur ce chapitre, Gunnar était impuissant à se sonder. L'angoisse en lui avait tout dévoré. Elle avait réduit le clavier des sentiments à une seule note pulsant dans son corps meurtri. Il n'y avait pas un instant où, semblable à sa jambe, son cœur ne boitait pas et ne défaillait par à-coups ; pas un instant où Gunnar ne songeait pas à sa famille, à ses camarades de lutte et à Shock, cerbère de l'enfer.

Quand il l'avait examiné, le premier jour, le médecin du centre s'était exclamé, admiratif à son propos : « Les cicatrices sont belles. » Les toubibs ont une drôle de façon de parler. En entendant ce compliment, Gunnar avait pensé que c'était l'unique beauté en lui. Tout le reste avait été souillé.

17

Salle d'interrogatoire n° 5, 12 h 5

— Pourquoi êtes-vous resté si longtemps chez votre logeuse ? lui avait demandé, dans la matinée, l'officier qu'il voyait pour la deuxième fois.

— Je craignais d'avoir été repéré. Je devais éviter la prochaine ville. J'ai trouvé à m'embaucher, en attendant que la surveillance se relâche.

Germain avait donné le nom et l'adresse de Linda.

— Elle est dans la résistance ?

— Je crois.

— Vous n'y avez pas fait allusion ? Elle-même ne vous a pas posé la question ?

— Non.

— Pourquoi ?

— Moins on en sait, moins on en dit. En tout cas, elle n'appartient pas à mon réseau. Je l'ai trouvée par hasard.

— Elle vit seule ?

— Oui, avec un chien : Squirrel.

— *Squirrel ?* Écureuil ?

— Non, c'est un chien.

Peter nota.

— C'est tout pour aujourd'hui, conclut-il.

Germain se renfrogna.

— Comment ça pour aujourd'hui ?

Peter se leva.

— Plus que quelques jours, dit-il en tendant la main.

Germain ne bougea pas de sa chaise.

— Mais pourquoi ? Désolé, je n'ai pas pu être précis sur les dates. Sinon vous savez tout : mes maladies infantiles, mes diplômes, mes caries… Quant à mes fantasmes érotiques, j'ai peur de vous décevoir.

— La question n'est pas là, poursuivit Peter en contournant son bureau.

— Elle est où ? Comment vous la formulez, la question ? J'ai essayé de répondre à peu près à toutes.

— *Indeed*, mais plus le voyage a été long, avec plusieurs escales, plus nous devons procéder à des vérifications, rétorqua Peter.

Et il lui tapota l'épaule pour l'inciter à se mettre debout.

— Vous m'avez déjà dit ça, il y a dix jours.

— Ce ne sera plus très long.

— Vous me l'avez seriné.

— Ça reste la vérité. Bon, maintenant, je dois recevoir quelqu'un d'autre, dit Peter sur un ton aimable. On se voit bientôt.

Il raccompagna Germain jusqu'à la porte.

18

Bureau de Henry Fielding, 12 h 12

La matinée avait été éprouvante pour Henry Fielding. Par les embûches qu'il avait rencontrées, l'évadé qui avait répondu à ses questions, sans être ingénieur des mines, présentait quelques similitudes avec Richard Hannay. Tel le héros des *Trente-Neuf Marches*, il avait été blessé et il s'était tapi dans la végétation. Il s'était caché sous le couvert d'une pierre en saillie et dans un recoin quasi inaccessible d'une maison abandonnée. Il avait suivi des cours d'eau. Il avait inventé des stratégies sophistiquées dans le but de leurrer ses poursuivants. Il s'était fait passer pour d'autres que lui. Il avait volé une voiture à l'arrêt dont le moteur tournait encore, et il s'était retrouvé en face d'un psychopathe allemand. En fait, plusieurs. Là s'arrêtait la liste des points communs. Richard Hannay n'avait pas connu d'épreuves sanglantes. Oh ! des frayeurs bien sûr, des sensations de faim – au reste, chaque jour, la sienne était partiellement rassasiée –, une épaule amochée dans une explosion mais vite remise. Pas de torture et, par la suite, un accès direct au Foreign Office, une fois sorti du pétrin.

Vers midi, dans le bureau du fringant officier Fielding, était apparue une vérité nue, dépourvue de rocambolesque et d'un hasard artificiellement opportun. Certes Henry n'avait jamais été dupe du fossé entre réalité et fiction. Cependant, il s'était tôt convaincu d'une chose : la littérature qu'il appréciait lui donnait des clefs de compréhension du monde, ainsi que des modèles de situations humaines. Mais les clefs d'hier n'entraient dans aucune serrure de la barbarie d'aujourd'hui, et les romans s'apparentaient, sur le plan psychologique, aux patrons de couture d'un autre temps.

Si bienveillant qu'il se montrât envers les pensionnaires, Henry ne réussissait pas à se départir d'un sentiment de culpabilité lorsqu'il les mettait sur le gril.

Il était fatigué. Il aurait bien voulu serrer Jane dans ses bras, mais, d'astreinte la nuit précédente, l'archiviste dormait en salle de repos à l'heure qu'il était.

Pour chasser ses idées noires, Fielding ne put résister à l'envie d'entrebâiller la porte du bureau de Julian afin de voir à quoi ressemblait Lecube. Front bombé, tête plate, menton étroit, nez large avec arête saillante… Le traître était étonnamment petit pour un joueur de football. Pas plus d'un mètre soixante. Julian ne l'avait pas fait asseoir. Ainsi, les yeux baissés, Lecube ressemblait davantage à un élève sermonné par un directeur.

Henry regagna son bureau.

Il se mit à rédiger un rapport sur l'évadé du matin, à partir des notes qu'il avait prises.

Penché sur son carnet, il n'entendit pas le bruit des pas qui approchaient.

Il sentit une présence dans son dos et désigna la machine à écrire sans lever les yeux.

— Si vous pouvez attendre cinq minutes. Je finalise ma synthèse. Je vous ferai signe avant d'épeler les noms.

— Je ne viens pas pour ça.

— Pour quoi ?

Avant même qu'elle répondît, Henry avait reconnu le son de sa voix. Celle-ci était délicieusement râpeuse, presque caverneuse.

— Je suis Jane Bennett.

Henry contourna son bureau et pencha le buste en guise de révérence :

— Enchanté, Jane Bennett.

— Bergmann m'envoie.

— Bergmann ? Mais pourquoi ?

— Les croquis.

— Toi ? fit-il décontenancé.

— Moi, répondit-elle sur un ton amusé.

— Ah, je vois. Je vais chercher l'informateur, dit-il en passant à sa hauteur.

En fait, il ne voyait rien. Comment avait-il été aveugle au point d'ignorer cette énième qualité chez son amoureuse ?

Jane Charlotte Bennett dévisagea sa tête ébouriffée – il faudrait que Henry *darling* croise un miroir.

Celui-ci remarqua son joli lobe d'oreille : encore un tendre endroit à mordiller.

— Une énième corde à ton arc ? fit-il en la frôlant.

— Mon arc de Cupidon.

Depuis trois mois qu'ils se fréquentaient, Henry devait admettre que Jane possédait quelques secrets bien gardés.

— Un simple passe-temps. Bergmann m'a surprise en train de crayonner. Il a semblé conquis.

— Qui ne le serait pas, commenta Henry *sotto voce*.

Elle apprécia le compliment en lui touchant furtivement les doigts. Ses mains étaient froides comme celles d'un cadavre. Henry lui frictionna le dos pour la réchauffer.

Laissée seule dans le bureau, Jane feuilleta un guide où il était question des sapins bleus des Vosges.

À première vue, Mlle Bennett était une jeune femme sans apprêt : absence de sourire et de mise en plis, bras croisés et lunettes sur le nez la plupart du temps, veste cintrée à la coupe sévère, jupe jusqu'aux mollets. Henry la trouvait belle – il chérissait la fossette sous sa pommette droite qui ne se révélait que dans l'intimité – et fantastique d'intelligence. Passer du temps avec elle, c'était boire trente tasses de café d'affilée ou quatre whiskys cul sec. Il ne savait pas d'où Jane tirait l'énergie qui l'habitait. Elle était si mince, aucune couche de graisse ne la protégeait du moindre coup de froid. Au point de s'être mise à grelotter dès la fin de l'été.

Henry revint, escorté par un étudiant de vingt ans dont le gris des yeux étonna la jeune femme par sa clarté minérale. Claude Robinet était assez râblé et portait un chandail marin. Henry lui indiqua où s'asseoir : à droite de Jane. Il ouvrit l'un des dossiers empilés sur son bureau et en préleva trois documents.

— Mademoiselle Bennett, je vous donne l'esquisse exécutée par monsieur, ainsi qu'une carte des environs.

— Quel endroit ? fit Jane.

Henry pointa son index sur la carte.

— Laissez-moi une minute que je l'étudie, intima Jane d'une voix douce.

— Vous avez déjà dupliqué la carte des défenses côtières, constata l'étudiant, le regard rivé sur la feuille en accordéon.

— Dès que vous l'avez rapportée chez nous, dit Henry. Beau boulot, Claude.

— OK, allons-y ! dit Jane.

Henry aimait sa chaude voix d'outre-tombe.

En battant des cils, sourcils froncés, pour enregistrer les données mémorisées par le Breton, Jane Bennett modélisa les distances. Elle accusa les reliefs. Elle traça un paysage à main levée, sans effectuer d'ébauche, tandis que l'ombre de son profil se découpait sur la feuille éclairée par une lampe en bakélite.

Quand elle eut fini, elle tourna la tête pour guetter un assentiment.

— C'est ça, confirma Claude Robinet. C'est vraiment ça.

En quelques coups de crayon, l'image avait pris forme. La station sémaphore de la pointe de Plouézec se déployait dans sa banalité : un modeste bâtiment qu'un élément toutefois rendait incongru. Devant, à une trentaine de mètres, trônait un mât-échelle d'où, au faîte, partaient des câbles en triangle. Comme les restes d'une goélette. Libre était l'accès au rivage. De simples barbelés. D'un côté, la baie de Paimpol, de l'autre les falaises de Plouha.

— Par où êtes-vous passé ? demanda Henry.

Claude Robinet fit courir ses doigts sur la carte.

Henry leva les yeux vers Jane et l'incita à marquer le tracé. Ensuite il interrogea Claude Robinet.

— Où étaient les plans ?

— Au premier étage.

— Sous clef ?

— Même pas. Ils les avaient laissés dans un coffre en partant déjeuner en ville.

— Ils avaient tous quitté leur poste ? s'étonna Henry. La station était abandonnée ?

— Un garde était resté. Il se promenait sur la plage. J'avais surveillé leurs allées et venues pendant deux jours et j'avais remarqué combien ils relâchaient la surveillance dès qu'il était question de bouffer.

— Combien sont-ils en tout ?

— Avec le garde, cinq.

— Pouvez-vous les décrire ?

— Je peux essayer, répondit Claude Robinet.

— Bien. Mademoiselle Bennett, merci pour votre coopération. Ces gars sont du menu fretin, mais au cas où, seriez-vous susceptible d'exécuter des portraits-robots ?

Elle haussa les épaules, signifiant par là qu'elle pourrait, elle aussi, essayer. En réalité, les portraits au fusain étaient sa spécialité. Elle se leva. Henry fit de même. Claude surprit le regard complice qu'ils échangèrent. Il s'abstint d'en tirer la conclusion qui s'imposait : ces deux-là fricotaient.

Jane s'éclipsa. À pas glissés, elle se dirigea vers le service d'inspection, dit le Débarras. Dès qu'elle descendait du perchoir des archives, elle rendait visite à la perruche Jeanfoutre. Enfant, elle avait possédé un perroquet qu'elle adulait et qu'elle avait dû laisser derrière elle, lors d'une mutation de son père militaire. Les hommes du capitaine Allan accueillaient la jeune femme dans leur sanctuaire sans qu'elle eût besoin de s'annoncer. Car Jane était aussi furtive et légère qu'un fantôme, elle semblait surgir des murs et manifestait, à l'égal de Nesbitt, une connivence innée avec Jeanfoutre. Celui-ci hochait la tête avec frénésie dès qu'il l'apercevait.

Ce jour-là, Jeanfoutre ne souhaita pas la bienvenue à Jane avec son enthousiasme habituel. Au contraire : à son arrivée, il se réfugia en haut d'une étagère et poussa des cris rauques, les ailes déployées.

La raison en était un chat aux aguets dont le pelage mêlait un fond de blanc à des taches orange et noires.

James Nesbitt se précipita vers lui en sifflant de fureur.

— Maudit chat.

Il le fit battre en retraite jusqu'à la porte du Débarras.

— Ce n'est pas la première fois qu'il s'infiltre au passage de quelqu'un, expliqua-t-il à Jane, un peu essoufflé. Il slalome entre les jambes. Il faut y prendre garde.

Nesbitt ne put réprimer une pointe de remontrance dans sa voix.

— Je suis désolée, fit Jane d'un ton calme.

Nesbitt remarqua qu'avec ses sourcils foncés, sa peau blanche de rousse, celle-ci partageait les couleurs de l'intrus.

Jeanfoutre, qui n'en menait pas large, finit par s'apaiser. Il se percha sur l'avant-bras de la visiteuse. Nesbitt fut un peu jaloux. Cela ne dura pas. Jane possédait une manière hypnotique d'effleurer Jeanfoutre avec deux doigts graciles. Les caresses, il n'y a rien de tel pour asservir quiconque. Avant que de fermer béatement les yeux à l'image de la perruche, Nesbitt préféra retourner à sa besogne.

19

Couloir de Patriotic School, 13 h 40

Nesbitt croisa Mary qui sortait de la cantine en renfilant sa blouse.

— Votre capitaine espagnol…, commença-t-elle.

— Ah oui, Perez, se souvint Nesbitt.

— Ce n'est pas qu'il est guéri, il n'a jamais rien eu, déclara Mary. Il a la bite aussi rose qu'un puceau.

Nesbitt écarquilla les yeux.

— Expertisez la poudre, ordonna Mary. Ah, j'y pense : il me faut une escorte, j'ai deux cas de gale pour la Quarantaine. Savez-vous où je pourrais trouver le sergent Dixon ?

— L'escorte est déjà commandée, intervint Finley qui passait par là.

— Devon vous a contacté ? s'étonna Mary.

Le médecin l'avait pourtant chargée de transmettre le message à la garde.

— Non, j'ai moi-même diligenté une escorte. Il s'agit d'un Français accro à la cocaïne. Il a dit qu'il vendrait père et mère tant qu'il ne serait pas sevré.

Mary blêmit. Un frisson glacé lui parcourut l'échine.

— Allons, mon petit, tout est sous contrôle, la rassura Finley sur un ton paternel.

— Je dois quand même voir Dixon au sujet des infectieux, maugréa Mary en tournant les talons.

Mon petit... Elle l'aurait giflé.

La Quarantaine était le surnom de la prison de Wandsworth où les pensionnaires contagieux passaient leur convalescence. Le bâtiment d'en face. Juste la rue à traverser. Toutefois certains valides mettaient plusieurs mois à franchir les quelques mètres séparant les édifices. Ils sortaient *manu militari* de Patriotic School, croupissaient au camp 020, comparaissaient au tribunal et, en cas de condamnation à mort, ils découvraient la prison le jour de leur pendaison avec une longueur de corde calculée par rapport à leur poids. Le fracas des trappes qui s'ouvraient s'entendait au-delà des murs.

À présent, les cloches ne sonnaient plus, le drapeau noir n'était plus hissé en façade et les badauds, alléchés par l'odeur de la mort, qui consultaient les avis de pendaison comme s'il s'agissait de bans de mariage, avaient disparu. Plus aucune publicité n'était donnée aux exécutions, depuis que celle de Josef Jakobs avait mis Fleet Street, la rue de la presse, en émoi. Cet *oberleutnant* recruté par l'Abwehr partageait avec les Britanniques la passion de la saucisse. Il en portait une dans la poche intérieure de sa combinaison de parachutiste – recette allemande –, ainsi que de faux papiers, lorsqu'il avait été appréhendé dans le Huntingdonshire fin janvier 1941. Patriotic School avait, à l'époque, moins d'un mois d'existence, et Josef Jakobs appartint au peloton de queue d'espions envoyés par les airs. Il fut le dernier d'entre eux exécuté à la Tour de Londres.

Mary reprit son service à l'infirmerie. Elle fit un tour dans la salle de garde. Personne ne réclamait ses soins. Ni Devon ni Margaret n'étaient en vue. Elle s'assit près d'un patient qui faisait la sieste. Yeux clos et souffle tranquille, parfait. Elle rabattit une mèche échappée de son Nightingale cap, un bonnet blanc à ailettes, et souleva un pan de sa blouse. Elle sortit un flacon d'une poche de son tailleur et goba un comprimé de morphine. Au fond de la fiole, il n'en restait que trois. Mary se demanda comment elle terminerait la semaine.

À moins qu'elle n'en subtilise encore dans la réserve. Il fallait juste être discrète.

20

Ancien pavillon du chapelain, résidence privée du commandant Wilson, 17h

Cet après-midi-là fut semblable aux autres. Miss Davies ne chôma pas. Elle prit son ton le plus aigre au téléphone pour rappeler aux autorités concernées, que «non, non, et non, on n'emmène pas des réfugiés et des volontaires en panier à salade – Tut, tut, tut! J'ai déjà entendu ça mille fois… Reportez-vous à la circulaire. À la prochaine infraction, il va vous en cuire». Au bout du fil, les oreilles des officiers d'immigration chauffaient déjà. Dans l'esprit de Miss Davies, c'était autant une question de respect envers les futurs pensionnaires que de diplomatie. Autant que possible, il fallait dissimuler, sous des dehors bonhommes, la nature de Patriotic School, *de facto* un camp de détention pour civils non ennemis – une bizarrerie juridique. Après ce coup de semonce, Miss Davies passa à une activité domestique. Elle triait trois ballots de vêtements quand la secrétaire du commandant l'appela. Elle fit dire qu'elle arrivait. George, l'Irish Guard, s'était proposé pour procéder à une distribution avant l'heure du dîner. Mais Miss Davies préférait s'en charger le lendemain.

Elle supervisa ensuite le transfert vers le camp 020 des convoyés de Trinidad que Patriotic School avait épouillés toute la journée après leur admission, menottes au poignet, par l'entrée de service. Elle devait encore établir des tableaux statistiques lorsque le commandant vint à sa rencontre et la pria de le suivre dans son bureau.

Elle s'y trouvait à présent et en attendait la raison. Après tant d'empressement, le commandant louvoyait. Il semblait anxieux.

— Miss Davies, qu'est-ce que c'est que ça ? balbutia-t-il.

— Ça quoi ?

— Bon sang ! Là, dit le major d'une voix raffermie, l'index pointé vers un recoin.

— De la poussière ?

— Un, un…

Le major désigna le dessous d'une méridienne. Miss Davies se pencha.

— C'est une taupe, ironisa-t-elle. Vous êtes sur écoute.

— Vous vous moquez !

En se redressant, Miss Davies fit la moue.

— Rassurez-vous, ce matou n'est pas tout seul.

— Non ? Comment ça ?

Le major attendrissait Miss Davies. Les rides concentriques autour de ses yeux donnaient au commandant un air perpétuellement étonné. Quelque chose avait été jeté en eaux troubles pour rehausser la clarté des pupilles. C'était un enfant doublé d'un sage.

Comme souvent, Miss Davies fit volte-face et le sermonna.

— Commandant ! Que font les chats : ils traquent les souris. Livraison express. Les cuisines et les caves en sont infestées.

— Pourquoi celui-ci n'est-il pas en cuisine ? s'inquiéta le major.

— Difficile de leur donner des ordres, le rabroua Miss Davies.

— Bien, mais pourquoi pas des nasses, des pièges ? Plutôt que ces…

— … fouineurs ?

— Voilà c'est ça ! Fouineurs.

Il aimait détenir le bon mot.

— Parce que, précisément, ils font ce que des pièges sont incapables de faire : ils fouinent. Ils n'attendent pas que l'on vienne à eux.

Le major soupira. « Mèremptoire », comme il la surnommait en son for intérieur, lui damait toujours le pion.

— Bon, j'espère que ce n'est pas pour cela que vous m'avez convoquée dans votre bureau, dit-elle.

— Oui, bien sûr, c'est une urgence, dit-il en se promenant dans la pièce, les mains dans le dos.

Miss Davies demeura impassible.

— Une de plus. Vous vivez sous le régime de l'urgence.

— C'est vous qui pressez le pas chaque fois que je vous croise.

— Entre deux pas, commandant, j'ai fait savoir aux surveillants que les journaux mis à disposition des pensionnaires ne devaient pas quitter la salle de lecture, embraya Miss Davies. À la fin de la semaine, ils seront remis à l'intendance pour recyclage.

— Fort bien.

— Vous vouliez quelque chose ? Votre urgence ?

— Oui, bien sûr, que ferais-je sans vous ? On peut davantage se passer des hommes que des femmes. C'est pourquoi on les sacrifie à la guerre.

— Déjà entendu ! trancha Miss Davies avec sévérité.

— Vraiment ? fit le major d'un air soucieux.

Il n'était pas sûr, en effet, que la formule fût de lui.

— Venez-en au fait, Bill !

Miss Davies était la seule à user de son prénom. Et même de son diminutif.

— Dites-moi : qu'on en finisse, insista-t-elle.

— Le Bureau des opérations spéciales voudrait récupérer les pantalons et les chemises de quelques pensionnaires.

— Comment ça les récupérer ?

Miss Davies le défia du regard.

— Le SOE juge plus crédible, développa timidement le commandant, que leurs agents portent les habits de Polonais, s'ils devaient se rendre en Pologne ; de Français pour une mission de l'autre côté de la Manche. Même élimés, surtout élimés, pour se fondre dans le décor.

— Et donc, on va les dépouiller du peu qu'ils ont ? sourcilla Miss Davies.

— C'est de bonne guerre, argumenta le major. Selon Bletchley Park, Berlin vient de demander à Rome que Mussolini leur envoie des uniformes britanniques et américains, récupérés sur des prisonniers de guerre, afin d'en déguiser les saboteurs. À vous de négocier d'intéressantes compensations.

— Des coupons de textile supplémentaires ? suggéra Miss Davies.

— Par exemple ! approuva bruyamment le major.

La négociation était en bonne voie. À Miss Davies de la tracer avec habileté.

Le major le pensait sincèrement.

OK.

Elle contacterait la division B.3 et le Women's Voluntary Service pour obtenir un vestiaire de rechange. Les sous-vêtements et les chaussures faisaient défaut.

— Vous avez la main, l'encouragea le major.

Il se remit à songer au chat tapi sous la méridienne.

— Peut-on raisonner ces créatures ? hasarda-t-il sans trop y croire.

— Est-ce qu'on vous raisonne ? répondit Miss Davies en haussant les épaules.

Pour William Wilson, il n'y avait qu'une solution : colmater les brèches. À moins qu'il n'eût laissé la porte entrouverte, une inspection s'imposait. Il effectua de grandes enjambées.

— Par où est-il rentré ?

Miss Davies avait déjà tourné les talons.

C'était la première fois qu'on épiait sa solitude. Cette idée rebutait le major Wilson. Dans sa propriété du Suffolk, il possédait des chiens, descendants de la meute de son père. Ils jappaient, ils aboyaient. Des enfants avec des crocs, qui lui reprochaient de les priver de chasse. En dessous, il y avait ce chat. À son irruption dans le bureau, le félin avait bondi de son écritoire et s'était dirigé à petites foulées sous la méridienne. Des pas balancés, la queue en panache. On eût dit une danseuse de music-hall surprise dans sa loge et soignant sa sortie.

Le ciel était gris, comme s'il annonçait la nuit. L'heure du black-out approchait et le major retarda le moment de tirer les rideaux et de fixer les barres les plaquant au chambranle. Quand il s'exécuta, le chat vint se frotter à ses jambes. « Mon Dieu ! » Le major agita sa botte. Satanée bestiole ! Comme si le comble n'avait pas – ces jours-ci – été atteint.

L'affluence prenait des proportions proches de l'engorgement. Aujourd'hui encore, deux groupes de réfugiés avaient été transférés en fourgon cellulaire. Parquer des hommes courageux dans des Black Maria comme des criminels de droit commun, l'effet était proprement désastreux. Le Home Office avait pourtant assuré qu'il était disposé à rembourser les frais de taxi ou à prêter des voitures banalisées, rien n'y faisait.

Tous des soutiers, des galériens, eux et lui. Marre qu'on lui rebatte les oreilles avec Bletchley Park. Bletchley Park, ses passionnés de mots croisés, ses mathématiciens de génie, ses grandes oreilles en mer, sur terre et dans les airs, et patati et patata ; Bletchley Park qui poursuivait ses conquêtes sur le continent américain et en Turquie, et patati et patata.

Les informations que le MI6 interceptait par son astucieuse machinerie, il lui fallait batailler pour les obtenir. Le Secret Intelligence Service les filtrait jalousement pour se faire valoir auprès du War Office, tout en les communiquant avec diligence et servilité à ces cow-boys d'Américains qui, à Londres, étaient partout chez eux. Il y en avait un chez lui de cow-boy, un type aux jambes arquées, pas trop ramenard, que les officiers surnommaient Scarface, rapport à un film, paraît-il, qu'il n'avait pas vu. Le major se demandait si, malgré son jeune âge, ce Scarface n'en savait pas plus que lui à propos de pas mal de choses. Comme, par exemple, d'imminentes opérations militaires. Le roi du monde est celui qui est dans le secret de tout le monde.

De surcroît, le major ne digérait toujours pas l'affaire Ernesto Simoes, un Portugais qu'il s'apprêtait à transférer chez Tin-Eye quand le SIS, responsable des renseignements extérieurs, les avait avertis de n'en rien faire. Il tenait l'individu, qu'il savait suspect, sous surveillance. Il voulait s'en servir comme poisson-pilote et le prendre en filature, lorsque celui-ci vaquerait à ses occupations. Comme tous les jeudis, le débat avait pris une tournure virulente au comité Double Cross, où se réunissaient les responsables du dispositif visant à retourner, à des fins de désinformation, des nazis capturés en Grande-Bretagne.

Le major se demanda si les vrais ennemis de l'intérieur n'étaient pas les services secrets britanniques eux-mêmes, prompts à se tendre des embuscades les uns aux autres. Il remâcha son amertume et décida, pour finir, de tirer un trait sur cette journée, à l'exception d'un épisode heureux : son fils, Patrick, rentré d'El-Alamein.

Délaissé, le chat sauta sur le rebord d'une fenêtre. Après avoir pris soin d'éteindre les lumières, le major en ouvrit les deux battants et, d'une chiquenaude, il poussa l'animal dehors.

21

Salle d'interrogatoire n° 7, 17 h 30

Eliot, nouvelle recrue de la section F, soupira. Avec ses digressions, ce Français le faisait tourner en bourrique. Avant de le recevoir, il avait tiré les rideaux : la nuit était déjà tombée.

— Reprenons, capitaine Rousseau : comment vous êtes-vous enfui de Colditz ?

— On en a déjà parlé en long et en large hier. Je vous ai touché un mot de James ?

— Oui, le chef d'escadron. Nous sommes à sa recherche.

Si tant est qu'il existe, songea Eliot, dubitatif.

— Reprenons, relança-t-il.

— Je vous ai livré tous les détails, dit Victor, faussement penaud. Ma mémoire est tarie. Au fait, y a-t-il un équivalent à « bohème » en anglais ?

L'officier fit mine de ne pas entendre.

— Nous sommes ici pour trier le bon grain de l'ivraie, rappela-t-il à son interlocuteur.

— Séparer les moutons des chèvres, comme on dit de ce côté-ci de la Manche, *sheep from goats*, répliqua Victor.

— Exact, concéda le lieutenant, levant les yeux vers le Français d'âge mûr.

— Cela est fort désobligeant pour les biquettes, commenta celui-ci.

— Ce qui est désobligeant est votre façon de botter en touche dès que je vous demande des précisions, rétorqua Eliot aussi sec.

— Cela dit, le spleen reste un mot de chez vous, même si Baudelaire a voulu faire main basse dessus, réfléchit Victor à haute voix.

Les jambes croisées, il avait pris un ton nonchalant.

— J'adore votre façon de disserter sur la poésie. Vraiment, ironisa Eliot.

— Je peux disserter sur pas mal de choses.

— Je le crois sans peine.

— Par exemple, pourquoi London s'appelle Londres, La Haye The Hague ou Den Haag, Beijing Pékin et Paris Parigi ? Vous rendez-vous compte qu'on exige de nous de porter toujours le même nom, qu'on se démène pour obtenir des faux papiers, et que les villes sont défigurées dans la plupart des langues ?

N'empêche : les exonymes l'interloquaient vraiment. Autant de fluctuations dans les appellations, lors même que les villes étaient plus solides que les hommes, auxquels on imposait une identité intangible. Même dans la destruction – *Londinium delendum est*, pourrait dire la Luftwaffe – subsistaient des ruines. Les ruines humaines, elles, n'existaient que sous forme de cimetière. On se souviendrait de Carthage, de Pompéi ; des noms des femmes, des hommes et des enfants, rarement. *Sic transit.*

— Votre culture est sans limites, commenta le lieutenant anglais sur un ton sarcastique.

— Encyclopédique mais parcellaire. Je n'ai vu que la fin des pièces de répertoire, en me faufilant dans les théâtres à la faveur de l'entracte. C'était cela la bohème.

— Stop !

Dans le dossier qu'il tenait devant lui, Eliot dévoila un livre relié en cuir vert.

— Qu'est-ce que c'est ?

Il tourna l'ouvrage dans la direction de Victor.

— C'est écrit sur la couverture, articula celui-ci, soudain las.

Le lieutenant soupira et ouvrit le recueil sur la page de garde noircie d'une dizaine de lignes manuscrites.

— Ça ? Des contrepèteries, lâcha Victor.

— C'est-à-dire ?

— On permute des syllabes au sein d'une phrase pour…

— Vous parlez d'un cryptogramme ? fit l'officier en levant un sourcil, les mains en crochet, suspendues dans le vide.

— Une manière de cryptogramme. J'en griffonne à mes heures perdues, admit Victor.

— Avez-vous d'autres activités ?

— Une quantité, répondit-il sur un ton mordant.

— Par exemple ?

Victor écarta les bras d'un air inexpressif.

Le dos de l'officier se raidit. Sa moustache se souleva et il plissa le nez, signe d'inquiétude. Il attendit.

— Verriez-vous un inconvénient au fait de me servir un verre de quelque chose ? badina Victor.

— Pas le moins du monde, mais nous n'en avons plus pour longtemps. Revenons aux contre…

— …pèteries, compléta Victor, en rayant distraitement de l'ongle le bois de la table derrière laquelle il était assis.

— Si vous pouviez me dire…

— Je crois apercevoir une bouteille de Gin London Dry. Non, en fait, je serais plutôt désireux de goûter votre whiskey canadien.

— D'accord, obéit l'officier en se dirigeant vers le minibar.

Cette pause lui fit du bien. Le Français lui portait sur les nerfs. Cas typique : il digressait et campait le bon vivant. N'empêche, si tout se vérifiait, le gars avait échappé à moult embûches.

Finalement Elliot se servit aussi un verre. Il l'avait déjà vidé à moitié lorsqu'il tendit le sien à Victor.

— Nous en étions aux contrepèteries, dit l'officier en se rasseyant.

— J'écris ce que j'entends, reprit Victor avant d'avaler une lampée.

— Vous interceptez des messages ? s'étonna l'officier soudain en alerte.

— J'ai commencé jeune. À l'âge où la pratique intensive du tennis en pension donne aux jeunes une mine piteuse… C'est une contrepèterie.

— Expliquez-moi, je n'ai pas codé depuis vingt ans.

— Cette phrase ? s'enquit Victor en jetant un coup d'œil au livre.

— Oui, la première : « Ces soupers manquent de pains », lut l'officier en se référant à l'ouvrage.

— Motus.

— Motus ?

— Motus. Ça veut dire « silence ».

— Bien.

Eliot prit note.

— Et celle-ci : « Cette jolie fille habite Laval. »

— Je ne peux pas plus vous le dire.

— Où est la clef ? Vous l'avez perdue ?

— Quelle clef ?

— La clef du chiffrement.

— Il n'y en a pas.

Le lieutenant lui jeta un regard perplexe.

— Une phrase moins sibylline alors, fit l'officier, conciliant : « Attaquons ceux qui trichent », lut-il. Qui sont les tricheurs ?

— Écoutez, s'agaça Victor en croisant les mains derrière sa nuque. Vous m'avez demandé de vous expliquer la contrepèterie, je l'ai fait. Débrouillez-vous.

— Oh que si, vous allez me le dire. Vous avez fait la moitié du chemin.

Victor prit un air mi-offusqué, mi-amusé.

— Pas devant cette jeune femme, dit-il en regardant la sténographe.

— Mlle Astor est assermentée. Elle peut sortir, mais elle tapera mes notes. C'est reculer pour mieux sauter.

Victor le regarda bizarrement, avec un sourire narquois.

— À voix haute ?

— Tant qu'à faire, lâcha le lieutenant Eliot.

— Ces poupées manquent de seins.

— Qu'est-ce que vous dites ?

L'Anglais le regarda, médusé.

Victor haussa la voix :

— Ces-pou-pées-man-quent-de-seins.

— Sonia, sortez un instant, s'il vous plaît, implora Eliot, effaré.

— Ces soupers manquent de pains : ces poupées manquent de seins. On décale les sons en inversant des lettres, expliqua Victor en pianotant sur un clavier imaginaire.

Le visage d'Eliot se creusa de surprise.

— Et quel est le sens du message ? interrogea-t-il avec une moue désapprobatrice.

— De… ?

— Ces poupées manquent de seins, balbutia l'officier.

— Rien, c'est un jeu de collégien. Oui, madame, un truc de

potache, précisa Victor en tournant la tête vers Sonia qui n'avait pas pris la peine de se lever. Elle semblait s'amuser.

— Et le deuxième ? Le deuxième message, persista le lieutenant Eliot.

Victor lui fit signe d'avancer le buste et lui chuchota quelque chose à l'oreille.

— Elles sont toutes du même tonneau ? fit Eliot en redressant la tête et en se calant dans son fauteuil.

— Je le crains. Comme M. Jourdain fait de la prose sans le savoir, chacun fait des contrepèteries à son insu.

— Vraiment ? Vous m'intriguez.

— Évidemment. Même vous. Vous créez des contrepèteries.

— Tiens donc, persifla Eliot qui n'entendait pas perdre la face par pudibonderie.

— Oui. Laissez-moi me rappeler, minauda Victor… Les contrepèteries filent si vite à l'oreille qu'il faut les noter sur-le-champ. Vous avez dit quelque chose sur mon sens de l'économie.

— Sonia, pouvez-vous retrouver…

— Non, Sonia mon chou, faites une pause, ça va me revenir. Vous me félicitiez d'avoir évalué à la perfection le budget de mon escapade… Vous avez dit…

— « Aucun homme n'est jamais assez fort pour ce calcul », se remémora Eliot. Et je le maintiens.

— Voilà, pouvez-vous me donner une feuille et un crayon ?

Victor retourna la feuille vers lui. Le lieutenant la fixa d'un air incrédule.

— Qu'est-ce que… Non, je ne veux rien savoir.

— N'est-ce pas contre-productif pour un inquisiteur ? ironisa Victor.

— Quoi ?

— Vouloir ne rien savoir.

— Ne jouez pas au plus malin, répondit Eliot en froissant la feuille d'un geste contrarié. C'est une perte de temps.

L'Anglais parcourut ses notes. Il repéra un point à soulever.

— Pourquoi transportiez-vous un chronomètre ?

Victor regarda ses ongles. Il ne pouvait avouer qu'il se connaissait assez pour savoir qu'après vingt-deux minutes et une poignée de secondes il devait prendre congé. Au-delà, il perdait, disons, un peu de sa cordialité. Les limites de son charme étaient comptées, l'impatience était son talon d'Achille.

— Vous savez ce qu'on dit : douche comprise et emmerdements non inclus.

Ces deux informations se frayèrent une percée jusqu'au cerveau de l'officier Eliot. Elles y effectuèrent plusieurs rotations – comme la forme de la tête y prédispose – pendant qu'il réfléchissait. Dans ce remue-méninges, il gagna du temps :

— Quel est le prix du ticket de bus à Châlons ?

Victor reprit une gorgée de whiskey puis il croisa les bras sur sa poitrine.

— Je n'en sais rien.

Encore une preuve d'arrogance, jugea Eliot en son for intérieur : « Moi, je me fiche des détails, je suis au-dessus de ces détails. » C'est ainsi qu'il interpréta cette fin de non-recevoir.

Il remit ses coudes à angle droit, se pencha et fit résonner des inflexions qu'il voulut agressives :

— Avez-vous lu la notice d'accueil : *répondre de façon franche et explicite* ?

Victor ne bougea pas d'un cil.

— C'est ce que je viens de faire, se borna-t-il à constater.

Disant cela, il fit preuve de sincérité.

Eliot essaya de desserrer le col cassé de son uniforme. La confrontation avec ce M. Rousseau l'épuisait. Il ne parviendrait à rien s'il poursuivait sur cette voie.

Le lieutenant britannique décida d'attaquer par un autre versant :

— En dehors de l'anglais, maîtrisez-vous des langues étrangères ?

— *Natürlich ! Si señor. Viva Franco. Il Duce ha sempre ragione. Heil Hitler. Banzaï*, imita Victor.

— Vous voulez jouer au plus malin ? Libre à vous, riposta Eliot sur un ton excédé. Mais il nous sera impossible d'exaucer votre vœu : reprendre du service. Vous resterez ici tel un parasite.

— J'aurais fait tout ce chemin pour rien ?

— Par votre faute, l'accusa le militaire en plantant son regard dans les yeux verts du Français.

Victor le dévisagea. La mine de l'Anglais était composée de triangles contraires : les sourcils arqués de fureur, le menton s'évasant vers les tempes proéminentes et les rides obliques qui partaient des narines pour joindre les commissures des lèvres. Intéressante physionomie, songea Victor.

— Vous possédiez déjà tous mes états de service grâce à votre antenne de Gibraltar, plaida-t-il sur un ton conciliant.

— Un pré-rapport. Donald Darling n'a certainement pas omis de vous rappeler de coopérer.

— Je l'ai fait. Je n'ai aucun souvenir des horaires de bus de Châlons. Et pour l'après-Colditz, je vous ai dit tout ce que je me remémore. À vous et à d'autres.

— D'une manière laconique.

— Je me repens : je parle cinq langues. Mais vous le saviez déjà si vos fiches sont à jour.

Victor se balança sur sa chaise jusqu'au point de rupture, avant de la stabiliser.

— Connaissez-vous la blague qui circule dans ma chambrée ? En décembre 1940, une Anglaise écrit à une amie française. Elle conclut sa lettre par l'espoir que 41 lui apporte de meilleures nouvelles. Peu de temps après, elle reçoit votre visite. Enfin, vous ou l'un de vos camarades. Il la questionne : « Qui est 41 ? »

— On n'est jamais trop soupçonneux, grinça le lieutenant Eliot.

— Évidemment ! fit Victor, narquois.

— La séance est levée.

— Je peux emporter mon whiskey ?

Victor venait de se mettre debout.

— Il reste là et vous, sortez, décréta d'un ton sec l'officier anglais qui ne bougea pas d'une fesse.

Victor vida son verre et se dirigea vers la porte.

Demain il pourrait récupérer sa montre et son argent, lui avait-on dit. Une feuille et un crayon lui seraient également utiles.

22

Cagibi, aile ouest, 18 h

La passion de la surintendante Miss Davies était le tricot. C'était sa manière de ranger ses pensées dans l'ordre, maille par maille. Aussi, quand Mary ouvrit la porte à claire-voie du cagibi, qu'elle exécuta quelques pas, qu'elle souffla du nez plusieurs fois pour se calmer, qu'elle souffla encore – de la bouche, cette fois –, la surintendante lâcha ses aiguilles de surprise.

— C'est ma pause, se défendit Mary d'une voix qu'elle voulait le plus neutre possible mais qui tremblait un peu.

Après avoir retenu sa respiration, elle expira de nouveau, tel un taurillon exhalant son énergie piaffante par les naseaux.

— De même pour moi, répliqua Miss Davies, en reprenant ses aiguilles tombées sur ses genoux, puis son tricot à la maille inachevée.

Elle était convaincue que l'intruse appartenait au corps des infirmières. Celles-ci étaient toutes jeunes, pareilles à des frégates, pourvues d'un mordant qu'elle-même appréciait mais qu'elle ne se serait pas autorisé à leur âge.

Telle une ville, Patriotic possédait au rez-de-chaussée de grands corridors en guise d'artères, des carrefours au pied de chaque escalier et un lacis de couloirs vers l'arrière des bâtiments, lequel ouvrait sur des pièces aux dimensions de placard.

C'est dans cette région ombreuse que Mary et Miss Davies avaient atterri l'une et l'autre. Plus précisément dans ce réduit gris de poussière.

Embarrassée, Mary hésita à faire deux pas pour s'approcher. Elle se décida.

— Comment faites-vous pour tricoter dans la pénombre ?

— Mes mains voient pour moi.

Mary ne sut quoi ajouter. Elle respirait à petites goulées. L'étau se desserrait. Il se manifesterait bientôt. Elle battait en retraite quand Miss Davies la retint :

— Une contrariété peut-être ?

Une dizaine : ces pauvres diables décharnés, ce black-out de malheur, l'appel à la police pour me débusquer dans les ordures... Maintenant, cet assassin qui court les rues... Et par-dessus le marché, l'ennui de vous trouver là, aurait voulu tempêter Mary qui, à l'instar du commandant Wilson, n'aimait pas qu'on épie sa solitude. Encore moins ses petites manies. La coupe était pleine et il fallait que Mary la vide par son souffle. À défaut de morphine, c'était sa méthode pour s'apaiser, et il n'y avait pas lieu d'en discuter.

La vieille dame – mais était-ce une vieille dame ? se demanda Mary – était assise sur une étagère à hauteur de fesses et dardait vers elle ses yeux gris. L'étagère supérieure était cinquante centimètres plus haut. Mary prit conscience que Miss Davies possédait la petitesse d'un elfe. Elle était si menue qu'elle était parvenue à se caler entre deux planches pour conserves en boîte. Mary échouait à déchiffrer son expression, les stries de lumière n'éclairant que la barre de ses sourcils et le dessus de ses lèvres. Rien ne bougeait à ce niveau-là.

— Une contrariété ? insista Miss Davies qui imprima un rythme plus rapide à son activité lainière.

Mary n'eut pas à chercher longtemps un sujet de conversation : à l'infirmerie, il était sur toutes les lèvres.

— Vous avez suivi cette histoire à propos de l'Éventreur du black-out ?

— Non, je ne lis pas les journaux. Pas le temps, confessa Miss Davies.

Ce fut son tour d'exhaler un soupir prolongé. « L'Éventreur du black-out » ? Certainement un golem technologique des Allemands. Un avion bombardier capable de viser sa cible dans la nuit la plus noire.

— A-t-il fait de gros dégâts ?

Devinant une confusion, Mary répondit avec douceur :

— Il a déjà tué deux femmes. C'est un tueur de femmes.

— À Londres ?

— Oui, le soir. Dans une rue et un abri antiaérien.

— C'est horrible !

Miss Davies venait de s'exprimer avec sincérité. Elle trouvait plus révoltants que d'ordinaire les meurtres de faits divers quand ils étaient perpétrés en marge de crimes de masse.

— Scotland Yard l'a arrêté ?

— Pas encore, l'informa Mary en se frottant nerveusement les mains.

— C'est un souci, conclut Miss Davies en faisant cliqueter ses aiguilles comme si elle frottait, pour sa part, un silex.

Mary garda le silence. La surintendante était la dernière personne à laquelle elle se serait plainte de « soucis » ou de « contrariétés ». D'abord du fait du caractère bourru de celle-ci, plus encore par les services discrets que la surintendante rendait aux infirmières et aux secrétaires grâce à ses contacts dans divers ministères.

La semaine précédente, Miss Davies avait ainsi organisé un tirage au sort pour des places de concert, de théâtre et de cinéma, obtenues Dieu sait comment. Mary avait eu droit à une invitation pour une pièce dans le West End, Jane à deux tickets valables au cinéma Paramount. Elizabeth, une dactylo, fut la plus chanceuse avec une entrée pour *The Dream of Gerontius* à l'Albert Hall, dont on disait le plus grand bien.

— Merci pour les places, Miss Davies, dit Mary.

Elle avait hésité à mettre cette personne austère en face de sa générosité, et en attendit la réaction.

Trente secondes s'écoulèrent dans le heurt feutré et obsédant des aiguilles. Dans l'intervalle, Mary s'était massé le cou de haut en bas. Comme pour mieux déglutir.

— Venez-vous souvent ? finit par dire Miss Davies.

Elle avait interrompu son tricot et regardait Mary, cette jeune femme au teint de rose. Pour sa part, elle ne regrettait aucunement ce temps de la fraîcheur, de la sève, des boniments et des pressions exercées par ses parents pour que leur Rosamund alpague un époux. Elle avait toujours détesté son prénom. Les décennies passant, elle s'était certes fanée, mais elle s'était épanouie.

— Vous venez souvent dans ce… recoin ? précisa Miss Davies en agitant ses aiguilles vers le sol du cagibi.

— Ici ? À l'occasion, avoua Mary.

— Moi aussi.

C'était pourtant la première fois que la jeune soignante se trouvait enfermée avec l'Éminence grise, le surnom dont on affublait l'adjointe du commandant. C'est bizarre, pensa-t-elle. On dirait deux maîtresses d'âge différent réfugiées dans un placard sur ordre d'un homme marié. Comme Miss Davies continuait son tricot et que sa propre respiration se calmait, Mary poursuivit sa réflexion : Non, la maîtresse d'un homme marié et la mère abusive de celui-là, un grand garçon immature. Les Français ont sûrement imaginé un tel vaudeville. L'image était dérangeante. La gêne suscitée par ce huis clos l'était tout autant. Aussi Mary résolut-elle de mettre fin à ce tête-à-tête. Elle s'apprêtait à entrouvrir la porte quand elle s'autorisa une question par-dessus l'épaule :

— Un pull ?

Miss Davies regarda ses rangs de laine comme s'il s'agissait de l'ébauche d'une partition.

— Je ne sais pas encore.

Mary jeta un coup d'œil à droite et à gauche avant de s'éclipser. Les effets de la morphine s'étaient dissipés. Elle se sentait passablement nauséeuse.

23

Service d'inspection, 18 h 58

Comme à n'importe quelle heure de la journée, le service d'inspection ressemblait à une confrérie de bénédictins plongés dans la méditation d'une épître qu'à l'instant une mouche zézayante venait perturber.

— Vous désirez, Pinto ? le rabroua le capitaine Allan.

Il n'appréciait guère que des intrus pénètrent dans son sanctuaire et en troublent le calme.

— Je fais visiter à notre ami Mike les différents départements de Patriotic School.

Derrière Pinto, le jeune Américain afficha un sourire ennuyé.

Dans l'établissement, plus personne ne supportait Oreste Pinto. Y compris Scarface, le surnom de Mike à Patriotic School. Il peinait à se défaire de son emprise. Le colonel belge se promenait les mains croisées dans le dos, se mêlait de tout et singeait Hercule Poirot par sa bedaine et sa moustache en crocs.

— Laissez, je me charge du tour de piste. Vous avez mieux à faire, Pinto. Mike, suivez-moi ! Laissons aux grands les affaires sérieuses.

Pinto perçut un soupçon d'ironie. Tiraillé entre orgueil et

vexation, il finit par se retirer après avoir arraché à Mike la promesse de le retrouver salle 13, où les attendait un travail de la plus haute importance.

— Oui, oui, à tout à l'heure, abrégea l'Américain, en armant deux doigts dans sa direction.

— Vous aimez les armes à feu ? enchaîna Allan, une fois que Pinto eut refermé la porte.

— Je les adore.

C'était un cri du cœur. Captant l'éclat de la passion, Allan décida de lui montrer sur-le-champ la collection d'armes dont s'étaient dessaisis les pensionnaires. Il ouvrit un coffre. Il y avait là une variété de pistolets semi-automatiques.

— Je peux ? s'enquit Mike en louchant sur un modèle.

— Faites.

Le doigt sur la détente, Scarface admira en connaisseur un Browning, puis un Radom de fabrication polonaise qu'il fit rouler autour de son poignet.

— Vous confisquez d'autres choses ?

— Tous les engins dangereux et les documents falsifiés. Venez voir.

Ceci fait, ils retournèrent dans la salle principale. Par son bric-à-brac, le service du capitaine Allan ressemblait à une braderie ou à un entrepôt des douanes. S'y affairait un bataillon d'hommes gantés. Ils retournaient les poches. Ils palpaient les coutures des vêtements, ils relevaient les marques mentionnées sur les étiquettes. Ils scrutaient l'intérieur de boîtes d'allumettes afin d'y découvrir des microfilms. Ils dépiautaient les feuilles à rouler et le coton des filtres de cigarettes. Dans les pages d'un courrier, dans les pages d'un livre, ils cherchaient à détecter des pliures, des mots soulignés, des piqûres d'aiguille au-dessus des lettres.

Les officiers chargés de l'inspection possédaient leur propre animal domestique : une perruche confisquée à son propriétaire, au motif qu'elle avait peut-être servi de pense-bête. Son maître, parvenu en cargo avec une volière, trois malles, deux valises et un vélo, avait protesté : « Elle ne sait même pas mon nom ! — Comme toutes les femmes légères », avait répliqué Donald Samuelson, occupé à examiner le recto d'un timbre qu'ils venaient de décoller. Lui-même n'était pas sûr que ses camarades du renseignement « oral » connaissent son prénom après plusieurs mois. Il ne leur en voulait pas. Il le leur rendait bien en ignorant l'identité – non les fonctions – de la majeure partie d'entre eux.

Dans son service, ils pensaient confier l'oiseau, jusqu'à la fin des hostilités, soit à un zoo, soit à la volière où le MI5 avait enfermé les pigeons voyageurs bagués par les Allemands. Ils changèrent d'avis. Sa cage ouverte, la perruche s'agrippait à leurs épaules à la manière d'une naufragée. C'était une bestiole peureuse, qui gonflait son plumage en cas d'alerte, et dont la queue en éventail s'ouvrait et se refermait à un rythme saccadé. Dans ses crises d'affolement, elle jacassait d'une voix rauque : « Jean-foutre, jeanfoutre… jeanfoutre… », tandis que ses yeux partaient dans des directions divergentes. Un matin, James Nesbitt la retrouva perchée au sommet d'une armoire métallique, poussant des cris fort désagréables. En bas, un chat ocellé s'étirait à la manière d'un yogi. James le fit déguerpir. « Viens là, Jeanfoutre. » Il leva le bras, l'oiseau dodelina de la tête, puis s'envola à tire-d'aile. Il se posa sur une malle et ferma les yeux. Nesbitt s'approcha et, avec deux doigts, il lui effleura le haut du crâne. James Nesbitt possédait quelques intuitions. L'une d'elles était qu'une solution à un problème passe par une solution chimique, l'autre était le pouvoir des caresses, le risque et l'abandon qu'elles supposent. Là résidait le secret de l'intimité sexuelle et de l'amitié interespèces. Le volatile n'y fut pas insensible. Comme s'il se réveillait, Jeanfoutre souleva ses paupières, puis se hasarda à se percher sur son épaule. Il finit par suivre le chimiste dans ses déplacements chaloupés, avec ce torticolis perplexe de qui découvre l'absurdité bureaucratique.

C'était deux semaines plus tôt. Depuis, Jeanfoutre s'adonnait à son activité préférée : il lissait ses plumes une par une. Il se savait beau et arborait une expression d'orgueilleuse assurance, au point que les officiers, à l'œil aussi perçant que le sien, devaient le chasser lorsqu'il se juchait sur des papiers pelures, trop fragiles pour ses griffes. « Jeanfoutre est peut-être une femelle », avait hasardé James Nesbitt. Ses camarades n'y croyaient guère : c'était l'un des leurs. Les seuls à considérer la perruche comme un agent provocateur étaient la couturière qui s'employait à repriser les ourlets défaits par les doigts inquisiteurs, et le cordonnier qui se déplaçait de temps en temps pour recoller un talon. Plusieurs fois par jour, à la manière d'un adjudant passant ses troupes en revue, il ou elle arpentait la « Table de la Loi », comme les officiers surnommaient la longue planche de bois où ils maniaient la loupe et le microscope. Chacun, de part et d'autre de cette Table de la Loi, rendait au volatile son regard scrutateur avant de reprendre le cours de ses activités. Celui-ci se remettait à étudier les détails d'une photographie dont le grain était mauvais ; celui-là achevait d'ouvrir une conserve. Si tout semblait correct et que la nourriture que la boîte contenait n'était pas périmée, James Nesbitt ou quelqu'un d'autre la donnait aux cuisinières. En contrepartie, il obtenait quelques feuilles de laitue et une demi-pomme pour l'oiseau.

« C'est pas du marché noir ? » s'était inquiétée une cantinière, les poings plantés sur les hanches, quand lui fut soumise l'idée d'un troc. « Pensez donc ! » Une seconde cantinière demanda si c'était à cette « greluche » (« perruche » corrigea obligeamment

Nesbitt) que Patriotic School devait son surnom. « Lequel ? — Sing-Sing. — Probablement. » Ces scrupules balayés, le troc fut conclu.

Scarface poursuivit sa tournée avec Allan. Ils s'arrêtèrent devant un officier qui examinait une pipe en écume.

— Démontable ? lui demanda Allan.

— Non.

— Et maintenant ?

— Je pensais la radiographier, répondit l'homme à la pipe.

— Dans quel but ? s'intéressa Mike.

— Éviter tout risque de sabotage, type TNT dans le fourneau.

— L'enseigne de vaisseau Liam est en formation chez nous, expliqua Allan à l'adresse de Mike. Il part après-demain pour notre antenne à Trinidad.

— Moi aussi, je suis en formation, ajouta Mike à destination du jeune officier qui curait à l'aiguille l'embout de la pipe.

— Quel service ?

— X2, contre-espionnage de l'OSS, Office of Strategic Service, armée des États-Unis.

— Ah ! lâcha Liam.

Le jeune officier retourna à sa besogne, coupant court à la conversation.

Allan ne chercha pas à dissiper la gêne que son silence provoqua. Lui aussi éprouvait des sentiments contradictoires envers les Américains : gratitude pour leur entrée – tardive – en guerre et leur soutien matériel ; ressentiment pour leur étalage de richesses. À Londres soumis au rationnement, ils se faisaient livrer par avion des cargaisons d'agrumes et des caisses d'alcool. Découvrant le mode de vie européen, ils peuplaient clubs et pubs.

— Nous avons fini ? questionna Scarface.

Il se sentait coupable pour une raison pénible à déchiffrer.

— Vous êtes si pressé de retrouver Pinto ? fit Allan d'un air amusé.

— Pas plus que ça, répondit Scarface en esquissant, à son tour, un sourire.

Dans un coin, il aperçut un individu qui semblait repasser une chemise. Une perruche était perchée sur son épaule.

— Il a un rendez-vous galant ? s'enquit Mike, piqué par la curiosité.

— Nesbitt ? Non, c'est un ermite. Au contact du fer chaud, l'encre sympathique se révèle. Nesbitt est devenu une vraie petite ménagère.

Allan haussa la voix :

— Pas vrai, James, que tu es bon à marier, maintenant ?

— C'est ce que dit ma mère et ce que me répète Jeanfoutre. Je vais finir par le croire, confirma l'intéressé en se dandinant d'une jambe sur l'autre et Jeanfoutre avec lui, dans un irrésistible pas de deux.

Mike pensa plutôt que, avec sa perruche ou son perroquet sur l'épaule, le gendre idéal ressemblait à un pirate. La jambe de bois viendrait peut-être plus tard, sur un champ d'opérations.

— Samuelson, héla le capitaine Allan.

Celui-ci leva les yeux des papiers étalés devant lui.

— Capitaine, répondit le trentenaire anguleux, visage en lame de couteau et coupe de cheveux ras.

— Pourriez-vous faire un bref topo sur vos activités ?

Mike s'approcha de son poste de travail.

Samuelson ajusta ses lunettes et prit une profonde inspiration avant de commencer son exposé.

— D'abord le chiffre de Vigenère. C'est un système de cryptage polyalphabétique inventé par un diplomate français au XVIe siècle.

Mike hocha la tête, attentif.

— Le principe de base du chiffre de Vigenère est assez simple, poursuivit Samuelson.

Il arborait une moustache aux poils si fins que ceux-ci se soulevaient quand il parlait un peu fort.

— Vigenère utilisait une clef pour chiffrer le texte, ce qui n'était pas nouveau, mais la particularité est que cette clef était répétée autant de fois que nécessaire pour chiffrer l'ensemble du texte.

Scarface semblait déjà perdu.

— Une clef ? répéta-t-il sur un ton idiot.

Le capitaine Allan intervint :

— Une clef se présente généralement sous la forme d'un mot ou d'une phrase. Pour pouvoir chiffrer le texte, chaque caractère utilise une lettre de la clef pour effectuer la substitution. Plus la clef est longue et variée, mieux le texte est chiffré.

Samuelson saisit une feuille de papier devant lui et sortit un crayon de sa poche, traçant des lignes pour illustrer ses propos.

— Par exemple, supposons que notre clef soit « CODE ». Si nous voulons chiffrer le mot « MESSAGE », nous utilisons la première lettre de la clef, « C », pour chiffrer la première lettre du message, « M ». Ensuite, nous utilisons la deuxième lettre de la clef, « O », pour chiffrer la deuxième lettre du message, « E », et ainsi de suite. Le principe est assez simple.

— En effet, confirma Mike sans conviction.

Il observa la grille que lui tendit Samuelson. Chaque rangée et chaque colonne représentaient une lettre de l'alphabet, de A à Z. Chaque cellule de la grille contenait une possible correspondance.

— Maintenant, ce qui rend le chiffre de Vigenère si difficile à casser, c'est qu'il utilise une combinaison de décalages de lettres, expliqua Samuelson. Cela signifie que chaque lettre du message est chiffrée en fonction de sa position dans la clef, mais avec des décalages différents. C'est là que les choses se compliquent.

Mike fronça les sourcils.

— Mais comment savez-vous quelles sont les bonnes combinaisons de décalages ?

Samuelson esquissa un sourire malicieux.

— C'est là qu'interviennent les réglettes, dit-il en désignant les petites règles métalliques posées sur la table. Je les place sur les textes chiffrés et j'essaye de trouver des répétitions dans les lettres. Si je trouve une séquence qui se répète, cela pourrait indiquer qu'une même séquence de la clef a été utilisée pour chiffrer le texte. En utilisant cette méthode, nous pouvons essayer différentes combinaisons de décalages jusqu'à ce que le message devienne clair.

Scarface contempla les réglettes et le tableau de correspondance.

	A	B	C	D	E	F	G	H	I	J	K	L	M	N	O	P	Q	R	S	T	U	V	W	X	Y	Z
A	A	B	C	D	E	F	G	H	I	J	K	L	M	N	O	P	Q	R	S	T	U	V	W	X	Y	Z
B	B	C	D	E	F	G	H	I	J	K	L	M	N	O	P	Q	R	S	T	U	V	W	X	Y	Z	A
C	C	D	E	F	G	H	I	J	K	L	M	N	O	P	Q	R	S	T	U	V	W	X	Y	Z	A	B
D	D	E	F	G	H	I	J	K	L	M	N	O	P	Q	R	S	T	U	V	W	X	Y	Z	A	B	C
E	E	F	G	H	I	J	K	L	M	N	O	P	Q	R	S	T	U	V	W	X	Y	Z	A	B	C	D
F	F	G	H	I	J	K	L	M	N	O	P	Q	R	S	T	U	V	W	X	Y	Z	A	B	C	D	E
G	G	H	I	J	K	L	M	N	O	P	Q	R	S	T	U	V	W	X	Y	Z	A	B	C	D	E	F
H	H	I	J	K	L	M	N	O	P	Q	R	S	T	U	V	W	X	Y	Z	A	B	C	D	E	F	G
I	I	J	K	L	M	N	O	P	Q	R	S	T	U	V	W	X	Y	Z	A	B	C	D	E	F	G	H
J	J	K	L	M	N	O	P	Q	R	S	T	U	V	W	X	Y	Z	A	B	C	D	E	F	G	H	I
K	K	L	M	N	O	P	Q	R	S	T	U	V	W	X	Y	Z	A	B	C	D	E	F	G	H	I	J
L	L	M	N	O	P	Q	R	S	T	U	V	W	X	Y	Z	A	B	C	D	E	F	G	H	I	J	K
M	M	N	O	P	Q	R	S	T	U	V	W	X	Y	Z	A	B	C	D	E	F	G	H	I	J	K	L
N	N	O	P	Q	R	S	T	U	V	W	X	Y	Z	A	B	C	D	E	F	G	H	I	J	K	L	M
O	O	P	Q	R	S	T	U	V	W	X	Y	Z	A	B	C	D	E	F	G	H	I	J	K	L	M	N
P	P	Q	R	S	T	U	V	W	X	Y	Z	A	B	C	D	E	F	G	H	I	J	K	L	M	N	O
Q	Q	R	S	T	U	V	W	X	Y	Z	A	B	C	D	E	F	G	H	I	J	K	L	M	N	O	P
R	R	S	T	U	V	W	X	Y	Z	A	B	C	D	E	F	G	H	I	J	K	L	M	N	O	P	Q
S	S	T	U	V	W	X	Y	Z	A	B	C	D	E	F	G	H	I	J	K	L	M	N	O	P	Q	R
T	T	U	V	W	X	Y	Z	A	B	C	D	E	F	G	H	I	J	K	L	M	N	O	P	Q	R	S
U	U	V	W	X	Y	Z	A	B	C	D	E	F	G	H	I	J	K	L	M	N	O	P	Q	R	S	T
V	V	W	X	Y	Z	A	B	C	D	E	F	G	H	I	J	K	L	M	N	O	P	Q	R	S	T	U
W	W	X	Y	Z	A	B	C	D	E	F	G	H	I	J	K	L	M	N	O	P	Q	R	S	T	U	V
X	X	Y	Z	A	B	C	D	E	F	G	H	I	J	K	L	M	N	O	P	Q	R	S	T	U	V	W
Y	Y	Z	A	B	C	D	E	F	G	H	I	J	K	L	M	N	O	P	Q	R	S	T	U	V	W	X
Z	Z	A	B	C	D	E	F	G	H	I	J	K	L	M	N	O	P	Q	R	S	T	U	V	W	X	Y

Il avait du mal à imaginer comment ces outils d'écolier pouvaient aider à percer des secrets complexes.

— C'est fascinant, murmura-t-il.

Samuelson venait d'ouvrir une fenêtre sur un monde sibyllin.

— Les rotations de mots-clefs sont l'une des méthodes que les cryptographes utilisent pour compliquer le décryptage. Mais ce n'est pas tout.

Oh non, pensa Mike. Il souffrait. À part la collection d'armes, il jugeait barbante cette visite du Débarras.

— Ils utilisent la combinatoire des lettres pour rendre le code encore plus résistant, continua Samuelson. Cela signifie qu'ils appliquent des rotations différentes à chaque lettre du message en fonction de sa position dans le mot-clef. Par exemple, si la première lettre du mot-clef est « E », alors la première lettre du message sera chiffrée selon la première rangée de la table de Vigenère. Si la deuxième lettre du mot-clef est « N », alors la deuxième lettre du message sera chiffrée selon la deuxième rangée de la table…

Le capitaine Allan leva la main pour l'interrompre.

— Si le sujet vous intéresse, dit-il en tournant la tête vers Mike, Samuelson pourra le développer une prochaine fois. Il peut être intarissable.

— Juste un mot sur l'indice de coïncidence, plaida celui-ci.

— Une prochaine fois, Samuelson. Promis, conclut Scarface, magnanime mais pressé d'en finir.

— C'est juste une formule mathématique, protesta le cryptanalyste qui commença à la rédiger sur la feuille devant lui.

— Une prochaine fois, répéta le capitaine Allan en entraînant Scarface par le bras.

Celui-ci souffla de soulagement. Il en avait fini. Il déchanta vite.

— L'inventaire est un point essentiel, asséna Allan. Il peut servir de base aux interrogatoires et receler des preuves incriminantes. C'est pourquoi il faut tout noter. Tout, dans les moindres détails.

Le chef du service d'inspection prit quelques feuillets dans un casier et les tendit à Scarface.

— Je vois ça, constata celui-ci au premier coup d'œil.

Il se plongea dans une liste d'effets personnels fraîchement dactylographiée.

Réf : 1942/4502

Inventaire des biens de Jan Bruno de Langen établi le 5 novembre 1942 à R.V.P.S.

1 Carte d'identité V38 002414
1 Carte d'abonnement au tramway n° 30358
1 Permis de voyage, daté du 30/3/1942
1 Morceau de papier avec les horaires des trains, etc.
1 Montre WILLIAMSON
1 Chevalière
1 Briquet
1 Médaillon en émail
2 Stylos-plume
1 Paquet de cigarettes
1 Pierre d'alun
1 Crayon
1 Ceinture de cuir noir
1 Paire de bretelles
1 Étui à cigarettes
1 Cravate à pois
1 Paire de boutons de manchettes

1 Paire de chaussures marron
1 Paire de lacets
1 Recueil de poèmes
1 Encyclopédie du jardin
1 Sachet de thé MAZA WATTE
1 Tube de dentifrice ODOL
1 Sachet de sel SAXA
1 Tablette de comprimés HALAZONE
1 Barre au chocolat FRYE
1 Épingle à cravate avec monogramme
1 Pot de poudre blanche « pour usage externe seulement »
1 Livret militaire
1 Fiche de démobilisation

Devises (annexe A)
Divers papiers (annexe B)
Photos (annexe C)

Éléments soumis aux ultraviolets
1 Livret militaire
1 Fiche de démobilisation
1 Recueil de poésie
Résultat négatif

Éléments testés
La poudre blanche s'est révélée être de l'acide borique.
Stylo-plume : résidus d'encre bleu noir.
La paire de chaussures marron ne comporte aucune trace d'altération.
Rien à signaler dans les cols de chemise, les ourlets et les doublures.
Le recueil de poésie ne comporte aucune trace de modification

ni d'impression à l'encre sympathique. Aucun code suspect n'y a été relevé.

Éléments détruits à des fins d'examen
1 Sachet de thé MAZA WATTE
1 Tube de dentifrice ODOL
1 Sachet de sel SAXA
1 Barre au chocolat FRYE
1 Tablette de comprimés HALAZONE

Réf : 1942/4504

Inventaire de Johannes Marinus Dronkers établi le 5 novembre 1942 à R.V.P.S.

1 Pot de mousse à raser
1 Tube de dentifrice
1 Pain de savon
1 Pierre d'alun
1 Bouteille d'encre
1 Brosse à dents
1 Blaireau à manche en bois
1 Tube de crème pour le visage (pratiquement vide)
1 Boîte de pilules CARTER pour le foie
1 Stylo-plume
2 Crayons à papier
1 Pot de VICKS VAPORUB (pratiquement vide)
1 Paquet de papier à cigarette
1 Enveloppe vide
1 Carte d'identité n° 084291, délivrée à La Haye le 2/9/41
1 Carte d'employé des postes néerlandaises datant du 17/5/39
1 Dictionnaire bilingue anglais-néerlandais

1 Brosse à chapeau
1 Trousse contenant un morceau de mine de plomb
1 Porte-clefs, contenant 2 clefs
1 Blague à tabac
5 Cigarettes WINCHESTER

Éléments soumis aux ultraviolets
1 Paquet de papier à cigarette
1 Enveloppe
1 Dictionnaire bilingue
1 Carte d'employé des postes
Résultat négatif

Éléments passés aux rayons X
1 Brosse à chapeau
1 Blaireau
1 Brosse à dents
Résultat négatif

Éléments testés
1 Pot de mousse à raser
1 Tube de dentifrice
1 Pain de savon
1 Pierre d'alun
1 Bouteille d'encre
1 Blaireau à manche en bois
1 Tube de crème pour le visage
1 Boîte de pilules CARTER pour le foie. Les pilules sont composées de lactate de sodium, dont l'usage est connu en médecine et qui n'est d'aucune utilité pour la fabrication d'encre sympathique.
1 Stylo-plume

Résultat négatif

Rien à signaler dans le dictionnaire. Il ne comporte aucune trace de modification ni d'impression à l'encre sympathique. Aucun code suspect n'y a été relevé.

Réf : 1942/4505

Inventaire de John Alphonsus Mulder établi le 5 novembre 1942 à R.V.P.S.

1 Peigne
1 Pot de savon liquide
5 Mouchoirs
1 Chemise
1 Pantalon en laine
1 Peigne
1 Brosse à dents
1 Chausse-pied
1 Pyjama (marque C. BUSCH DER HAGUE)
2 Caleçons (marque NOVANA)
1 Pantalon en velours noir (sans marque)
1 Chemise en flanelle (marque GERZON)
2 Cols de chemise (marque TRUBENIJS)
1 Cravate en soie (marque TOOTAL TIES)
1 Boîte d'allumettes
1 Paquet de cigarettes (marque NORTH STATE)
1 Boîte à cigarettes contenant :
2 Bobines de fil de laine brun
3 Bobines de fil de coton
2 Paquets d'aiguilles
1 Dé à coudre
1 Paire de ciseaux ODD BUTTONS

1 Petite boîte en étain contenant :
1 Bobine de fil de coton
1 Boîte en fer-blanc contenant des boutons et des épingles
1 Crochet
1 Lime à ongles en métal
1 Pince à épiler
1 Portefeuille en cuir non doublé
1 Peigne de poche, dans un étui non doublé
1 Miroir de poche
1 Paire de ciseaux pliants
2 Couteaux portatifs
1 Paquet de lames de rasoir
1 Porte-cigarettes en ambre
1 Éponge
1 Boîte d'allumettes SWAN
1 Paire de chaussettes noires
1 Paire de chaussettes bleues
1 Paire de bretelles
1 Paire de chaussures en cuir noir (marque indistincte)
1 Boîte de conserve
1 Carte d'identité nº V38 002414
1 Billet de tramway nº 30358
1 Carte de tramway nº 23985
1 Permis de voyage daté du 30/3/1942
1 Fascicule d'horaires de trains
1 Enveloppe contenant 7 photographies (descriptif joint en annexe a.1)

<u>Éléments testés aux rayons X et aux ultraviolets</u>
1 Carte d'identité
1 Billet de tramway
1 Carte de tramway

1 Permis de voyage
1 Fascicule d'horaires de trains
1 Enveloppe
7 photographies
Résultat négatif

Éléments détruits à des fins d'examen
1 Boîte de conserve
2 Bobines de fil de laine brun
3 Bobines de fil de coton
Résultat négatif

Mike reposa les papiers.

— Impressionnant.

L'Américain remercia le capitaine Allan pour la visite et, en son for intérieur, pria tous les saints pour n'être jamais un gratte-papier. Dans le couloir, il consulta sa montre et décida de prendre congé. Il était trop tard pour rejoindre Pinto et même pour le prévenir qu'il partait. En outre, sa formation n'incluait pas qu'il passe ses soirées à Patriotic School ni que des vétérans de la Grande Guerre lui rebattent les oreilles de leurs exploits. Aussitôt qu'il passa le portail, une sentinelle lui fraya le chemin en dirigeant vers le bas sa lampe torche que tamisait un papier-calque, jusqu'à la voiture que l'OSS avait mise à sa disposition. Mike le remercia et s'engouffra dans l'habitacle. Il venait à peine de fermer la portière quand on tambourina sur la carrosserie. Il reconnut Peter qui se penchait à sa hauteur.

Scarface abaissa la vitre de la Bentley.

— Belle moto.

— Belle voiture, répliqua Peter. Une anglaise, évidemment.

— Évidemment. C'est un petit bijou qui m'a été prêté.

Peter émit un sifflement d'admiration.

— Moteur six cylindres en ligne, freins hydrauliques, capable d'atteindre cent miles par heure.

— Je vous laisserais bien le volant, mais vous possédez votre propre cheval de course.

— Je ferai un galop d'essai un jour prochain. Jusqu'à quand restez-vous parmi nous ?

— Encore une dizaine de jours. On essaiera d'arranger ça. Dites, une bonne adresse à me conseiller pour la soirée, à part l'American Bar ?

— Le Victory Club à Leicester Square ou le Rose and Crown à Knighstbridge.

— Lequel fréquentez-vous ?

— J'ai plutôt mes habitudes au Red Lion.

— Où est-ce ?

— À côté de Whitehall.

— Je vais aller y faire un tour. On s'y retrouve ?

— Pas aujourd'hui. J'ai un empêchement.

— Salut Peter.

— Salut Mike.

Scarface remonta sa vitre tandis que Peter attachait sa jugulaire. Ils démarrèrent en même temps et, dans la rue droite, ils poussèrent leurs moteurs sur plusieurs dizaines de mètres.

24

Résidence des Kensington, Mayfair (Londres), 20 h 20

— Père n'est pas là ? s'étonna Peter.

— Appelé en urgence par le secrétaire aux Affaires étrangères, répondit sa mère. Anthony Eden, quelle idée de s'appeler comme ça par les temps qui courent !

Elle avait dénatté ses cheveux qui ondulaient jusqu'aux épaules. Son visage, aussi, était défait. Les traits lâchés, tirant vers le bas, exprimaient la lassitude.

— À quel propos, cette urgence ? relança Peter.

— La guerre, quoi d'autre ? Dînons, veux-tu.

Elle le devança dans la salle à manger.

Peter la trouva fatiguée, ses yeux verts ternis, avec des inflexions de voix discordantes, le comble pour une pianiste. Il affecta de n'en rien voir. Il lui décrivit Patriotic School – un refuge solide à la manière de la maison en brique des *Trois Petits Cochons* – et simplifia les choses : il accomplissait le même travail que Porphyre Petrovitch.

Lady Kensington, née Maria Slupinski, détestait Raskolnikov* :

* Porphyre Petrovitch et Rodion Raskolnikov sont deux personnages de *Crime et châtiment* de Dostoïevski.

cet idiot se prenait pour un génie et partait se jeter dans la gueule du loup.

— Un dialecticien, tiens.

Le ton de sa mère avait retrouvé un peu de chaleur.

— Façon de voir les choses.

— Tu as toujours su trouver les mots, mon chéri.

Ils passèrent au salon.

— Sais-tu que le *Batory* a été réquisitionné ? demanda Peter en prenant place dans un fauteuil en velours.

— Je l'ai appris de ce pauvre Borkowski. Il dit que son bijou a été défiguré, qu'il y a des hamacs et des couchettes partout. Ils ont cassé des cloisons et retiré le mobilier.

— Tout est stocké quelque part, j'imagine.

— Ou réduit en fagots, déplora Lady Kensington.

— Ce n'est pas le *Titanic* quand même.

— Je sais, mais c'est bien triste. En plus, la femme de Borkowski est restée à Gdynia. Il désespère de la faire venir. Et il n'a jamais été très heureux sur la terre ferme. Ils auraient pu lui confier une mission.

— Père a suffisamment répété qu'il n'était pas qualifié.

Sa mère balaya l'argument d'un revers de main.

— La tyrannie du bout de papier.

Peter se remémora la salle de bal du *Batory*, les fourrures et les nœuds papillon au restaurant, les drapeaux trônant sur les tables, la piscine où il pataugeait les jours de grand soleil, les sept ponts qu'il explorait sur un mode aléatoire et les rideaux de sa cabine de première classe.

Sa mère était la pianiste vedette du paquebot qui effectuait des traversées transatlantiques entre Gdynia et New York. Il passait par Copenhague, Halifax et Southampton où, à la fin juillet, Peter et son père rendaient visite à la femme adorée. Trois jours de fête, trois jours d'exubérance, le temps d'une escale. Lord Kensington, s'il ne portait pas Borkowski dans son cœur, s'attachait à faire bonne figure.

L'année où il perdit sa grand-mère, Peter eut le privilège d'accompagner sa mère aux grandes vacances. Un mois, vingt-deux jours sur l'eau, filant à dix-huit nœuds. Pareil au retour. Au cours de la croisière, sa mère le laissait libre. Il se tenait derrière les tables de bridge. Il observait. Il apprenait à distinguer les langues et les drapeaux. Tôt ou tard, sa mère le trouvait endormi sur une banquette ou en discussion avec un machiniste. À minuit, quoi qu'il arrivât, il était dans son lit. Sa mère repartait après un baiser. L'enfant se collait au hublot. Les flots dansaient muettement entre reflets et brouillard.

Sitôt à quai, ils quittèrent Gdynia, ville sans charme ni histoire, pour s'enfoncer dans les terres. Dans ses souvenirs, des tresses s'agitaient autour de lui, et des dames lui pinçaient la joue. Chaque fois qu'il prononçait un mot, elles gloussaient de plaisir. Lui ne comprenait pas tout : une autre langue se mêlait aux expressions polonaises. Il fut toutefois question, comprit-il, de sa grand-mère et du trentième jour de sa mort. Ce qui avait été fait, ce qui avait été dit.

En signe de tristesse, sa mère lui frictionna la nuque : il détestait ça.

Les bavardages reprirent. Lorsque la nuit tomba, sa mère s'assit au piano et ses cousines se mirent à chanter. Ce moment se grava en lui ; les voix s'accordaient, les cœurs communiaient… En raison de sa santé fragile, Peter n'avait jamais pris part à des sports de groupe. Ce jour-là, un chœur de femmes sut faire vibrer en lui la corde d'un collectif, d'une communauté.

À la fin du récital, on lui pinça encore la joue. Peter en eut assez.

Une seconde révélation advint lors de la traversée du retour. Lové dans une chaise longue à l'un des entreponts, il entendit un homme vanter les splendeurs d'un moteur à deux vitesses, puis s'exalter à propos d'un monocylindre à quatre soupapes. Des « merveilles d'anatomie ». Son voisin, qui exerçait la profession de médecin, le comprenait fort bien. Lui-même ne voyait, pour sa part, qu'engrenages grippés et ennuis mécaniques chez ses patients. Tous deux se rendaient aux États-Unis, l'un dans le Nevada pour rouler dans le désert, l'autre à Chicago afin d'ouvrir son propre dispensaire. Pendant la traversée, ils furent vissés l'un à l'autre, au point que la jeune épouse du docteur reporta son intérêt sur un chef de cabine à gants blancs. Jusqu'à Southampton, Peter demeura dans l'ombre des deux hommes. Borkowski le fatiguait. Trop bruyant. Trop tapageur. Certes il avait de la prestance, une taille supérieure à la moyenne, une moustache évasée qu'il cirait avec conscience. Il parlait une douzaine de langues et valsait avec une multitude de femmes tous les soirs. Il séduisait aussi bien les grands-mères que les jeunes filles. Un exemple à suivre assurément. Sauf que Bortkowski n'était qu'un Monsieur Loyal, rien qu'un gamin, jugeait Peter du haut de ses dix ans. Mais il lui savait gré de rendre sa mère heureuse. Car d'évidence le rodomont l'adorait. Il la couvait du regard, la traitait telle une diva dont il satisfaisait le moindre caprice. Quand il la serrait dans ses bras, il la soulevait de terre et la faisait tournoyer. Saoul comme un Polonais… Cette sentence de Napoléon, Peter la tenait de Borkowski. « Saoul comme un Polonais, ça veut dire jamais saoul. On sait se tenir. » Peter en doutait, à le voir exulter, chanter et taper du pied à la nuit tombée.

Lorsque le bruit courut que Borowski buvait plus que de raison, son père fit jouer ses relations et mena son enquête. L'école navale de Riga où Borkowski avait fait ses classes lui certifia que celui-ci n'avait pas poussé loin les études. En tout cas, pas jusqu'à la licence de manœuvre qui octroie le titre de capitaine. En somme, l'homme était un imposteur, et cet incompétent risquait de conduire son épouse droit au naufrage. Celle-ci dissipa ses craintes : c'était une aubaine si Borkowski buvait. Sobre, il aurait été infichu de localiser son paquebot en pleine mer. « Bravo ! Ah ben bravo ! s'était étranglé Lord Kensington. Ah ben bravo ! »

Chaque été, sauf celui de ses dix ans, Peter retrouvait un père morose. Dès que le *Batory* appareillait, Lord Kensington versait dans la mélancolie la plus noire. Si disert d'ordinaire, le diplomate se transformait en ours mal léché. Pour communiquer, père et fils jouaient au bridge. Un couple de voisins les rejoignait plusieurs soirs par semaine. Le week-end, d'autres personnes s'agrégeaient à leur cercle, dont le major. Trompant son ennui, son père s'animait autour de la table, ses convives aussi, abonnés au whisky ou au bourbon. Auprès d'eux, Peter apprit beaucoup. Les vacances tiraient moins en longueur. Personne ne s'aperçut que Peter s'était mis à boire. Il était d'un tel sérieux. Jeune parmi les adultes, il impressionnait par sa maîtrise tactique. Il annonçait de périlleux contrats qu'il honorait aisément. À défaut d'activité physique, il s'était rabattu dès l'enfance sur les jeux de société pour lesquels il excellait quand d'autres, au même âge, s'initiaient aux danses de salon.

En 1937, sa mère arrêta les croisières. Le capitaine continuait de l'idolâtrer, mais les passagers de la Gdynia America Line appréciaient moins Chopin. Ils s'étaient entichés d'un compositeur de jazz. Stanislaw Wojciechowski disposait de son propre orchestre.

Lord Kensington fut ravi.

Désormais le *Batory* effectuait la navette entre Gibraltar et Gourock, en Irlande du Nord, ou Liverpool, escorté par un destroyer de la Royal Navy. Transports de troupes, de prisonniers, de blessés, de volontaires. Les passagers étaient si nombreux qu'ils restaient parfois quatre jours à bord avant de débarquer, tant que les inspections de santé et de sécurité n'étaient pas achevées. Bon nombre d'étrangers étaient escortés de la descente du paquebot jusqu'à Londres. À Patriotic School pour les hommes, à Nightingale Lane pour les femmes.

Peter se leva. Sa mère l'imita. Elle était presque aussi grande que lui. Les années n'avaient pas entamé sa grâce. D'une main preste, elle lui ébouriffa les cheveux.

— Tu rentres déjà ? fit-elle sur un ton de doux reproche. Va, j'ai de la lecture.

Et elle posa sa paume sur le cœur de son fils en signe d'adieu.

6 NOVEMBRE 1942

25

Salle de réunion des officiers de Patriotic School, 7h55

Le commandant eut la délicatesse de la discrétion, mais il manifesta cette sévérité que décuple l'entêtement de jeunes subordonnés.

Avant la réunion du matin, le major emmena Henry Fielding et Peter Kensington à l'écart pour « faire le point », disait-il. Le problème était que ceux-ci n'avaient rien de neuf à signaler. Rien, absolument rien. RAS. La remontrance que leur infligea le major Wilson n'en fut que plus cuisante. Autant le responsable de Patriotic School admirait l'obstination, autant il la dépréciait pour peu qu'elle contribuât au temps perdu.

Depuis plusieurs semaines, Fielding et Kensington consacraient, en effet, une à deux heures par jour à mener des enquêtes visant deux pensionnaires. Parvenues à ce stade de leurs recherches, ces enquêtes étaient au point mort et sans perspective d'avancée. L'une concernait un Français que Peter soupçonnait de duplicité, un représentant de commerce originaire d'Oran. Aucun indice, pas le moindre, n'inclinait à penser qu'il présentât un profil défavorable, c'était pourtant la position sur laquelle campait le filleul du commandant.

L'autre investigation portait sur un Belge dont Henry traitait le dossier, et là tous les indices concordaient. En tout cas, sur le papier. Après avoir intercepté un message de l'Abwehr, le MI6 les avait avisés de l'arrivée imminente d'un suspect. Sous huitaine, un évadé prénommé Baudouin s'était présenté. Il répondait à la description : âge, apparence, formation, profession, voyages… Manquait un détail essentiel : le pensionnaire de Patriotic School ne comprenait pas un traître mot d'allemand quand l'espion était censé être bilingue. Un quiproquo ne pouvait être exclu, un habile dissimulateur non plus. Le temps passant, la seconde hypothèse paraissait improbable. Il fallait donc se rendre à l'évidence : il s'agissait soit d'une coïncidence, soit d'un renseignement erroné. Bref, Peter et Henry étaient priés de bientôt lâcher l'affaire et de se consacrer au tri d'autres résidents. Au pire ou au mieux, ce Français et ce Belge seraient confiés aux services secrets de leurs gouvernements en exil avec un « avertissement approprié ». Ceux-ci s'occuperaient de la suite à donner.

Têtes baissées, comme vaincus par cette leçon de pragmatisme, Kensington et Fielding suivirent le major dans la grande salle où se rassemblaient les officiers.

De but en blanc, le commandant Wilson annonça une mauvaise nouvelle :

— Un merdier à démêler, commença-t-il avec une élocution heurtée. Notre antenne de Lisbonne nous informe que, selon une source bien renseignée, un espion est actuellement en liberté sur notre sol. Il a fait partie d'un groupe de cinq réfugiés ayant franchi les Pyrénées il y a deux mois. Arrivé à Londres à une date inconnue, tout comme son identité et sa nationalité. Depuis, il a déjà communiqué deux fois avec les Allemands.

— Par quel moyen ? questionna Bergmann.

— Courrier, répondit le major.

— À des adresses de couvertures répertoriées ? demanda encore Bergmann.

— Oui. Barcelone et Huelva.

— Comment les lettres ont-elles pu passer la censure postale ? s'énerva Belish en raclant le parquet avec sa canne.

Une question, autrement embarrassante, resta en suspens : pourquoi Patriotic School ne l'avait pas détecté lors de son passage ?

— Le gars fait marcher son imagination, précisa aussitôt le major afin de dissiper l'inquiétude qui gagnait l'assemblée. Ses lettres sont interceptées. Il a informé l'Abwehr que quatre millions d'Américains stationnaient en Grande-Bretagne et que les forces belges cantonnaient à Lowestoft-Learnington. Pas de panique, donc.

— Encore un mariole, entendit-on.

— Contre-propagande : il mériterait presque une médaille, dit Rob Swayne d'une voix joyeuse.

L'auditoire approuva : ils avaient déjà mis aux arrêts des espions avérés qui, dans les faits, la jouaient à la paresseuse et passaient leur temps à baratiner. N'empêche, c'était un loupé pour l'équipe. Toujours est-il que le nuage était passé.

Le major s'adressa au chef de la section ibérique, Charles Follett.

— Tu sors les fiches correspondantes et dès que tu as les noms, tu les communiques à l'équipe et à Scotland Yard. Vois avec Bergmann, il te donnera un coup de main.

Le responsable des archives hocha la tête.

— Les cinq ? demanda-t-il.

— Les cinq.

Les chefs de section se concertèrent du regard. Pour peu que ces cinq réfugiés viennent de partout, la matinée serait chargée en nervosité.

Le major reprit la parole :

— Bon, la bonne nouvelle maintenant. Le mérite en revient à l'équipe du capitaine Allan. Le passage express des espions de Trinidad a été un franc succès et non une simple formalité. Nous avons, en effet, découvert un magot dans le double fond de la malle d'Oscar Vladimirovich Gilinski : 40 000 dollars.

Des sifflements se firent entendre.

— Et dans l'inventaire de Perez, le service d'inspection a mis au jour un subterfuge inédit : de l'encre sympathique et des microbâtonnets introduits dans des gélules destinées à traiter les maladies vénériennes.

— Nesbitt a eu le nez creux, dit le capitaine Allan.

L'intéressé eut un sourire timide et se balança d'une jambe sur l'autre.

Le commandant afficha soudain une mine réjouie.

— Messieurs, nous allons accueillir des vaincus de toute beauté.

— Des champions, major ? s'excita Finley.

— Des champions. Du premier choix.

— Crachez le morceau, supplia Nesbitt. Finley est si convaincu d'avoir remporté le concours qu'il en devient imbuvable.

Depuis quelques mois, les officiers établissaient un palmarès des espions les plus crétins.

— Voyons si je peux le détrôner, dit le commandant avec gourmandise.

Il se mit à raconter :

— Les Frisés ont confié à trois Français la mission de naviguer de port en port, d'ouvrir les yeux et les oreilles. Ils partent de Brest et se rendent au Touquet. À mi-parcours, ils se mettent à boire, et aucun n'est en mesure de tenir le gouvernail. Ils dérivent jusqu'à Plymouth. Fin de l'histoire.

— Sévère la gueule de bois !

— Tin-Eye va les dégriser.

— Je remets ma couronne en jeu, concéda Finley.

— Pour info, de nouveaux cas d'exemptions à Patriotic School ont été avalisés, enchaîna le commandant : les étrangers enrôlés aux États-Unis ou au Canada et titulaires de cartes Intérim, les membres des forces armées néerlandaises engagés en Afrique du Sud, les volontaires pour les forces armées originaires des îles Féroé. Pour finir, une bonne nouvelle concernant nos conditions de travail : M. Trench, l'architecte du MI5, a suggéré d'annexer la maison anciennement habitée par une matrone quand Patriotic School était un orphelinat. J'ai donné mon accord. Un passage couvert mène au bâtiment principal. Nous obtenons ainsi trois pièces supplémentaires : deux nouveaux bureaux et une salle de repos. Au besoin, vous pourrez y passer la nuit. C'est tout pour aujourd'hui, messieurs, conclut le commandant en déposant une liasse de télex dans une corbeille.

26

Dispensaire, 9 h 15

Mary rassura son patient.

— RAS. Votre pouls est normal.

Le sien battait à tout rompre, ses tempes aussi.

— J'espère que ma femme va bien. Elle a le cœur fragile.

Une larme roula sur sa joue. C'était un homme costaud aux sourcils touffus que le chagrin recroquevillait.

— Où est-elle ? s'enquit Mary.

— Nous sommes venus ensemble. On était passeurs. On a été dénoncés et on a pris la fuite. On m'a dit qu'elle était à Nightingale Lane.

— Ce n'est pas loin.

Le Patriotic School pour femmes était, en effet, peu distant.

— Je ne pensais pas qu'on serait séparés.

— Deux ou trois jours, tout au plus.

— Vous croyez ?

— J'en suis sûre.

— Pouvez-vous lui transmettre un message ?

— Non, vous le savez. Je ne suis pas habilitée à…

Maudissant le jargon de l'institution, Mary s'interrompit, se reprit :

— Je ne peux pas. Je suis navrée.

Navrée, Mary l'était vraiment. D'autant qu'elle avait fait bien pire : coucher avec un pensionnaire.

Elle en avait honte : et de l'acte, et de la furtivité du détroussage. Mais il y avait eu l'élan d'une libération. Une respiration physique qui allégeait les semelles de plomb de la routine.

— S'il vous plaît, je veux juste savoir si elle va bien, insista Norbert.

— Elle va bien, le rassura Mary. Elle est aussi bien traitée que vous l'êtes ici, ajouta-t-elle avec irritation.

Que pouvait-elle dire d'autre ?

Norbert connaissait peu de choses à la médecine. C'était un courtier en assurances porté sur l'alpinisme. Un jour, il avait proposé au médecin qui auscultait sa femme de lui racheter son stéthoscope afin d'entendre le cœur de ses enfants. Non pas qu'il doutât qu'ils fussent en bonne santé ou qu'ils eussent le cœur sec. Rien de tout cela. Il voulait entendre le pouls de leurs vies. Ses enfants étaient à l'abri à présent. Ses camarades s'y étaient employés. Ceux préservés, jusque-là, des fuites de leur réseau. De toute façon, le Lysander, un monoplan de l'armée britannique utilisé pour les missions d'exfiltration, était trop petit pour embarquer une famille. Paulette ne voulait pas partir, et lui non plus, à dire vrai. Norbert se souvint que, quand on plaquait un coquillage contre son oreille, le ressac résultait – en fait – des pulsations des veines répercutées en écho. C'était soi-même qu'on écoutait, non des vagues. Sauf que le corps est aussi fait de vagues, de respirations, de va-et-vient d'espoirs et de déceptions. Il admirait la science, sauf quand elle se pique d'expliquer pourquoi un ciel rougeoie, pourquoi la nuit tombe, et qu'elle refuse d'admettre que la mer mugit au creux d'un coquillage. S'il donnait raison à la physique, il accordait une forme d'espoir à la poésie. Le stéthoscope, c'était pour les réconcilier. Comme le métronome se marie à la musique pour lui donner son rythme.

Norbert parti, Mary se dirigea vers la réserve. Elle venait de se saisir d'une seringue quand sa collègue Margaret, à la recherche d'un anti-inflammatoire, fit irruption. Mary sursauta légèrement.

Margaret la rassura en lui tapant sur l'épaule.

— C'est pour qui ? demanda-t-elle, en apercevant l'aiguille dépassant du poing serré de sa collègue.

— Pour les Yougoslaves. Une injection de fer, improvisa Mary.

— Ah oui. Les pauvres !

— Margaret ?

Sa consœur se retourna.

— Si Devon me cherche, je fais une pause juste après.

Margaret opina du chef. Et la relança du menton.

— Tu peux passer voir Miss Davies ou le sergent Dixon ? Il y a un candidat pour la Quarantaine.

Mary n'eut d'autre recours que de se réfugier dans le cagibi dont elle avait partagé l'étroite intimité avec Miss Davies. Cela ne serait pas long, et les probabilités étaient minces qu'elles s'y croisent une seconde fois. Elle retroussa sa manche et se piqua au creux du bras. La veille, elle avait rendu visite à Lucy au St. John's Hospital. Elles avaient été élèves infirmières ensemble et exercé à St. John toutes les deux par la suite. La pharmacopée d'un dispensaire comme celui de Patriotic School et celle d'un hôpital traitant des blessés de guerre n'ont rien de commun, surtout au regard de la quantité et de la qualité des narcotiques. Le corps de Mary se détendit, son esprit s'engourdit. D'aussi loin qu'elle se souvienne, elle avait toujours été intranquille, en proie à des menaces indéfinies. La guerre n'arrangeait rien. L'engrenage avait commencé par l'admission de Boris à St. John. C'était un jeune pilote de Spitfire dont l'engin avait été touché par un chasseur Messerschmitt. Il avait été repêché dans la Manche, aveugle, brûlé et défiguré. Sous l'impact, des fragments d'os et des dents déchaussées s'étaient greffés sur son visage. Le chirurgien avait retiré ce qu'il avait pu et réalisé un point de suture à travers la langue pour l'attacher à un bouton de pyjama, sinon le patient se serait étouffé. Sa douleur était indescriptible et sa soif inextinguible – sa bouche carbonisée ne pouvant avaler la moindre gorgée. Mary avait attendu les parents du mourant en lui administrant de la morphine et l'avait, pour la première fois, expérimentée sur elle-même. Il y eut d'autres défilés des horreurs tandis que Londres tremblait sous les bombes. Et la morphine était devenue la mauvaise fée de Mary.

27

Salle d'interrogatoire n° 12, 9 h 30

Han Peteri n'aurait rêvé meilleur accueil en Angleterre et, après avoir dormi tout son saoul, il était frais comme un gardon.

— Pourquoi avoir choisi Katwijk ? lui demanda Henry en début de matinée.

Faute d'avoir discuté foot et idéologie fasciste avec Lecube, il s'était vu attribuer le débriefing du jeune *Engelandvaarder**. Pinto et de Bruyn étaient de nouveau aux prises avec le trio de fugitifs néerlandais et leurs versions étaient passablement embrouillées. Henry reprit :

— Était-ce votre décision ou celle de votre frère ?

— Oh ! L'affaire était simple pour moi comme pour lui. Elle dépendait d'une équation facile à résoudre qui incluait le jour de lunaison.

Il développa la suite : la Luftwaffe et la Kriegsmarine surveillaient les plus proches rivages de l'Angleterre, expliqua Han qui

* Évadé originaire des Pays-Bas.

s'exprimait dans un anglais impeccable. Il fallait donc d'abord s'éloigner plus au nord. Ils avaient aussi songé à Hoek van Holland, mais Katwijk n'étant pas une ville portuaire, cela signifiait moins de patrouilles. Willem et lui connaissaient la plage. Ils y avaient passé des vacances avec leurs parents, et, pour ce qu'ils en savaient, la baignade restait autorisée en journée. En l'absence de bulletin météo, ils avaient regardé le baromètre tous les jours et procédé à des calculs. Ils attendaient la pleine lune et un vent d'est.

— C'est sans doute le plus court chemin, reconnut l'officier britannique qui lui faisait face, mais c'est aussi le plus périlleux. Bancs de sable, tempête, échouage, noyade, énuméra-t-il.

Han le corrigea :

— Le plus court, oui, pas le « plus périlleux ».

La route du nord *via* la Suède était limitée aux marins en possession d'autorisations ; quant à la route du sud, il y avait trop de contrôles et de langues étrangères, tels le français et l'espagnol. Son frère et lui ne pouvaient, en un temps record, obtenir de faux papiers. Ils ne connaissaient personne, aucun réseau d'entraide, et ne maîtrisaient que l'anglais appris à l'école. Ils n'avaient, jusque-là, voyagé qu'entre les frontières des Pays-Bas et, une fois, en Flandre. Voilà les prolégomènes de l'équation. Non, décidément, il n'y avait pas de chemin « plus périlleux » qu'un autre. Tous l'étaient à parts égales, 50-50. Pas une chance sur deux, bien moins. Le 50-50 s'entendait en termes de vie ou du mort. Entre les deux, il y avait la prison, la torture, la déportation.

Le « quitte ou double » était un grand mot, mais une alternative dont ils avaient évalué les risques, insista Han Peteri.

— Comment avez-vous transporté le kayak ?

— On a enveloppé les arceaux de bois dans son revêtement étanche en coton huilé. Durant le voyage en train, un soldat allemand s'en est servi pour roupiller à l'aise. Il n'y a pas eu de contrôle des bagages. Sinon, on aurait montré les deux autres sacs en notre possession. L'un contenait de la nourriture, l'autre quelques ustensiles.

— Et après ?

— Willem avait loué une bicoque donnant sur la mer, à proximité d'une brèche dans les barbelés qu'on avait repérée. On s'est assurés auprès du propriétaire que la pièce principale mesurait au moins cinquante centimètres de plus que le bateau, une fois monté. On a raconté que nos parents nous rejoindraient pour quelques jours de vacances et qu'on aurait besoin d'un matelas en plus. Le propriétaire nous a dit que ce n'était pas un problème : il nous en fournirait un, le moment venu.

— Vous êtes une poignée à avoir réussi, la dernière fois remonte au printemps, deux frères, déjà, l'informa Henry.

Il sortit une photo du dossier cartonné sur lequel il avait posé les coudes. Il la poussa vers Han. C'était un cliché granuleux de leur embarcation, parvenu à Patriotic School. Il représentait trois garde-côtes, sourire aux lèvres, soulevant le kayak pour que l'objectif embrasse l'intérieur. Vu ainsi, l'esquif ressemblait à une pirogue. La photo avait circulé de main en main, ainsi que la rumeur des cinquante-six heures qu'avait duré le périple des frères Peteri.

Henry Fielding semblait impressionné. En lui rendant la photo, Han intercepta son regard. L'officier examinait la paume de sa main qui venait de faire un mouvement vers lui. Elle était encore rouge. La peau avait fini par peler.

— Et la genèse de l'idée ? questionna l'Anglais.

— Ben, les deux autres filières d'évasion étaient barrées.

— Oui, dit Henry, visiblement vexé. J'ai compris l'histoire des prolégomènes. Même si je leur préfère leur cousin musical – le prélude –, ou le prologue à un récit.

À cet instant, Han comprit que les maths n'étaient pas le fort de son interlocuteur.

— N'empêche, poursuivit ce non-scientifique qui osait comparer la musique à une partition mathématique, il faut être porté par quelque espoir, pas seulement politique, quelque chose de l'ordre de la faisabilité. Même si les mains et les poignets en souffrent, à l'évidence.

Han se mit à raconter comment le projet avait mûri à l'hiver 41. Il venait de lire un livre de Trygve Gulbranssen dans lequel l'écrivain norvégien évoquait ceux qui naviguaient en canoë entre l'Islande et la Norvège. Il se souvenait d'une phrase : «*No retreat, no way around, one has to take their fight to the end*» («Pas de retraite, pas d'échappatoire, il faut aller jusqu'au bout de son combat»).

Soudain, une lueur s'alluma dans l'iris de Henry. Lui aussi l'avait lu, oui, l'ouvrage de Gulbranssen. Han parut si étonné que l'Anglais se justifia :

— Je n'ai aucun mérite. La trilogie du romancier a eu du succès dans le monde entier. Elle a même figuré sur la liste des œuvres recommandées par des éditeurs américains au président des États-Unis.

— Je l'ignorais.

— Mais vous êtes le seul à avoir transposé ce récit d'une si belle de façon, s'empressa d'ajouter Henry.

Il marqua une pause.

— Et la BBC, vous seriez d'accord pour y raconter votre histoire?

— Pourquoi pas? s'étonna le jeune Néerlandais.

— Nous gommerons votre identité afin que vos parents ne soient pas inquiétés.

Henry lui serra la main et le reconduisit jusqu'à la porte.

— Vous avez quartier libre pour le restant de la journée, dit-il.

La BBC ? C'était, pour Han, la nouvelle éclatante de cette matinée. Il fallait qu'il en avise son frère Willem. À moins que celui-ci ne le sût déjà.

Han avait trouvé matière à espérer dans l'écoute de Radio Oranje. La perspective de s'exprimer sur les ondes s'apparentait à une invitation à visiter la salle des machines du phare vers lequel ils avaient navigué. Des voix tonnantes, parfois crachotantes dans la TSF.

Peut-être que Trygve Gulbranssen a été l'exposant de l'équation, songea Han, à présent que l'entretien était terminé. Et l'officier anglais qui parle des prolégomènes comme d'un prélude ! Passons… Est-ce que le souffle de la littérature nous a poussés dans le bon sens, mon frère et moi ? A-t-il armé nos rames ? Han se promit d'y réfléchir en se dirigeant vers la bibliothèque de Patriotic School.

Après l'entrevue avec Han Peteri, Henry se rencogna dans son fauteuil.

Il prit une grande inspiration, puis une deuxième et une troisième pour faire retomber la tension.

Restait un sentiment de gratitude. Il savait, oui il savait, il avait toujours su qu'un livre – pas un manuel de cryptographie, non, un récit, qu'il soit ou non imaginaire – changeait tout. Han Peteri venait de lui en fournir la preuve, la seconde depuis le début de la semaine. L'avant-veille, un prisonnier anglais était rentré au pays. C'était sa cinquième tentative. Il n'avait pas baissé les bras, parce qu'il avait dévoré *Within Four Walls* du major Harrison et du capitaine Cartwright, capturés en 1914. Un classique de l'évasion. Han Peteri ne payait pas de mine. Henry n'aurait pas misé sur lui. Il n'aurait pas plus parié un *gulden*, un florin, sur *Le Souffle de la montagne* de Trygve Gulbranssen. Toujours est-il que, comme certaines rencontres – il ne songea pas à cet instant à Jane dont il était tombé amoureux –, les livres provoquaient des réactions chimiques, lesquelles entraînaient d'autres réactions.

Il croisa les mains derrière sa nuque et sourit. Un sourire d'embellie.

Henry, l'apostat, venait de retrouver foi en la littérature. Il eut envie de monter aux archives pour enlacer Jane et lui faire part de ce bonheur tout neuf. Après tout, il pouvait s'octroyer une pause.

Dans le couloir central qui séparait les bureaux des interrogateurs, il croisa Peter.

— Il faut que je te raconte…

— Pas le temps.

— Je t'accompagne.

— Non, non ! Dis-moi.

Peter n'appréciait pas qu'on marche sur ses talons.

— La littérature a sauvé un homme, déclama Henry qui se rendit compte trop tard de sa tournure sentencieuse.

— Un seul, c'est tout ? fit Peter en arquant un sourcil.

Henry venait de manquer son effet d'annonce.

— En fait deux. Des frères originaires des Pays-Bas. Laisse tomber !

— T'as pas une Player ou une Gold Flake ? réclama Peter.

Henry lui proposa un cigarillo.

— Sans façon. Merci quand même, conclut Peter en s'éloignant.

28

Chapelle de Patriotic School, 12h5

Jan Bruno de Langen était un jeune homme très pieux. Il lutta contre lui-même pour ne pas éprouver un sentiment d'envie, l'un des sept péchés capitaux, quand Han Peteri, un jeune Néerlandais de son âge, lui confia son trac : parler bientôt au micro de la BBC. La proposition venait de lui en être faite, ainsi qu'à son frère. On leur avait fait comprendre qu'un taxi viendrait les chercher le lendemain.

De Langen chercha du réconfort dans la prière. Il pensait à sa mère, gravement malade, qui lui avait accordé sa bénédiction avant de partir. Elle attendait le message dont ils étaient convenus sur Radio Oranje. Elle devait être morte d'inquiétude. Lui aussi l'était. Il espérait qu'elle ne fatigue pas trop son cœur défaillant. Il la vit dans sa cuisine, les coudes posés sur la nappe, le nez sur la poitrine quand elle somnolait. Il psalmodia le « Notre Père ».

De Langen ne manquait pas de foi, mais d'intuition. Il soupesait maladroitement les allusions. Il entrevoyait rarement les arrière-pensées. N'empêche, il sentait bien que quelque chose clochait. Les Anglais le rappelaient pour d'autres questions, d'autres précisions. « Pourquoi n'avez-vous pas déchiré votre *ausweis* ? — J'aurais dû ? — Dronkers a déchiré le sien en pleine mer et il vous aurait dit de faire de même. — J'ai raté cet épisode. Mais Mulder a déchiré quelque chose, effectivement. — Pas son *ausweis*, il figure à son inventaire. — Oui, c'était autre chose. Il m'a dit : " Je n'aurai plus besoin de cela." — À quoi renvoyait "cela" ? — À une convocation pour un examen médical qu'il avait reçue des Allemands après s'être porté volontaire pour servir sur le front de l'Est. — Vous l'avez vue ? — J'ai vu un papier, et Mulder m'a dit de quoi il s'agissait. — Vous saviez qu'il trempait dans le marché noir ? — Mulder ? Non. — Dronkers nous a dit aussi vouloir fuir à cause du marché noir. Vous le saviez ? — Non. — Il nous a dit vous en avoir fait la confidence. — Ah, peut-être. J'ai dû oublier. »

Ce fut une petite tache. Légère car, si naïf fût-il, de Langen soupçonnait déjà Dronkers d'être l'auteur de malversations sans gravité. Naguère – c'était déjà si loin –, il trouvait des excuses à la chaise vide de son collègue quand leur chef passait une tête dans leur bureau. Dronkers laissait une veste pour faire croire qu'il était dans les étages. Et de Langen confirmait, propageant la légende d'un professionnel affairé.

À cet instant, il repensa au psaume 101:7 : « Celui qui se livre à la fraude n'habitera pas dans ma maison. Celui qui dit des mensonges ne subsistera pas en ma présence. » Cela devait être aussi le credo des officiers anglais que d'enlever leur masque aux imposteurs.

De Langen était là pour accomplir le verset suivant : « Chaque matin j'anéantirai tous les méchants du pays. » Il se releva, fit encore un signe de croix et se demanda si ce n'était pas l'heure de déjeuner.

29

Sanitaires, 2e étage, aile ouest, 12 h 10

En fin de matinée, Goran n'y tint plus. Jusque-là, il avait évité les miroirs. Dans les vestiaires de la salle des douches, il osa s'en approcher. Mauvaise était sa vue. Il s'approcha davantage. D'une main, Goran s'appuya contre la glace où son reflet renvoyait son visage creusé : un masque de maigreur où affleuraient yeux et pommettes. Sur le front, la résille de rides s'était étendue… Ses sourcils rebiquaient. Ils contrastaient avec ses cheveux fins, bruns lors de sa capture en Serbie, désormais gris.

De partout il était gris. D'yeux, de cheveux, de barbe, de rides. Un voile grisâtre ensevelissait sa tête à la manière d'un suaire. Peut-être les reflets de la lumière. Goran se déplaça jusqu'au miroir suivant. Ces cernes, ces traits friables, ce teint poussiéreux… Il eut l'impression que l'ombre de la mort s'allongeait sur lui. Par réflexe, Goran passa la main sur son visage comme on fait pour se débarbouiller.

Il avait faim, il avait toujours faim. Le médecin du centre lui avait ordonné, ainsi qu'à Radan auquel Goran avait traduit la prescription, de manger par petites portions plusieurs fois par jour. Leurs noms avaient été communiqués au tenancier de la buvette. Ils pouvaient y chercher, à n'importe quelle heure, un biscuit, une pomme ou un verre de lait. Ils n'y manquaient pas. Mais Goran, pas plus que Radan, n'était jamais rassasié. Dans les camps, les nazis abattaient les affamés trop faibles pour les travaux de terrassement. Jamais Goran n'oublierait ce Norvégien qui, après lui avoir annoncé que tous les prisonniers seraient tués après la construction de la route à travers Korgenfjellet, avait glissé un œuf dur dans sa poche.

Goran sortit de la salle de bains et regagna son dortoir. Il s'allongea sur sa couchette. À cette heure, il ne savait pas où était Radan. Celui-ci le collait moins, parfois même il disparaissait de sa vue. Goran était soulagé que Radan prenne de la distance et à la fois un peu inquiet. Le garçon se montrait imprévisible et bagarreur. À cet instant, un pas lourd et lent se fit entendre. Dans l'interstice des pans de son rideau, Goran tourna la tête. Il aperçut le Norvégien boiteux qui se dirigeait vers son lit. Goran reposa sa nuque sur l'oreiller.

Il s'endormit. Aussi n'entendit-il pas le gémissement étouffé que poussa Gunnar. Sa respiration coupée par une clef de bras, l'autre main appuyant sur l'arrière de son crâne, il plongea la tête sous son oreiller où quelqu'un le maintint durant de longues secondes. Enfin, l'étreinte se défit brusquement et Gunnar resta courbé, sous le choc. Il hoqueta. Il toussa. En se redressant, il parcourut la chambrée du regard. Elle était déserte. Il n'y avait personne, à part l'adulte yougoslave qui paraissait dormir. Celui-ci avait pu se lever et se recoucher aussitôt après son forfait si c'était un bon comédien. Gunnar l'observait avec suspicion quand il vit une goutte de sang perler au bout de son propre nez et se demanda où il s'était écorché. C'est alors qu'il aperçut le cadavre du rat à côté de l'oreiller. Il se contenta d'enfouir le corps décapité et la tête aux yeux crevés dans un chandail et de les jeter à la sauvette dans les W.-C. quand il descendit au réfectoire.

30

Cantine des pensionnaires, 13 h 10

Raymond faisait grise mine. Il était en bout de table et ruminait à plusieurs titres.

— C'est infect ! maugréa-t-il.

— Du *corned-beef*, ils appellent ça, lui expliqua quelqu'un.

— Eh ben, leur spécialité, c'est de la ration de singe, comme au service militaire, dit le Mistigri.

— Tous les déchets du bœuf, se désola Raymond.

Il mastiqua sa portion en essayant de deviner quel morceau de l'animal, bouilli et pressé, tête ou diaphragme, il ingurgitait.

— Eh Sylvain, tu te souviens du brouet qu'ils nous ont servi à Miranda le jour de l'anniversaire de Franco ? fit François.

— Ah oui, la poêla.

— La paella, corrigea François.

— C'est quoi ? demanda Roger qui n'avait jamais voyagé.

— Du riz et des petits pois, résuma François.

— Ça nous a changés de la corvée de patates, se souvint Sylvain.

— Pour sûr, renchérit François.

La conversation se poursuivit :

— Ils m'ont asticoté sur Pétin, rapporta un nouveau au visage grêlé.

— Comme tout le monde, lâcha Victor.

— Non, pas le maréchal. Un autre : Robert Pétin.

— Qui est-ce ?

Pour toute réponse, la bouche du grêlé émit un bruit de pet.

— Le fils du boulanger de mon village s'appelle Pétard. On était ensemble à la communale, digressa Roger.

La conversation partait dans tous les sens.

— On n'est pas si mal ici, commenta François avec satisfaction.

— Par rapport à Miranda, c'est le jour et la nuit, ajouta Sylvain.

— C'est vrai. Personne n'était encore sorti du camp quand nous y sommes arrivés, se souvint François.

— Eh les gars, la blague du jour.

— Vas-y Mistigri.

— Hier soir, à 21 h 20, un Juif a assassiné un Boche et lui a ouvert la poitrine pour manger son cœur. L'autre répond : impossible. Un Boche n'a pas de cœur, les Juifs ne mangent pas de porc et, à 21 h 20, tout le monde écoute la BBC.

Plusieurs rirent de bon cœur tandis que Raymond mâchait une bouchée de *corned-beef* avec circonspection. Il appartenait à une catégorie de pensionnaires qu'on tolérait. Un sort plus enviable que celui des pestiférés qui éveillaient la méfiance, les supposées taupes – Espagnols, Portugais – qu'on refusait aux tables de jeu et qu'on priait de dîner plus loin. Pareil à un glacier, Raymond blanchissait et se crevassait. Évadé d'un stalag, il était à Patriotic School depuis près de deux mois. « Presque autant que mon voyage. Ces salauds d'Anglais ont tout vérifié, tout : mon chemin depuis la Pologne jusqu'au Portugal. Ils ont reçu les rapports, disait-il les premières semaines. Tout a été confirmé, tout, tout, tout, même quand je suis allé pisser, martelait-il : la route oui, les sentiers oui, les villages et les voies de chemin de fer oui. On pouvait passer par là. « OK, OK, OK », qu'ils m'ont dit. Sauf ce col du Tyrol. Infranchissable, qu'ils m'ont dit. Le col du Brenner, c'est plausible, qu'ils m'ont dit. Pas le mien, toujours gelé, trop escarpé. « Les alpinistes ne se risquent jamais à 3 000 mètres d'altitude, encore moins l'hiver », qu'ils m'ont dit. À croire qu'ils n'ont jamais eu les Boches aux fesses… Salauds, salauds, fichus salauds ! » écumait-il après deux semaines à Patriotic School. Cette époque était révolue. Raymond avait adopté un principe de séjour : mieux valait en dire le moins possible. Un fait, toutefois, était patent : la lecture meublait toutes ses journées. À ceux qui s'en étonnaient, il expliquait que les Anglais attendaient une confirmation et qu'il fallait bien s'occuper. Après quoi, il serait libre. Le temps passant, son ton manqua de conviction. Il rognait les syllabes, il écourtait son récit. Quand bien même son oisiveté n'eût pas paru suspecte, le Mistigri se plaisait à évoquer leur sort commun, et mettait les rieurs de son côté. « Raymond et moi sommes deux dossiers en souffrance. » Il en rigolait, pendant que Raymond en souffrait. Contrairement aux autres qui ne faisaient que passer, lui n'était pas un courant d'air. C'était un air stagnant, une mine bougonne et une désespérance qu'on pouvait toucher du doigt.

Après la descente du Tyrol, des sentinelles autrichiennes avaient abattu ses deux compagnons d'évasion. Raymond s'était pris une balle dans la jambe. Hospitalisé en Suisse, il s'était enfui sans être remis de sa blessure. Il s'était cramponné aux essieux d'un train à destination d'Irún. À Hendaye, il avait sauté à bord d'un wagon de marchandises. Il avait manqué mourir de soif parce que les Espagnols célébraient une fête nationale et n'étaient guère pressés d'arriver. Au Portugal, la gangrène s'était déclarée, mais un médecin lui avait évité l'amputation.

Raymond avait beau raconter son histoire, elle inspirait des doutes à ses camarades. On était poli envers lui, mais on ne l'incluait pas dans les conversations. Il pouvait y glisser un mot, bien sûr, mais il ne s'y risquait pas. Il avait perdu toute motivation quand il avait entendu, sans le vouloir, un commentaire le concernant : « On sait pourquoi il est là. » Ignorant lui-même pourquoi – « Oh ce col ! Qu'est-ce qu'ils me chantent, les Rosbifs » –, il devina que les sachants le rendaient coupable de quelque chose. Raymond n'avait pas envisagé une autre hypothèse : qu'on le fuyait comme on fuit la déveine, comme on fuit la tristesse. Il ne réagissait pas à leurs blagues, auxquelles le Mistigri s'esclaffait. Il faisait encore moins écho à leurs craintes ou à leurs enthousiasmes. Il n'entonnait pas *La Marseillaise*, il n'écoutait même pas Radio Londres. Il traînait en pantoufles – don de Miss Davies – car il faisait partie des meubles.

Raymond ne digérait pas que le surnom de Mistigri ne lui eût pas échu. Au moins, cela l'aurait rendu sympathique. Mais non, c'était l'Oranais qu'ils idolâtraient, le don Juan du Maghreb. Raymond devinait ce qu'ils lui trouvaient : à la fois patriote et ambassadeur d'une facette de l'esprit français, l'homme libre de cœur et de mœurs, sans attaches, hormis le drapeau tricolore. Ils admiraient sa gloire virile tout en se divertissant des déboires que lui infligeaient leurs hôtes. Ils s'amusaient du fait que les femmes auxquelles il avait conté fleurette le pleuraient à chaudes larmes. Mais non, songea Raymond, il crèvera seul. Ils tombent dans le panneau : il n'y aura pas de veuves éplorées. Une liasse de lettres d'amour ? La belle affaire ! Cela ne veut pas dire grand-chose. Raymond estimait que sur le plan de l'expression, plus encore que de la séduction, les femmes savent mieux faire. À leurs appâts naturels elles ajoutent les mots, des tournures aguicheuses. Raymond pensa à son épouse, combien elle était plus fine et intelligente que lui, puis il reporta sa réflexion sur le

Mistigri. Si ça se trouve, c'est du bluff ces lettres. Il invente cette histoire de don Juan pour cacher autre chose. Raymond aurait aimé savoir ce qu'il en était, si ces lettres existaient et – il n'osait se l'avouer – ce qu'elles racontaient. Ainsi pourrait-il percer un mystère : le charisme du Mistigri qu'il peinait à discerner, au-delà de circonstances favorables – s'inviter dans l'intimité de femmes esseulées. Il faut vanter les mérites d'exception du produit, arguer de son honnêteté, aligner sujet-verbe-compliment. Je ne suis pas contre le progrès, cherchait à se convaincre Raymond. Il souhaitait, en effet, être impartial dans la concurrence feutrée qui l'opposait au Mistigri. Mais l'idée de proposer des thermomètres extérieurs à des ménagères disposant de fenêtres le révoltait. Bon, le Mistigri refourguait des machines à écrire, mais l'idée était la même.

Trois rangées plus loin, tripotant le petit drapeau néerlandais devant son verre, Dronkers donnait des bourrades à sa gauche – Mulder – et à sa droite – de Langen.

— Mes amis ! Mes amis ! J'ai grand besoin de votre sympathie.

Ayant dit cela, il se frappa la poitrine avec véhémence.

— Tout est de ma faute. Vraiment. Je suis désolé pour vous.

Il venait de présenter, une nouvelle fois, ses excuses pour la non-concordance de leurs déclarations, raison pour laquelle ils étaient retenus ici. *La faute à mes nerfs*, disait-il. Ses quatre derniers mois au pays l'avaient douloureusement affecté et il prenait un traitement pour soigner ses nerfs, donc.

Dronkers recommença :

— Mes amis ! Mes amis ! C'est la raison pour laquelle ma mémoire me joue des tours. Même les choses les plus simples ne me reviennent pas clairement et je m'aperçois parfois que je confonds une chose avec une autre. Je pressens qu'ils vont me considérer comme malade et que je ne suis pas près d'être libéré ; je ne pourrai pas supporter cela. Vraiment les garçons, je n'y peux rien, ne soyez pas durs avec moi. J'ai grand besoin de sympathie ; je suis très désireux de trouver une solution pour vous deux, mais je n'en trouve pas. Quoi qu'il en soit, soyez convaincus de mes intentions honnêtes ; vous n'avez pas à en douter, même si les Anglais pensent peut-être le contraire.

Mulder proposa qu'ils cosignent une lettre de protestation et Dronkers se rangea à cette idée. Malgré ses doutes envers Mulder, de Langen estima que faire front était une bonne idée. Tout en se répandant en excuses, Dronkers avait dévoré son repas. C'était quelque chose de plus que de Langen admirait chez lui : sa vitalité, quoi qu'il dise sur la fragilité de ses nerfs.

À la table d'en face, un Grec s'employait à peler artistiquement sa pomme. Des épluchures, il fit des festons, et du fruit, des lamelles. Il les piquait de sa fourchette et les portait à sa bouche tout en essayant de déchiffrer, au-dessus de lui, quelques noms sur les armoiries du plafond : Édimbourg, Nouvelle-Zélande, Dublin, dont le blason représentait trois châteaux en flammes. Bizarre, se dit le Grec.

31

Couloir de Patriotic School, 14 h

— Major, j'ai deux mots à vous dire.

Le commandant William essaya de deviner : un Français exigeant un *breakfast* plus « continental ». Quoique non, ses vêtements criaient misère.

— Faites donc.

— Savez-vous pourquoi je croupis ici ? tempêta le Français. Je n'ai pas été fichu de situer le monument aux morts de ma ville !

— Songez qu'il y a ici deux médecins élevés au grade de capitaine. L'un n'est pas médecin, l'autre n'est pas capitaine. Au moins avez-vous eu le mérite de dire qu'en ce qui concernait le monument aux morts vous étiez dans l'ignorance. D'ici à dimanche, vous serez sorti. Ou pas, ajouta le major, avant d'être happé par un autre pensionnaire.

— Sobhy Hanna.

— Bienvenue, dit obligeamment le major.

— Je suis apparenté à de Gaulle par mon épouse.

Ah, c'est lui, le fameux, songea le commandant. Bergmann avait vérifié : l'individu était marié à une demoiselle de Gaule.

Pas le même patronyme, encore moins la même famille. Ce n'était pas son premier mensonge. Une escorte du camp 020 devait passer le prendre dans la journée.

— Vraiment ? répondit le commandant. Le général sera heureux de vous accueillir.

— Nous connaissons aussi le duc de Windsor, embraya M. Hanna. Nous l'avons félicité pour son mariage. Hélas, nous n'avons pu nous rendre à la cérémonie.

Peut-être parce que vous n'étiez pas invité, pensa le major, qui s'efforça de conserver un ton plaisant.

— C'est fort aimable de lui avoir envoyé vos vœux.

Encore quelques pas, et il pourrait bifurquer.

— Pourriez-vous dire à vos supérieurs que je suis l'homme qu'il vous faut en Égypte ? Là-bas, comme à Paris, je dispose d'un beau carnet d'adresses.

— Je n'en doute pas, opina le major qui tenta une esquive par la droite.

Il se retint de lui dire que les Allemands et lui en avaient tiré bon profit. Il se rappelait vaguement que l'avocat copte s'occupait de transférer des propriétés en zone libre par un système d'héritages factices. Il avait spolié des Juifs qui voulaient passer la ligne de démarcation, et s'était vendu à tous pour acquérir des hectares au Sahara.

M. Hanna ouvrit les mains en signe d'excuse.

— Croyez que, si je travaillais pour sa Gracieuse Majesté, ce ne serait, cette fois, ni par crainte ni par menace, mais simplement parce que je veux travailler avec vous. Sans intérêts financiers, sans ambition personnelle. Je ne vous demanderais qu'un peu de confiance et une aide pour sauver ma famille réfugiée en France, c'est tout.

— Ne vous en faites pas. Aujourd'hui est votre jour de sortie.

Le visage du chasseur de primes s'illumina quand celui du major s'assombrit : un autre pensionnaire se matérialisait devant lui.

— Je suis monsieur de Fursac. Il faudrait…

— Désolé, monsieur de Surfac, lui renvoya le major dont la langue venait de fourcher. Voyez avec le responsable d'étage. Mon aide de camp me fait signe.

Le major pivota sur ses talons et disparut par le couloir.

La mauvaise humeur était plus forte en automne et en hiver car l'heure avancée du black-out obligeait à un confinement précoce des pensionnaires. Tant qu'ils sont dehors, ils ne tournent pas comme des fauves en cage, avait remarqué le commandant.

Depuis son réveil, le monde entier se trouvait sur son passage et lui faisait obstacle.

Ce qui se présenta ensuite ne fut guère mieux.

— De quoi s'agit-il ? s'irrita le major. (Il s'en rendit compte sur-le-champ : il perdait son calme.)

— De qui plutôt. D'un capitaine français, dit le lieutenant Eliot.

— Un fanfaron ?

— Non, son grade ne fait aucun doute.

— Alors quoi ? s'agaça le commandant.

— Une histoire assez invraisemblable. Il se serait échappé de Colditz, avec l'un de nos gars. Ils se sont fait passer pour des électriciens néerlandais dans la Saxe, pour des *Volksdeutsche* de Bessarabie en Pologne et pour des touristes en Espagne. Le Français maîtriserait plusieurs langues étrangères.

— La forteresse de Colditz ? Peu probable.

— Il ne se souvient pas du nom de notre gars. Un chef d'escadron prénommé James.

— Ils ne sont pas arrivés en même temps ?

— Le Français a fait retraite… dans un bordel. Puis il a attendu son visa et un transport pour Gibraltar.

— Si l'un de nos hommes est parvenu à s'évader de Colditz, il y aura une trace de lui quelque part au MI9. Je vais me renseigner. Liddell doit passer.

32

Bureau du commandant Wilson, 15 h

— Nous avons plusieurs problèmes à régler, attaqua le major dès que Guy Liddell ouvrit la porte de son bureau.

Avant de pénétrer dans la pièce, le chef du contre-espionnage coupa net le major :

— Il est inévitable qu'une institution comme la nôtre, qui détient, même pour quelques heures, des ressortissants dont les gouvernements possèdent leur siège à Londres, soit une pomme de discorde.

Il n'y avait pas de fatalisme dans sa voix. Pour Liddell, ce postulat était un obstacle facile à enjamber.

Wilson soupira. Il savait tout cela, il ne le savait que trop bien.

— Les Alliés ont le sentiment d'être mis sous tutelle, développa-t-il en décroisant ses mains et en écartant les bras. Ajoutons à cela le sentiment d'infériorité inhérent à l'exil. Quoiqu'ils semblent aujourd'hui moins enclins à y voir une question de prestige. Seuls les Français persistent à exiger des concessions.

Liddell sourcilla. Son front dégarni n'en parut que plus large.

— Le Bureau central de renseignement et d'action de la France Libre réclame toujours la primeur ?

— Toujours. J'ai beau répéter que la politique de la maison est de limiter les interrogateurs externes afin de ne pas retarder le traitement des dossiers, le BCRA n'en démord pas. Ce serait une revendication directe de De Gaulle.

Au vrai, la règle souffrait quelques exceptions, songea le major. Un représentant du SOE et les Américains avaient porte ouverte sur ordre de Churchill. Les uns pour recruter, les autres pour se former.

— Mais au cas par cas, reprit Liddell, n'hésitez pas à leur demander de l'aide. Ils ont de la ressource.

— Évidemment.

— Peut-on raccourcir le temps de passage des Français ? suggéra Liddell. Leur QG se plaint des longs délais d'attente.

— Cela, bien qu'il sache qu'il nous est impossible de les réduire, étant donné la surpopulation de Patriotic School ? se récria Wilson. Je précise, à toutes fins utiles, que si nous libérons des volontaires français après 17 h 30, Earls Court les refuse et exige que nous les gardions jusqu'au lendemain matin. On aura tout vu : la rage et la bureaucratie.

— Je doute que cela soit le moment d'entreprendre la France Libre sur ce sujet, dit Liddell, soucieux.

Après avoir refermé la porte du bureau, il était resté debout.

Le major confirma d'un mouvement du menton. Tous deux pensaient au débarquement imminent en Afrique du Nord et à la mise à l'écart de De Gaulle, tenu dans l'ignorance de l'opération Torch.

— Le Foreign Office laisse entendre que Roosevelt déteste Charles de Gaulle au plus haut point. Il l'accuse de « comportement problématique », il ne le voit aucunement diriger un gouvernement provisoire, déplora Liddell.

— Sauf que Churchill l'a reconnu comme chef des Français libres dès 1940, objecta le major.

— Il le recevra dans quelques jours. Il va laisser passer le gros de la tempête. Il dira à de Gaulle que c'était une offensive américaine et que Roosevelt avait réclamé le secret absolu. Winston a le cul entre deux chaises : l'un est un trône monté sur la chenille d'un char rempli de dollars, l'autre un strapontin.

— Oui, mais de Gaulle va remporter une victoire dans cette défaite. Il va s'acquérir le soutien de l'opinion publique, indignée qu'on traite si mal un allié de la première heure.

Liddell convint que William Wilson n'avait pas tort.

— Quand Roosevelt a suggéré que les Américains devraient débarquer les premiers en Afrique du Nord et être suivis par les Britanniques afin de ne pas blesser la susceptibilité des Français, Winston a répondu par télégramme que son expérience en la matière était limitée et qu'il n'avait jamais auparavant associé la séduction et le viol.

Liddell marqua un temps d'arrêt et prit place en face du commandant de Patriotic School.

C'était un homme d'action distingué, doublé d'un analyste diligent. *The right man in the right place.*

— Ah ! Autre chose : lorsqu'un grand nombre de ressortissants débarquent en même temps, prévenez l'officier de liaison de leur gouvernement, afin qu'un délégué vienne les saluer.

— Telle est déjà notre pratique. Comme vous le savez, nous avons dû souvent improviser…

Liddell hocha la tête.

— Le moins que l'on puisse dire, reconnut-il.

Le major eut une idée :

— Nos alliés seraient bien avisés de nous fournir une note de bienvenue à l'adresse de leurs volontaires, de façon à contrer leurs récriminations. Mon obligeante notice d'accueil semble insuffisante à juguler les rancœurs qui s'expriment entre ces murs.

— Excellente suggestion, félicita Liddell. J'en parlerai à David Petrie.

En 1941, le président du Conseil avait demandé à l'ancien responsable de l'antenne de New Delhi de procéder à l'inspection du MI5 afin de déterminer les causes de son effondrement. Sir David conclut que le service souffrait d'une mauvaise gestion et d'une piètre planification. Après son audit, Petrie avait naturellement pris la tête du MI5.

Le commandant de Patriotic School se frotta le menton d'un geste discret. Il entendait pousser ses pions avec habileté. Liddell semblait d'humeur conciliante.

— Quoi d'autre ? relança celui-ci.

— Quelques responsables ici sont furibards de recevoir des rapports expurgés d'ULTRA* ou des traductions transmises avec une semaine de retard. Cela diffère les vérifications et accroît le ressentiment de nos alliés concernant la durée de transit de leurs concitoyens.

— Je sais. C'est préjudiciable. J'ai soulevé le problème au dernier comité de liaison. Il nous faut avoir libre accès aux messages interceptés par le MI6, et ce, dans les plus brefs délais.

— Avez-vous obtenu gain de cause ?

Liddell esquissa un rictus.

— Ils ont encore entonné la rengaine « ce sont nos prérogatives », grommela-t-il.

— Menzies ne connaît rien à la collecte de renseignements, vitupéra le major. Il ne doit son siège qu'à sa désignation comme

* ULTRA était le nom donné par les Britanniques aux renseignements d'origine électromagnétique obtenus en décryptant les transmissions ennemies par radio et téléscripteurs.

successeur par Hugh Sinclair avant de mourir. On cède toujours à une dernière volonté. Menzies aurait été sur un siège éjectable s'il n'avait eu la mainmise sur ULTRA . En tant que bureaucrate politique, il est habile dans la diffusion des sources. Il en tire son petit pouvoir. C'est minable.

Liddell opina.

— La vérité est qu'on ne gagnera pas sur ce terrain-là. Je crains même que les choses empirent, le MI6 est très remonté contre nous en ce moment.

— Comme tout le monde. Qui ne l'est pas? maugréa le major.

— Petrie voudrait que j'absorbe leur section V.

— Aïe! Cela aurait du sens.

— Ce n'est pas le point de vue du MI6.

— J'imagine.

— Felix Cowgill est déjà furieux qu'on impose à ses agents de retour de mission de passer par ici.

À la tête de la section V, le service du contre-espionnage du MI6, Cowgill incarnait l'officier mégalomane, paranoïaque et borné.

— Il n'est pas le seul, dit le major. Le Bureau des opérations spéciales récrimine à propos du Norvégien retenu dans nos murs.

— Quel est le topo?

— Une évasion douteuse.

— Bon, tirez cela au clair. Cowgill vient de riposter par une campagne de diffamation. Il soutient que plus des trois quarts des captures d'agents ennemis sont imputables au MI6.

— Quels sont les vrais chiffres? demanda le commandant.

— Je lui concède seize arrestations sur quatre-vingt-sept dont neuf consécutives à des informations que nos services ont fournies.

L'un et l'autre firent une pause. Liddell se releva et se dirigea vers la fenêtre. Des nuages fuligineux assombrissaient le ciel pâle.

— Horrocks préconise une liaison avec les Alliés en fonction de la nationalité des citoyens passant par chez vous. J'ai refusé tout net, comme il se doit. Mais au cas par cas, pourquoi pas ?

— C'est déjà ce que nous pratiquons, assura le commandant en s'étonnant que la discussion fût revenue à son point de départ.

À l'évidence, Liddell tournait autour du pot.

— Où en sont vos archives ? finit-il par demander d'un ton semi-patelin.

Telle était la véritable raison de sa visite. Le major ne l'ignorait pas. La question était récurrente. À intervalles réguliers, il fallait lui donner des chiffres, telles des mensurations pour un nouveau-né dont les parents s'inquiètent de la croissance.

— Ah oui ! J'ai une note à ce propos.

Bergmann la lui avait rédigée. Le major la tendit à Liddell. Celui-ci y jeta un coup d'œil et l'empocha, visiblement satisfait du total des fiches et des rapports produits *in vivo*. La courbe de croissance de Patriotic School grimpait en flèche. En moins de deux ans, le nourrisson était devenu adolescent. Une prouesse pour un organisme né orphelin.

Les archives de la Sécurité intérieure avaient, en effet, brûlé dans le bombardement de Wormwood Scrubs, une prison londonienne en partie évacuée en 1940 pour que le MI5, à l'étroit dans ses bureaux, y établît son quartier général. Des milliers de dossiers, ainsi que l'inventaire, étaient partis en fumée à cause du Blitz. Depuis, une armada de techniciens et de documentalistes s'employait à les restaurer à partir de microfiches. Sauf que l'entreprise était longue et que cette sauvegarde ne serait d'aucune utilité tant il s'agissait d'un registre à trous, inadapté aux circonstances actuelles. Parmi la petite trentaine d'officiers de renseignement qu'avait, en effet, compté le MI5 en 1939, seuls quatre d'entre eux s'étaient consacrés à autre chose qu'à l'IRA en Irlande et à la menace communiste infusant dans l'Empire. Ces quatre officiers du MI5 avaient, en outre, formulé des supputations disparates quant à l'existence de liens structurés entre les services secrets allemands et les sympathisants nazis regroupés au sein de l'Union britannique des fascistes. Pire, le directeur adjoint, William Crocker, un ancien avocat spécialiste des fraudes à l'assurance, partageait à l'époque l'idéologie de leur leader, Oswald Mosley. Conséquence fâcheuse : lorsque tous les Allemands, Autrichiens et Italiens séjournant sur le sol anglais de fraîche ou de longue date avaient été internés à l'île de Man, le service s'était découvert les poches vides face aux milliers de requêtes hebdomadaires. Conjuguée aux investigations sur les fascistes *british*, aux monceaux de courrier, aux dépositions plus ou moins farfelues, au flot d'appels de citoyens inquiets dès qu'ils captaient un accent étranger ou apercevaient un rai de lumière lors du black-out, cette population à épouiller au plus vite fit que le ballon de baudruche explosa. L'incendie provoqué par la Luftwaffe en septembre 1940 avait mis un éteignoir sur des braises.

Le chef du contre-espionnage ne se décidait pas à partir. Il ressortit la note de Bergmann et la consulta en détail.

— C'est bien, vraiment bien.

Le major attendit la suite : le « mais » après un compliment. À la place, Liddell passa les doigts dans une des rares mèches sur son crâne et répéta :

— C'est bien.

Le major s'étonna que Liddell eût l'air si satisfait et, y voyant une entourloupe, il fut tenté de se justifier :

— Notre communauté fait de son mieux, mais…

— Il n'y a pas de « mais », le coupa Liddell. C'est vraiment bien. Le London Reception Center va jouer un rôle plus important à l'avenir, annonça-t-il.

— Qu'est-ce que c'est, le London Reception Center ?

— Patriotic School. Votre nouveau nom : LRC. Il faut gommer le plus possible le fait qu'il s'agisse d'un camp de détention, l'opinion publique ne comprendrait pas qu'on traite des volontaires alliés comme une menace.

Encore un sigle, songea le major dépité. Il existait déjà « RVPS », « B1 (d) » et « PS » dans la nomenclature officielle ; à présent « LRC ». Une poule n'y retrouverait pas ses poussins.

— Vous savez que la cinquième colonne, avant-guerre, était un mythe, lui rappela Liddell.

— Il fallait s'en assurer. Mais oui, convint le major.

Celui-ci ne voyait pas où son supérieur voulait en venir. Il alluma un cigare. Il en tira plusieurs bouffées avant que Liddell n'explicite son propos. Pour contrer les mensonges de Cowgill, Cookie lui avait fourni une synthèse. L'évolution du conflit confortait le rôle crucial de Patriotic School. Sur soixante-six ennemis identifiés en trois ans, seuls deux ou trois résidaient sur le sol anglais avant 1939. Les Allemands ne disposaient ni de moyens pour les rétribuer ni d'intermédiaires pour les accueillir. Hormis Ludwig Warschauer, un ingénieur allemand, les espions n'étaient pas issus des vagues de réfugiés, et personne n'avait reçu l'ordre de prendre contact avec un mouvement politique subversif, pas même avec l'Union des fascistes.

Liddell tira un papier de sa veste.

— Cookie a fait le décompte : 12 Norvégiens, 8 Hollandais, 8 Belges, 6 Britanniques, 5 Espagnols, 5 Allemands, 4 Portugais, 3 Français, 3 Cubains, 2 Suédois, 2 Russes, 2 Yougoslaves, 2 Polonais, 1 Grec, 1 Tchèque, 1 Suisse, 1 Danois.

— Nous en avons reçu plusieurs dans le lot, s'enorgueillit le major Wilson.

— Et vous les avez confondus, le félicita Liddell. C'est pourquoi la sécurité et la détection des ennemis infiltrés sont et resteront la raison d'être de Patriotic School.

— Nous sommes d'accord.

— Mais les interrogatoires doivent dorénavant s'étendre au-delà, avertit Liddell.

— Au-delà ? répéta le major, perplexe.

— Vous avez une manne ici. Il faut en tirer davantage. Il faut sonder ces gens. Il faut documenter en vue de futurs débarquements. Savoir sur quels hommes politiques on pourra compter pour former des gouvernements provisoires quand des pays seront libérés ; en qui la population a confiance, et cætera. Tout cela aura des conséquences bénéfiques et des effets cumulatifs. Les renseignements que votre staff a tirés d'un manutentionnaire belge à propos de l'organisation Todt à l'Ouest ont fait forte impression.

— Le « et cætera » est assez vague. Pourriez-vous lister le détail noir sur blanc afin que je le communique à mes chefs de section ?

— Ce sera fait.

— Vous y croyez ? s'enquit le major, soudain perturbé.

— À la victoire ? Ces jours-ci, je l'entrevois : Stalingrad, El-Alamein, Alger peut-être demain.

— Dans ce cas, si nous pesons tant que cela…

Liddell s'apprêtait à prendre congé quand le commandant se souvint de quelque chose :

— Pourriez-vous voir avec le MI9 – je n'y ai pas de contacts directs – s'ils ont récupéré un évadé de Colditz, un chef d'escadron prénommé James ? Pour confirmer ou infirmer l'histoire d'un de nos pensionnaires.

Liddell acquiesça.

— Ce sera fait. Justement, Nestor Blythe, un type formidable, voulait s'entretenir avec vous.

Il ouvrit la porte et se retourna.

— Je repasserai dans quelques jours.

Une fois seul, le commandant rumina. C'était tout Liddell, cette quadrature du cercle : ordonner d'accélérer les procédures et les ralentir par une charge accrue. Or, d'un transit de vingt-quatre heures à l'ouverture, le temps moyen de passage s'élevait déjà à onze jours. Le commandant soupira.

Le voilà qui dirigeait tout à la fois un centre d'accueil, un centre de détention, un centre de loisirs et, de plus en plus, un centre de renseignement.

Remonter la pendule.

Remonter la pendule.

Le commandant se fit l'effet d'être le Chapelier de Lewis Carroll, dont la montre indique juste le jour au grand étonnement d'Alice. « Et pourquoi marquerait-elle l'heure ? murmura le Chapelier. Votre montre marque-t-elle dans quelle année vous êtes ? — Non, assurément ! répliqua Alice sans hésiter. Mais c'est parce qu'elle reste à la même année pendant si longtemps. — Tout comme la mienne, dit le Chapelier. »

33

Services des archives, 16h

« Bois flotté » : c'est ainsi que les documentalistes appelaient les bribes d'information qui surnageaient çà et là. Des fragments qui paraissaient insignifiants mais qui, mis bout à bout, débouchaient sur quelque chose. Dans ce domaine comme dans l'art du croquis et de la cartographie, Jane était une championne pour relier des points. Elle étalait, telle une suite couleur, plusieurs messages de l'ISOS, le service du MI6 chargé de décrypter les messages de l'Abwehr à Bletchley Park, et démontrait comment ils faisaient sens. En ce qui concernait les ports de la Baltique et la marine marchande en Adriatique, elle possédait une excellente mémoire, laquelle stimulait les connexions qu'elle opérait. Jane disposait, en outre, de correspondants fiables à des fins de vérification.

À tous égards, le chef des archives, Andreas Bergmann, la considérait comme le génie de la lampe. D'autant qu'elle avait la faculté d'apparaître quand on ne s'y attendait pas, tant son pas était léger. Littéralement, elle sortait des murs.

Bergmann se réjouissait d'avoir recruté cette jeune femme à l'humeur égale, qui papillonnait des yeux quand elle réfléchissait.

Il n'aurait pu confier à nul autre le soin de pister l'espion de pacotille ayant baratiné les Allemands par deux fois depuis sa sortie de Patriotic School. Seul indice : il avait fait partie d'un groupe de cinq réfugiés ayant franchi les Pyrénées deux mois plus tôt. Jane l'avait débusqué avec une facilité déconcertante.

Drôle de fille, pensa Bergmann pendant qu'il longeait le bureau où elle étudiait la carte d'un littoral. Il n'allumait plus jamais ses cigarettes devant elle. La vue de la flamme de son briquet la faisait reculer d'effroi.

34

Bibliothèque, 16h15

Après sa toilette du matin, Raymond commençait à éplucher la presse du jour. Il n'avait pas poussé les études au-delà du certif'. Avant de rejoindre l'Angleterre, il n'avait guère lu, faute de temps et d'envie, faute de livres et de journaux à portée de main.

À Patriotic School, il comblait ses lacunes et ne butait plus sur les mots. Au début, il n'osait pas se hasarder dans cet antre du savoir. Il lui avait fallu deux semaines pour s'enhardir. Car jamais un prolo comme lui n'eût envisagé de s'asseoir un jour dans une bibliothèque comparable, tapissée de lambris, avec de pareils fauteuils club et d'y côtoyer, à l'occasion, un préfet ou un polytechnicien.

Depuis deux mois, Raymond avait vu passer un paquet d'hommes. Ceux que réjouissaient le billard et les *cartoons*, la marmelade et *La Marseillaise* entonnée à l'heure du dîner. Ceux qui ne voyaient que les barbelés et les sentinelles, qui pestaient contre l'interdiction de téléphoner et le règne de l'infernal soupçon. *Après ce que j'ai vécu, ce que nous avons subi,* maugréaient-ils.

Raymond avait percé à jour les vaniteux par défaut. Traités comme des chiens, chassés comme des loups par l'occupation allemande, ces fugitifs lustraient leur poil, une fois hors de danger. Qu'on ne les considère pas comme des bouches inutiles à nourrir. Par leurs exagérations, les persécutés cherchaient juste à tuer la suspicion des Anglais, qu'ils jugeaient illégitime. Cela, Raymond le comprenait. En revanche, il s'était pris d'aversion pour les révoltés montés sur leurs ergots. Tel ce résistant ayant observé une grève de la faim. Or, celui-ci n'était pas resté plus de quatre jours. La brièveté n'était pas due à l'autopunition qu'il s'était infligée, mais au fait qu'il disposait de lettres de créance et que plusieurs proches de De Gaulle pouvaient témoigner de son action et de sa probité.

Personne n'attendait Raymond. Personne ne le connaissait à Londres, hormis ses camarades de chambrée. À son entrée à Patriotic School, il ne s'était pas inquiété. Il avait demandé à examiner lui-même une carte et avait suivi avec le doigt le chemin qu'il se rappelait avoir emprunté. C'était peut-être un autre col. Après tout, sa mémoire était peut-être défaillante. Il s'était orienté à l'instinct. Depuis qu'il végétait en ces lieux, il avait revu plusieurs fois les étapes de son évasion. Il se remémorait la montagne qu'il avait gravie, le col qu'il avait franchi en s'agrippant à la paroi, quand son souffle formait de petits nuages blancs dans l'air glacial, quand il se hissait sur le flanc sombre de pics enneigés. Le vent hurlait à ses oreilles. Il fouettait son visage et rendait chaque pas périlleux. La neige était épaisse et poudreuse. Elle menaçait de le faire tomber à chaque instant. Raymond se souvenait d'avoir grimpé pendant des heures, s'accrochant aux anfractuosités de la roche, se frayant un chemin à travers les corniches pentues et les passages étroits. Par moments, il avait dû enjamber des crevasses et des plaques de glace instables. Sous l'effet du froid anesthésiant, sa blessure avait arrêté de saigner. Lors de cette escalade, il fut terriblement épuisé comme on l'est quand on est mal fichu, mal vêtu, mal nourri, dans la descente d'un pic d'adrénaline après l'embuscade tendue par les soldats autrichiens.

Sa condition physique, telle qu'il l'avait décrite avec honnêteté, aggravait les doutes des Anglais. Cela s'appelait « avoir le feu au cul », avait expliqué Raymond à un officier parfaitement francophone mais totalement étranger aux expressions imagées ayant cours dans l'Hexagone. C'est ainsi qu'avec du recul Raymond avait résumé l'épisode de sa fuite : oui, il avait eu « le feu au cul ». Une autre formule avait fait tiquer l'officier quand, à une question que Raymond trouvait inepte, celui-ci répondit : « Je m'en foutais comme de l'an quarante. » Aussitôt il prit conscience d'un risque de méprise et il éclaircit les choses : « Je ne parle pas de 1940. C'était un autre an quarante. Je ne sais pas lequel. C'est la langue, elle est comme ça. Si vous voulez, c'est comme dire : je m'en fous comme de ma première chemise. » Ce qui, en l'espèce, était faux. Il n'avait porté qu'une seule fois une chemise, une chemise prêtée et amidonnée, et c'était aux obsèques de son père, quand il avait dix ans.

Les semaines passant, plusieurs phases avaient traversé Raymond : la révolte en sourdine, la colère rentrée, une tristesse aigre. Afin de manifester sa bonne foi, il avait même songé – il en gardait une honte cuisante – à dévoiler aux Anglais que François s'était rajeuni de cinq ans, qu'Alain arrachait les pages de garde des livres pour tenir son journal intime, que le Mistigri forniquait avec l'infirmière. La *Fräulein* avec ses tresses blondes et ses joues rosissantes, tout le contraire de la brune à la pâleur de bidet. Raymond pensait qu'elle couvait une infection.

35

Mess des officiers, 17 h

La porte du mess s'ouvrit à la volée. Le major Wilson poussa un homme par les épaules : le colonel Nestor Blythe. Lequel essaya de se dégager avec diplomatie. C'était un militaire trapu, au nez retroussé et au crâne nu. Le commandant l'avait entretenu de l'évadé de Colditz. Un chef d'escadron nommé James ? Oui, le colonel l'avait rencontré : un héros à ses yeux. Il avait promis de le localiser quand le major lui avait signifié sa requête.

Au mess, tous les officiers étaient présents, les pensionnaires qu'ils voyaient en interrogatoire bénéficiaient d'une récréation.

— Repos, messieurs. Laissez-moi vous présenter le colonel Nestor Blythe du MI9, le service qui facilite l'évasion de nos prisonniers de guerre. Je lui ai accordé une heure en votre compagnie. Il est libre de vous poser toutes les questions qui lui passent par la tête. Veuillez énoncer vos noms et spécialités.

Blythe leva la main :

— Une autre fois les mondanités. Que vous compreniez l'enjeu, commença-t-il : d'après nos estimations, le nombre de fugitifs qui échouent dans leur cavale est cinq fois supérieur au nombre d'hommes qui se rallient à nous.

— C'est, bien entendu, une mauvaise chose pour la cause alliée, ajouta le major.

— Et une bonne chose pour Patriotic School. À ce rythme, ce serait de l'abattage, grommela Finley.

Le major se pencha vers Nestor et lui souffla :

— Sortez votre calepin.

Tout en dégainant un carnet de son ceinturon et un crayon de sa poche, l'officier du MI9 poursuivit :

— Le jeu est le suivant : vous devez vous échapper. Quelles sont les conditions idéales ? Uniforme ou en civil ?

Les réponses fusèrent de partout :

— Ça dépend des pays.

— Il faut que les plus jeunes déclarent être âgés de seize ou dix-sept ans en Espagne. Les *balnearios* sont préférables au camp de Miranda.

— Concernant l'argent ? relança Nestor.

— Indispensable, pour payer des services, corrompre de petits fonctionnaires.

— Le minimum est 5 000 reichsmarks, je dirais.

Nestor consigna le chiffre. Il reprit son questionnaire :

— Les cartes ?

— Embêtant. Elles ont des inconvénients… Elles sont encombrantes. Elles font beaucoup de bruit lorsque vous les dépliez. Elles s'usent rapidement et, dès qu'elles sont mouillées, elles se transforment en bouillie.

— Il y a des camps d'internement dans le nord de la Hongrie et près de Budapest où les prisonniers de guerre polonais, avec la complicité des Hongrois, sont libres d'entrer et de sortir. Ils se disent prêts à aider les évadés alliés qui passeraient dans la zone.

— Tous les Alliés ?

— Pas les Russes.

— Le dimanche, il faut éviter les bois. À cause des chasseurs et des familles.

— Barbe, moustache ou rien du tout ?

— Rien du tout en Norvège pour les jeunes adultes.

— Ne pas voler de véhicules, y compris des bicyclettes. Ils sont tous enregistrés et immatriculés par les Allemands.

— On ne peut pas acheter un billet de train pour une destination supérieure à 25 kilomètres sans autorisation de la police, sans quoi une enquête est lancée. Donc il vaut mieux multiplier les petits trajets.

— Il y a aussi beaucoup moins de contrôles dans les trains locaux que dans les trains express.

— Faire semblant de dormir ou de lire. Et quand un soldat aboie quelque chose dans un wagon, prendre le temps de regarder si les autres passagers présentent leur carte d'identité ou leur titre de transport.

— Les militaires doivent changer leur façon de marcher.

— Dissimuler son accent.

— Pas de vêtements trop chics. Les gens engagent facilement la conversation avec les bourgeois. Ni de guenilles, sous peine d'être pris pour un chômeur et transféré dans l'industrie allemande.

— Faire croire qu'on a un travail en se munissant d'un porte-documents. Un évadé a traversé l'Allemagne en poussant une brouette, avec pelle et râteau.

— Les pensions de famille peuvent être de bonnes filières d'évasion.

— Ainsi que les bordels, ajouta Peter.

— Tu penses au Français qui s'est échappé de Colditz ? Il cherchait une autre forme d'évasion, je crois.

Gloussements.

— Oh, arrêtez ! Dans un bordel de Stettin, une femme joue

un rôle exceptionnel. Elle sert d'intermédiaire avec des marins suédois, expliqua Peter.

Des sourires narquois s'épanouirent sur les visages.

Le capitaine Springett bifurqua :

— Au Danemark, les médecins portent la plaque « *Laege* » sur la porte de leur maison. Ils sont d'un grand secours. Avec les pêcheurs et les fermiers.

— Les pauvres aident volontiers. Les riches ont plus à perdre, asséna Samuelson.

— Ou les riches n'ont rien à gagner, contrairement aux pauvres, à collaborer avec l'ennemi, le contredit Henry Fielding.

Samuelson le foudroya des yeux.

— Un ouvrier a plus de dignité qu'un homme d'affaires cherchant par tous les moyens à augmenter son capital. Lui, comme il n'en a jamais assez, il est prêt à toutes les vilenies. La guerre, c'est *open bar* pour lui.

— Voilà un point de psychologie à discuter. Quant aux riches réduits à la caricature d'un entrepreneur sans scrupules…

Henry ne finit pas sa phrase et échangea un regard sceptique avec Samuelson.

Blythe remit la conversation sur les rails. Les suggestions reprirent du coq à l'âne :

— Respecter le couvre-feu.

— Un sachet de poivre pour égarer les chiens.

— En Allemagne, les églises sont bâties à l'est ou à l'ouest, cela donne des repères.

— Passez pour un sourd-muet. Ou un abbé.

— Tu y crois, toi ?

— Non.

— Alors les Allemands non plus.

Le *brief* s'achevait lorsque Belish fit barrage de sa canne à ceux qui décampaient.

— Messieurs, vous serez tous au garde-à-vous dans le hall à 19 h. Les officiers de rang B, ceux qui sont en voiture, à vélo, à moto, en métro, même ceux qui sont à pied, enfin chacun de vous, vous allez vous arranger pour raccompagner les dames de l'institution, sauf celles qui sont d'astreinte. Vous rattraperez les heures perdues : demain le *brief* est avancé. Je vous attends donc ce soir. Sont déchargés ceux qui doivent régler des affaires urgentes.

Il appuya le dernier terme par un regard sévère qui valait mise en garde contre une conception assouplie de l'urgence.

— Pourquoi ce soir ? fit Barry sourcilleux.

À la fin de son service, le gardien des archives serait content de rentrer dans sa tanière sans parasite sur le dos.

— Tant que Scotland Yard n'aura pas attrapé l'Éventreur du black-out, un tueur de femmes, développa Belish. Sinon les secrétaires, les dactylos et les cuisinières menacent de rentrer chez elles après le déjeuner.

— Sont-ce des traînées ? Parce que le gars ne tue que des putes, ironisa le colonel Pinto.

Ses moustaches en guidon de vélo élargissaient son sourire tandis qu'il croisait les mains sur son ventre rebondi.

— Et en même temps, quand j'ai sondé le sexe faible qui se portait volontaire pour des missions de renseignement, que je leur demandais si elles étaient prêtes à donner leur corps pour la patrie et qu'elles s'y refusaient…

Belish le coupa :

— Colonel, vous êtes dispensé de service aujourd'hui. J'ai une tâche pour vous.

Julian acquiesça avec un sourire amusé : connaissant Belish, il allait lui coller une tonne de rapports, de quoi le rayer de la circulation d'ici au lendemain, avec juste un sandwich mal proportionné à son appétit.

Belish se délectait à l'idée de rapporter à Miss Davies la déculottée qu'il infligerait à Pinto.

À cet instant, l'Irish Guard passa sa tête dans l'entrebâillement de la porte et enjoignit de l'index à Belish de le suivre. Celui-ci manœuvra son fauteuil et roula jusqu'à la réception. Un officier de liaison de l'US Army patientait, tenant une grosse mallette.

— Un détecteur de mensonges, un polygraphe, vanta le jeune homme.

Il se proposait d'en faire la démonstration sur-le-champ. L'adjoint du major doucha son enthousiasme.

— Pas tout de suite, pas tout de suite, maugréa le colonel.

— Quand ?

— Bientôt, bientôt, répéta Belish en congédiant l'officier.

Il n'en crut pas ses oreilles. Décidément, ces Yankees étaient de grands enfants. Leur trouillard d'ambassadeur, Joseph Kennedy, s'était rapatrié au début du Blitz et aujourd'hui les Américains envoyaient une boîte à électrodes. L'engin moisirait quelque part. Pour l'heure, Belish le planqua sous le bureau d'accueil à l'aide de sa canne.

36

Salle d'interrogatoire n° 7, 18 h 20

Peter scrutait les fenêtres balayées par la pluie. Depuis une heure, il s'ennuyait ferme. Il eut beau chercher à interrompre son interlocuteur – « Nous verrons cela plus tard. D'accord. Peut-on revenir… Ce qui nous préoccupe… » –, le monologue se poursuivait. Par automatisme, sa main continua à prendre des notes tandis que son esprit dérivait. Il finit par sortir dans le couloir, prétextant une urgence.

— Écrivez-moi la suite. Je reviens dans quelques minutes. Il y aura aussi ce formulaire à remplir.

Il passa au mess se servir du thé. La thermos était presque vide, mais il eut une surprise de taille : haut de près de deux mètres, Dan Stuvesant, chargé de débriefer les Italiens et qui, faute de candidats, désertait Patriotic School depuis plusieurs semaines, conversait avec Julian.

— Tu es bronzé ! s'exclama Peter.

— Revenu de Benghazi, il y a deux jours, l'informa Dan en lui ouvrant les bras. Et toi, toujours pâle comme un cul.

— Tu connais la maison ? Crépusculaire. Qu'est-ce qui t'amène ?

— Le Chinois de Milan.

— Le fameux. Qu'est-ce que ça a donné, la Libye ?

La réponse de Stuvesant se réduisit à une onomatopée : « Pff... »

— Même chose qu'en Afrique du Sud ? s'enquit Julian.

— Les fascistes tiennent à le rester, expliqua Dan Stuvesant avec amertume. Quant aux autres, ils estiment que la guerre est finie pour eux. La liberté ne les tente pas au point de nous rallier.

Il leur cacha que deux prisonniers s'étaient portés volontaires. Ils avaient débarqué près de Livourne avec de l'argent, des faux papiers et s'étaient volatilisés corps et biens. Pire, la mission des frères Zaccaria, mal préparée, avait viré au fiasco. D'abord envoyés au casse-pipe par le SOE, puis au peloton d'exécution par les sbires de Mussolini.

Le reste était un secret de polichinelle : l'Italie représentait une défaite pour les services secrets. Claude Dansey du MI6, responsable du contrôle des passeports, à Rome, avait piqué dans la caisse. Et l'antenne de New York n'avait pu rallier aucun immigrant, ce qui témoignait de son inactivité. En résumé : les services secrets britanniques manquaient d'agents. Pareil au Canada. Une catastrophe. Les stations de Belgrade, Malte et Athènes approchèrent des marins, des ingénieurs, des commerçants, sans faire mouche. Au fil des mois, Stuvesant entrevit d'éventuelles recrues. Mais le seul qui pouvait comprendre un Sarde était un Corse ; un Milanais n'entendait rien au palermitain, un gars de Lucques n'était pas disposé à prêter allégeance à la couronne d'Angleterre, au motif que Henry VIII avait forniqué avec la Boleyn. Des dizaines de milliers de soldats étaient prisonniers en Italie, et personne ne pouvait rien pour eux. Les lettres ne leur parvenaient pas. Pas plus que des livres, visés deux fois par la censure. D'autres solutions furent envisagées. Le MI6 fonda, par exemple, une compagnie cinématographique en quête de décors. Le projet échoua. Cinecittà, le rêve du Duce, tournait à plein régime et les paysages étaient indisponibles, fit-on savoir. Le Secret Intelligence Service sollicita un compositeur en partance pour le festival de Venise pour glaner quelques renseignements mais, en dehors de la Fenice, l'homme était un évaporé. Il oubliait sa feuille de route. Il interchangeait les noms et les fonctions… Il ne ferait pas l'affaire. En guise de consolation, il se mit au piano.

— Tu penses que le Chinois marchera ? demanda Peter à Stuvesant.

— Selon sa fiche de renseignements, il était représentant de commerce dans la Péninsule et maîtrise plusieurs dialectes. C'est de bon augure.

— Tu es un orpailleur qui flaire la pépite, le félicita Peter.

— Espérons-le.

Ils se donnèrent rendez-vous à 21 h pour boire un coup.

— Le désert m'a desséché le gosier, lança Dan en filant à son entrevue.

Peter retourna à son bureau. C'était un entretien de clôture pour récapituler les faits et fournir des informations complémentaires. L'individu était studieux et ne lâcha pas la plume pour reprendre oralement son récit. Peter se pencha par-dessus son épaule. Son écriture était déchiffrable, un bon point, et les formulaires correctement remplis. La pluie s'était arrêtée, et il se souvint de cette histoire d'assassin qui semait la panique. Dans l'impasse concernant Maurice Sandre, alias le Mistigri, Peter constata qu'il n'aurait pas d'urgence à faire valoir à Belish s'il faisait défection. Quant au brave type en face de lui, il affichait un patriotisme et un parcours déjà authentifiés. Peter le remercia et abrégea l'entrevue. Il accusait un léger retard sur l'heure dite : 19 h, avait insisté Belish sur un ton comminatoire. « Pour raccompagner les dames de l'institution », à cause de l'Éventreur du black-out.

Passé le portail, Peter ne vit personne, en dehors des sentinelles. Étaient-ils déjà tous partis ? Par réflexe, il jeta un coup d'œil vers la tour d'horloge de Patriotic School qui surplombait l'entrée. Ah oui, 11 h 20, le château endormi. C'était ce qui l'avait frappé le premier jour à Patriotic School, cette horloge en panne et le face-à-face avec la prison de Wandsworth. Depuis qu'il fréquentait les lieux, les travaux d'aménagement n'avaient pas cessé – extensions, ajouts, ameublement – mais personne n'avait songé à faire repartir le compas des aiguilles. Ne serait-ce qu'en signe de bon fonctionnement général, d'illustration d'un mécanisme qui tournait rond. Parfois – oui – il s'enrayait comme aujourd'hui.

Peter décida de patienter un peu. Malgré l'absence d'attention que les gardes lui portaient, ils pourraient témoigner qu'il s'était pointé au rendez-vous. C'est alors qu'une envolée de couleur surgit entre chien et loup, une vague d'automne qui lui balaya le visage. Devant lui, Mary haletait dans le flou créé par ses cheveux :

— Pardon, pardon, j'ai couru.

Il la regarda stupéfait. Elle tapait du pied et soufflait comme un taureau, donnant du mouvement à des mèches rousses qu'il n'avait jamais vues. Une chevelure ondoyante, toujours cachée sous sa coiffe d'infirmière et qu'elle dévoilait à l'instant.

— Vous êtes encore là ? dit-elle en reprenant son souffle.

L'accordéon de poitrine se gonflait et s'amincissait et, si gentleman qu'il soit, Peter ne pouvait s'empêcher d'en admirer les soufflets.

— J'en ai l'impression.

Il tourna la tête d'une épaule à l'autre.

— Où sont les autres femmes ? Déjà parties ?

— Nous autres de Patriotic School, nous n'étions pas ravies de cette initiative.

— Belish a fait du zèle, reconnut Peter.

Mary le laissa dans l'erreur, elle savait fort bien d'où l'initiative émanait à l'origine. Ce qu'elle avait confié dans le cagibi à Miss Davies n'était, à l'évidence, pas tombé dans l'oreille d'une sourde.

— Non que l'on puisse se défendre avec un couteau sous la gorge, mais on peut se protéger de mille autres façons, en rentrant plus tôt par exemple. Les cuisinières ont préparé un buffet froid pour le dîner des pensionnaires, les archivistes colonisent une chambre dans l'aile ouest. D'autres ont dit qu'elles partiraient à l'heure qu'elles jugeraient bon et sans chaperon.

Mary avait retrouvé une respiration normale.

— Pourquoi êtes-vous là en ce cas ? remarqua Peter.

— Je ne suis pas d'astreinte ce soir et une auto me propulsera plus vite que ne le ferait un bus, et encore s'il n'est pas bondé au point de laisser filer. Vous serez donc mon chauffeur.

Il lui désigna sa moto. Elle n'émit aucune objection.

— Tenez, prenez mon casque, dit Peter.

— C'est ridicule, ce casque. Protégez-vous mais faites-le bien.

— Comment ça ?

— Vous êtes bête ou quoi ?

Elle se déchaussa, attaqua le casque avec son talon. Le résultat était concluant : une bosse en creux déformait le côté où elle avait tapé.

— Eh ben. Tant pis pour vous. Je crains que ce soit plus inconfortable, dit-elle en lui tendant son casque cabossé.

Les doigts de Peter farfouillèrent pour attacher la jugulaire.

— Vous êtes gaucher.

— Perspicace, dites donc.

— Comme le tueur du black-out, paraît-il, souligna Mary. Vous conduisez prudemment ?

— Vous verrez. Où dois-je vous emmener ?

— À Piccadilly.

— Que faites-vous d'habitude ?

— Je prends le bus 77 puis le tram. Mais d'abord je voudrais faire une course chez Arding et Hobbs.

— Montez ! Arding et chose, où est-ce ?

— À côté de l'usine Hoover.

— Fort bien. Sachez que je suis attendu.

— Je ne suis guère ravie d'avoir un garde du corps.

— Vous pourriez me congédier, commenta-t-il en démarrant sa Rudge.

— Miss Davies me tuerait, répondit-elle en goûtant à l'ivresse montante de la vitesse.

Elle s'était bornée à un comprimé aujourd'hui. Elle l'avait pris dès son réveil pour évacuer la tension, en espérant qu'il lui procure un peu de réconfort. Lequel avait été si bref qu'elle s'était demandé si elle ne s'était pas trompée de gélule.

— Beaucoup de monde veut votre peau, dites donc, plaisanta Peter en haussant la voix : l'Éventreur, Miss Davies.

Étrange fille, se dit-il. Fragile et fébrile, déterminée et exténuée. Il poursuivit :

— J'ai rendez-vous dans quarante-cinq minutes. Alors vous vous agrippez fort. Nous serons chez Arding… Où est-ce au fait ?

— À côté de l'usine Hoover, répéta-t-elle. Dans Pembroke Street. Et arrêtez avec vos « dites donc » à tout bout de champ. Vous faites un son de cloche.

— J'éviterai les *ding dong* à l'avenir. Bon, indiquez-moi le chemin.

— Après, nous irons au 114, dit Mary dans le creux de l'oreille de Peter.

— Où ? cria-t-il.

— Pas loin de Piccadilly.

— Ce sera tout ?

— Non, il y aura une dernière course à faire…

— Tout ça ne peut être remis à demain ?

— Sans chauffeur ni essence ? C'est le carrosse redevenu citrouille.

— D'accord Cendrillon, gueula presque Peter.

— Ah je suis désolée pour ces femmes, mais ce fou furieux d'Éventreur du black-out m'a rendu un fier service. Je vous préviens : vous aurez des sacs à porter.

— Quoi d'autre ?

— Vous verrez.

Elle se cala davantage contre son dos. Les pointes de ses cheveux poussées par le vent donnaient à Peter des épaulettes soyeuses.

Après Pembroke Street, ils allèrent à une réunion de presbytère d'où il s'exfiltra pour une virée dans un pub voisin. Elle l'y retrouva, but un verre, et le traîna dehors pour rentrer à Piccadilly. Il lui proposa un autre verre. Elle accepta sans réticence. Au moins l'alcool diminuait la sensation de manque qui corsetait sa poitrine. D'une escale à l'autre, Peter oublia qu'il avait rendez-vous avec Stuvesant.

Malgré la défection de Peter et son échec du jour – le Chinois de Milan voulait combattre les Japs, pas retourner en Italie –, Stuvesant but ni plus ni moins qu'à l'accoutumée. Au pub, il rencontra une foule de connaissances qui le ragaillardirent. Il n'était pas démuni d'une solution alternative : la mafia de Little Italy. En marge de leurs crimes, les Siciliens étaient de vrais bigots, des partisans de la liberté de commerce et de circulation, et ils avaient un sens poussé du territoire. En outre, tôt ou tard, Stuvesant trouverait bien un prisonnier de l'Afrika Korps qui accepterait de retourner sa veste et d'exécuter une mission de reconnaissance. Le front égyptien se présentait sous des auspices favorables. La situation finirait par se débloquer. Un vent d'optimisme commençait à souffler.

7 NOVEMBRE 1942

37

Dispensaire, 8 h 30

Ce que vit Mary était d'abord flou : un veston chiffonné, des pieds nus, une cravate de guingois. La seconde d'après, elle s'aperçut que la cravate bleue était une langue, laquelle pendait sous un menton. La posture de l'homme était à la fois bouffonne et christique. Elle poussa un cri. Malheureusement, il ameuta quelques pensionnaires.

Lorsque le coroner de la prison de Wandsworth accourut, l'homme était dépendu. Passé la stupeur, Mary l'avait reconnu. Un Français fébrile, saisi de spasmes et de vomissements, venu la veille à l'infirmerie. Devon l'avait examiné.

Qu'est-ce qui lui avait été administré ? Elle l'ignorait. Elle devait consulter le dossier. Sur-le-champ ! Le major jeta un coup d'œil au cadavre : au niveau de l'aine, le pantalon était noirci. La vessie avait lâché quand le cou s'était brisé.

— D'où vient la corde ?

— Hum, on dirait le filet des buts, le football…, intervint le sergent Dixon. Je vais prévenir Scotland Yard.

— Contactez plutôt la Special Branch.

Il s'agissait du département de la police métropolitaine spécialisé dans le renseignement et le contre-espionnage.

— Bien, major.

Le sergent s'éloigna de quelques pas avant de revenir vers le commandant :

— C'est peut-être une bonne chose qu'il ne se soit pas raté.

— Vous l'auriez emmené au poste, devina le commandant.

— Impardonnable. *Felo de se**, récita le policeman.

— *Felo de se*, répéta machinalement le major, perdu dans des pensées qui le tiraient vers le fond.

Un quart d'heure plus tard, il demanda qu'on lui passe l'officier de liaison auprès de Carlton Gardens.

— Capitaine Beaumont ?

La conversation fut brève. Ensuite le major appela Guy Liddell.

Celui-ci écourta la conversation : lui aussi se mettait en route.

— Une idée de ce qui l'a poussé à cette extrémité ? demanda le responsable du contre-espionnage du MI5.

— Une forte fièvre ou une crise de folie consécutive à la malaria, répondit le docteur John Devon.

— Il était traité ? s'enquit le capitaine Beaumont.

— Atébrine et quinine. Son dossier médical est à jour.

— De Gaulle va nous faire une jaunisse.

Le commandant consulta le dossier du mort. C'était de Gaulle qui l'avait rappelé à Londres, après l'avoir détaché à Radio Accra.

— Il était donc attendu ? se désola Beaumont.

* En Grande-Bretagne, une tentative de suicide était considérée comme une félonie, passible de prison. Le délit de *felo de se* a été aboli en 1961.

— J'ai préféré vous prévenir au plus vite, répondit le commandant.

Il se retourna vers le docteur Devon :

— Un suicide ?

— C'est mon opinion. Le coroner semble du même avis.

— Il avait paru dépressif à vos hommes ? s'inquiéta Liddell.

— La malaria peut rendre dingue, répondit Devon à la place du commandant.

— Vous êtes prêt à miser votre chemise ?

— Ma blouse ? On ne peut jurer de rien.

— Y a-t-il d'autres hypothèses ? Un règlement de comptes ? intervint Beaumont.

— Non, pas d'après l'examen post mortem. On va interroger le responsable d'étage et ses voisins de chambrée.

Liddell réfléchit. L'affaire était sensible.

— Je vous accompagne. Allons-y sur-le-champ.

— Plus vite tombera la foudre.

Le major eut une pensée compatissante pour le capitaine Beaumont, représentant britannique auprès de la France Libre. Autant qu'il avait pu en juger, c'était un homme pragmatique qui évaluait vite les enjeux. Toutefois, il ne tiendrait pas longtemps en poste. Son prédécesseur affecté à la liaison avec Carlton Gardens, le major général Edward Spears, avait fini par jeter l'éponge.

Les possessions du journaliste français se résumaient à peu de chose. Trois chemises, un pantalon de lin, des sandalettes, un nécessaire de toilette, des tracts parodiques – tel cet arrêté ordonnant à la population d'Abidjan d'écouter Radio Accra, où elle était interdite – et des exemplaires apocryphes du *Petit Écho,* un journal ivoirien. Un article conseillait à André Demaison, directeur de la radio nationale depuis quelques mois et auteur du *Livre des bêtes qu'on appelle sauvages,* d'en écrire la suite : *Les Hommes que l'on appelle domestiques.*

Le capitaine Beaumont repartit de Carlton Gardens en compagnie de Maurice Schumann, l'une des voix de Radio Londres, et de Georges Boris, responsable des liaisons de la France Libre avec la BBC.

La levée du corps les attendait.

La vue de la civière causa un vif émoi parmi les pensionnaires et acheva de plomber l'ambiance.

— Ils pratiquent une justice expéditive ici, ironisa Victor.

38

Salle d'interrogatoire n° 5, 10 h

Au milieu d'un couloir, Radan se tenait droit. Dans ses chaussures – celles qu'on lui avait données en Écosse –, ses orteils gigotaient. Goran aurait juré qu'il les entendait tous battre avec frénésie, même s'il en manquait deux au gamin.

Un Anglais avait intimé à Goran l'ordre d'attendre ici, devant cette porte. Radan l'avait suivi. Ils attendaient, baignés d'une flaque de lumière.

— Entrez.

Goran s'avança et se retourna aussitôt. Il fit signe à Radan que tout allait bien, qu'il restait là, qu'il devait rester là, dans ce couloir, immobile comme avant, immobile comme toujours, sauf quand il mordait ou battait des pieds et des poings.

La porte se referma derrière Goran.

— Je suis l'interprète, lui dit un officier inconnu. Voici le capitaine Springett qui va vous interroger.

— Vous êtes serbe, lut celui-ci, les yeux rivés sur le feuillet d'un dossier ouvert devant lui. Né à Novi Sad. Vous étiez au camp de Korgen, poursuivit-il en levant les yeux, pendant que le traducteur rendait ses propos intelligibles.

— Je suis d'abord passé par le camp de Beisfjord et, avant ça, Karasjok, précisa Goran sans desserrer les dents.

— Vous et le sourd-muet ? demanda le capitaine.

— Moi, en tout cas. Il n'est pas sourd-muet, murmura Goran.

— On a du mal à lui tirer les vers du nez.

Goran frotta ses mains entre ses genoux.

— Je sais.

— Quel âge a-t-il ?

— Quatorze, quinze ans. C'est un Tsigane.

— Comment s'appelle-t-il ?

— Radan.

— Radan comment ?

Goran haussa les épaules, qu'il avait voûtées.

— Radan, c'est tout.

— OK. On va y aller par étapes, l'encouragea Springett. D'abord, détaillez-moi les circonstances de votre évasion.

Sous escorte, ils étaient partis couper du bois. Žarko, un gars de leur baraquement, tirait derrière lui un traîneau aussi grand qu'un lit. Goran ne voyait que sa nuque ainsi que sa colonne vertébrale sous la chair tendue. Ce maître d'école que Goran avait connu à Novi Sad s'était ratatiné, ses os aussi fragiles que des fagots, ses mains pareilles aux nervures d'une feuille. Le simple poids du traîneau vide, destiné à charrier les bûches au retour, le faisait chanceler. Radan, lui, semblait guilleret.

Sur le chemin, le garde, flanqué de deux haches et une scie à son ceinturon, lui passa à boire. Radan but à longs traits, puis lui rendit la bouteille d'aquavit. L'Allemand reprit quelques gorgées. Avec un sourire, il s'ébroua comme font les chevaux, comme font les humains après une douche qui revigore. Radan le saisit par l'épaule tandis que l'Allemand lui entourait la taille. La bouteille continua à circuler. Entre de longues rasades, Radan chantonnait, houspillant épisodiquement Goran et Žarko sur un ton dément.

Schnell.

Goran passa devant eux. Ils ressemblaient à deux amis sortant d'une taverne, qu'il valait mieux ne pas croiser.

Schnell.

Quoi qu'il se passe, il ne doublerait pas Žarko.

Goran entendit le fracas de la bouteille contre un tronc. Il se retourna à temps pour apercevoir la stupeur du garde lorsque Radan lui ficha les crocs de verre dans la gorge. Placé dans son dos, il manœuvra le goulot de façon à l'enfoncer davantage, tandis que son autre main se plaquait sur sa bouche. Radan chuchota quelque chose avec le sourire qu'ont les chats repus. Une brume rouge vaporisa son visage, suivie de giclées irrégulières.

Žarko détala.

Les yeux exorbités, le garde continuait de tressauter. Sa trachée clapotait. Radan le pressa contre lui. Bientôt le nazi s'immobilisa. Ses yeux se vitrifièrent. Sans lui retirer le débris de bouteille, Radan l'allongea sur la neige, et s'accroupit à côté de lui. Il commença par ôter les gants et à délacer les chaussures. Goran s'approcha et s'empara du fusil, Radan, des haches qui pendaient au ceinturon.

Ils fouillèrent ses poches : un briquet, quatre cigarettes dans un paquet, un biscuit sec. Rien d'autre. Le cadavre, encore chaud quelques instants plus tôt, était déjà froid. Un ruisselet de larmes givrait sur ses joues et le sang se cristallisait en guirlandes autour de son cou. Radan prit le caleçon, l'enfila, puis le pantalon auquel il fit un triple revers. Il flottait dedans comme un mauvais rêve. Il puait l'alcool et son iris se résumait à un trait vertical. Goran défit la veste et la chemise du soldat. Il se releva et les enfila. Radan lui fit signe de patienter encore. Il se saisit d'un tesson et ouvrit la bouche du mort. Goran détourna le regard. Il s'éloigna de quelques pas.

Le paysage s'étalait dans toute sa nudité hormis des bouquets de sapins noirs et quelques bouleaux longilignes. Le silence était sépulcral, presque irréel.

Derrière lui, Radan continuait à s'agiter. Goran jeta un coup d'œil au fusil. Le chargeur abritait six balles. Il eut envie de tirer pour sentir la chaleur du canon et entendre le cri que lui-même était incapable de pousser. Il avança jusqu'au traîneau que Žarko avait abandonné. Il l'examina. Ils pourraient descendre en luge. Non, le traîneau était trop large et, après ce plateau, le relief devenait abrupt, et les arbres l'entraveraient.

Radan le rattrapa, des miettes de biscuit collées à une commissure. Il lui tapa dans le dos et l'incita à le suivre.

Il marchait hardiment à flanc de colline. Les haches prolongeant ses mains se balançaient à la manière des baguettes d'un tambour.

Ils évitèrent les routes où circulaient patrouilles et camions de ravitaillement. Ils descendirent des sentiers escarpés. Ils traversèrent des étendues où la neige forme un horizon sans fin. Ils s'arrêtèrent le soir venu. Ils passèrent leur première nuit à couvert, sous la saillie d'un rocher. Radan lui montra deux tranches de pain qu'il gardait dans une poche. Il lui en donna une, avec une cigarette. Le lendemain, ils trouvèrent une grotte. Peut-être l'antre d'un ours ou de loups. Goran chassa cette idée. Une meute de nazis suffisait à le terrifier.

Dans les environs, ils ramassèrent des branchages et coupèrent à la hache un surgeon de belle taille. Ils fumèrent encore une cigarette et firent du feu. Radan lui dévoila le contenu de son autre poche : deux dents en or et le pénis déjà bleui du soldat. Sous les yeux écarquillés de Goran, il plaça le bout de chair au-dessus du feu et le fit rôtir. La peau cloqua et sentit le grillé.

Le gamin déchira la chair à pleines dents. Goran passa sa langue sur ses dents et ses lèvres gercées puis se roula en boule. Enfant, il avait eu la nuit en horreur, peur d'elle comme d'une grande marée qui dévasterait sa chambre et son petit lit de bois clair. Trop de secrets. Trop de noir. « Maman, la bougie ! » suppliait-il. Et encore : « Maman, la bougie ! — Dors, dors », lui répondait sa mère de la cuisine, sur un ton sans appel. À tue-tête, il criait encore : « Je ne veux pas rêver », comme réfractaire aux sornettes. « Eh bien dors sans rêver ! » tranchait sa mère. Désormais celle-ci est la seule personne que, dans ses rêves, il reconnaît.

Après cette journée, Radan et lui se nourrirent de baies sauvages et de champignons. De leurs doigts gelés, ils détachaient parfois un bout d'écorce ou déterraient des feuilles d'airelles. Ils burent à un cours d'eau. Un jour, ils tombèrent sur la carcasse d'un lièvre. Ils en arrachèrent les derniers lambeaux et sucèrent les os. À une demi-heure d'intervalle, ils vomirent et se rincèrent la bouche avec un peu de glace. Ils eurent des frissons de froid, de fièvre, des crampes à l'estomac, des bourdonnements dans les oreilles et firent des efforts surhumains pour ne pas sombrer dans l'inconscience. Le briquet rendit l'âme. L'un et l'autre soufflèrent dessus sans succès.

— Tu as froid ?

Goran hocha la tête. Sa peau était cireuse, insensible. Ses chaussures étaient trempées, trop serrées. Radan lui prêta un gant et dénoua le ceinturon du soldat qu'il avait détaché pour lui en faire un col. Ils se collèrent au pied d'un tronc d'arbre, épaule contre épaule. Leurs joues se touchaient et les cauchemars qui les assaillaient se confondaient. Radan se mit à chantonner entre ses dents. Il s'assoupissait, se réveillait et reprenait son marmonnement étrangement modulé.

Goran se demanda s'ils étaient recherchés, si les patrouilles se tenaient en alerte, si les Allemands croyaient qu'ils étaient capables de s'en sortir. Et lui, le croyait-il ? Il s'interrogea aussi sur le sort de Žarko. Avait-il rebroussé chemin ? Dans le cas contraire, il n'avait pas dû aller bien loin. Ses empreintes avaient peut-être fait diversion et retardé les recherches.

Les jours suivants, son ouïe lui servit de boussole pour rester à l'écart du danger. Goran savait localiser les bruits, tracer une trajectoire physique jusqu'à eux et agir en conséquence. Plusieurs fois il retint Radan qui sautillait devant lui ; un convoi passait en contrebas, vers la gauche à quinze minutes de marche ; ou il avait entendu un tir à deux cents mètres de distance, au-dessus de leur tête, en suivant une oblique nord-est. Tôt ou tard, il leur faudrait s'approcher d'une ferme. Pour manger. Peut-être demander de l'aide.

Dans une étable, Goran montra à Radan comment boire au pis des vaches.

Dans un poulailler, ils volèrent des œufs.

Sept ou dix jours plus tard, ils sortirent de la forêt et s'arrêtèrent devant un pré enneigé au-delà duquel s'élevait un remblai de chemin de fer. Une alternative se présenta : le parcourir à découvert – la nuit de préférence – pour se cacher derrière un boqueteau dans l'espoir d'embarquer à bord d'un train à destination du sud, ou poursuivre vers l'ouest en coupant à travers bois.

Goran observa que la neige était vierge, l'endroit ne devait donc pas être surveillé. D'un autre côté, si les Allemands les traquaient, il leur suffirait de les suivre à la trace. Un jeu d'enfants. C'était un risque calculé. De toute façon, continuer à pied, dans ce froid, avec cette fatigue, sur une longue distance, était impossible. Ils se mirent en retrait et attendirent, en sautillant sur place. Le crépuscule s'annonça par traînées grises, les ombres des troncs se fondirent, l'éclat de la neige s'éteignit.

Goran prit une précaution supplémentaire : il marcha devant,

Radan le tenait en joue, vêtu de l'uniforme SS dont il avait dépouillé le soldat. Si un Allemand s'approchait, il le verrait pointant son fusil sur son prisonnier et, s'il se montrait trop curieux, Radan l'abattrait. Dans le pire et dans le meilleur des cas.

Pendant deux jours, puis trois, ils suivirent à distance la ligne de chemin de fer, mais aucun train n'y passait, à voir les amoncellements de neige sur les rails.

Chaque fois qu'une ferme se profilait, Radan les en éloignait, et Goran, à la fois inquiet et aimanté par son assurance, obéissait à ce gosse sans âge. L'instinct de celui-ci était peut-être le bon, hésita Goran. Peut-être que la haine manifestée par les kapos était partagée par les habitants. Les Norvégiens pourraient être effrayés par la légende nazie, effrayés par ces criminels de droit commun, ces « barbares des Balkans », qui expiaient leurs péchés au nord du pays.

Une fois, Goran parvint à leur faire passer la nuit dans une grange abandonnée où le foin s'avéra aussi humide qu'un amas d'algues.

Finalement, ils atteignirent un village côtier.

Ils décidèrent d'enterrer l'uniforme SS et leurs armes (le fusil et la hache) sous une souche. « Les dents aussi ! » insista Goran.

Ils rencontrèrent quelqu'un. Ils s'exprimèrent en signes. Le pêcheur n'y comprit pas grand-chose. Il nota leur maigreur, remarqua leurs fripes, en déduisit l'essentiel et les embarqua jusqu'aux îles Shetland avec deux résistants, recherchés par la Gestapo, qui attendaient depuis une semaine leur passage jusqu'en Écosse.

Face à l'officier britannique, Goran abrégea l'histoire. Il omit quelques épisodes. Il pensait à quelque chose que la chaleur de la pièce, où brasillait un poêle, rendait vague et dissolvait en volutes d'images. Quelque chose qui avait trait à son adolescence, pas à celle de Radan.

— Une cigarette? proposa l'Anglais.

Goran accepta. Il savait qu'il devait répondre aux questions et non en poser, mais l'envie était plus forte :

— Dites, vous avez parlé à beaucoup de mes compatriotes? demanda-t-il en fixant l'interprète, puis en reportant son regard sur l'officier anglais.

— Qui viennent de Norvège? Très peu, à vrai dire. Parlons de Radan...

En fait, à part son prénom et les cicatrices qu'il avait entrevues dans son dos, Goran ne le connaissait pas plus que ça, raconta-t-il. Il essaya de se rappeler s'il avait aperçu le gamin avant ce jour au baraquement où celui-ci était venu taper du poing contre son châlit.

— Eh! le vieux, tu sais nager?

Goran s'était laissé tomber sur ses pieds. Le vieux, c'était lui. Il n'avait pas encore cinquante ans mais dans cette partie-ci, c'était lui, sans aucun doute. Les plus âgés avaient succombé au typhus, à la diphtérie, aux coups ou aux privations. Les plus jeunes aussi, qui, au début, se vantaient avec tristesse : « J'ai quatorze ans mais Hitler dit que j'en ai dix-huit. »

Devant Goran se tenait un enfant au teint mat qui le fixait d'un air maussade et répétait sa question :

— Tu sais nager?

— Oui, répondit-il.

— Montre-moi, ordonna le gamin sur un ton farouche.

Et il le tira par le bras pour qu'il s'exécutât.

Goran crut à une lubie. Les gens devenaient fous dans ce trou de l'enfer.

— La nage, vas-y! insista l'enfant en lui balançant un coup de pied dans un tibia.

Goran se déchaussa. Il lui montra les mouvements sur une poutre qui tenait lieu de banc. Coudes et genoux fléchis puis jambes et bras tendus. Puis ce fut à Radan : la grenouille, l'espadon, la grenouille, l'espadon... Goran remarqua qu'une engelure lui avait noirci deux orteils au pied gauche. Ses gestes étaient désordonnés. Goran l'écarta et se remit en position. L'autre s'énerva et le poussa à son tour. Il reprit ses mouvements frénétiques. Goran s'appliqua à les corriger, à le discipliner.

« Tendus ! » « Recommence ! » « Tendus ! » « Voilà. »

Le lendemain, Radan revint les habits trempés. Plusieurs prisonniers manquaient à l'appel. Pour les laver, les kapos les avaient jetés dans un lac. Quelques-uns s'étaient noyés, d'autres avaient été abattus, faute de parvenir à se hisser sur la berge. Les rescapés avaient dû retourner dans l'eau pour repêcher leurs cadavres.

Par la suite, Goran avait vu Radan massacrer un homme au moyen d'une bûche, jusqu'à ce que son visage se résume à un amas de chair. Puis il avait sauté sur son torse à pieds joints. À chaque craquement, les nazis l'avaient félicité.

Goran omit encore cet épisode, ainsi que la bite coupée du soldat allemand. Il regarda le cendrier dans lequel il avait écrasé quatre mégots. Il n'avait jamais fumé avant Patriotic School, maintenant il consumait le tabac qu'on lui allouait sur le mode compulsif d'un homme en manque. D'autres souvenirs se compactaient dans sa mémoire ou se rappelaient dans le désordre. Le capitaine Springett les démêla avec patience. Puis, il remonta dans le temps : le typhus, les sévices, les exécutions sommaires, les punis morts de froid ou sous les coups... Deux heures d'interrogatoire passèrent et remplirent le cendrier jusqu'à ras bord.

Goran se garda d'avouer qu'il maudissait les sols gelés empêchant l'enfouissement des cadavres et les malades qui toussaient dans son baraquement, les grippés, les poitrinaires, les fiévreux sibilants frappés par le typhus. Les toux grasses, chargées de mucosités ; les toux sèches, proches de l'asphyxie, les sifflements des bronches en basse continue, les râles, les gémissements... Plus que la mort, les morts, c'étaient ces bruits qui l'avaient éprouvé, pas les cadavres qu'on retirait des baraquements et laissait à vue, plusieurs jours durant. Non, ces sons de décrépitude – de vie encore – qui semblaient se répondre et orchestrer une partition funèbre.

Il fit de son mieux pour parler des camps. Mais il confondait un peu les images et les lieux. En temps ordinaire, quelques jours suffisaient à rendre flou un visage et un mois à le brouiller entièrement. Il avait beau faire, il y avait toujours de la buée. Son audition lui jouait aussi fréquemment des tours ; son oreille n'accrochait rien ou presque, juste un ramassis de mots ou le sens général d'une conversation. Essayant de se souvenir d'un nom, ne se gravait en lui qu'une graphie improbable. Il usait alors de sa concentration comme d'une loupe. Dans son esprit, quelques traits se dessinaient, là un point attribuable à un « i ». Il percevait un jambage, quelquefois une double consonne et arrêtait une certitude sur un nombre limité de syllabes. Après avoir ainsi rassemblé plusieurs éléments, il jouait au cruciverbiste pour combler les trous. Aussi parvenait-il quelque fois à recomposer le nom qui lui avait échappé. Au moins ces recherches connaissaient-elles une issue heureuse.

La nuit, c'était différent. Sitôt fermait-il les yeux que, sous ses paupières, s'ouvraient des médaillons contenant des photos, des miniatures de têtes qui lui étaient étrangères. Soir après soir, une centaine d'inconnus défilaient à son chevet, une manière de bal de prétendants squelettiques dont il ignorait les noms, à l'exception de Sven, son instituteur mort peu après son arrivée à Karasjok, et de Žarko perdu dans la nuit blanche. Goran s'ingéniait à en retenir le flot pour s'offrir le temps de les examiner. Mais le tourbillon le débordait. L'anonymat de ces visages l'affolait. Ces fantômes lui serraient les tempes.

Face à l'officier britannique, le souvenir précis de plusieurs tortionnaires ressurgit. Un jour, leur baraquement avait eu vent d'une évasion. « Deux hommes sont manquants », gueulaient les nazis. Quarante prisonniers furent tués en représailles et enterrés dans des fosses communes hors de l'enceinte du camp. Peut-être n'y a-t-il eu aucune d'évasion, suspecta Goran à l'époque : c'était un monde de meurtres et de caprices qu'un mensonge justifiait comme n'importe quel prétexte. À Korgen, un kapo norvégien se promenait avec une canne qu'un prisonnier lui avait taillée. Parfois il la balançait au loin et ordonnait à quelqu'un de la lui rapporter. Les hommes préféraient courir, même s'ils savaient ce qui les attendait : une balle dans le dos. Un autre garde les faisait s'allonger dans la neige. Le premier qui était saisi d'une quinte de toux devait sortir du rang et ses camarades le rouer de coups. Après chaque journée passée à terrasser une route qui n'en finissait pas, le chef de brigade désignait les dix travailleurs les plus zélés et dix autres qui n'avaient pas eu le cœur à l'ouvrage. Ceux-ci devaient céder leur ration et recevoir vingt-cinq coups de canne.

D'ici à deux jours Goran signerait son ordre d'engagement. Grâce à Dieu, grâce à ces derniers jours, il avait eu le temps de recouvrer un semblant de vigueur pour être déclaré apte. Grâce à cette infirmière qui lui avait conseillé – cela valait aussi pour Radan – de manger par petites portions, de fractionner les repas et de venir chercher des biscuits à l'infirmerie. Avec la graisse, il avait stocké autre chose : une rancœur telle qu'il était prêt à déverser foudre et feu si on les lui confiait.

Goran avait menti sur son âge, prétendant avoir trente-huit ans au lieu de quarante-sept. Toujours est-il que, s'il avait dû exprimer une vérité physique, teint blême et yeux caves, il aurait dit : soixante-trois. Peut-être que les Anglais avaient vérifié l'assertion relative à son âge et qu'ils l'avaient délibérément négligée.

Mais Radan, non, il était trop jeune. En ce qui le concernait, ce n'était pas un mensonge. Au vrai, Goran ignorait tout à son sujet. Radan, on lui donnait quatorze ans et non pas seize ou dix-huit, comme le suggérait l'ombre de sa moustache. Il ne dépassait pas 1,52 mètre. Quelque chose en lui avait été empêché. Faute de soleil, de calories, de vitamines, et peut-être par sa propre volonté de sacrifier sa croissance à un corps trapu, ramassé sur lui-même. Radan, dont le haut du crâne tutoyait son épaule, pourrait être son fils. Goran en avait deux au pays. Le lendemain de la rafle, il avait su qu'eux aussi avaient été emmenés. Malgré ses supplications, l'oustachi avait refusé de lui en dire plus. Dans une fosse commune ? Dans un autre camp à destination duquel ils auraient également pris le train, puis le bateau, encore le train et la marche ? Il s'était familiarisé à l'idée de leur mort. Se convaincre du pire est un doux sentiment, une consolation. Qu'ils aient souffert et ne souffrent plus. *Почивај у миру*, reposez en paix.

39

Infirmerie, 12 h

Mary consulta sa montre avec irritation. Normalement, le dispensaire comptait trois soignantes : elle-même, Margaret et Elizabeth, mais cette dernière, souvent malade, effectuait un service intermittent. Aussi Margaret et Mary se relayaient-elles pour déjeuner. Et la première accusait déjà un quart d'heure de retard, ce qui avait le don d'énerver la seconde. Non que Mary eût très faim, quelques bouchées lui suffiraient, elle avait perdu deux tailles de jupe en un an et ses côtes affleuraient sous sa poitrine, mais elle voulait prendre l'air, elle voulait aussi prendre un calmant de son choix.

Il n'y avait pas plus dissemblables que ces deux infirmières. Certes, elles affichaient sensiblement le même âge : vingt-deux ans pour Mary, vingt-cinq pour Margaret. Pour le reste, l'une était rousse et taciturne, l'autre blonde et enjouée. Selon Mary, Margaret était une bien meilleure professionnelle qu'elle-même. Elle prodiguait conseils et encouragements et, contrairement à elle, elle se montrait patiente et bienveillante. Par ailleurs, loin d'être frappée de fatigue chronique comme Mary, Margaret semblait avoir une vie en dehors de Patriotic School. Elle fréquentait des clubs. Elle sortait au spectacle. Au reste, Mary lui avait rétrocédé sans regret sa place pour la pièce dans le West End obtenue à la loterie organisée par Miss Davies. Margaret l'avait embrassée sur les deux joues et lui avait murmuré avec malice : « Le Blitz me manque. C'est vrai, personne ne regardait qui faisait quoi et avec qui. »

Enfin elle surgit, tout embarrassée, les pommettes rouges et la chevelure décoiffée. Mary lui trouva l'air bizarre. Elle s'abstint de tout reproche mais son regard coulissa ostensiblement vers sa montre. Margaret le remarqua et se justifia :

— Oh ! Le monde aujourd'hui à la cantine !

Elle soupira en rajustant son bonnet blanc qu'elle avait fourré dans la poche de sa blouse.

Mary disposait de trois quarts d'heure. Plus qu'à l'accoutumée, elle était d'humeur chagrine. Après la formidable soirée qu'elle avait passée avec l'officier Peter Kensington, elle pensait que celui-ci lui aurait proposé de renouveler l'expérience, au prétexte de la raccompagner encore une fois. Aujourd'hui Mary se sentait vaincue par la solitude.

40

Latchmere House, camp 020, 23 h 8

En empruntant la rue qui séparait Wimbledon de Richmond Park, Peter réduisit sa vitesse. Il conduisait prudemment. La nuit était noir charbon. En raison des réverbères mis en berne à cause du black-out et de l'absence de lune, cachée par de gros nuages, les phares de sa moto occultés aux trois quarts faisaient pâle office pour tracer la route à ras du sol. Aussi mit-il près de quarante-cinq minutes au lieu d'une demi-heure pour, de Patriotic School, rallier Latchmere House. La South Circular Road n'était ni étroite ni sinueuse, mais toutes les rues sont périlleuses quand on n'y voit goutte.

Le camp 020 dirigé par le colonel Robin Stephens était situé à Ham Common, l'un des districts londoniens les plus verdoyants. À lui seul, le potager du camp mesurait deux hectares, disait-on. Vu l'heure tardive, il n'y avait aucune chance que Peter pût apercevoir les rangées de carottes et de patates. Arrivé à destination, il mit pied à terre et passa un premier check-point : détecteur de métaux, vérification d'identité, communication par talkie-walkie afin de s'assurer qu'il était bien attendu. Quant à sa moto, elle restait dehors. Peter y consentit à contrecœur. Un garde-chiourme l'escorta jusqu'à l'entrée du bâtiment. Peter laissa son trousseau de clefs au vestiaire, où Tin-Eye, prévenu de sa visite, vint le retrouver. C'était un homme à la poigne énergique et au front dégagé. Ses mèches luisantes de gomina cachaient une calvitie précoce. Il portait un monocle d'où il tirait son surnom : Tin-Eye, Œil d'étain.

Ils traversèrent le jardin. La parole du haut gradé était aussi saccadée que son pas. Le topo fut rapide, la marche plus longue. Peter saisit le scénario auquel il devait se prêter : un officier passablement éméché – lui-même – tirerait en pleine nuit un prisonnier de sa cellule. Il vociférerait, menacerait, poserait des questions sans queue ni tête. Tant et si bien que le détenu serait exaspéré et dérouté. Il rapporterait les questions à son compagnon de cellule pour qui, espérait Tin-Eye, l'interrogatoire ferait sens. Peter but sans déplaisir quelques verres pour entrer dans la peau de son personnage.

La machination réussit. L'individu ciblé se montra faraud quand son codétenu, de retour dans sa cellule, lui fit part de sa perplexité : les Britanniques étaient des ânes, ils ne savaient même pas qui était qui. L'espion semblait vexé par cette confusion, en ce sens qu'il jugeait son camarade idiot. Trahissant son sentiment de supériorité, il entreprit d'expliquer à celui-ci quelques points techniques soulevés par les questions de l'officier aviné. Dans la bouche d'aération, le microphone enregistrait. Peter traduisait.

Les hommes de Tin-Eye étaient contents.

Ils le prièrent de rester pour le petit déjeuner. Leurs conversations formaient une chronique de potins. Grâce aux écoutes, les militaires connaissaient par cœur les petits secrets des prisonniers. Leur meilleur sujet de plaisanterie se rapportait à la cellule 14 du camp réputée pour être une antichambre de la mort avec ses murs capitonnés étouffant les cris. En fait, cette cellule 14 n'était qu'un canular terrifiant que les hommes de Tin-Eye alimentaient à l'envi.

Un costaud aux traits émaciés se tourna vers Peter, la bouche pleine :

— C'est vrai que vous copinez avec les gus, que vous leur filez des clopes et du whisky ?

— À l'occasion, répliqua Peter.

— C'est l'hôtel chez vous.

— C'est grâce à ces hommes de bonne volonté que nous gagnerons la guerre.

— Puis-je vous resservir, mon brave ? ironisa son voisin.

Peter les coupa :

— Vous dormez ici ?

— Évidemment.

— Tous les jours ?

— Toutes les nuits.

— Avec vos hôtes ?

— Qu'est-ce que tu insinues ?

— Rien, je note votre proximité.

Un homme pourvu d'un front bombé et d'un nez de boxeur le fusilla du regard.

Pour ce que Peter avait pu remarquer, les officiers du camp 020 avaient beau mépriser la cordialité que Patriotic School témoignait à ses pensionnaires, les militaires de Latchmere House vivaient en autarcie avec leurs prisonniers. Ils jardinaient ensemble et partageaient leur quotidien. Et à la différence des pensionnaires de Patriotic School, les internés possédaient le droit d'écrire au Home Office en cas de réclamation.

Ils embrayèrent sur Harold Dearden qui ne voulait plus remettre les pieds à Latchmere House et l'avait fait savoir à David Petrie en personne.

— Savez-vous que ce prétendu spécialiste du cerveau croit avoir résolu l'énigme de Jack l'Éventreur ?

L'un d'eux eut un rire bref, un autre manqua de s'étouffer en avalant de travers.

— Eh oui ! Notre bon psychiatre serait le meilleur limier de ces cinquante dernières années.

— Un auteur à succès qui se déclare en faillite, tout cela pour ne pas payer ses impôts, ricana une voix.

Peter décida de dévier la conversation et se fendit d'un compliment.

— J'ai été impressionné. Avec vous, ils se mettent à table.

— Ça…, grogna un officier.

— Toi, ton col rouge, tu l'as gagné dans une pochette-surprise ? l'attaqua le boxeur en fixant son uniforme.

— J'ai couché, répliqua Peter.

— T'es drôle, toi.

— Je partage le point de vue d'Andrew : maintenant on nomme officiers des types qui n'ont jamais foulé un pas de tir, se moqua un officier à tête plate.

— Comme Victor Rothschild, tout juste bon à conduire sa Bugatti et à dilapider la fortune mal acquise de sa famille, renchérit un autre officier.

— Ouais, Waterloo, dit le type au nez écrasé.

— Une légende, rétorqua Peter.

— Pas du tout ! s'écria Andrew avec véhémence.

En fait, Peter n'en savait rien. Des mauvaises langues rapportaient que Nathan Rothschild, avisé par un pigeon voyageur, anticipa en 1815 la déroute imminente de l'armée napoléonienne face aux Anglais. Pour duper ses concurrents sur le marché boursier, il vendit massivement ses titres de la dette. Ses rivaux croyant à une défaite des soldats britanniques l'imitèrent aussitôt. Les cours chutèrent et Nathan racheta leurs titres à bas bruit, engrangeant ainsi une forte plus-value à l'annonce de la victoire de Wellington.

— S'il n'avait pas financé les armées de la Septième Coalition..., commença Peter.

— Ah, t'entends cela, Harry? l'interrompit Andrew. Le gamin défend le youpin qui s'est payé sur la bête.

Peter leva les yeux, excédé. Au MI5, l'antisémitisme était aussi répandu que dans la population.

— Baron ou pas, ce Victor Rothschild est encore un Juif qui a usurpé sa place, déclara un rustaud dont les sourcils se rejoignaient en une barre broussailleuse.

— Tu ne sais pas tout : il va être nommé colonel, annonça son voisin avec sarcasme.

— Colon serait plus juste, jugea le malabar en mâchant son muffin.

— Je ne comprends pas que Liddell se soit entiché de lui, s'étonna le rustaud.

— Pire que ça : Liddell a passé la Saint-Sylvestre dans son domaine. Le baronnet y a installé un canon antiaérien. Sacré privilège!

— Ouais, Liddell doit le croire incapable d'une mauvaise action.

— C'est assez que les Rothschild en émettent, lâcha le rustaud. Qu'ils émettent des actions et spéculent sur le malheur des gens, insista-t-il.

— L'Israélite pourrait m'inviter à Buckingham, moi, je n'irais pas, dit avec emphase le type à tête plate.

— Lord Rothschild est, hélas! comme tous ses coreligionnaires, intervint Peter. Il n'aime pas les porcs.

Personne ne la releva, mais l'allusion à mèche courte fila avec explosivité. Au bout de la table, on bougonna. Les conversations reprirent sans entrain.

La fin de la collation s'annonçait morose. Par fatigue autant que par défi, Peter se refusa à la hâter. Enfin, il s'essuya la bouche et balança ses jambes de l'autre côté du banc. Quelques têtes se tournèrent sans lui manifester d'intérêt.

Il se leva.

— Messieurs, ce fut un plaisir. Je connais le chemin.

Personne ne répondit à ses salutations.

Remonté sur sa moto, Peter passa devant le bâtiment qui abritait le Registre central du MI5 et ses quarante secrétaires. Dans le voisinage immédiat de Latchmere House, c'était de là que partaient les rapports de Tin-Eye. Lors d'un comité, Churchill les avait qualifiés de « péril jaune » en référence à la couleur du classeur. Depuis, l'usage s'était répandu.

Contrairement à ce que véhiculait la rumeur, au camp 020 on ne portait pas son uniforme pour se protéger des éclaboussures de sang, comme un cuisinier son tablier. Les taches étaient autrement disséminées.

Lorsque Peter revint à Patriotic School, un rastaquouère massacrait *La Marche funèbre* de Chopin au piano. Peter endura un moment le calvaire puis n'y tint plus. Il posa la main sur son épaule à la manière d'un vieux lion qui rétracte ses griffes mais fait sentir son poids. Sans lâcher le clavier, le pensionnaire sourit. Il entama une autre bouillie. Peter sortit un billet, le fourra dans la poche de l'instrumentiste et mit fin au concert de fausses notes.

Ensuite il demanda à la secrétaire de la section F de décaler ses entretiens et se dirigea vers la nouvelle salle de repos. L'endroit était vide. Il avisa une des quatre couchettes et s'allongea sans retirer ses chaussures. Dans les contes que lui racontait sa grand-mère, Yezda Baba vieillissait d'un an chaque fois qu'on lui posait une question. Étrange malédiction. Il semblait facile de prendre le dessus sur la sorcière, pour peu qu'on soit curieux ou qu'on connaisse son point faible. Pourtant sa magie était puissante. Peter n'avait jamais compris non plus pourquoi une ogresse réputée pour sa voracité, une ogresse aux dents d'acier, ressemblait à un squelette. Ses messagers étaient des cavaliers vêtus de blanc, de vermeil et de noir : Crépuscule brillant, Soleil rouge et Sombre nuit. À cinq ans, Baba Yaga était la seule vieille que Peter connû, en dehors de sa grand-mère. À peine s'aperçut-il que celle-ci dépérissait. À six ans – l'année suivante il partirait en internat –, il la voyait pensive, un fauteuil tiré vers la fenêtre. Peter ne savait si elle somnolait ou contemplait quelque chose les yeux mi-clos. « Que fais-tu grand-mère ? — J'attends la mort », soupirait-elle avec un sourire timide, en levant son beau visage vers lui. Peter regardait dehors, scrutait le ciel, ne voyait rien. La mort tardait. Une fée, une sorcière, une princesse, une femme aux ailes de corbeau ? Ne voulant pas la rater, il s'asseyait au côté de sa grand-mère. Elle lui tenait la main. Et ils restaient immobiles. Lorsque la mort advint, Peter crut à l'une de ces fables dont sa *bobe* – sa grand-mère – l'avait tant bercé.

L'esprit de Peter s'enfonça dans les brumes.

41

Cour intérieure réservée aux pensionnaires, 11 h 58

Valère invita Germain à disputer une partie de ping-pong. Celui-ci s'ennuyait quelque peu. Il sauta sur l'occasion. Il jouait mal certes, mais il appréciait ce sport fait de répliques et de reparties.

— Tu penses qu'il y a ici des espions parmi nous ? Un mouton noir, comme l'a laissé entendre Victor ? demanda Germain.

Tout en renvoyant la balle, Valère esquissa une moue dubitative.

— Je ne sais pas. Il faut être vigilant en tout cas.

— Prendre garde à quoi, par exemple ?

Valère s'abstint de répondre.

— À Raymond ? demanda Germain, en faisant rebondir la balle sur la table avant de servir.

— Possible. Quoiqu'il m'ait l'air d'être un pauvre bougre, commenta Valère qui relança la balle d'un revers puissant.

Ils ne comptaient pas les points et Germain jugeait que c'était préférable : son adversaire le surclassait. Il smashait à chaque échange.

— Tu le connaissais, le pendu ? demanda le joueur émérite.

— Non. Je crois qu'il était dans la chambrée 3.

— Les Anglais l'ont exécuté, à ton avis ?

Germain voulut répondre : « Probablement », mais Valère le faisait courir d'un angle à l'autre de la table : balles liftées, lobs obliques, slices vicieux. Il ne tenait plus le rythme. Soudain, il fit une pause, sa respiration devenant sifflante. Il posa sa raquette sur la table et porta une main à sa poitrine.

— Ça va, mon gars ? s'inquiéta Valère.

Germain essaya de sourire malgré son essoufflement. Mais, à l'évidence, cela n'allait pas mieux. Son corps était plié en deux, la bouche cherchant à happer l'air, tel un poisson hors de l'eau.

Valère l'entendit murmurer quelque chose d'inintelligible. Il contourna la table, inquiet, et se pencha vers lui.

— Qu'est-ce que tu dis ?

— De l'éph'… De l'éph', de l'éphé…

Germain s'asphyxiait.

— Oui, mon gars, je sais, je suis fourbe au jeu, s'excusa Valère. Mes effets… Désolé de ne pas t'avoir prévenu, ajouta-t-il.

— Non, de l'éphé…, répéta Germain.

Il capta de l'air et poursuivit dans une respiration grésillante :

— De l'éphédrine. Asthme. Infirmerie, parvint-il à articuler.

— Reste là. J'y cours.

Dès qu'il disparut, Germain s'affala par terre, adossé à un mur.

Prévenu, le docteur Devon confia à Mary une seringue. L'infirmière suivit Valère. C'était la première fois qu'elle découvrait cette cour.

— Voilà, voilà, dit-elle d'un ton maternant, après avoir piqué Germain au creux du bras.

Elle avait posé sa main sur son cœur et le tapotait pour le calmer.

Humiliant et intime.

— Quelles sensations vous procure l'éphédrine ? demanda-t-elle.

Germain prit quelques secondes pour répondre. Les traits de son visage se relâchaient.

— L'apaisement.

Mary n'y avait jamais songé. Maintenant, elle savait sur quelle étagère le docteur Devon stockait les ampoules.

Germain regretta l'invitation de Valère. Sa crise d'asthme serait probablement mentionnée dans son dossier médical et ses chances de s'enrôler venaient de tomber à zéro.

42

Parc de Patriotic School, 12 h 15

Fielding prenait le frais, une cigarette à la bouche, quand il manqua de percuter un homme de petite taille. Celui-ci portait un chapeau en tweed, une moustache évasée et des grosses lunettes posées sur le bout du nez. L'inconnu s'excusa de n'avoir pas regardé devant lui, puis lui montra le cadavre d'un rat gisant dans l'herbe.

— Vous en avez beaucoup ? questionna-t-il d'une voix aigrelette.

— C'est un fléau, mais nous avons des chats. Ils font du bon boulot, le rassura Henry.

— Ah ! Fort bien. Pourriez-vous dire à cette charmante dame que je viens de quitter que ça m'intéresse ?

Sur ces mots, il se baissa et attrapa le rat par la queue.

— Pardon, fit Henry interloqué, qu'est-ce qui vous intéresse au juste, et quelle est cette femme charmante dont vous me parlez ?

— Miss Davy.

— Miss Davies, rectifia Henry qui peinait à discerner les charmes de la surintendante.

— Je suis preneur d'autres rats.

Sur ces mots, il souleva le chapeau melon de sa tête et le retourna pour y déposer le rat. Henry fronça les sourcils.

— Vous le lui direz ? s'entêta son interlocuteur. J'enverrai une estafette les récupérer. Les incendies des docks de Londres ont fait de sérieux dégâts parmi leur population.

— Vous êtes ?

— Professeur Dudley Newitt, de chez Frythe.

Henry prit un air entendu. Ce serait un cas intéressant à soumettre à Dearden. Le psychiatre raffolait des zigotos de cette espèce.

— Vous étudiez les infections ? continua Henry par curiosité.

Il se demandait si ces satanées bestioles ne risquaient pas de transmettre une saloperie.

— Pas du tout, dit le petit bonhomme d'un ton sec.

— Ah… Les rats vivants, il n'y a que les chats qui parviennent à les attraper.

— Non, non, morts, c'est parfait. Mais il faut vite les tenir au frais.

L'autre idée traversant l'esprit de Henry était que ce professeur dément, s'il s'agissait bien d'un professeur, cultivait des goûts dépravés. Mais bon, qui sait ce qu'il avait enduré. Un rat était peut-être le dernier recours d'un affamé, évadé d'un camp, songea Henry.

Il mentit :

— Je le lui dirai.

Il mentait à moitié : il en parlerait à Dearden, pour sûr.

— Miss Davies m'a paru très conciliante.

— Elle l'est, confirma Henry sans conviction.

Dudley Newitt observa les galons de son interlocuteur :

— Connaissez-vous le proverbe « à bon chat, bon rat » ?

— Non, professeur.

Henry pensa que ce devait être un proverbe de son invention. Il ne pouvait détacher son regard de la queue qui dépassait du chapeau, à la manière d'une plume fichée en oblique. Sauf qu'en l'espèce, il s'agissait bel et bien de l'appendice rosé d'un rat. Fielding se fit aussi la remarque que ce barjot aux allures de rond-de-cuir parlait un anglais sans accent. Même typique d'Oxford.

L'énergumène en question eut une expression gourmande.

— Ils signifient que la proie et le prédateur affinent leurs ruses au fil de leurs rencontres, expliqua le petit homme. Je vous salue.

Ledit Dudley Newitt s'apprêta à remettre le couvre-chef sur son crâne dégarni.

— Non, s'écria Henry qui baissa aussitôt son bras.

L'homme eut un rire de gorge.

— Ah oui, c'est vrai. Merci. Quel étourdi je fais !

Et il partit, portant le rat telle une offrande dans son homburg.

Crazy Gang ! Cookie avait raison. Cet endroit renferme son lot de tarés, se dit Henry. Il regardait s'éloigner ce personnage à la Charlot quand il aperçut un chauffeur en livrée lui emboîter le pas au sortir du portail. Celui-ci n'avait pas exprimé la moindre émotion, pas même un haussement de sourcil à la vue de l'animal gisant dans le chapeau. Henry se mit à reconsidérer l'affaire sous un angle autrement embêtant. Peut-être fallait-il prendre au sérieux ce prétendu professeur. La perspective de transmettre son message au cerbère à béret apparut à Henry comme le défi majeur de la journée qui commençait.

Henry saisit sa chance à la pause méridienne.

— Bonjour Miss Davies, ce matin, j'ai rencontré, disons, un professeur de chez Frythe.

Il n'était toujours pas convaincu qu'il ne s'agît d'un bobard.

— Ah oui, Newitt, de la Station IX. Un homme charmant.

Décidément, ces deux-là étaient faits pour s'entendre, ils partageaient une conception du charme peu commune.

— La Station IX ?

Miss Davies balaya l'air d'une main de poupée.

— Ils inventent des trucs pour le SOE. Que voulait Newitt ?

— Il m'a chargé d'une requête : il aimerait récupérer (*hésitation*) des rats morts et pourrait vous envoyer un coursier.

— Bien sûr. Qu'est-ce que ce génie mijote encore ? s'amusa Miss Davies. Merci Fielding.

Henry trouva une place à la cantine pour engloutir une tourte à la viande et cuver ce mystère.

À la cantine du mess, Mike McColl parvint à dérider les convives du dernier service, y compris Miss Davies qui venait de réfréner un gloussement, malgré l'ébranlement général causé par le pendu. L'anecdote de l'Américain avait produit son effet et remonté deux tablées : ses compatriotes avaient commandé vingt-cinq lits de camp et reçu des couffins à la place. Furieux, ils avaient passé un coup de fil à Harrods : ils appelaient d'une ambassade, non d'un jardin d'enfants.

— Tant que ce n'est pas des cercueils, commenta Barry sans lever les yeux.

La remarque aurait pu amuser, mais ce balourd pince-sans-rire exprimait tout avec gravité, peut-être même avec ingénuité. En cela, il effrayait un peu.

— C'est sûr, c'est sûr, enchaîna Samuelson, fin connaisseur de l'embarras suscité par les interventions de l'archiviste.

Il s'était entiché de Barry dès qu'on lui apprit qu'il fournissait les dossiers sans consulter les cotes, puis ressentit de l'amitié quand quelques sentences lui firent entrevoir chez l'archiviste un soupçon de frustration dans l'accomplissement de la justice sociale. Barry n'aurait pas formulé les choses ainsi. Il ne les aurait pas formulées tout court. Barry n'était pas un idéologue. Qu'il possédât même une quelconque culture politique, Samuelson en doutait. Mais sait-on jamais avec ce laconique qui réduisait des vérités à leur plus simple expression ? Y compris sur son visage. Les émotions, cette lumière du quotidien émise à faible ou fort voltage, lui faisaient défaut.

De son côté, Henry s'était entiché de Mike, rebaptisé Scarface, quoiqu'il ne présentât aucune balafre. Natif de Chicago, le garçon avait grandi dans le quartier d'Al Capone. Comme il avait une belle gueule et était bon cavalier, il avait gagné sa vie en qualité de figurant dans des westerns. Sur les plateaux, il avait appris à monter et démonter les fusils en un tournemain. Son supérieur à l'OSS l'avait chargé d'apprendre les ficelles du contre-espionnage auprès des experts du Security Service. Scarface était arrivé la veille, et il avait eu le don de coupler une curiosité naturelle à des interventions opportunes. Pas comme Barry qui casse l'ambiance, songea Henry. En réalité, il aimait bien cette armoire de cent vingt kilos. Mais le truc des « cercueils » après avoir tout juste entendu des horreurs, l'histoire du pendu du matin, le tout après la joie éprouvée avec le jeune Peteri… Fielding jugeait la position de Barry bien confortable, retranché dans la cellulose des archives.

Tout caméléon qu'il était et affable envers tous, Scarface n'usait de sensibilité qu'envers un petit nombre d'individus. Avec Henry, il fit preuve d'intuition.

— Eh boss, fit-il.

Et il se mit à lui narrer des anecdotes de tournage de façon à lui arracher un sourire.

Peter n'eut d'yeux que pour Mary quand il chercha où s'attabler. Elle était encore là, mais à l'étape du dessert et sans place libre à ses côtés. Cette femme nerveuse lui plaisait, ses gestes brusques, ses cernes mauves – presque maladifs – contrastant avec sa peau diaphane, l'impression qu'elle donnait d'être toujours en fuite. Il gardait un souvenir ému de leurs tribulations nocturnes. Il aurait voulu sentir encore sa poitrine s'écraser contre son dos quand sa moto prenait de la vitesse. Il aurait voulu lui rappeler que l'Éventreur du black-out sévissait toujours et qu'il pouvait encore la conduire jusqu'au bout de la nuit. Mais la consigne fixée par Belish – « raccompagner les dames de l'institution » – n'était plus d'actualité, lesdites dames la jugeant inutile. Peter suivit Mary des yeux quand elle quitta la pièce et piqua du nez sur son assiette quand elle lui rendit son regard à la dérobée en refermant la porte.

Depuis l'ouverture de Patriotic School, Peter n'avait pas remis les pieds au réfectoire où se dressaient dorénavant, à l'heure des repas, des petits drapeaux qui lui rappelaient ceux du paquebot *Batory*, quand il avait passé un été à naviguer avec sa mère, la pianiste virtuose à bord.

À défaut, la cantine du personnel figurait une version miniature de la salle de banquet, les armoiries en moins, les galons en plus. En six mois, elle s'était métamorphosée. La cheffe cuisinière avait institué plusieurs services afin d'écluser l'affluence. Chacun s'asseyait là où il trouvait une place. Les femmes à côté des hommes, et réciproquement. Infirmières et chimistes se surprenaient à exhaler des odeurs similaires. C'était au déjeuner que se débattaient les dossiers embrouillés et que des idées fusaient pour les démêler, qu'ensuite elles se digéraient. Il y eut des flirts et des inimitiés. Barry l'archiviste et Samuelson le cryptanalyste devinrent inséparables, tandis qu'Oreste Pinto et Cornelius de Bruyn, chargés des Néerlandais à la section B, échouaient à masquer leur mutuelle hostilité. Les anciennes lignes de fracture entre cadets et vétérans, militaires ayant servi en Inde et universitaires fraîchement cooptés s'étaient évanouies.

À l'hiver 1940, alors que le MI5 débordé de toutes parts se développait de manière anarchique, Belish s'était opposé au port de l'uniforme par les universitaires que la direction de la sécurité intérieure recrutait à tour de bras. Le major sut circonvenir son futur adjoint par un argument d'autorité : en accordant le *dress code* de l'armée à quelques civils, il n'était pas question de dévoyer les grades. « Bien au contraire ! » Les étrangers qu'ils recevraient à Patriotic School seraient rassurés par les mesures de sécurité et le professionnalisme déployés par les Britanniques. « Et le sérieux ? Par quoi est-il le mieux garanti ? Par les militaires, argumenta le major, donc par l'uniforme. » Le colonel Belish chercha le syllogisme. Il ne le trouva pas et décida de valider le raisonnement. L'uniforme pour tout le monde était la meilleure façon d'asseoir leur autorité. Des officiers vétilleux exigèrent qu'un œil un peu exercé pût y discerner une contrefaçon. Pas la même toile, une teinte légèrement différente, n'importe quel signe distinctif. Le colonel Belish menaça de sa canne quiconque continuerait à parler chiffons.

Ce jour-là, Belish, qui aimait tant s'attarder entre la poire et le fromage pour trancher la casuistique d'interrogatoires épineux, était absent, Mary venait de partir et Peter se retrouva isolé à côté de Barry et Samuelson.

— Vous savez ce qu'un gars a dit à Finley : « Je n'ai peur qu'une fois : en disant la vérité. Si je mentais, j'aurais peur tout le temps », raconta Samuelson qui regrettait d'être privé de contacts humains au Débarras.

Aussi était-il avide de potins.

Il se mit à digresser sur la philosophie du mensonge tandis que Barry crachait de rares sentences dans un nuage de postillons.

— Souviens-toi du paradoxe d'Eschyle : un homme déclare mentir. Si c'est vrai, c'est faux. Si c'est faux, c'est vrai, lui rappela Samuelson.

— Eschyle est mort, la tête fracassée par une tortue, intervint Peter.

— Non ?

Samuelson le toisait d'un air ahuri.

— Si. L'aigle qui la tenait entre ses serres a confondu son crâne chauve avec un rocher et il a largué dessus la tortue pour en fendre la carapace.

— Boum ! fit Barry en dépliant les doigts d'une main, paume vers le sol.

— Pas de chance ! commenta Samuelson que la nouvelle attristait.

C'était un être sensible, déjà gagné par la calvitie. Si, en plus des bombes, des tortues tombaient du ciel...

L'esprit de Peter se mit à vagabonder sur le sort des tétrapodes : tués par les airs et vulnérables sur terre. Les tortues, à peine écloses, déjà menacées... Une infime minorité réussissait à gagner le rivage en raison des prédateurs. Adultes, leur carapace était un bouclier inutile face aux rapaces.

Combien d'évadés parvenaient à Londres ? Pas plus d'un sur cinq, selon des estimations.

Dès que Barry et Samuelson se levèrent, Peter rapprocha sa chaise de Henry.

— Alors, ces hommes sauvés par la littérature ?

Il se souvenait qu'il lui avait coupé la chique un peu plus tôt dans la matinée.

Fielding lui résumait l'histoire des frères Peteri quand il s'interrompit :

— Ah non, pas lui ! Pas encore ! On dirait un carabin s'adressant à ses internes, soupira-t-il lorsqu'il aperçut la silhouette d'Oreste Pinto.

Celui-ci ne venait pas pour déjeuner – il était du premier service –, il cherchait quelqu'un. Quand son regard se posa sur Mike, il retroussa les limaces accouplées qui lui tenaient lieu de lèvres.

Deux personnes étaient en pays conquis à Patriotic School. L'une était Mike McColl, Scarface en ces lieux, qui, par son entrain et son humour, s'efforçait de faire oublier que les Américains avaient table et portes ouvertes partout à Londres. L'autre était le Belge Oreste Pinto. Tout comme Cornelius de Bruyn, Henry détestait Pinto et ne s'en cachait pas. La veille, lors du repas de midi, celui-ci les avait gratifiés d'un cours de psychologie criminelle. « À l'ordre du jour, messieurs… » Julian avait ironisé : « Il se croit au Speakers' Corner. » En ces temps troubles, le forum de Hyde Park continuait d'accueillir des débatteurs, y compris des pacifistes.

Peter eut ce commentaire :

— Il a ce travers des Continentaux : il s'impose.

— Il n'y a qu'un cadavre qui puisse le supporter, persifla Henry qui, redoutant son approche, ne le lâchait pas des yeux.

— Je préfère boire mon thé dans un pot de chambre que de m'infliger ses péroraisons, renchérit Julian.

Unique officier étranger admis à demeure, Pinto jouissait d'un statut dérogatoire dû à son expérience. Les services secrets britanniques avaient eu recours à lui pendant la Grande Guerre, ainsi que les Français du Deuxième Bureau. À Patriotic School, Pinto s'occupait des Flamands (Belgique et Pays-Bas). Né à Amsterdam, diplômé en philologie à la Sorbonne, le sosie d'Hercule Poirot parlait douze langues et avait dirigé une agence de traduction. Plusieurs rumeurs couraient à son propos. L'une d'elles faisait état d'une condamnation pour détournement de fonds lorsqu'il administrait plusieurs sociétés d'importation de fruits tropicaux. Raison pour laquelle la citoyenneté britannique lui avait été refusée. Une autre rumeur témoignait de sa vanité : dehors, Pinto ne manquait pas une occasion de se présenter comme l'interrogateur en chef de Patriotic School. D'autres bruits rapportaient diverses forfanteries. Il possédait une mémoire prodigieuse, au point de se souvenir du nombre des barreaux de son lit lorsqu'il avait six mois, des cadeaux reçus pour son troisième anniversaire ainsi que des noms de leurs donateurs. Parmi ses titres de gloire, il rappelait à l'envi son « incroyable » collection d'animaux empaillés qu'il avait léguée au zoo de Londres. Pour le reste, excellent boxeur et joueur de bridge émérite. Croyant se forger une prestigieuse réputation, il s'en était acquis une autre, celle d'un poseur et d'un mythomane. Ce qui n'atténuait en rien ses mérites, si on les imputait en partie à autrui.

— Venez ! dit Henry. On prendra le thé ailleurs. Il me file une indigestion.

Ils se levèrent de table pendant que Mike continuait à débiter d'amusantes âneries sous la vigilance de Pinto. Appelé par l'horaire, Henry le laissa à regret.

— Peter, tu te souviens de Goertz ? dit-il soudain.

— Le motard allemand ? fit Peter, en repensant à la Zündapp avec une pointe de regret.

— Oui, celui que Cookie avait renvoyé chez lui avec son meilleur souvenir.

— Eh bien ?

Henry se délecta à lui conter la suite : Hermann Goertz venait d'être arrêté.

— Où donc ? s'étonna Peter.

— En Irlande, reprend Henry. Il a eu le culot de revenir. Il était planqué depuis plusieurs semaines. Cookie doit être vert de rage.

Peter l'imaginait sans peine. Personne n'aime les revenants.

— Comment est-ce arrivé ?

Henry n'en savait pas plus, mais il n'entendait pas en rester là. La veille au soir, des échos de la capture de Goertz lui étaient parvenus. Pendant un an et demi, Goertz avait bivouaqué d'une planque à l'autre, et conservé dans une sacoche son uniforme de la Luftwaffe et ses médailles de la Grande Guerre. La perte de son émetteur radio lors de son parachutage l'avait contraint à communiquer avec Berlin par lettres codées. La censure postale les intercepta et la police pista l'expéditeur. Comme le stipulait le règlement concernant les prisonniers de guerre, Goertz était théoriquement autorisé à envoyer du courrier et à en recevoir. Résultat : Bletchley Park disposait à présent d'une pile de messages indéchiffrables. La station avait mis dessus ses meilleurs spécialistes, sans succès, et sollicité d'autres cryptanalystes, dont Samuelson. Logiciens et mathématiciens avaient fait chou blanc.

Peter et Henry rejoignirent leur quartier respectif.

43

Bureau du major Wilson, 16h

— Nous sommes désolés, s'excusa le commandant, de la perte que vous avez subie. Nous avons fait les vérifications d'usage. Lord Duncannon nous a répondu, de même que l'état-major d'Atchimota, très affecté par cette affaire. Nous avons le témoignage du colonel Georges Ponton, chef de mission en Gold Coast, ainsi que de Randolph Churchill. Tous attestent du mauvais état de santé de Manier avant d'embarquer. Enfin…

De Gaulle venait de lui raccrocher au nez. Comme prévu, le général fit du grabuge. Stéphane Manier, cet homme dont la voix avait été entendue jusqu'à Brazzaville, Bangui, Fort-Lamy et, par des voies clandestines, à Lomé et Abidjan, s'était tu dans les geôles anglaises ! Il réclama l'ouverture d'une enquête, ainsi qu'une réglementation dispensant les Français de l'épreuve de la réclusion en territoire allié.

All right, all right, all right.

Le major savait qu'il mentait en acquiesçant à la demande d'exemption. Liddell avait transigé pour les deux cent dix-huit prisonniers en Allemagne qui s'étaient évadés vers l'est pour finir à la Loubianka de Moscou, avant que Staline ordonne de les libérer en août 1941. C'était l'unique exception et cela le resterait. Wilson se massa les tempes. Il devait en conférer avec le capitaine Beaumont, l'officier de liaison auprès de la France Libre. À peine eut-il cette pensée que celui-ci s'annonça.

— Vous tombez bien.

— Hum, votre mine dit le contraire.

— Je ne sais pas comment vous faites, Beaumont. Même Churchill n'y parvient plus. De toutes les croix qu'il porte, c'est la croix de Lorraine la plus pesante, dit-il.

— Je m'accroche. J'ai de bons rapports avec le capitaine Vaudreuil.

— De Gaulle fait une fixation sur Patriotic School.

— Elle s'est ouverte sous les pires auspices.

— L'affaire Muselier, se souvint le commandant Wilson.

Premier officier général à rallier le chef de la France Libre à Londres, le vice-amiral Émile Muselier avait été arrêté le 2 janvier 1941 pour trahison par la police britannique avant d'être innocenté une semaine plus tard.

— Qui plus est, de Gaulle est convaincu que le SOE détourne les recrues les plus prometteuses, dit le capitaine Beaumont.

Le major soupira : le farouche général français n'avait pas tort.

— De moins en moins, tempéra-t-il.

— C'est un point sensible. Ceux qui rejoignent l'Angleterre font le lien entre la France Libre et la France Combattante et lui donnent *de facto* sa légitimité. C'était tout le sens de son discours à l'Albert Hall mercredi. Un message d'unité.

— Et combien des leurs va-t-on chercher en Lysander ? tonna le commandant Wilson. De Gaulle exprimait déjà cette aigreur quand on a affecté les marins de l'île de Sein à la Navy. Comme si, à l'époque, il était possible de faire autrement quand il se montrait allergique à la publicité et toujours intraitable. Il refusait même de se prêter à la campagne de presse voulue par Churchill pour le faire connaître à ses concitoyens, ainsi qu'à la colonie française. Et des Français n'étaient pas prêts à rallier un sous-secrétaire d'État.

— Vous savez comment l'ont surnommé les Londoniens ? Cheer-up Charlie. Il s'est réjoui d'emménager avec son quartier général au 3 Carlton Gardens, près de Saint-James Park. Comme un air de revanche : la résidence de Lord Palmerston, l'ennemi juré de Talleyrand.

Le major Wilson ne put s'empêcher de penser que des fées, à la naissance, avaient échangé le tempérament et le physique de Churchill et de De Gaulle. Le premier ressemblait terriblement à un Français, le second à un Anglais. Le descendant du duc de Marlborough, élevé dans la splendeur du palais de Blenheim, était grassouillet et émotif. Buveur, fumeur, ironiste : *so Frenchy*. Un taureau aux allures de *mobster*. L'autre possédait la stature hiératique d'un gentleman. Il était déjà statufié. Selon la formule d'un proche, il impressionnait derrière un bureau. Sur une tribune, il galvanisait. Dans un salon, il ennuyait. Mais quel homme ! Toujours est-il qu'il lui vrillait le crâne.

— Quelles concessions peut-on lui accorder ? l'interrogea Beaumont.

— Que proposez-vous ? relança le major.

— Des exemptions de passage à Patriotic School. Il les réclame pour ceux venant d'un territoire sous autorité de la France Combattante ou d'un pays allié, quand ils sont volontaires pour rejoindre les FFL.

— Pour qu'une fois ici ils changent d'avis ou soient reconnus inaptes ? sourcilla le major.

— Au moins peut-on envisager d'exonérer leurs agents de retour de mission ?

Beaumont se faisait l'avocat du diable. La question avait déjà été tranchée. Il la posait uniquement parce qu'une barrière a parfois besoin d'un contrefort. Pas dupes, ils étaient sur la même longueur d'onde, Wilson fit semblant d'argumenter :

— Hors de question. Surtout à la lumière de l'affaire Pelletier. Et le SOE et le MI6 demanderaient à s'aligner.

— En ce cas, un *debrief* express. Ils font valoir que les parachutages sont soumis à des plannings et que tout retard porte préjudice aux opérations.

— Accordé. Ils seront en haut de la pile.

Beaumont n'était pas naïf non plus : le haut de la pile ne descendait jamais et tous le convoitaient. Une urgence chassait l'autre.

— Peut-on aussi convenir que soit adressée à Vaudreuil une liste des Français qui, à l'issue de leur séjour ici, s'enrôlent dans notre armée ? suggéra-t-il.

— À condition qu'il transmette les candidatures retenues par les FFL ou le corps des Volontaires, c'est ce que vous répondrait Liddell. Question de réciprocité, argumenta le commandant.

Beaumont enregistra la demande par des hochements de tête. Il marqua un temps d'arrêt.

— Faute de concessions, il nous faut une riposte.

— Vous pensez à quoi ? fit le major.

— Manier étant très malade – et il l'était –, nos services sanitaires à Gibraltar ont voulu le retenir à terre. De Gaulle a précipité son départ et aggravé ses symptômes. Nous avons ramassé les pots cassés.

Le major se dit qu'il s'était trompé : Beaumont possédait un triple fond.

8 NOVEMBRE 1942

44

Pavillon du chapelain, résidence privée du commandant Wilson, 9 h

Une fois identifié grâce à l'archiviste Jane Bennett, l'indic de l'Abwehr infiltré dans un groupe de réfugiés au franchissement des Pyrénées, selon lequel quatre millions d'Américains stationnaient en Grande-Bretagne, fut vite appréhendé. Plus de peur que de mal, comme prévu. Mais le commandant Wilson estima qu'il fallait ajouter quelques verrous aux serrures de Patriotic School. Par exemple colmater la faille juridique que lui avait signalée Donald Darling, posté à Gibraltar : dans les cas d'exemption à Patriotic School figuraient les individus en provenance d'une colonie ou d'un protectorat britannique, pour peu qu'ils y aient séjourné au moins trois mois, et que cela soit attesté par un visa des consulats britanniques. Or, un suspect autrichien, ayant résidé quatre-vingt-quinze jours sur le Rocher avant que les services du MI5 ne lui trouvent une place sur le *Batory*, venait de débarquer en Angleterre. Fort heureusement, les officiers d'immigration ainsi que l'individu en question ignoraient que l'ordre de détention était illégal et il avait été expédié à l'ancien orphelinat de

Wandsworth. Les doutes avaient depuis été levés concernant cet Autrichien.

Encore une fois plus de peur que de mal, mais cela ne serait pas toujours le cas.

Il fallait, afin de parer à toute éventualité, soit allonger, soit supprimer ce délai de trois mois, et renforcer les contrôles à l'antenne de Gibraltar. Le commandant en conférerait avec Cookie. De même que John Senter, l'autre spécialiste du droit au MI5, le lieutenant-colonel Hinchley-Cook était doué pour faire sauter quelques digues. Des digues ? Plutôt des ponts au service de l'ennemi, des droits dont celui-ci tirerait avantage.

Wilson devait aussi convaincre Liddell de « remonter la pendule » en exigeant des consulats et des antennes de l'Intelligence Service à l'étranger qu'ils mènent en amont des enquêtes approfondies de personnalité, de sorte qu'à l'admission des pensionnaires les officiers maîtrisent leur biographie sur le bout des doigts. Le major se souvint d'un compliment sincère que lui avait adressé, avant de prendre congé pour rejoindre le QG de la France Libre, un costaud buriné nommé Joseph Kessel, un écrivain célèbre, disait-on : « Vous connaissiez mieux ma propre vie que moi. »

Il fallait aussi qu'il rappelle Beaumont pour s'enquérir des remous de ce qu'il convenait, à présent, d'appeler l'affaire Manier. Sur le plan diplomatique avec les Français, le pendu restait… une question pendante.

Le plus urgent, pour l'heure, était d'écrire au directeur du MI5. Le commandant prit la plume.

8 novembre 1942
Copie à :
Guy Liddell
William Hinchley Cooke
Toby Pilcher

Cher David Petrie

Concernant les chiffres de fréquentation que vous me demandez, nous oscillons toujours entre 250 et 300 personnes en même temps. Nous sommes passés d'une moyenne mensuelle de 650 l'an passé à 1 000 aujourd'hui. Plus de quarante nationalités différentes ont déjà transité par Patriotic School. Nous en avons compté vingt-huit en une semaine, leur statut variant de hauts fonctionnaires et militaires gradés à des aborigènes d'Afrique centrale. Leurs habitudes, leurs langues, leurs coutumes et leurs régimes alimentaires diffèrent énormément, et il est extrêmement difficile de trouver un style de vie qui convienne à tous. Cependant, leurs repas et leurs conditions d'hébergement sont bien supérieurs à ceux dont disposent les troupes britanniques. Et sur ce sujet, je me passe volontiers des suggestions d'Ewen Montagu ; cela malgré tout le respect que je porte au chef du renseignement naval. Vous connaissez assez l'intéressé pour juger du crédit qu'il convient d'accorder à la présentation de faits dont il possède, par ailleurs, une connaissance imprécise.

D'abord l'arche de Noé, ce n'est pas Patriotic School, c'est toute l'Angleterre. Ensuite ce centre a vu défiler d'éminents visiteurs – Lord Swinton, Lord Bessborough –, des ministres norvégiens, hollandais, yougoslaves, des têtes couronnées… Tous ont été satisfaits des conditions de vie qu'ils ont découvertes. Ils ont exprimé leur gratitude en constatant les efforts que nous avons déployés pour rendre cet endroit agréable.

Pour mémoire, il a été repeint de frais. L'éclairage est neuf. Les loisirs abondent. Nous avons retiré les barbelés qui interdisaient, au début, l'accès au parc et nous avons comblé les Français en proposant du café au petit déjeuner.

Les reproches adressés par les pensionnaires sont toujours de trois ordres :

— 95 % concernent le fait d'être là et la longueur de leur détention. Ils sont formulés quand d'autres personnes admises le même jour qu'eux ou après eux quittent le centre avant.

Commentaire : à l'arrivée et au départ de leurs compatriotes, les pensionnaires perdent le moral. C'est le phénomène du sablier : ils mesurent mieux le temps ; ils découvrent que l'ordre d'admission ne correspond pas au rang de sortie. Le sentiment d'injustice redouble. Ils se demandent si des nationalités ne sont pas favorisées par rapport à d'autres. Pourquoi celui-ci sort-il plus tôt que celui-là ? Ils sont comme les passagers d'un grand paquebot qui, après une rude traversée, ont enfin accosté et qui s'entendent dire qu'ils ne pourront pas débarquer avant plusieurs jours. La durée de séjour est également un reproche récurrent de nos alliés qui y voient une mesure inutile, humiliante, un caprice de notre part. Peut-être faudrait-il leur expliquer, en termes francs, qu'il s'agit d'une politique assumée. Les réfugiés qui viennent de quitter un territoire ennemi sont prioritaires à la RVPS car ils colportent les nouvelles les plus fraîches. Maigre consolation, les autres sont habitués à la patience, pour avoir végété dans des montagnes, croupi dans des prisons, multiplié les tentatives et les moyens de transport. Politique assumée, parce que des profils sont prioritaires, des rapatriements attendus, des retours escomptés. De même que dans nos ambassades, les officiers de l'immigration accordent préférentiellement des places sur les bateaux en provenance de Gibraltar ou de Lisbonne.

— 3 % des plaintes portent sur la nourriture.

Commentaire : il est vrai que nous ne proposons ni vins fins ni corbeaux rôtis comme dans les restaurants huppés.

Oui, les couvertures fournies par l'armée manquent de

moelleux. Quelques dames logées à Nightingale Lane nous l'ont reproché. Mais les repas sont corrects. Personne n'a à faire la queue avec des tickets de rationnement. Personne ne dort par terre. L'infirmerie est bien pourvue.

Nos pensionnaires jouent aux petits chevaux, aux cartes, au billard, au football. Ils disposent de séances de cinéma et de concerts, ainsi que d'une ration quotidienne de cigarettes. Ils pratiquent plusieurs sports. Ils peuvent lire la presse à loisir alors que bien des organismes gouvernementaux s'en disputent les exemplaires. Au pire, un régime de semi-liberté.

— 2 % des plaintes portent sur d'autres causes, principalement les bagages perdus.

Commentaire : les bagages sont égarés lors de l'acheminement vers RVPS. Oubliés dans une voiture, un train, que sais-je ?

Commandant Wilson

Le major reposa sa plume et appuya sur une touche de l'Intercom. Il se mit ensuite à passer en revue les télex urgents quand une silhouette furtive glissa en travers de son champ de vision. Le chat s'était, de nouveau, introduit dans son bureau et, à l'instant, il se frottait le front sur le coin d'un livre. Le commandant le contempla avec intensité et se toucha le haut du visage par mimétisme. Il se demanda quel livre, laissé sur le sofa, attisait ainsi la frénésie du félin.

Une secrétaire entra sans frapper, le commandant se ressaisit et lui tendit la lettre destinée au chef du MI5.

— Vous avez adopté un chat, commandant ? s'étonna la jeune femme.

— Hum, non, certainement pas, répondit-il sur un ton sec.

— Alors, c'est lui qui vous a adopté, conclut-elle en voyant le chat s'étirer sur le sofa.

Exact était le constat. Le major avait beau se barricader, ce maudit matou débusquait toujours une ouverture. Ce chat l'intriguait. Il n'était pas dénué de grâce ni d'un sens poussé de l'hygiène, à le voir se lécher une patte après l'autre, à l'instar d'une dame apposant une couche de vernis sur ses ongles.

Le major se leva et entreprit de l'étudier plus près.

45

Grand salon, 21 h 30

Sofas, causeuses, radassiers… Quoique d'une taille inférieure au réfectoire, le grand salon de Patriotic School offrait un espace suffisant pour accueillir une quarantaine de personnes assises et le triple debout. Ce qui aimantait les habitués des lieux étaient les trois postes de TSF, leurs cadrans lumineux, leurs boutons en laiton à côté desquels figurait la liste des programmes quotidiens : « Czechoslovak Section », « The Voice of America », « Polish Section », « Wireless for the Forces », « Radio Londres »… Deux des postes s'habillaient d'acajou, le troisième d'ébène.

Coude à coude avec Victor, Valère augmenta le son car derrière lui des hommes râlaient de mal entendre. Toute la journée, la rumeur du débarquement en Afrique du Nord avait enflé. L'opération Torch venait de commencer et, d'une langue à l'autre, la nouvelle s'était répandue parmi les pensionnaires.

Le poste de TSF était massif, en bois d'acajou.

— Chut ! ordonna le Mistigri.

Mes amis qui souffrez jour et nuit sous le joug accablant des nazis ! Je vous parle comme celui qui, en 1918, était en France avec votre armée et votre marine…

— Ce n'est pas de Gaulle aujourd'hui ? interrompit un nouveau venu.

— Non, c'est Roosevelt, crut deviner Victor.

— Chut ! gueula le Mistigri.

J'ai conservé toute ma vie une amitié profonde pour le peuple français entier. Je retiens et je garde soigneusement des centaines d'amis français en France et en dehors de France. Je connais vos fermes, vos villages, vos villes. Je connais vos soldats, vos professeurs, vos ouvriers. Je sais bien combien est précieux au peuple français l'héritage de vos foyers, de votre culture, et des principes de la démocratie en France. Je salue encore et proclame encore et encore ma foi dans la liberté, dans l'égalité et dans la fraternité. Il n'existe pas deux nations plus unies par les liens de l'histoire et de l'amitié mutuelle que le peuple de la France et des États-Unis de l'Amérique. Les Américains, avec l'aide des Nations unies, font tout ce qu'ils peuvent pour établir un avenir sain ainsi que pour la restitution des idéaux, des libertés et de la démocratie pour tous ceux qui ont vécu sous le drapeau tricolore. Nous arrivons parmi vous pour repousser les envahisseurs cruels qui voudraient vous dépouiller pour toujours du droit de vous gouverner vous-mêmes, vous priver du droit d'adorer Dieu comme vous voulez et de vous arracher le droit de mener vos vies en paix et en sécurité.

Le chef des États-Unis s'exprimait dans un drôle de français. Toutefois il était fort aimable, jugea Victor. Il aurait voulu ajouter à cette liste de droits celui de ne pas adorer Dieu. Aucun dieu.

… Nous arrivons parmi vous seulement pour écraser et pour anéantir vos ennemis. Croyez-nous bien, nous ne voulons vous faire aucun mal. Nous vous assurons qu'une fois que la menace de l'Allemagne et de l'Italie sera bien éloignée de vous, nous quitterons votre territoire immédiatement. Je fais appel à votre réalisme, à votre propre intérêt et aux idéaux nationaux français. N'encombrez pas, je vous prie, ce grand dessein. Donnez-nous votre concours où vous pouvez, mes amis, et nous verrons revenir le jour glorieux quand la liberté et la paix régneront à nouveau dans le monde. Vive la France éternelle !

— Hourra ! Hourra !

— Hourra ! Hourra ! répéta-t-on en chœur.

Par une onde acoustique, le chorus (« Hourra ! Hourra ! *Hourray ! Hourray !* ») s'amplifia. Tant et si bien qu'il s'entendit dans l'aile est. Comme s'impose parfois une minute de silence, il y eut, à 21 h 32, une minute de joie, un moment unanimement partagé à Patriotic School.

À l'exception d'un individu.

« *Hurry ! Hurry !* » comprit le commandant qui redouta une émeute. Il conjectura : Avec les réfractaires du STO en Belgique et le débarquement en Afrique du Nord, la vague de candidats va grossir. Il n'acheva pas sa réflexion : il se sentait submergé. De partout, des affluents grossiraient le flot.

Remonter la pendule.

Remonter la pendule.

On exigeait des renseignements frais, des informations annexes plus fouillées, des passages expéditifs pour les volontaires ayant signé leur ordre d'enrôlement. Les demandes expresses de filtration se conjuguaient pour produire un son obsédant :

« tic-tac, tic-tac, tic-tac », tandis qu'affluaient des hommes en nombre croissant…

Le major n'eût trouvé meilleur interlocuteur dans sa course au temps que Victor. Celui-ci était de ces individus qui considèrent la vie comme une porte à tambour. Il digérait très vite, les états d'âme et les repas. Ainsi se vengeait-il d'une enfance stationnaire entre père et mère, d'une jeunesse pareille à une salle des pas perdus, d'une adolescence vécue comme une antichambre. La bonne santé qui se vérifie par la tension artérielle, la température et le rythme cardiaque aurait pu se mesurer chez lui en unités mécaniques ou électriques : tour / minute, newton, ampère…

À Patriotic School, Victor venait de renouer avec cette habitude des Parisiens quand ils sont au restaurant et photographient la salle du regard afin de veiller à être servis dans l'ordre d'arrivée. Victor était convaincu qu'à cause de Colditz il n'aurait pas droit à cette préséance hôtelière. Il passait d'un officier à l'autre, d'Eliot à Peter et de nouveau à Eliot.

En dehors des interrogatoires, Victor avait une envie folle d'accomplir des travaux de forçat : creuser, bêcher, couper du bois ; non de pousser une balle au-delà d'un filet ou des jetons sur un plateau. Entre deux parties de football, il calmait son impatience par sa fréquentation de la bibliothèque. Il lut plusieurs livres d'affilée. Chacun d'eux était comme un sablier dont les grains, une fois écoulés, renforçaient son sentiment de stagnation.

10 NOVEMBRE 1942

46

Bibliothèque, 14 h 20

Deux faits inhabituels sortirent Raymond d'une routine anesthésiante. D'abord l'histoire intrigante du pendu. *C'était qui ? Ouais, un suicide ! Qui viendrait ici pour mettre fin à sa vie ? Moi, j'vous le dis : ils ont chopé un espion et l'ont condamné à mort.* Tels étaient les propos qu'on entendait dans diverses communautés de Patriotic School. À l'anxiété se mêlait une forme d'allégresse depuis l'offensive anglo-américaine au Maghreb. Raymond perçut les bruits de l'événement. Il y eut chez lui un frémissement, puis un éveil des sens. Il s'anima d'un esprit de vengeance, le même qui l'avait guidé jusqu'en Angleterre et que l'attente avait anémié.

Darlan, Raymond lui gardait un chien de sa chienne. Il n'avait pas de mots assez durs à son égard. Celui qui revenait le plus souvent était « canaille ». Cela avait débuté dès juin 1940. Raymond, triporteur à douze ans, apprenti géomètre à quatorze, appelé au service militaire à dix-sept, conscrit sitôt après, avait fait partie des premiers prisonniers de l'armée allemande tandis que Darlan refusait d'envoyer la flotte de Toulon à Bordeaux. Cette *canaille* avait retourné sa veste. Artisan des lois antijuives, Darlan avait promis aux Anglais que la flotte ne serait pas livrée aux Allemands et avait déclenché Mers el-Kébir. Darlan passé à la dissidence ? Quelle blague ! *Canaille.*

Raymond ne pouvait tirer aucun plan sur la comète concernant la survie des siens, sa famille, ses camarades. C'est pourquoi il lisait assidûment les journaux. Jusqu'aux petites annonces qui le faisaient fantasmer. Un article à la une du *Journal officiel de la France Combattante* procédait à une rétrospective en lien avec l'imminence du 11 novembre : 1940 quand « la Grande-Bretagne, silencieuse, luttait. Seule » ; 1941, « milieu du tunnel de la guerre, avec la nuit aux deux bouts » et aujourd'hui : « Stalingrad, El-Alamein, Alger. À qui tout échoua, tout semble réussir. La sueur ruisselle à la face de l'ennemi. » Une manifestation d'unité nationale devait avoir lieu à 15 h, au Royal Albert Hall pour lequel beaucoup de demandes d'admission n'avaient pu être comblées. L'Association des Français de Grande-Bretagne s'en excusait. Oran était tombé. La bataille navale se poursuivait à Casablanca. Le député Pierre Bloch était arrivé à Londres. Officier de liaison d'une division d'infanterie fait prisonnier par les Allemands, il s'était échappé après cinq mois de captivité, puis neuf autres mois sur ordre de Vichy. Il s'était derechef évadé et avait entrepris un voyage qualifié de « long et mouvementé ». Tout comme le mien, pensa Raymond.

N'empêche, il entendait bien se payer un bon repas. Dans le *Journal officiel de la France Combattante,* il prit bonne note de Boulestin, un resto français qui faisait sa réclame, vantait la qualité de sa cuisine et ses vins de premier ordre.

11 NOVEMBRE 1942

47

Salle de jeux, 11 h 25

Après l'euphorie soulevée par l'opération Torch, l'humeur des Français logés à Patriotic School vira à l'abattement avec l'invasion de la zone sud. Nul n'eut à cœur de fêter l'armistice de la Grande Guerre. Ce même jour, l'Allemagne, alliée à l'Italie, venait de prendre possession de toute la France. À Patriotic School, deux questions se posaient : où étaient les combattants de la France Libre? Pourquoi l'amiral Darlan n'était-il pas aux arrêts?

Après avoir épluché les quatre pages du journal *France*, Victor retrouva « Sylvain, garagiste » et le Mistigri à une table de poker où l'on jouait des cigarettes et des snacks achetés à la buvette. Une place était vacante. Victor l'occupa.

— Je crois que je suis au point mort.

— Qu'est-ce que tu dis, l'ami? coassa le Mistigri.

— Je crains d'être promis à un long séjour, développa Victor.

— Ah bah, mon vieux… Bienvenue au club. T'es tombé sur quel interrogateur?

— Capitaine Eliot.

— Il m'a paru capable, ce capitaine Eliot, poursuivit le Mistigri.

Pas comme ce petit coq qui me persécute, Kerrington ou Kesington.

Victor le dévisagea. Le quadragénaire possédait une chevelure naturellement crantée, des lèvres charnues propices à la sensualité, mais sa physionomie ne sortait pas de l'ordinaire et il semblait quelque peu dévitalisé, hormis la lueur de haine qui étincelait dans ses yeux à cet instant précis.

— Je suis tombé sur un francophobe, se récria encore le Mistigri. Il cherche à me mettre sur la touche.

— Il essaye de percer ta ligne Vaginot, plaisanta Sylvain.

Celui-ci affectait la bonne humeur. Depuis que François, son Stan Laurel, avait quitté Patriotic School après le petit déjeuner, il se sentait orphelin.

Le Mistigri posa ses mains à plat sur la table de jeu et se retourna vers Sylvain.

— Je vais te dire le fond de ma pensée.

Il eut un rire mauvais.

— Les Anglais nous cherchent des poux, mais qui sait s'il n'y a pas une taupe parmi eux, chargée de blanchir les espions nazis, de noircir des alliés sans reproche et d'aider à la destruction des réseaux de résistance ?

Sylvain lâcha un petit cri de stupéfaction. Un gouffre venait de s'ouvrir qu'il n'avait pas soupçonné. Victor, non plus, n'avait jamais entrevu pareille possibilité. Il dévisagea le Mistigri avec intérêt. Son hypothèse paraissait sensée. C'était se placer au centre de la toile. Les nazis en étaient-ils capables ? En tout cas, introduire un loup déguisé en agneau eût relevé du coup de génie. Il fallait garder ses nerfs. Victor se voyait bien endosser ce rôle. Il était subtil en milieu hostile.

La sentence sur les Anglais chercheurs de poux percuta Raymond avec retard. Contre toute attente, il leva les yeux de son journal et regarda le Mistigri avec une tendresse neuve. Voilà qui expliquerait bien des choses, notamment son maintien ici. Qu'il y eût des traîtres chez les Anglais, c'était plausible depuis l'opération Torch. Ce respect coupable qu'ils témoignaient à Darlan… Le Mistigri et lui-même vouaient une haine commune à ce félon d'amiral.

— Vous entendez ça, les mecs ? dit Raymond qui repoussa devant lui l'édition de *France*. Darlan est l'hôte d'un général américain qui le traite – je cite – avec « le respect et la dignité dus à un officier de son rang ». Du respect pour cette canaille ? Mon cul ! Il mérite le peloton d'exécution.

La colère qu'il éprouvait pour les Rosbifs à cet instant s'amplifia du ressentiment qui le minait à petit feu. Les Anglais n'avaient pas confiance en lui ? Eh bien Raymond, non plus, n'avait pas confiance en eux. Il se demanda si sa mise à l'écart était réellement due à ce fichu col de montagne réputé inaccessible.

— C'est vrai. Je suis d'accord avec le Mistigri. Il serait vraiment plus simple pour les Allemands d'avoir infiltré le staff de Patriotic School.

Victor dressait l'oreille. Il remarqua que deux hommes avaient opéré un changement notable depuis le débarquement anglo-américain en Afrique du Nord. Défait de sa goguenardise, le Mistigri oscillait entre joie et inquiétude, tandis qu'une rage froide durcissait les traits de Raymond.

— Comment Roosevelt et Churchill ont-ils pu faire ça ? Pactiser avec un traître et un anglophobe, reprit Raymond. Darlan a livré les secrets de la Navy après la chute de la France, et il a dit pis que pendre des Britanniques au gouverneur de Madagascar.

— Ouais, c'est un collabo. Un escroc qui va encore chercher à nous doubler, opina Sylvain.

— Sûr que les Ricains l'ont piégé, ils sont intelligents, hasarda quelqu'un.

— Au contraire, ils se sont fait avoir comme des puceaux. Et nous sommes salement cocus.

Raymond cracha par terre.

— Comment les paysans et ouvriers de France peuvent-ils se soulever quand les Américains et les Anglais sont main dans la main avec un traître qu'ils détestent ? ricana le Mistigri.

— Je n'en reviens pas que nos prétendus alliés nous vendent aux fascistes. Quelle est la différence entre Darlan et Laval ou Goering ? pesta Raymond.

Sans le désavouer sur le fond, Victor déplorait que Raymond, par sa sortie hargneuse, l'eût détourné de la pente de sa réflexion. C'était quelque chose que le Mistigri avait dit.

Il essaya de remonter le fil de la conversation. Victor repensa à la phrase de De Gaulle qu'il avait lue lors de son admission à Patriotic School : « L'Angleterre est une forteresse qui se défend à l'entrée. » Une forteresse, Colditz l'était aussi. Victor n'attendrait plus longtemps. Il ne voulait pas ressembler à ce pauvre diable de Raymond, admirable de courage et perclus de frustrations. Il avait pris connaissance de la disposition des lieux et évalué les forces en présence. Il manquait une ou deux pièces du puzzle pour combiner une évasion.

Jusque-là silencieux, Roger prit la parole. Il chercha à relativiser :

— N'empêche : en Algérie, il n'y a pas eu mort d'homme. Et puis le Mistigri, tes problèmes sont finis. Ils vont retrouver des petites pépées, et zou, tu sors.

Le Mistigri fit, avec ses doigts, le signe de la victoire, tandis que Roger quitta la table de poker pour lire le journal à côté de Raymond.

En Angleterre, l'opinion publique commençait à louer le

général de Gaulle, victime d'une trahison, quand il était un pionnier de la cause alliée. Il avait peut-être une réputation épouvantable, quasiment un dictateur selon Roosevelt, au moins il n'était pas un fourbe, un reptile, comme Darlan, entendait-on. La confiance dans le président américain, considéré comme pro-Vichy, chuta lors même qu'Eleanor, son épouse, se trouvait au Royaume-Uni pour une visite de plusieurs jours.

Jan Bruno de Langen observait la table de poker. Pour lui, c'était un jeu de contrebande, comme le marché noir. Il avait pardonné à Dronkers d'avoir trempé dans le marché noir car il avait une épouse et devait subvenir aux besoins de son foyer. Mulder, en revanche, n'était pas marié. Le seul intrus dans l'histoire était bel et bien ce Javanais, pestait de Langen. Dronkers et lui avaient pris un risque en l'admettant comme passager de dernière minute. Un type passablement hâbleur, ce Mulder, assez farfelu. Il n'inspirait aucune confiance à de Langen. Non, de Langen ne lui faisait plus confiance. Au début oui. Mais le vent avait tourné. À cause de ses craques, Dronkers et lui croupissaient encore ici.

C'eût été plus facile de former équipage avec un frère, regrettait de Langen dans son désœuvrement. Enfin, s'il en eût un, de frère. Jan Bruno, fils unique, jalousait – sans méchanceté – Han et Willem Peteri. Ceux-ci avaient filé après avoir occupé la même chambrée. Quelle chance, ce lien de fratrie dans la vie, pensait de Langen qui s'était lié d'amitié avec les kayakistes. Quand le cadet lui avait raconté leur traversée, de Langen avait frémi d'effroi. Déjà sur le *Joppe*, il avait été peu à l'aise, faute de pied marin. Et quand le moteur, par surchauffe, était tombé en panne, il s'était vu faire naufrage dans une mer froide comme la mort.

Depuis plusieurs jours de Langen se morfondait. Les Anglais se désintéressaient de lui. Ils ne l'appelaient même plus pour confirmer ou infirmer tel ou tel propos. Quand lui frottait sa solitude à la confédération des solitudes coalisées en ces lieux, Mulder et Dronkers continuaient d'être interrogés du lever au coucher. Et lorsque de Langen retrouvait son ancien collègue aux heures des repas, Dronkers se souciait peu de lui adresser la parole. Le journaliste javanais, aussi bavard que lui, l'accaparait. Les deux s'entendaient comme larrons en foire. De Langen en éprouvait une pointe de jalousie.

À la table de poker, la place de Roger s'était libérée, de Langen décida de s'asseoir. Comme on lui donnait dix cigarettes par jour et qu'il ne fumait pas, il les poussa devant lui après avoir regardé ses cartes. Victor y vit une aubaine. Un novice à dépouiller.

De Langen perdit sans regret. Victor gagna sans remords. En ramassant la mise, il cherchait encore le mot-clef qu'avait prononcé le Mistigri.

— Tu as une chance de cocu ! s'exclama celui-ci d'un ton envieux.

« Le coq », c'était cela l'idée !

Désormais, Victor savait comment fausser compagnie à la troupe anglaise – il se tapirait, peu avant le black-out, dans le poulailler du parc ; quitte à tordre le cou de gallinacés – et il en quitterait l'abri au moment même où un train serait à l'approche. Victor avait calculé les horaires des passages. Couper les barbelés bouclant le haut du mur d'enceinte serait un jeu d'enfant.

14 NOVEMBRE 1942

48

Petit salon, 14 h 30

Dans le petit salon, un pensionnaire entreprit de courser un chat. Quand il se pencha pour l'attraper, il eut droit à une griffure à la joue. Il rugit de douleur tandis que le chat s'éloignait sans se presser. Personne ne se moqua. Des bagarres se déclenchaient pour un rien, des accès d'orgueil, des signes mal interprétés, un rire qui fusait. Tous étaient sur les nerfs.

Le lieutenant Vishner reporta son attention sur Gunnar Olsen. Ils venaient de prendre place. Le responsable de la section N du SOE était revenu voir son agent.

— Qu'est-ce que c'est que ces ecchymoses ? s'inquiéta-t-il.

— Je suis tombé, répondit Olsen d'une voix faible.

— Vraiment ?

Vishner avait l'air peu convaincu.

— Quelqu'un t'a tabassé ? J'alerterai les plus hautes autorités sur les méthodes employées ici.

Vishner bondit de sa chaise. Il était en proie à une vive indignation conjuguée à de la colère.

— Asseyez-vous, Vishner. Des gens nous regardent, lui intima Olsen.

L'officier traitant tourna la tête et constata, en effet, qu'ils avaient attiré l'attention. Son coup de sang risquait de porter préjudice à son agent.

Il se rassit.

Une glissade, expliqua Olsen. À cause des escaliers. Si Vishner pouvait obtenir de l'administration de Patriotic School qu'il soit transféré dans une chambrée au premier étage, plutôt qu'au deuxième, ses jambes s'en porteraient mieux.

— C'est comme si c'était fait, promit le responsable du Bureau des opérations spéciales.

Olsen, bien sûr, lui cacha les bousculades dont il était victime, le rat décapité dans son lit et sa tête qui rebondissait contre les murs au passage de Radan. Dorénavant il gardait une distance de sécurité. Il s'attardait dans les parties communes pour éviter d'être piégé dans un recoin, mais la nuit il ne dormait plus, ne sachant pas quand l'autre lui sauterait à la gorge, s'il ne le violenterait pas dans son sommeil. Il ignorait pourquoi il était en butte à l'agressivité du petit. Il aurait bien posé la question à l'adulte avec lequel le jeune était venu mais la barrière de la langue constituait un obstacle.

49

Bureau de Harry Finley, 15 h 45

Le cas de Maurice Sandre *alias* le Mistigri revint sur le tapis. Comme le commandant Wilson, le chef de la section F s'opposait au veto que mettait Peter à la sortie du représentant de commerce.

— On a tout vérifié mille fois, répéta Finley. Nesbitt n'a rien détecté. Samuelson s'est remué les méninges et n'a rien trouvé. Le type dit vrai. Il y a bien une trace de son arrestation par la police. Que sa tête ne vous revienne pas, c'est une chose, que vous souhaitiez le garder dans nos murs contre toute logique – de surcroît, aux frais de la Couronne – en est une autre. Franchement, je ne comprends pas votre obstination.

Peter avait repris sa liste d'objections à propos du Mistigri : sa facilité à se voir accorder des laissez-passer, son boulot itinérant dans le Maghreb propice aux missions de repérage, la liasse de documents qu'il avait emportés.

— Des lettres, bon sang ! Que des fadaises ! s'était écrié Finley. Et j'admire l'habileté du bonhomme : séduire des femmes mariées afin d'obtenir indirectement des passe-droits de leurs époux. C'est faire Vichy deux fois cocu. Peter, vous êtes un bon élément, mais cela suffit. Je vous laisse soixante-douze heures. Après je signe son bon de débarquement. Faites-vous une raison.

L'entrevue prit fin sur cet ultimatum. Le major ce matin et Finley à l'instant n'avaient pas tort. Trois jours et pas davantage trois semaines ne renverseraient la situation. Peter devinait la rumeur qui enflait : le puceau s'opposait au don Juan, le puritain au libertin. C'était une vue de l'esprit. Quoique. Depuis qu'il avait passé une soirée avec Mary, Peter s'était engoncé dans une timidité irritante. À sa grande surprise, lorsqu'elle avait surgi devant lui, il s'était senti libéré, absolument pas craintif. Il se sentait terrifié à présent que la glace était rompue, comme si elle avait éclaté en cristaux de scrupules. Jamais autant de freins ne l'avaient entravé dans l'approche d'une femme. Nonobstant, cela n'avait que peu à voir avec le Mistigri : le gars n'était pas net. Peter avait beau se creuser la tête, il était à court d'idées. Il retournerait voir Samuelson qui l'enverrait sur les roses. Comme tout le monde, celui-ci était débordé.

Peter décida de tout passer encore au peigne fin : noms propres, adresses, relations professionnelles, syntaxe, avant de recevoir Milosz.

50

Salle d'interrogatoire n° 5, 17 h 28

Depuis deux jours, Peter apprivoisait ce paysan d'à peine seize ans qui ne connaissait pas la géographie extérieure à son shtetl, lorsqu'il était parti vers le nord-ouest. La seule chose qu'il avait saisie à la volée : le nord-ouest. Le Polonais l'imaginait non comme un point cardinal mais comme un endroit précis, une frontière où, sitôt franchie, on lui dirait quoi faire. Cela lui avait donné l'espoir, toujours déçu, d'une proximité puisque l'endroit pouvait être pointé du doigt. Il avait rasé les murs. Il avait rampé dans les champs. Dans les bois, les voix lui avaient fait peur, les loups aussi. Il avait chapardé. Une poule, des vêtements. Quelle distance parcourue ? Il l'ignore. Le temps de s'ensauvager. De déguerpir au moindre bruit.

Un jour, Milosz était tombé nez à nez avec un garde forestier. Celui-ci avait des jumelles et un fusil, avec lequel il l'avait mis en joue.

— « Pourquoi ? » j'ai dit au garde forestier. « Parce qu'il faut être vigilant, ce n'est plus sûr dans les bois. Si on voit un étranger, on y regarde à deux fois. Moi je suis un vieux de la Prusse-Orientale », qu'y me répond.

— Comment avez-vous réagi ? demanda Peter.

— Par la vérité. J'ai dit que mon grand-oncle, aussi, était une sorte de garde forestier, et qu'il me répétait : « Quand tu es dans la forêt, tu dois considérer chaque personne que tu croises comme un criminel. Tu pourras changer d'avis plus tard, mais si tu ne le fais pas, ce sera peut-être le dernier choix de ta vie. »

Le vieux de la Prusse-Orientale avait considéré que c'était plein de sagesse et l'avait laissé passer. Un réseau de résistants s'était ensuite relayé pour faciliter sa fuite vers le port de Stettin. Milosz avait hésité : rester parmi eux ou poursuivre sa route. De l'Angleterre, Milosz ignorait auparavant s'il y faisait chaud ou froid et quelle civilisation s'y trouvait représentée. Et même que ce pays fût une île. Le savoir lui fit une drôle d'impression, entre le bannissement et le refuge.

Ici Milosz évitait les autres. Il y avait probablement des voleurs. Personne ici, à part Peter, ne parlait le yiddish, même si Milosz s'exprimait en polonais. Avant ça, il n'avait jamais vu la mer. Les voitures ne l'avaient pas surpris, pas plus que le train. Ses parents, ses oncles étaient morts. Son petit frère aussi. Sa sœur avait été enlevée. S'ils ne l'avaient pas tuée, elle était peut-être en vie. Déportée dans un ghetto ou ailleurs.

— Pouvez-vous la chercher ?

Depuis deux jours, Milosz soufflait cette requête à Peter. Elle était absurde – une disparue parmi des millions. Elle était naïve et désespérée.

Peter raccompagna Milosz jusqu'à la porte du bureau. Il esquissa un geste de consolation, avant de se raviser. Il consulta son planning – un autre pensionnaire prévu à 16 h –, but une tasse de thé et se rappela l'ultimatum fixé par Finley.

Quand Samuelson sortit des toilettes, Peter était posté sur le seuil.

— Tu me poursuis jusqu'aux chiottes maintenant.

Le cryptanalyste n'était pas naïf.

— Je t'ai aperçu et j'ai décidé de t'attendre, voilà tout, mentit Peter.

Il avait surveillé les sorties du Débarras et l'avait pris en filature.

Samuelson le saisit par le bras pour s'éloigner des odeurs de pisse. Ils firent quelques pas jusqu'au vestibule où pénétraient des pensionnaires qui, dégouttant de pluie, s'essuyaient les pieds sur un paillasson sous l'œil vigilant d'un caporal. Dehors, les trombes d'eau formaient des flaques. Elles élargissaient les ornières. Elles stagnaient dans les trous creusés par les poteaux de foot et les piquets de croquet. Un groupe était ressorti pendant une accalmie. Puis l'averse avait doublé en intensité et les promeneurs étaient rentrés à grandes enjambées. Plus encore que la pisse, Samuelson détestait l'odeur de chien mouillé. Quant à l'humidité, elle se vengeait sur ses os et martyrisait ses bronches. Il entraîna Peter plus loin et alluma une cigarette. Peter en prit une dans le paquet qu'il lui tendit. Tant pis si ce n'était pas une Player's.

— Tu as essayé tous les codes de disque ? demanda-t-il à Samuelson.

— Tous les codes et toutes les lettres clefs.

— Et Nesbitt ?

— Il a manqué nous tuer avec des vapeurs d'ammoniac et d'acide hydrochlorique. Il a soumis le papier à toutes les tortures.

— Dont vous avez fait des copies, s'inquiéta Peter.

— Évidemment.

— Et le truc avec les points dans les « O » ?

— Des « O » dans des caractères d'imprimerie, Peter. Nous

ne parlons pas ici de journaux mais de lettres à l'écriture cursive.

— Mince !

— Tu me harcelais tellement que j'ai même mené une expérience pour voir si ce n'était pas du français trafiqué.

— Comment ça « trafiqué » ?

— C'est une question arithmétique, un truc un peu technique.

— Vas-y, je t'écoute.

— La liste des mots les plus courants est très utile dans le décryptage de code, expliqua Samuelson. Mais on peut pousser le vice. La linguistique est gouvernée par des statistiques. Dans chaque langue, le ratio d'une lettre varie très légèrement d'un texte à l'autre. Le « a » prédomine en Europe du Sud – espagnol, portugais, italien – et en serbo-croate. En russe, il s'agit du « o ». En français et en anglais, du « e ». Tu me suis ?

— Comme un chien remuant la queue.

— En moyenne, si le « e » est utilisé 1 000 fois dans un texte en anglais, on estime que le « h » le sera 540 fois, le « c » 280.

— Abrège. Ce charabia mène à quoi ?

— Il n'y a pas de français trafiqué.

— Tout ça pour ça, fit Peter, dépité.

— Ce n'est pas ce que tu m'as demandé ?

— Si, bien sûr, merci pour tes efforts.

— À voir ta mine, ils n'ont pas été suffisants.

— J'ai toute confiance en toi. Est-ce que…

— Quoi ?

Peter réfléchit, mais rien ne lui venait. Samuelson rompit le silence :

— Pourquoi tu t'entêtes ?

— Finley m'a dit la même chose, se renfrogna Peter.

— Alors ?

— Pourquoi ? Pourquoi un coureur de jupons se soucie-t-il d'emporter des lettres d'une dizaine de femmes quand il oublie l'essentiel : un rasoir, une brosse à dents, un couteau.

— Tu lui as posé la question ?

Peter haussa les épaules. « Pour me souvenir d'un temps béni », avait répondu le Mistigri. Il n'avait pas eu l'air désarçonné, mais Peter avait noté un léger flottement dans son regard. Peut-être l'avait-il imaginé.

— Oran est tombé. Tu pourras glaner là-bas des infos sur le bonhomme. Il est bien d'Oran, ton gars ?

— Les Américains auront d'autres chats à fouetter. Finley m'accorde trois jours. C'est un lit occupé, une bouche à nourrir et une cause perdue, de son point de vue. Je n'ai pas d'argument opposable.

Un groupe d'une dizaine d'hommes passa en direction de la cour intérieure protégée de la pluie par un avant-toit. Peter reconnut Germain et Milosz. Un individu se distinguait par son costume en cheviotte et ses souliers vernis.

Un temps béni, songea Samuelson.

— Figure-toi que le mois dernier, enchaîna-t-il, trois Français ont débarqué avec dix-sept malles, cinquante valises, six transats et une bicyclette… On a dû les entasser dans la prison en face.

— Je sais, j'ai débriefé l'un d'eux. D'autres sont de quasi-mendigots et ne sont pas moins braves et parfois bien plus.

— Nous pratiquons nous aussi une forme d'inégalité, asséna Samuelson.

— Dans le traitement des dossiers, oui.

— Non, je te parle d'autre chose. Les Hollandais en transit chez nous, les Belges et les Norvégiens, ainsi que les Polonais volontaires, reçoivent une solde hebdomadaire de leurs gouvernements en exil. La solde d'un sous-lieutenant français est de trente livres par mois. Les Français qui se déclarent volontaires pour les Forces libres bénéficient même du double de celle-ci, versée par l'Association des amis des volontaires français, et d'une ration quotidienne de dix cigarettes. Des citoyens de pays alliés – les Tchécoslovaques, les Grecs, les Yougoslaves – ne perçoivent rien. Ni ceux qui viennent d'ailleurs. Ni les apatrides ou les déchus de nationalité. Pourtant ne forment-ils pas cause commune ? Et les Suisses, les Suédois, les Espagnols, qui ne sont pas en guerre, et qui nous rejoignent, ils devraient être pénalisés ?

— Assurément non, affirma Peter. J'ignorais ce problème.

— Il faudrait une solde universelle.

— Qu'entends-tu par là ?

— Un pot commun. Ceux qui sont riches n'auront pas grand-chose de plus que ce qu'ils ont déjà, les autres disposeront d'un moyen de vivre décemment.

— Nous subvenons à leur subsistance.

— Tu vois ce que je veux dire.

— C'est une idée.

Samuelson digressa encore : deux clans s'opposeraient. D'un côté, les gros donateurs diraient que leur argent est l'addition d'efforts et de chaînes de solidarité et que, en conséquence, il doit revenir à leurs concitoyens. De l'autre, les patriotes sans le sou, auxquels l'instauration d'un système égalitaire palliant leurs insuffisances matérielles inspirerait de la gratitude, éprouveraient une vérité : les vraies richesses, ce sont les hommes et leurs mérites.

— C'est l'évidence, ponctua Peter avec distraction.

Son esprit était tourné vers ses tantes et ses cousines dont il n'avait aucune nouvelle. L'angoisse vampirisait sa mère devenue l'ombre d'elle-même. En quelques saisons, ses cheveux avaient blanchi. D'aucuns diront que c'était l'âge. Elle venait d'aborder la cinquantaine. Ils se trompaient. Cependant une collusion s'opérait avec le changement hormonal. Elle passait du chaud au froid et inversement. Elle faisait le deuil d'une perpétuation : ils tuaient même les bébés. Ils éradiquaient les siens. Le père de Peter s'en était ouvert à son fils. Il était inquiet.

— Bien, abrégea Samuelson qui vit une ride plisser le front de son camarade.

Il se demanda s'il n'avait pas dévoilé à mauvais escient ses vues socialistes. Il avait misé sur le renouvellement des idéaux. Jamais il ne se serait épanché auprès de vétérans de la police du Pendjab, d'inquisiteurs de l'IRA ou de traîtres à la cause ouvrière, tous ceux qui avaient harcelé leurs syndicats et partis politiques. C'était ce qui avait perdu le MI5 en 39 : tout était subversif – les velléités d'indépendance, l'aspiration à un monde plus juste. Tout, à part le fascisme.

— Pour tes lettres, je vais encore y jeter un œil, ajouta Samuelson à l'adresse de Peter.

— T'es un chic type, Donald.

Peter ne nourrissait aucune illusion. Aussi décida-t-il de faire un tour aux archives afin de procéder à une énième vérification.

À Patriotic School transformée, pendant deux ans, en hôpital militaire, la Grande Guerre avait légué un peu de modernité : un nouveau système de chauffage et le monte-charge hydraulique destiné au transport des civières que Peter refusa d'emprunter. Il avait des allures de cage et les portes en accordéon crissaient comme quinze roulettes de dentiste. Grimpant les marches jusqu'au deuxième étage, Peter fut assailli par le vacarme du central des télécommunications. C'était une salle des machines typique des QG ou des sous-marins. Les téléscripteurs bourdonnaient, les téléphones retentissaient, et les dactylographes tapaient sur des Remington tandis qu'un pool de secrétaires s'employait à retourner des fiches de renseignements ou à remplir des enquêtes de personnalité à propos d'anciens pensionnaires sur le point d'être embauchés. Peter poussa la porte.

— Quelqu'un s'y connaît en Underwood ?

Un bras se leva. Peter posa quelques questions – questions dont il connaissait déjà les réponses – à une femme aux cheveux tressés en deux longues nattes tombant sur la poitrine. Il prit des notes par acquit de conscience. Celles-ci lui seraient inutiles : manifestement le Mistigri maîtrisait sa couverture. Peter l'avait déjà placé devant un clavier sous un obscur prétexte et les doigts de l'Oranais avaient cliqueté sur les touches avec agilité. Son suspect avait regretté que le modèle n'eût pas de bras métalliques interchangeables. « Je vous aurais montré comment avec une Underwood on peut changer de police et de langue en un tournemain, le tout dans un format compact. » Une lueur s'était allumée dans le cerveau de Peter. Là se cachait peut-être un indice. C'était l'une des suggestions qu'il avait faites à Samuelson : « Suppose qu'on tape l'une des lettres en sa possession. Même texte, même position des touches en ayant remplacé les tiges pour frapper le ruban encreur. On obtiendrait peut-être une conversion qui… » Peter n'avait pas achevé sa phrase que Samuelson balaya son hypothèse d'une moue en cul-de-poule. C'était une impasse, une fumeuse impasse. « On appelle cela un code et, dans ce cas, on n'a pas besoin d'une machine à écrire. »

De l'étage infernal des télécommunications, on accédait aux combles après une volée de marches qui, par degrés, dissipaient le brouhaha. Reliés les uns aux autres, ces combles formaient un chemin de ronde. Archivistes et documentalistes s'y relayaient jour et nuit sous des halos de lumière. Par son squelette apparent et ses poutres en ogive, le Grenier ressemblait au ventre d'une baleine ou à la coque d'un bateau. Ici le vent sifflait autrement :

il s'assourdissait, il se dilatait. Tout ce bois blond, perforé par les termites, rappelait à Peter les westerns quand les fusils surgissent des comptoirs. Il éprouvait une drôle de sensation dans ce lieu haut perché où se conjoignaient des informations reçues de toutes parts (consulats, antennes du MI5, messages interceptés par le MI6, alertes provenant des renseignements alliés). Lui-même, petit maillon d'une grande chaîne, l'emplissait à sa mesure. L'oral des interrogatoires passait à l'écrit, lequel se segmentait en mots-clefs qui renvoyaient à des combinaisons chiffrées. Le domaine sur lequel régnait Bergmann.

Il existe des grottes sous-marines haut perchées. Le Grenier en était une, gorgée de fiches, de centaines de fiches, de milliers de fiches répertoriées, parfois dupliquées : la somme des pierres retournées, une à une : activités de la Gestapo et des collabos, bordels, pylônes téléphoniques, gares de triage, arsenaux, quartiers généraux des feldgendarmeries et des feldkommandanturs, organismes d'aide sociale, mouvements de jeunesse, casernes, dépôts d'armes et d'essence, câbles électriques, maisons réquisitionnées, situations alimentaires, actions de sabotage, champs de mines le long du littoral, plans de défenses côtières (citadelles, forts, bunkers), rampes de lancement des fusées V1, prix au marché noir, réception des tracts, méthodes de délivrance des cartes d'identité, filières d'évasion, lignes de démarcation, passages de frontière, descriptions d'individus – âge, poids, taille, sexe, chicots, couleur des cheveux, tatouages, élocution, accent, habitudes de vie, domiciles connus... Dans cette grotte en altitude, lieu subaquatique, source et embouchure, la baleine se nourrissait de krill. Ce plancton, une fois absorbé, se traduisait en cartes perforées. Celles-ci étaient avalées, puis digérées par une Hollerith P-11. Chaque carte comportait deux cents trous – douze lignes, quatre-vingts colonnes. La tabulatrice qui lisait le rectangle en carton effectuait autant d'additions par seconde. Les informations étaient traitées à la manière d'une partition dans un orgue de barbarie. Il en résultait des statistiques, des référencements, ainsi que des listes de noms partageant plusieurs traits distinctifs. C'était la fierté des archivistes, ce monstre à sang froid. Son circuit électrique et son foisonnement de fils les émerveillaient. La machine possédait la taille d'un homme trapu et la finesse d'un physionomiste d'exception. Elle dénombrait, triait, identifiait, discriminait.

À leur tour, ces menues informations enrichissaient le Registre central du MI5.

Au fil des mois, grâce à l'esprit méthodique d'Andreas Bergmann, les pages de garde des dossiers volumineux se noircissaient de renvois et alignaient la chronologie des pièces ajoutées. N'importe quelle missive, bulletin, demande d'information ou compte rendu téléphonique, était dûment mentionnée et archivée, de même que l'étaient les courriers interservices et interalliés. Il fallait éviter les fuites. Au moins, les colmater, en en retraçant l'origine.

Conséquence : les formulaires avaient proliféré. Si compliquée était leur nomenclature qu'il fallait passer par un hôte d'accueil. Lequel se nommait Barry : une armoire à glace, d'où sourdait, comme d'un ventriloque, un accent cockney.

Peter attendit son tour. Enfin, un nouveau visage – Georges ? Charles ? en tout cas une jeune recrue de la section A – libéra le comptoir, en emportant deux dossiers. Barry fit signe à Peter d'avancer. Respectueux des procédures, le corpulent documentaliste nota l'objet de ses recherches, puis lui fit parapher un bordereau de visite avant de disparaître. Par sa manière de basculer entre les étagères, ses gestes prudents et sûrs, l'armoire à glace alliait le pas du manchot empereur et la grâce d'un chambellan. Au bout de cinq minutes, Barry revint avec une pile haute de vingt centimètres.

Peter apposa sa signature pour emprunter les documents, puis il se dirigea vers l'aile nord dont la charpente abritait trois pièces en enfilade. Elles étaient réservées à l'étude. Il y régnait la même quiétude qu'à la British Library. Peter avisa une table inoccupée et se mit au travail. Une demi-heure s'écoula, il s'étira. Encore une demi-heure passa, il s'irrita. Ses investigations concernant le Mistigri ne menaient à rien. À mesure qu'il relisait les feuilles de sa correspondance amoureuse, les trouvant semblables à elles-mêmes – vierges, pourrait-on dire, de toute tache suspecte –, Peter se fit l'effet d'un inquisiteur fustigeant les mauvaises mœurs, et il eut en horreur cette image erronée de lui-même. Ses réserves concernant le Mistigri étaient bâties sur du sable. C'est juste que, dans la même situation, il n'aurait pas composé pareillement sa valise. Celle du Mistigri n'était pas plus grande qu'un tapis de jeu, et le superflu prédominait sur le nécessaire. Après tout, les deux maintenaient en vie, estima Peter. Il n'avait ni de près ni de loin été confronté à cette situation, comme à la plupart des autres dont les pensionnaires de Patriotic School lui avaient fait le récit.

Devant le dossier refermé, Peter pensa à Milosz. Sa sœur enlevée, probablement prostituée ou jetée dans une fosse. Peter pensa à ses cousines aux longues tresses. Il pensa à sa mère de plus en plus mutique. Un vent coulis s'engouffra, à cet instant-là, par les fissures du toit, formant un ressac à hauteur d'oreille, et berça sa méditation.

Les archives comptaient deux index : l'un pour les noms de personnes, l'autre pour la géographie. Les villes étaient subdivisées en quartiers, noms de rues, adresses, numéros de boîtes postales, hôtels, restaurants… Chaque dossier comportait une ou plusieurs cartes légendées. Il mentionnait toute personne digne d'intérêt et les adresses de couverture des agents ennemis. Si une adresse était incomplète, un numéro de téléphone permettait de fournir l'exacte domiciliation. Les deux index renvoyaient l'un à l'autre leur référencement croisé.

Le credo des archivistes était comparable à celui des épargnants : les petits ruisseaux font les grandes rivières. Une poignée développait des hypothèses fondées sur des indices. Telle Thérèse Defarge dans *Le Conte des deux cités* de Dickens, qui tisse dans son tricot l'identité des ennemis de la Révolution, ils maillaient des récits. Ils avaient du flair pour associer des noms de guerre et des noms de code opérationnel.

Découvrir une piste indienne, une clef d'entrée ou de chiffrement : tel est l'espoir que les agents du contre-espionnage partagent avec les randonneurs, les spéléologues ou les psychanalystes. Un cumul d'indices favorise l'espoir. Peter misait dessus. Pour Milosz et sa sœur. Pour d'autres prisonniers en cavale.

Il débusqua Jane dans une travée. La jeune femme au chignon haut était plongée dans un calcul des coordonnées. Un tic l'agita : elle battait frénétiquement des paupières lorsqu'elle écoutait avec intensité. Sur une impulsion, Peter en tira profit. Il lui communiqua le nom d'une ville pas loin de Gnydia et épela les patronymes de sa famille maternelle.

— Tout ce que je trouverai, promit Jane.

Peter acquiesça. Il redescendit par l'escalier de service.

Cliquetis, crépitements, sonneries… Le central des télécommunications continuait de vrombir et le temps orageux imitait son tempo.

51

Grand salon, 21 h 15

À mauvaise journée, soirée morose. Le projectionniste du British Film Institute faisait relâche. Pas de cinoche ce soir, constata Germain avec dépit. En France, il avait éprouvé de la gêne à l'idée de citer des titres aux guichetières des salles. Il avait ainsi renoncé à voir *Gueule d'amour* et *La Chaleur du sein*… Ici, il avait enchaîné les films : *Autant en emporte le vent, Rebecca, Les Raisins de la colère, Casablanca*… Germain passa un disque sur le phonographe et choisit une table et un jeu de cartes pour faire un solitaire. Affalé dans un canapé, un joufflu laissait pendre son bras par-dessus l'accoudoir. Un autre avait coincé une bouteille entre ses chaussures. Il se frottait les mains avec énergie et se décoiffait avec la même énergie. Plus loin, un homme faisait l'échassier, genou plié. Un lourd silence pesait, que modulaient les échos feutrés des trois postes de TSF devant lesquels s'attroupaient une vingtaine d'hommes. Germain distingua, dans le brouhaha, les voix désolées de Marc, Serge et Maurice. Ils passaient des heures à deviser politique et polémologie. Ce soir, leur verbe était moins haut, leur verve à moitié tarie.

Un chien aboya dans le lointain et Gunnar tressaillit. Il devint livide. Personne ne s'en aperçut. Quelqu'un remonta le gramophone et lança un disque, une complainte jazzy.

À mesure que Germain plaçait ses cartes en arborescence, ses pensées dérivèrent vers Linda. Elle avait un sourire jusqu'aux gencives, qui remontait haut dans une bouche trop grande. Cela aurait pu être ridicule. C'était charmant, impudique, comme si elle dévoilait son intimité. Elle mesurait un mètre soixante-treize et n'en était pas désolée. Tout concordait : le physique, ses tics de langage, la nature de ses rêveries, la manière brusque qu'elle avait de relever le menton, la niche de sa fossette. Entendre cette femme, juste la regarder suffiraient à son bonheur.

Ces jours-ci, Germain y pensait davantage. Des pensées sur lesquelles les rêves de la nuit déteignaient. Elle dormait quand il était parti. Squirrel ronflait dans un coin de la chambre. Dehors tout vibrait : les abeilles dans les fleurs, les grillons dans les herbes, les feuilles sur les branches. D'un arbre à l'autre, le peuple des oiseaux pépiait les nouvelles de la veille. Germain passa devant un champ de maïs aux épis gonflés et descendit un sentier qui s'achevait devant une langue de bitume. La route qu'il emprunta semblait préservée des bruits. Aucune voiture pour l'instant. Il en croiserait une lorsqu'il rejoindrait le tronçon principal. Il s'éloignait d'elle. Linda, son délice, la licorne qui l'avait rappelé à la réalité. Donc à la guerre et au train de 8 h 27. Deux jours et deux correspondances plus tard, il se déclarait à qui de droit au consulat. Cinq semaines de plus, il accostait à Plymouth. Le lendemain, il était à Patriotic School. La première fois que Germain l'avait vue, Linda portait un tablier et marchait pieds nus. Elle retirait ses chaussures, sitôt rentrée. Elle s'en excusait mais c'était l'avantage d'avoir un chez-soi, lui dit-elle lorsqu'elle l'accueillit. Il pouvait garder les siennes de chaussures. « Il y a peu de règles dans ma maison. Se déchausser à l'entrée n'en fait pas partie. Le plus important est le chauffe-eau.» Elle détestait se laver à l'eau froide. «La pluie d'accord, mais pas ça.» L'autel de la température ne tolérait pas le moindre écart, il avait son petit caractère. Elle lui en montra le fonctionnement avec dévotion.

Voulait-il qu'elle lui fasse un pense-bête? Ça ira, signifia-t-il en hochant la tête. Il avait retenu. Maintenant la cigarette, si possible sur la terrasse. «Bien.» Puis la question de la lunette des toilettes, quand un homme et une femme cohabitent sous le même toit. Elle la préférait baissée après avoir été relevée s'il voyait ce qu'elle entendait par là. Elle fit un geste de haut en bas, puis de bas en haut – lever, baisser, lever, baisser. Il hocha encore la tête. Restait le labrador, Squirrel, douze ans d'âge, comme un bon whisky. Lui aussi possédait son mode d'emploi et ses automatismes. «Ce n'est pas qu'il est féroce, non, non. Le mieux est de s'approcher à croupetons? Voyez… comme ça.» Et Germain observa Linda se dandiner, genoux fléchis, jusqu'au cabot. Lequel lui lapa le visage. Lorsqu'elle se releva, elle était toute luisante et tout sourire.

Elle enchaîna : «J'ai des disques. Vous dansez?»

Il fit oui. Par amabilité. Par timidité. Dire «non» demandait plus de cran.

Il ne savait pas danser.

Et ce chien qui bavait, et les joues de Linda vernies de salive, et ses lèvres…

Parce qu'elles dessinaient la naissance d'un cœur, qu'elles étaient décolletées, qu'elles esquissaient des ailes de papillon, il s'était dépêché de les embrasser.

Appartenir à quelque chose de plus vaste que soi-même, Linda avait donné corps à ce sentiment, et Squirrel lui avait offert la seconde version d'un amour auparavant inconnu, la liberté d'un être qui pourrait être sauvage et qui, dans sa relation à une autre espèce, avait fait le choix de s'apprivoiser. Une femme, un homme, un chien. Un miracle, disait Linda. Il lui conta que son père était pêcheur et lui-même couvreur-zingueur. Linda jugea amusant qu'un fils de marin s'employât à mettre hors d'eau les combles, qu'il passe du niveau de la mer au faîte des toits, des cordages aux échafaudages. Germain pensait que c'était un peu pareil, que, juché comme il l'était à dix ou vingt-cinq mètres de haut, il ne fallait pas avoir le tournis, redouter les bourrasques ou la pluie qui tombe quand on n'a pas fini ; que c'étaient des métiers de plein air. Sa réflexion le fit cependant réfléchir : il mettait des tuiles, des écailles en zinc ou en terre cuite, sur des charpentes. Une coque à l'envers et des motifs de poisson.

Un vieux de la vieille que l'arthrose immobilisait au sol s'était plu à enseigner les techniques du métier au débutant qu'il était. Par exemple, comment placer les tuiles plates sur le lattis ou, d'un geste sûr, les accrocher les unes aux autres par le tenon. Il expliquait qu'en Bourgogne les différents modèles de tuiles – Volnay, Pommard, Santenay – portaient le nom de grands crus. La Santenay était fabriquée à Chagny, la belle usine qu'on voyait sur la nationale 6 quand on allait vers Chalon-sur-Saône. Ah oui, pour ça, les nuances des coloris, les lignes régulières ou non des pureaux, il avait toujours été disert. D'une bribe à l'autre, à califourchon sur une corniche, lui aussi avait appris de la sorte tout ce qu'il savait aujourd'hui sur les matériaux, les variantes dans le sablage et le séchage. Dans la profession, on instruisait les autres pour passer le temps. Les jeunes étaient surpris de découvrir que les imperfections, les dégradés des teintes, pour donner une impression de patine, étaient délibérés, qu'on fabriquait à la machine des produits qui semblaient avoir été moulés à la main. Ils trouvaient ces procédés bizarres mais, observé du plancher des vaches, le rendu était joli. À leur tour, ils y prenaient plaisir. L'expérience leur faisait renouer avec un jeu d'enfant : réinventer une forme de puzzle dans l'alternance des ocres, des formats et des découpages de biais. L'ardoise, c'était l'enfance, ce léger crissement quand on organisait le feuilleté des plaques, qu'on ordonnait les rangées. Ici, c'étaient des tuiles Westmoreland, il en était presque sûr. Il les avait vues sur catalogue.

Germain peinait à se souvenir que l'Angleterre n'était qu'à une trentaine de kilomètres, seize mille nautiques, des côtes françaises. Pour lui, elle était aux antipodes. À Lisbonne, les hydravions étaient réservés aux personnes importantes, et les bateaux ralliant directement la Grande-Bretagne pris d'assaut. Passé trente jours, il s'était résolu à un autre itinéraire, partant du principe qu'une tortue franchit parfois la ligne d'arrivée devant le lièvre. Il embarqua donc sur un navire à destination des Indes néerlandaises. De là, il prit un cargo pour les États-Unis qui sentait le bois de santal. Il avait traversé le pays d'ouest en est en empruntant deux lignes de chemin de fer transcontinentales. Il avait sacrifié vingt-huit mois à ce périple insensé. Depuis la période des grands navigateurs – Colomb, Magellan, Cartier, Vespucci –, le XVIIe siècle de la piraterie, peu d'hommes ont eu l'occasion de mesurer par eux-mêmes la vastitude de ce monde, d'en souffrir ou de s'en réjouir ; les stars et les immigrants traversant l'Atlantique, les Juifs chassés par les pogroms, les commerçants partis dans les colonies. Plus brefs furent leurs voyages. Le sien était l'un de ceux capables de faire oublier la destination finale.

Linda lui avait pris le doigt puis le poignet pour le guider un à un sur les os de Squirrel. De sa main libre, il lui avait pris le bras. De sa main gauche, elle l'avait saisi par l'épaule. Ensuite il avait posé sa main sur sa hanche. Elle l'avait rapprochée de son pubis. Le dialogue se poursuivit. La leçon d'anatomie s'acheva au lit. Linda lui remuait le sang. Il n'avait pas moins à en dire. Dès les débuts, l'inquiétude s'était mêlée à l'amour.

Tandis que Germain finissait sa réussite sur une impasse, Goran sortit une cigarette et observa Radan à la dérobée. Il était avachi sur un banc, un bras en travers de la poitrine. Il portait ses cheveux mi-longs, des épis sur la tête et affichait un sourire de lézard : solaire, légèrement sinueux, prompt à s'évanouir. Vu sous cet angle, il apparaissait tel qu'il n'était plus : un enfant inoffensif dont la lèvre s'ourlait de bouderie. Une menace planait, Goran le sentait tout en ignorant sa nature exacte.

52

Chambrée n° 12, 23 h

Ce soir-là, Victor se coucha dans une perspective différente des jours précédents. Dans l'après-midi, Valère le ronfleur était parti pour d'autres aventures, gonflé d'enthousiasme à l'idée de prendre les armes. Pendant qu'il ramassait ses affaires entreposées dans son coffre de lit, ses camarades de chambrée s'étaient rapprochés pour une accolade, y compris Raymond le taiseux. L'un d'eux avait glissé une lettre dans une poche de Valère qui lui avait adressé un clin d'œil entendu. La saynète n'avait pas échappé à Victor.

Hubert avait également fait ses adieux. Son paquetage restitué par les Britanniques, il avait légué quelques objets avant son départ. À Roger, qu'il avait pris en affection, il avait donné un couteau au manche d'ivoire et, à une femme de chambre, un collier qu'il avait chapardé à Grenoble. Elle avait fait des grands signes en signe de refus. Hubert avait refermé, un à un, ses doigts sur le collier. La femme de chambre avait hésité sur son intention à lui et sur sa décision à elle, puis elle avait étiré les lèvres et eu ce sourire des gens sincères que des rides d'expression, des narines jusqu'au menton, creusent, encadrent et rehaussent. Elle avait trouvé Hubert vachement gentil.

Victor aussi était pressé d'appareiller. Patriotic School ne devait être qu'une brève parenthèse. Pas question qu'il soit immobilisé dans ce drôle de manoir aux allures de gare de triage. Il aspirait au grand air. Il rêvait de planter une tente sous un arbre. Ne serait-ce qu'à Hyde Park. Les rails en contrebas de Patriotic School formeraient la parallèle pour l'en rapprocher. Victor ignorait l'origine de l'expression «filer à l'anglaise», c'était pourtant ce qu'il comptait faire. Dans la journée, il avait procédé à des repérages prometteurs. Cependant, il venait d'avoir une révélation : la société disparate aux accents mêlés qu'était Patriotic School, ce foyer d'intrigues où proliféraient spéculations et folles rumeurs, où défilaient vaillants et défaillants, lettrés et analphabètes, capitaines de vaisseau et saute-ruisseau, s'offrait comme un terrain à prospecter. C'était la multiplicité des drapeaux au réfectoire qui en avait inspiré l'idée à Victor, le signal qu'il n'aurait guère d'autres occasions de frayer avec des réfugiés et de futurs combattants originaires de tant de pays. Il pourrait bien glaner, çà et là, des renseignements utiles : le monde était si petit, si rabougri, si meurtri, et les destins si communs. Victor savait faire parler les gens, même ceux sur la défensive, tel Raymond. Il ignorait d'où il tenait ce don. Toujours est-il qu'il l'exerçait en ces lieux avec plus de facilité qu'il ne l'aurait cru. Quand bien même rôdait la peur d'une taupe dans ce melting-pot, les pensionnaires en venaient au vif dès l'approche. Un peu comme ces lieux renversés que sont les hôpitaux. On ne demande pas si ça va, on s'enquiert du mal à l'origine. Une fois épuisé le drame, on bifurque vers des choses anodines et le temps qu'il fait. Victor saurait remettre ses sujets sur les rails. D'eux, il pourrait tirer quelque chose; grâce à leur expérience, il enrichirait son corpus de stratagèmes et de déguisements. Victor avait changé plusieurs fois de nom, de métier, de milieu, de domicile, d'amis. Il ne croyait qu'à une chose : la meilleure couverture. Celle qui tient chaud et, sur un autre plan, celle qui maintient en vie.

À l'extinction des feux, la chambrée se livra à un jeu de répliques sur le mode de Radio Londres.

— Chat-huant bien arrivé.

— Embrasse Moineau et Pinson.

— Le serpent se gratte l'oreille.

— Yvonne attend une heureuse occasion.

— Grand-père compte les moutons.

— Le loir sort du bois.

— Les cons sont de sortie, grogna Victor dans sa couchette.

Game over.

53

Une chambre meublée à Soho, 23 h 58

Je dois poster la lettre... Le rappel avait fusé dans son esprit, telle une étoile filante. Vu qu'il ne possédait à l'instant ni feuille ni plume, qu'il était vidé de toute énergie et n'aspirait qu'au meilleur creux dans son lit, Valère espérait y songer de nouveau. À un moment plus propice, soupira-t-il. Il n'eut pas l'ombre d'un regret pour ce rappel tardif, même s'il aurait dû s'acquitter de cette tâche auparavant. Ce menu service à rendre était passé aux oubliettes. À sa sortie de Patriotic School, il y avait d'abord eu des retrouvailles. Pas la tournée des grands-ducs, mais la tournée de quelques pubs avec plusieurs camarades.

Valère ne gardait pas un mauvais souvenir de Patriotic School. Le lieu avait été comme un sas, entre son évasion et l'enrôlement. Il s'y était initié au tennis de table et aux hymnes nationaux de la Belgique et de la Pologne. C'est là qu'il avait pris conscience de cette multinationale que formaient les Alliés. Il y avait noué quelques amitiés qu'il savait passagères comme le sont les fréquentations de courte durée. Pour autant, une promesse est une promesse et Valère se savait privilégié d'être resté peu de temps dans le manoir *british*. Il mesurait combien l'attente interminable de quelques pensionnaires pesait son poids de ressentiment.

À l'armée comme en amitié, il faut tenir ses engagements. Il était comme ça, Valère : droit dans ses bottes crottées et prompt aux diversions. Puis il était crevé, vraiment fourbu.

Pour justifier son oubli, il se dit que sa mission n'était pas marquée du sceau de l'urgence, même si Valère comprenait que son ami lui eût présenté les choses autrement. Car, après tout, si quelqu'un savait ce qu'était l'attente, c'était bien son pote. Valère détaillerait dans sa lettre ce dont ils étaient convenus : il expliquerait également la raison du silence de son camarade, et qu'à Patriotic School il était sous bonne garde et *incommunicado*, et que non, il n'avait pas trahi sa promesse. Il sortirait bientôt, c'était juste une question de temps. Tels étaient les mots exacts de son ami. Valère commença à s'assoupir. Il s'engagea à poster bientôt le message.

Cela relevait aussi d'une « question de temps ». Tout est affaire de dosage.

Avant que les limbes de son cerveau ne s'opacifient, Valère se souvint d'un vieux cours de chimie à propos du scatole. À forte concentration, cette substance, présente dans les excréments des mammifères, dégage une odeur nauséabonde. À l'inverse, abondamment diluée, elle exhale une fragrance parfumée : des notes chaudes, animales et terreuses, prisées par l'industrie cosmétique. Un bon résumé de l'ambiance régnant à Patriotic School, en regard de l'ombre portée par la suspicion.

Valère ne se demanda pas s'il n'enfreindrait pas la loi de l'établissement qui proscrivait toutes les communications avec l'extérieur. Emporté par le sommeil, il cessa d'y penser.

15 NOVEMBRE 1942

54

Salle de réunion des officiers du renseignement, 8 h 15

La cantinière en chef houspillait tout le monde : les chats, les pensionnaires, les sentinelles, les poules aussi, qu'elle entendait priver d'épluchures. Un drame s'était produit pendant la nuit. Le grillage du poulailler était avachi. Un tas de plumes gisait sur la paillasse. Deux poules avaient disparu. Les officiers rasaient les murs. Le *brief* du matin commença avec un quart d'heure de retard, le thé était froid.

Le major céda la parole à Belish :

— Des Bataves font des leurs. Hier ils ont accaparé le major de Vries à l'occasion de sa visite et celui-ci s'est indigné des délais imposés à ses concitoyens. Il a employé le terme d'affront. Vous nous faites le topo, Finley ?

— D'où viennent-ils ? questionna le major.

— Directement des Pays-Bas. En fait, ils sont trois. Compagnons de route et de hasard, semble-t-il, précisa Belish dont une roue de fauteuil grinça.

— Un seul présente une histoire solide, ajouta Finley. Les deux autres changent de version comme de chemise. Ces *Engelandvaarders* nous donnent du fil à retordre.

— Dronkers et Mulder ? demanda Pinto.

— Ceux-là mêmes.

Pinto leva les yeux au ciel :

— De sacrés pignoufs. Ils m'ont aussi remis une lettre de protestation.

— Vous ne m'en avez pas fait part, sourcilla Finley.

— Elle est grotesque, sans intérêt, soupira Pinto avec un rictus.

— Peut-être, mais apportez-la-moi.

Pinto sortit du bureau en maugréant : « Elle est grotesque, grotesque. »

— On dirait qu'il parle de sa bedaine, observa l'archiviste Barry.

— Autre chose, dit le major en réprimant un sourire : le capitaine Liddell recommande de ne rien dire, ou en tout cas de rester évasif sur ce qui attend nos protégés dehors. Contentez-vous de les avertir que des compatriotes s'occuperont d'eux, sans préciser que leurs propres services de contre-espionnage vont nous relayer. À défaut de les interroger à Patriotic School, nos alliés ont obtenu que les « débarqués » soient convoyés jusqu'à leurs portes, histoire d'évaluer leur valeur et leur potentiel sur le terrain. Or, un certain nombre s'est réfugié ici pour exercer un métier civil.

Pinto revint avec une feuille froissée, probablement récupérée dans une corbeille à papier.

— Donnez, ordonna Finley d'un ton sec.

— Donnez plutôt, exigea Belish. Vous pourrez plus facilement la lire par-dessus mon épaule que moi par-dessus la vôtre.

Ils en prirent connaissance.

En tant que Néerlandais loyaux à la Maison Oranje, nous protestons énergiquement contre la lenteur du traitement de notre dossier. Nos intérêts devraient être réglés par les autorités néerlandaises. Toute suspicion de votre part est ridicule et absurde.

Cela ne peut certainement pas être le prix de notre patriotisme qui s'est manifesté par notre fuite, laquelle a failli se terminer par un naufrage, après deux jours et deux nuits misérables en mer.

Nous avons informé ceux qui restent en Hollande de prendre de nos nouvelles en écoutant Radio Oranje à la mi-novembre. S'ils nous entendaient, cela signifierait que nous sommes en sécurité. Sinon, que nous avons été faits prisonniers par les Allemands et exécutés. Dans ce dernier cas, ceux qui restent seraient terriblement inquiets et craindraient pour leur vie, en raison de la possibilité que nous pourrions donner leurs noms sous la torture.

Afin d'éviter que notre enthousiasme ne s'évanouisse complètement, en particulier celui du premier soussigné, nous qui avons secrètement servi les intérêts de la Maison Oranje depuis trois ans, qui avons risqué notre vie, nous demandons respectueusement mais énergiquement que l'examen de notre dossier prenne fin, de préférence aujourd'hui et pas demain.

J.A. Mulder
John Dronkers
B. de Langen

— Bon, on va satisfaire ces pète-sec, commanda Belish. De Bruyn et Pinto, vous allez vous y atteler toutes affaires cessantes. Secouez-leur les puces. Laissez de côté tout le reste.

— J'ai appelé le capitaine Derksema après la visite de De Vries pour le prévenir que nous détenions trois de ses compatriotes, l'informa l'officier Cornelius de Bruyn.

— Pourquoi livrer le bâton pour se faire battre ? s'inquiéta Belish.

— J'entretiens avec lui de bonnes relations et j'ai assuré nos arrières. Ces olibrius sont du genre à faire tout un foin quand ils seront sortis.

— S'ils sortent, objecta Pinto sur un ton narquois.

— Il y a un ennui avec le troisième, le plus jeune, le dénommé de Langen, avertit de Bruyn.

— Il refuse de coopérer ? hasarda Belish.

— Non, à la suite d'une discrète enquête de personnalité à La Haye à son sujet, nous avons appris que sa mère venait de décéder, annonça de Bruyn.

— Le fils le sait ? demanda Belish à l'adresse de Harry Finley.

— Pas encore. De Bruyn m'en a informé, juste avant le *brief*, répondit le chef de la section F.

— Que comptez-vous faire ?

— Je n'y ai pas réfléchi, avoua Finley en soufflant par le nez.

— Il faudrait le lui dire pour observer sa réaction. Il peut en sortir quelque chose d'intéressant, avertit Pinto.

À Patriotic School, le colonel belge se présentait sous le pseudo yankee de Frank Jackson. Cela lui seyait comme une serpillière en nœud pap'. Aucun Anglais du MI5 n'avait adopté cet *alias* autre part que dans des rapports écrits.

— Vous n'êtes pas censés le savoir, l'interrompit sèchement Belish, donc nous ne sommes pas censés le lui dire. Nous ne sommes pas censés savoir que la pauvre Mme de Langen est morte. Elle est morte de quoi d'ailleurs ? Une mort suspecte ?

— Non, d'une longue maladie.

— Alors, tout va bien, conclut Belish.

— Tout va bien, convint Finley.

— J'ai parlé à Derksema des frères Peteri, poursuivit de Bruyn, afin qu'il puisse apaiser le courroux du major de Vries. Ils sont en chemin pour le rencontrer. J'ai chanté les louanges de ces deux héros et j'ai assuré que la BBC serait heureuse de les accueillir au micro d'ici à la fin de la semaine. Concernant Dronkers et Mulder, j'ai promis de lui rendre compte de l'avancée de nos investigations. En contrepartie, il m'a donné un contact au MIVD.

Belish considérait sa mémoire sélective – laquelle excluait les acronymes – comme un symptôme de la vieillesse intellectuelle contre laquelle il luttait et qu'il s'efforçait de cacher. Il fut reconnaissant à de Bruyn de développer.

— Les renseignements néerlandais.

Belish hocha la tête d'un air entendu.

Pendant cette discussion, Peter observait les panneaux en liège qui les entouraient. Des portraits-robots, des avis de recherche et des cartes géographiques y étaient punaisés. Sur un mur se déployait l'organigramme des services secrets allemands. L'ennemi avançait ses pions sur le planisphère. Peter le constata : Hitler progressait et, à présent, visait la domination du monde. Partout le service de renseignement de l'état-major allemand étendait son emprise : Balkans, Amérique du Sud, Angola, Java, Hong Kong… Telle Circé alliée à l'hydre de Lerne, l'Abwehr multipliait les antennes et les centres de formation. Comme l'agence Havas pendant la Grande Guerre, les ambassades étaient des nids d'espions, et les valises diplomatiques n'échappaient plus aux mesures de contrôle.

Le major s'éclaircit la voix :

— Nous avons des postes ouverts à la mobilité.

Il n'était pas mécontent de sa formulation : un patron d'usine n'aurait pas mieux dit. Il avait médité cette annonce dès son réveil.

— Comme vous le savez, le MI5 est passé de cinq antennes à l'étranger à vingt-sept, développa-t-il.

— J'en étais resté à vingt-trois, confessa Belish, en levant des yeux étonnés vers le commandant.

— Ça ne grimperait pas autant, colonel, si nos amis du MI6

partageaient leurs informations, expliqua le commandant. Nous sommes obligés d'aller nous-mêmes à la pêche pour qu'ici même nous puissions attraper de gros poissons. Et pour être encore plus efficaces et augmenter la rotation à Patriotic School, il nous faut remonter la pendule. Si quelques-uns parmi vous avaient des envies d'ailleurs… Bien sûr, il nous faudrait former d'autres officiers.

— « Poste ouvert à la mobilité » ? C'est quoi ce jargon, demanda Julian à voix basse.

Flannagan l'entendit et murmura :

— Traduction : si tu as envie de te dérouiller les guibolles, il est pour toi.

— Ça sera toujours derrière un bureau à poser des questions et à compulser des cartes, constata Julian. La prochaine permission m'ira très bien.

— « Poste à mobilité », ça veut dire aussi que Belish ne peut pas postuler, lâcha Barry sans plus de façons.

Samuelson lui pinça le bras. Barry ne broncha pas. Ils étaient dans le dernier cercle des officiers rassemblés autour du colonel et Samuelson espéra que le paralysé en fauteuil n'avait rien entendu.

55

Dublin, 9h

Richard Hayes *alias* capitaine Grey contemplait le cahier d'exercices scolaires de sa fille, où il achevait de griffonner ses calculs. Quelques mois plus tôt, ce directeur de la Bibliothèque nationale de la République d'Irlande, philologue au triomphe modeste, avait percé la technique allemande des micropoints dans le « O » figurant dans des titres de journaux. Les éditions dénichées dans une planque révélèrent une liste de noms et adresses de sympathisants nazis dans le pays.

Cette fois – autre coup d'œil au cahier –, Richard Hayes venait de pénétrer le code de Hermann Goertz : une séquence rotative de mots-clefs. Il prévint le colonel Dan Bryan, chef du service de renseignement irlandais, lequel s'empressa de téléphoner à Cookie. Celui-ci lâcha un juron et le remercia par avance de lui faire suivre la clef de chiffrement et, à l'avenir, tous les messages de Goertz.

Déjà, quelques idées germaient dans l'esprit du lieutenant-colonel Hinchley Cooke à propos de son vieil ennemi.

56

Bureau de Harry Finley, chef de la section F, 14 h 30

Finley se chopa un mal de crâne à compulser les dossiers des trois Néerlandais. Celui de Mulder était épais comme le bras. Plus les jours passaient, plus le Javanais brodait. Dronkers, lui, rectifiait le tir après chaque interrogatoire l'ayant mis en difficulté. L'histoire du troisième ne déviait pas et ne posait aucun problème apparent. Vers midi, Finley convoqua Cornelius de Bruyn et Oreste Pinto pour démêler l'écheveau.

Il sortit les dossiers des trois évadés, écarta celui de De Langen pour l'instant.

— Vous avez soumis leurs photos à Schipper ?

— Rien de ce côté-là, assura de Bruyn.

— C'est pourtant une poule aux œufs d'or, celui-là, souligna Pinto, une poule mouillée certes, mais un physionomiste-né.

Pieter Schipper possédait un chalutier. Il faisait aussi partie d'un trio d'évadés néerlandais arrivés au mois de mars que les officiers du MI5 avaient confondu.

De Bruyn avança ses pions.

— Dronkers a été marin comme lui. Il connaît le code maritime, les ports, les convois : un parfait informateur.

— Le bateau, recadra Finley. Où se sont-ils procuré le rafiot ?

— Il appartiendrait à un certain M. Nygh, débuta de Bruyn en feuilletant le dossier de Dronkers.

— Qui est ? questionna Finley dont la verve était parfois aussi rare que le cheveu.

— Un avocat présidant l'office des pêches de Rotterdam et qui serait, à ce titre, chargé de distribuer permis de navigation et essence aux chalutiers.

— Confirmation de son identité ?

— Barry a fait chou blanc. Il y a bien un Nygh fiché à l'Index, un journaliste pronazi, mais il est né en 1873 et ne correspond pas au profil, répondit de Bruyn après avoir consulté les notes qu'il avait consignées.

— J'ignorais que le *Joppe* était un chalutier, s'étonna Finley.

— Ce n'en est pas un. Nygh s'en servait pour contrôler les pêcheurs lors de leurs sorties en mer. C'est là où intervient un dénommé Jan, selon Dronkers. C'est ce Jan qui tenait le gouvernail pendant les missions d'inspection de Nygh.

— Nos gars lui ont volé son joujou ?

Pinto gloussa.

— L'histoire de Dronkers devient alors carrément grotesque. Je vous expose les faits, déclara-t-il pompeusement.

Cornelius esquissa un sourire. Pinto ne savait pas s'exprimer sans artifice ni ostentation.

— Dans un café à Rotterdam…

— Restons d'abord sur le bateau, enjoignit Finley. Livrez-moi les faits.

— Le bateau était à l'ancre dans un canal près de Nieuwe Sluis. Ils sont partis à 6 h 30. Ils ont franchi l'écluse et ont échoué à 9 h 15 le bateau à marée basse sur un banc de sable. Ils y sont restés près de huit heures. Ils ont pris la mer à la nuit tombée.

— Comment ont-ils déjoué la surveillance maritime ? Personne ne les a repérés sur leur banc de sable ?

— Selon Dronkers, il y avait un navire des garde-côtes à deux cents mètres. Mais personne sur le pont. Mulder dit qu'il est impossible qu'il n'y ait eu personne sur le pont pendant toute une journée.

— Il a vu quelqu'un ?

— Non. Lui et de Langen ont passé la première nuit dans la cale ainsi que la journée suivante, avant qu'ils n'appareillent, cela sur ordre de Dronkers.

— Ultérieurement, celui-ci a corrigé sa version : le navire était distant de plusieurs miles et un promontoire les séparait, de sorte que les garde-côtes ne pouvaient les voir. Pour être hors de vue, ils se sont d'abord dirigés à contre-courant, vers Stelledam. Par ailleurs, la batterie antiaérienne était occupée à déjouer un raid.

— Il y en a eu un ?

— Nous attendons une réponse à ce sujet, répondit Cornelius.

— Ce Jan que vous évoquiez, qui est-ce ?

— Dans un café à Rotterdam…, débuta Pinto.

— Le café Atlanta. Il est assez loin des docks et n'est donc pas fréquenté par les marins, l'interrompit de Bruyn.

Pinto le fusilla du regard.

— Donc dans un café à Rotterdam, Dronkers fait la connaissance de Jan à qui il s'ouvre de son désir de fuir les Pays-Bas. Il trempe dans le marché noir et ses deux associés ont été arrêtés. Coup de chance extraordinaire, Jan s'avère être en possession des clefs d'un bateau, muni d'un permis en règle et se propose de le mettre à sa disposition avec quatre gallons d'essence. En soi, c'est déjà une sacrée coïncidence, mais cette coïncidence prend des allures phénoménales si l'on considère que cet homme providentiel est aussi un idiot congénital, car, en offrant son aide à Dronkers, il n'aurait pas eu conscience de signer son arrêt de mort.

— Il a demandé un dédommagement ?

— Dronkers lui a filé cinq cents florins.

— Une belle somme.

— Qu'a dit Dronkers sur ses motivations et sur la version que ce Jan donnerait à la suite de la disparition du *Joppe* ?

Cornelius montra ses paumes vides pour signifier qu'il n'était pas capable de fournir une réponse.

— Il ne lui a tout simplement pas posé la question. Un vol, peut-être. Il dit juste que c'est un patriote. Il ne sait pas s'il appartient à un réseau d'exfiltration ni comment il entendait justifier à son patron et aux autorités allemandes l'absence du bateau qu'il était censé garder.

— Il ne lui a tout simplement pas posé la question ?! Ça plaide en sa faveur. Les Boches n'auraient pas conçu un scénario aussi grossier sans avoir assuré leurs arrières.

— Vous marquez un point, Pinto. Il pourrait avoir été manipulé ?

— Par qui ? demanda de Bruyn, dubitatif.

— N'importe quelle Circé, répondit le colonel belge. Je pense à quelque chose.

— Dites ce qui vous passe par la tête.

— Nous sommes partis du principe que Dronkers était le chef d'expédition. C'est lui qui, par l'entremise de ce Jan, a trouvé le bateau et l'a manœuvré.

— Et a fourni les faux papiers, ajouta de Bruyn.

— Exact. Dans l'histoire, Dronkers tient le rôle principal. Les autres passagers sont des personnages secondaires, des pièces rapportées en quelque sorte, réfléchit Pinto à voix haute. Ce pauvre nigaud pourrait être la couverture dont Mulder, embusqué dans l'ombre, avait besoin. Le gars qui les a présentés l'un à l'autre pourrait avoir anticipé le scénario de leur évasion, et fait croire à Dronkers qu'il dirigeait les opérations alors qu'il n'est, en fin de compte, qu'une pièce rapportée, employée pour la navigation.

Sans adhérer à cette thèse, de Bruyn la jugea intérieurement sagace. Toutefois il objecta :

— Vous inférez d'un scénario grossier que Dronkers est innocent, car il n'a pas réponse à tout. Et que dites-vous de Mulder ? Il est incapable d'expliquer l'origine de ses finances ; incapable de justifier l'achat d'un billet de train en France alors qu'il ne disposait que de francs belges ; incapable de citer ne serait-ce qu'un *alias*, le nom d'un membre du réseau loyaliste auquel il prétend appartenir, dont plusieurs auraient été arrêtés après la découverte d'une cache d'armes. Et cette histoire de rebrousser chemin, une fois parvenu à Paris, pour informer son supposé réseau que l'évasion vers la France serait facile ? Comme s'il n'avait pas moyen de les en informer autrement.

Du bout des lèvres, Pinto en convint.

— Sait-on si un dénommé Jan a fait l'objet d'une arrestation après leur départ ? s'enquit Finley après un temps de réflexion.

— Rien ne nous a été rapporté, l'informa de Bruyn.

— OK. Quelle description en font Mulder et de Langen ?

— Ils ne l'ont jamais vu, ils sont restés dans la cale. Ils ont entendu des chuchotements sur le pont. Dronkers leur a dit que Jan avait sauté dans une barge à charbon.

Finley fit une pause pour réorienter la discussion.

— Donc ils sont de La Haye et l'histoire commence à Rotterdam et s'enclenche à Hellvoois.

— Hellevoetlsuis, rectifia Pinto. C'est encore ce Jan qui leur a fourni leurs *ausweis* dérobés dans un poste de police.

— Des faux grossiers, tint à rappeler de Bruyn. Les noms

ont été écrits sur une Underwood quand le reste a probablement été tapé sur une Remington. Dronkers n'a plus le sien : il l'a déchiré en mer. Il dit avoir conseillé aux autres de faire de même, mais ceux-ci démentent.

— La fin de l'union sacrée, constata Finley.

— Dronkers jure que pour rien au monde il n'aurait emmené Mulder si on l'avait prévenu que c'était un bon à rien. Il a perdu toute confiance en lui, alors il balance : Mulder aurait jeté par-dessus bord une convocation à une visite médicale envoyée par les Allemands après qu'il s'est porté volontaire pour le front de l'Est. De Langen a confirmé.

— Quel intérêt aurait-il eu à la garder ? Et quand bien même, il aurait déchiré ce document compromettant à la vue de tous ? La dénonciation de Dronkers ne tient pas debout.

Il était, en effet, habituel qu'au fil des jours le poison de la discorde se diffuse dans de nombreuses microcommunautés, songea Finley.

— Possible que ce soit le signe d'une guéguerre interne, convint Pinto. Passons. Je ne crois pas du tout non plus que Mulder ait l'étoffe d'un espion. Encore moins Dronkers. Comme je vous le disais : les Boches n'auraient pas conçu un scénario aussi mal ficelé. Dronkers et Jan, son bienfaiteur, sont peut-être des idiots, mais pas l'Abwehr.

De Bruyn acquiesça.

— Pas faux. Mais on a vu pire.

— Et de Langen ? interrogea Finley.

— Le dindon de la farce. Peut-être a-t-il servi innocemment de couverture à l'un des deux ou aux deux s'ils sont de mèche. Je persiste à penser que Dronkers nous cache quelque chose, rebondit de Bruyn. Mulder s'est – il est vrai – beaucoup contredit. C'est un acteur-né. Un pitre. Un mariole. Il prétend savoir tout faire : piloter, naviguer, monter un réseau de résistance.

Son seul talent, c'est baratiner. Il est assez inoffensif à mon avis. Mais Dronkers, c'est autre chose. Il ne ment pas pour enjoliver son parcours.

— Le basset devenu lévrier à destination, métaphorisa Pinto.

— C'est un péché véniel. Leur héroïsme se niche ailleurs, commenta de Bruyn.

— Dans leur persévérance à nous rejoindre, convint Finley.

— Je n'ai rien contre les bassets, une espèce résistante, développa de Bruyn. Le problème avec Dronkers, c'est précisément qu'il ment sans raison apparente. Il ajuste son histoire au fur et à mesure.

— Oui, je lis ici qu'il révise ses souvenirs, intervint Finley. C'est votre prose, Pinto. La faute à la fatigue du voyage et à son état de tension, selon lui.

Pinto confirma :

— Ce type est un paquet de nerfs. Il tremble, il pleure. Un individu bête et émotif.

De Bruyn partageait son point de vue, sauf qu'en l'espèce c'était là le jugement que Pinto portait sur le commun des mortels.

— Avec moi, il a passé son temps à crier et à chanter. Impossible d'avoir un échange sensé. J'ai fait appel à Dearden pour qu'il l'examine. Il m'a paru plus rationnel lors du deuxième interrogatoire.

De Bruyn argumenta :

— Soudain, il n'a pas rencontré Jan dès sa première visite au café Atlanta, mais à la troisième. Pareil pour le navire de patrouille allemand. Ce type fluctue comme la marée.

— Des motifs de le soupçonner ? demanda Finley.

— Il possède les qualités requises pour un espion, commença à énumérer de Bruyn. Il parle notre langue, il a déjà pêché au large de nos côtes, il connaît la grammaire maritime, et il a déjà séjourné en Angleterre, ce qu'il ne nous a pas spontanément révélé le premier jour. Lorsque je lui ai posé la question, j'ai senti qu'il était réticent à y répondre.

Pinto montra son désaccord en levant les mains.

— Rien à voir. Ce clown n'est capable de rien. Regardez son parcours : il ne tient pas plus de deux ans dans un emploi. Il a été viré de partout. C'est un paresseux. Schipper présentait un autre profil.

— C'est pourtant Dronkers le cerveau de l'opération, objecta Finley.

— Ah non, c'est ce dénommé Jan. Ou Mulder en coulisse.

Finley dévia la pente de la conversation : il en avait assez entendu sur l'état mental de Dronkers. Il jeta un coup d'œil sur l'inventaire de ses biens.

— Je vois qu'il transportait un dictionnaire bilingue dans ses affaires, releva-t-il.

— Pour celui des trois auquel un dico est le moins utile, souligna de Bruyn, puisqu'il s'exprime très bien dans notre langue. C'est louche.

Sur ce point, Finley eut une moue sceptique. Qui pouvait juger du nécessaire? L'officier Peter Kensington s'arc-boutait aussi inutilement sur un autre pensionnaire sous prétexte qu'il avait acheminé des lettres d'amour. Cadet de la communauté d'officiers, Peter possédait sans doute ce puritanisme propre aux jeunes célibataires encore animés d'illusions, faute d'avoir vécu.

— De Langen croit que Dronkers l'a emporté à son intention.

De Bruyn balaya l'argument d'une main lasse.

— De Langen croit beaucoup de choses. Mais le gosse tombe des nues à chaque fois. Il ne sait rien. Outre ce dictionnaire, Dronkers…

— L'équipe d'Allan l'a examiné sous toutes les coutures?

— Et n'a rien trouvé, compléta Pinto.

De Bruyn soupira.

— C'était un indice destiné à nous faire croire qu'il n'avait aucune familiarité avec l'Angleterre. Ce qui est faux. De surcroît, Dronkers a avoué avoir trempé dans le marché noir, poursuivit Cornelius de Bruyn.

— Cela aurait pu servir de levier aux Allemands, suggéra Finley.

D'un hochement de tête, de Bruyn avalisa son jugement.

— Il affirme que les deux personnes auxquelles il était associé au marché noir ont été arrêtées par la Gestapo et qu'il craignait de subir le même sort, souligna-t-il.

— Le moins utile, un dictionnaire, quand on se rend en Angleterre ? s'écria Pinto qui bouillait d'intervenir. Quelle est l'étendue du vocabulaire de Dronkers, Cornelius ? Vous le savez ? Et quand bien même il aurait votre culture et votre lexique, quel mal y a-t-il à emporter quelque chose de superflu ? Le petit jeunot, de Langen, je crois me souvenir qu'il a voyagé avec un gros livre qui, comparé à un dictionnaire, pourrait éveiller bien des soupçons.

— Lequel ?

— Je ne sais plus. Mais cela m'a paru étrange, même pour ce jeune homme au-delà de tout soupçon.

Finley fouilla dans les papiers et mit l'index sur l'inventaire de Langen. Il parcourut une dizaine de lignes.

— Un recueil de poèmes est assez banal dans les affaires de nos pensionnaires, Pinto. Un peu de beauté ne nuit pas au moral.

Celui s'agaça :

— Un autre livre, Finley.

Celui-ci baissa de nouveau les yeux vers l'inventaire.

— Ah oui, *Encyclopédie des jardins*, lut Finley à la ligne suivante.

Cornelius se laissa aller à une confidence :

— Je trouve cela merveilleux.

Finley était du même avis.

La passion des Anglais pour la botanique dépassait l'entendement de Pinto qui balaya ce chapitre d'un revers de main.

— Et cet Alexander Verkuil, blond aux yeux bleus, trente-cinq, tente-sept ans, qui a mis Dronkers et Mulder en contact? relança Finley.

De Bruyn enfonça le clou :

— Encore un gars rencontré dans un café de Rotterdam auprès de qui Dronkers s'est épanché sur son désir de fuite.

— Bien pratiques ces coïncidences, ironisa Finley. J'avais une petite idée de l'importance des cafés dans l'histoire de France. J'ignorais qu'il en allait de même aux Pays-Bas.

Sans le vouloir, il venait d'offrir à Oreste Pinto une occasion en or de briller :

— Sans la Compagnie néerlandaise des Indes orientales et les pionniers de la culture du café à Java et à Sumatra, les Français boiraient aujourd'hui du pipi de chat.

— Ah?

Finley détestait le hors-sujet, source de confusion. Déjà qu'il peinait à débrouiller les fils de cette histoire.

— Nous en étions à Rotterdam et à la rencontre opportune de Dronkers.

— C'est le bingo au premier coup! railla de Bruyn. Et sans mouchard qui traîne! C'est beau la confiance.

— Tout cela est abracadabrantesque, je le reconnais. Et j'entends bien faire craquer ce charlatan, annonça Pinto. N'empêche : de tous les individus passés par cet établissement, Dronkers est probablement le moins susceptible d'être à la solde de l'ennemi, conclut le colonel belge.

— Vous pencheriez pour Mulder ? demanda Finley.

— Ni l'un ni l'autre, en vérité. J'incline à penser que ces hommes ne sont en aucun cas des agents infiltrés, mais, étant donné les incohérences dans leurs déclarations, pareille éventualité ne peut être totalement exclue. De Langen, en revanche, me paraît au-dessus de tout soupçon. Mais à tout prendre, entre Dronkers et Mulder, je dirais Mulder. En un sens, il est aussi parfait pour la fonction – pardon Cornelius – que l'est Dronkers. Un journaliste, originaire de Java, correspondant de presse, traducteur.

— Jamais ce type bavard n'aurait monté un coup pareil, objecta sèchement de Bruyn.

— Jamais non plus Dronkers n'aurait monté un coup pareil. Au café Brashtag, Mulder a croisé une mère et sa fille de dix-neuf ans, Beekema, Beekmana ou Peekema. Bergmann a fait une recherche. Elles sont notoirement pronazies et dans les petits papiers de l'Abwehr.

— Par qui l'a-t-on appris ? Par lui, clama de Bruyn. La preuve qu'il n'a rien caché. Il a juste profité de la présence de deux jolies femmes et discuté en malais avec elles. Des métisses comme lui, originaires des îles.

— C'est peut-être une histoire dans l'histoire. Par ailleurs, la mère qui fricote avec les nazis est en instance de divorce avec un officiel néerlandais actuellement à Londres. Encore une fois, je me fais l'avocat du diable car je crois qu'aucun nazi un tant soit peu sensé n'aurait misé sur un tel tocard.

— Ou la preuve qu'il est plus malin qu'on ne le croit, commenta Finley.

— Dronkers est dépourvu de toute idéologie. Mulder dit un paquet de bobards sur son engagement. Il se vante d'être rentré de Paris dans le but de fonder une organisation loyaliste au sein de la douane et la maréchaussée. Après, il déclare qu'il n'est pas à l'origine du réseau, que c'est…

Il feuilleta les papiers étalés devant lui.

— Koppers.

— Qu'est-ce qu'on sait sur Koppers ?

— Rien pour l'instant.

— Mulder prétend appartenir à un groupe de seize résistants et il est incapable de donner le nom entier et l'adresse d'un seul d'entre eux. La manière dont il a financé l'année qui vient de s'écouler et son voyage n'est pas claire non plus.

— Mulder, qu'est-ce que ça a donné dans la base ? intervint Finley.

— 6000 à La Haye, 8000 à Amsterdam.

— Autant dire une aiguille dans une botte de foin, lâcha Pinto.

Finley passa du coq à l'âne :

— Le marché noir de Dronkers, c'était un business lucratif ?

— Selon ses dires, il a pu doubler et parfois tripler son salaire d'employé de poste depuis mai 1939. Avant de partir, il a laissé un pécule à sa femme, de quoi couvrir ses dépenses pendant qu'il serait en Angleterre. Sans compter les cinq cents florins donnés à Jan. Finalement, il n'a jamais été aussi riche que depuis l'invasion de son pays. Il parle beaucoup de sa femme. Elle aime mener grand train. Elle est issue d'une famille aisée et elle a perdu son héritage pendant la Grande Dépression.

— Et l'inventaire ? À part le dictionnaire bilingue.

— Dronkers détenait une pierre d'alun, se souvint de Bruyn.

— De Langen aussi, riposta Pinto.

— Ils pourraient nous refaire le coup de Dysktra et Grootveld ? s'inquiéta Finley.

— Possible, convinrent les officiers rivaux.

Quelques semaines plus tôt, deux espions s'étaient infiltrés dans un groupe de douze évadés néerlandais. Pieter Schipper les avait identifiés comme des agents allemands. En tout, il avait livré une description détaillée de cinquante officiers et agents de l'Abwehr.

— Donc Dronkers et Mulder se sont peut-être concertés sur l'histoire à livrer.

De Bruyn opina :

— Avec pour règle du jeu : le premier qui donne le tournis aux Anglais a gagné. Tu prends lequel pour commencer, Pinto ?

Une fois qu'ils furent sortis, Finley feuilleta encore les dossiers étalés sur son bureau. Avant de les empiler, il jeta un coup d'œil à l'inventaire du *Joppe* : un peu de vaisselle, un bidon d'eau, une bouée, un seau… Rien de notable.

Un papier attaché sur le côté mentionnait une note en annexe. Elle émanait du poste de Harwich.

Une secrétaire lui transmit le numéro et Finley appela. Le contre-amiral Harrington répondit.

— Vous nous avez envoyé un câble pour signaler que le *Joppe* a pris l'eau.

— C'est cela, grommela le contre-amiral.

— Aviez-vous retiré tout ce qui figure dans l'inventaire que vous nous avez adressé ?

— Retiré et entreposé.

Ce médaillé de la Grande Guerre était adepte du laconisme. Pareil au journaliste économe en papier, il estimait qu'un mot doit contenir une info.

— Rien ne vous a paru anormal à bord ?

— Non

— Pourquoi le *Joppe* a-t-il pris l'eau ? Avez-vous essuyé une tempête ?

— Non.

Finley attendit la suite. Rien ne vint.

— Que s'est-il passé ?

— Le *Joppe* a coulé parce que ses coutures ont craqué, articula pesamment le vieux militaire.

— Je vois, fit Finley avec un manque de conviction qu'il se reprocha aussitôt.

— Non, vous ne voyez pas. Vous devez être l'un de ces novices d'où viendra le salut. Un blanc-bec d'Oxford qui croit connaître la marine quand il participe à une compétition d'aviron.

Le vétéran soupira :

— Lorsque les coutures lâchent après un bain prolongé, c'est qu'un rafiot a été longtemps à sec. En clair : le *Joppe* n'avait pas beaucoup servi avant d'accoster chez nous. Or, c'est un modèle récent : 1937, moteur auxiliaire Fiat.

— Et vous nous avez télégraphié ?

— Ne pas se servir d'un bateau en temps de guerre et de disette, c'est...

— Criminel, compléta Finley qui se remémorait que les naufragés de Dunkerque avaient été secourus par une flotte de chalutiers. C'est donc que le *Joppe* ne servait pas à la pêche. L'ennemi le gardait en réserve pour une mission spéciale.

Le contre-amiral raccrocha.

57

Pavillon du chapelain, 23 h 30

Hier, j'ai omis de vous aviser que deux journalistes de la BBC, pourvus d'une lettre de recommandation du Home Office, ont demandé à tourner quelques bobines pour présenter notre contribution à la campagne « Dig For Victory ». Ils ont joué les candides : « Parler de fruits et légumes ne portera pas atteinte à la sûreté nationale. » Vous savez comment est la presse : elle bonimente. Je ne tolérerai aucun reportage. Invitez les journalistes, vous verrez si nos concitoyens plaignent nos pensionnaires. Je gage que nos propres troupes ne sont pas mieux loties dans leur casernement. Nous sommes une jungle, pas un zoo. L'existence même de ce lieu ne doit pas s'ébruiter.

Vous avez remarqué, tout comme moi, la légèreté dont les reporters font preuve lorsqu'ils relatent ces jours-ci la visite de Mme Roosevelt, les références à l'usine de munitions et à l'Eagle Squadron où elle s'est rendue, les allusions à un arsenal dans le Yorkshire et à la construction de l'avion Mosquito.

Commandant Wilson

Le major acheva sa lettre au capitaine Liddell avec émotion. Big Jack venait de déposer un gros rat à ses pieds. En cas de famine, il devrait sa vie au matou. À Paris, le rat se négociait 2 francs en 1870 – il avait lu cela quelque part –, et les Chinois continuaient d'en manger. Des chats aussi, les Chinois raffolaient. Tout ce qui a quatre pattes, sauf les tables. Tout ce qui vole, sauf les avions. Passé son sentiment de gratitude, le major balança le rat dans le jardin. C'était gentil, mais il l'avait dit à quantité d'ambassadeurs, et l'avait écrit à Liddell aujourd'hui : les cadeaux restaient à la porte de Patriotic School. *No exception*. Big Jack alla renifler le rat enfoui dans les hautes herbes. Avec nonchalance, il essaya de le ranimer à coups de patte, puis s'allongea à ses côtés avant de se redresser quelques minutes plus tard. Voyant sa queue levée tel un point d'interrogation, le major s'avança pour le caresser. Il rebroussa chemin devant le sol boueux. Une odeur douceâtre émanait des feuilles mortes détrempées par la pluie. Le major tira sur son cigare, pensif. Deux corbeaux sautillaient sur le mur d'enceinte. Le ciel était sans nuages et la lune pleine. Des oies grises filant vers le sud dessinaient des formes mouvantes. Calligraphie secrète, chorégraphie élastique où chaque volatile tenait son rang. Le major s'était réhabitué, depuis peu, à observer autre chose que les raids aériens et, comme tous les Londoniens, à ne plus redouter que la foudre tombât du ciel. La masse compacte des oies s'étirait en escadrilles. Le V de la victoire. Le major consulta sa montre et se rappela les dossiers en souffrance qui l'attendaient. Il chercha Big Jack du regard. Celui-ci était toujours affalé dans l'herbe humide. Le commandant rentra.

Une heure était passée quand Peter entrebâilla la porte. Penché sur un classeur, le major Wilson ne releva pas la tête.

— Tu ferais mieux de t'asseoir, mon garçon. J'ai encore deux ou trois choses à régler.

Peter choisit un fauteuil près du poêle où il raviva quelques tisons.

— Des soucis ? s'inquiéta-t-il, en observant à la dérobée le visage soucieux de son parrain.

Le major Wilson se frotta pensivement l'arête du nez, puis s'ébouriffa les cheveux :

— Je sais ce que Devon et Dearden ont dit : que ces malheureux deviendraient fous ou paresseux, faute de distractions.

— Vous n'imaginiez pas…

— De la gymnastique, des exercices d'adresse, des courses dans le parc, c'est tout ce que j'imaginais, aboya-t-il, les yeux perdus dans le vague. Cricket, football : tout cela allait dans le bon sens. Les puzzles aussi. Maintenant une table de billard, deux pianos.

— Dont un désaccordé, précisa Peter.

— … un gramophone et le cinéma ! Et bientôt des concerts ! Je me demande ce que va devenir cet endroit. Le vent a tourné, lâcha-t-il en observant Peter sous une paupière lourde.

— Dans quelle direction ? fit Peter d'un ton sceptique.

— Le music-hall, mon cher ! Le music-hall !

— Je suis paré, je connais le Lambeth Walk, se rassura Peter.

Le major écarquilla les yeux.

— Le Lambeth Walk, poursuivit Peter, c'est la danse…

— Je m'en fiche !

Ce que le major William désignait sous l'appellation de « music-hall » était fort vaste. Il y mettait les récitals, Isadora Duncan, les chansons à boire, les spectacles donnés par des écoliers, les opéras, « ces histoires où un baryton fait tout pour empêcher un ténor de coucher avec une soprano ». La moindre mélodie relevait du piège. Quant à l'alcool, il partageait l'avis de George Bernard Shaw : à cause de lui, des parlementaires prenaient à onze heures du soir des décisions qu'aucun homme sensé n'aurait prises à onze heures du matin. Toutefois son fils Patrick le soupçonnait de garder une flasque à portée de main. « Je connais ces gens-là, disait celui-ci. Pour eux, le whisky est une mauvaise chose, surtout le mauvais whisky. » Par générosité, Patrick accordait des vices à ceux qui en manquaient.

— Alors Peter ? demanda le commandant, tout en continuant à griffonner dans le classeur ouvert devant lui.

— Le renseignement polonais est vraiment efficace. De tous les rapports reçus du continent par nos services secrets, la moitié provient de leurs sources. Des nouvelles de Patrick ?

Celui-ci était le meilleur ami d'enfance de Peter et le fils unique du commandant.

— Il ne t'a pas écrit ?

— Si, bien sûr. Ce qu'il faut de banalités pour passer la censure.

— Tu peux me rendre un petit service ?

— Dans la limite de mes possibilités.

— Va à la piscine.

— Rassurez-vous : je m'entretiens.

— Patrick m'a dit que ça te détendait.

— C'est lui qui m'a fait entrer au Bath Club.

— Bizarre, je croyais qu'il détestait l'eau, s'étonna le major.

Il marqua un temps d'arrêt.

— Bon, si tu n'y vois pas d'inconvénient, tu y retournes demain matin.

Devant son air perplexe, le commandant Wilson s'expliqua : c'était au sujet d'un Belge, peut-être largué par sous-marin.

— J'en ai avisé ton chef de section. Pas la peine de repasser par ici. Sois à 9 h aux bains publics de Dulwich.

Peter prit acte des instructions. Il aimait nager. Depuis sa prime enfance traversée de crises d'asthme, c'était le seul sport autorisé dans sa condition et l'unique, avec les courses de moto, capable de l'enivrer. Cela tenait à la régularité et la fluidité des mouvements. Une heure, deux heures… Il avait dû interrompre sa routine pendant trois mois, quand le Blitz crevait des canalisations et que les piscines servaient de réservoir aux pompiers.

— Qu'as-tu pensé de mon ami Cookie ? s'enquit le commandant.

— Pour sûr, un fin psychologue, répondit Peter. C'est le lieutenant Stephens qui m'intrigue.

— Lieutenant-colonel, rectifia le major. Il vient d'être promu.

— Il m'a convoqué à Latchmere House…

— Impressionnant, n'est-ce pas, tout ce… rituel ?

— Je ne savais pas sur quel pied danser.

Peter se mit à raconter la drôle d'expérience qu'il avait vécue au camp 020. Avant qu'il n'entrât en scène dans son rôle d'ivrogne du MI5, Peter avait vu Tin-Eye présider un faux tribunal. Des officiers siégeaient à ses côtés. Le militaire posait des questions au détenu et y répondait à sa place, sans reprendre son souffle. Peter traduisait à toute vitesse son réquisitoire à un Polonais hébété.

Le major écouta son récit en suçotant un cigare. Il ponctuait ses propos d'un geste ou d'une mimique, tout en restant plongé dans la lecture de papiers dont il griffonnait les marges.

— Stephens et Cookie se valent sur le plan de l'expérience militaire. Stephens s'est illustré en Abyssinie. Ils ont beaucoup voyagé et sont hyperpolyglottes. Chacun parle une dizaine de langues.

— L'amharique, crut bon de signaler Peter, renseigné sur ce point par Henry Fielding.

— Et aussi l'ourdou, l'arabe, le somali, ajouta le major.

— Vous ne leur portez pas la même estime, je me trompe ?

— Chez Stephens quelque chose m'indispose.

Peter se lança :

— Ses effets de manches ?

— Du music-hall ! vociféra le major en se levant d'un bond.

C'était ainsi : l'indignation le mettait sur ressort. D'ordinaire, il se rasseyait aussi sec. Là il resta debout, se pinça l'arête du nez et contourna son bureau pour se diriger vers le bar à liqueurs. Il développa :

— Il soigne le décor et les accessoires.

— Son monocle est…

— Ah non ! le coupa le commandant, le monocle fait partie de sa panoplie par accident. C'est une séquelle du gaz moutarde. Un autre verre ?

— Whisky, s'il vous plaît.

Peter se plaisait bien entre ces murs qui mariaient les essences de bois.

Le bar consistait en un plateau soutenant quelques bouteilles, une carafe et quatre verres.

Le major lui tendit un verre, le servit et brandit une bouteille.

— Le whisky me donne des aigreurs et le bourbon mal à la tête. Je déteste le brandy. Le sherry est une hérésie. L'Indian Tonic ne vaut pas tripette. Le rhum en revanche…

Il déboucha le flacon et s'en versa une rasade.

— Depuis que les États-Unis sont entrés en guerre, les Cubains ont d'ores et déjà rempli leur mission : le rhum et les havanes.

Le commandant reprit le fil de sa réflexion sur un ton posé :

— Stephens se glorifie d'avoir cosigné deux ouvrages sur les cours martiales, mais il n'a aucun diplôme de droit. Donc il peut menacer quiconque de la peine de mort, c'est ni plus ni moins du vent. La décision échoit au directeur des poursuites publiques et à Cookie qui, par sa formation de juriste, instruit telle ou telle affaire.

Peter se rappela vaguement une histoire à propos d'une coiffeuse ou une couturière que lui avait racontée Henry la veille de l'ouverture de Patriotic School. Il s'abstint d'évoquer la défaite infligée par Goertz. Inutile de remuer le couteau dans la plaie.

— Tu m'excuses un moment ? fit le major.

Il traversa la pièce pour entrouvrir les battants d'une porte-fenêtre donnant sur le jardin. Il se tint sur le seuil et ralluma un bout de cigare. L'air frais entra par bouffées.

— En résumé, Cookie tient l'épée de Damoclès et la corde du pendu. Même si Liddell s'oppose aux exécutions. Selon lui, elles peuvent nuire au système Double Cross. Les ennemis capturés ne changeront pas de camp s'ils redoutent d'être exécutés.

— Le bâton et la carotte.

— Oui, mais ton père et Milmo ont eu une idée ingénieuse. Que quelqu'un se dévoue à la Chambre des communes pour poser la question du nombre de condamnations à mort. Un chiffre serait donné, avec la précision que tous les noms des condamnés ne soient pas communiqués à la presse.

Peter avança au son de la voix du major et le découvrit accroupi devant un chat tigré.

— Tu sais ce que j'aime chez lui ? fit le commandant.

— Dites-moi.

— C'est le pire menteur qu'ait jamais connu Patriotic School.

— Comment ça ?

— Il fait semblant d'être imprévisible. Et le pire, c'est qu'il l'est.

Le major approcha sa main du museau. Le chat interrompit sa toilette pour lui lécher les doigts. La curiosité inquisitrice des chats, reniflant tout ce qui est nouveau, furetant dans le moindre espace, attendrissait son cœur.

— Vous avez les mêmes moustaches, constata Peter.

Le major se mit à lisser la sienne : des poils blancs mêlés aux noirs. Elle donnait de la résonance à ses coups de gueule.

— C'est un chat qui ne perd pas ses poils, se félicita le major.

Il se reprocha d'avoir parlé trop vite quand il vit les yeux rouges et luisants de Peter. Celui-ci était allergique aux chats, comme il l'était aux chevaux. Dès qu'il entrait dans une écurie, il en ressortait sur une civière. Il y avait d'autres lieux interdits : les hippodromes, les fermes, les greniers. Quant aux saisons, elles étaient toutes dangereuses, et ses crises de suffocation impressionnantes.

— Vous savez que je ne suis pas très familier des chats, dit Peter.

— Je sais, je peux le faire sortir.

— Non, pour l'instant, tout va bien.

— Je fais montre de trop d'indulgence à son égard.

— Par exemple ?

— Une plume trouvée dans sa fourrure m'incline à penser…

— Il a tué les poules ? s'exclama Peter.

— Peut-être, dit le major en baissant la tête.

Peter se rappela un proverbe yiddish qu'affectionnait sa grand-mère : « Il faut deux personnages pour manger du poulet. Moi et le poulet. » Ce qui ne voulait rien dire. Le poulet ne voulait pas être mangé, point final.

— Parfois il a des accès de frénésie, il court après sa queue ou saute sur une mouche. Brusquement tout s'arrête. Il se fige et déserte la scène en gentleman, comme si tout ça, finalement, n'en valait pas la peine.

— Un peu comme un derviche tourneur qui sortirait de sa transe pour fumer une cigarette, j'ai déjà vu ça. Ou il est cyclothymique.

— Possible. C'est son heure de sortie, dit le commandant en souriant.

— Vous lui avez donné un nom ?

— En fait oui : Big Jack.

— Cela ne me paraît guère approprié.

— Ah bon ? se renfrogna le major.

— Pour une femelle, en tout cas.

— Une femelle ?

— Seules les chattes sont tricolores. Une des rares choses que je sais sur les félins.

— Ça alors ! s'exclama le major en redressant l'échine.

La chatte attendit vainement la prochaine caresse. Elle se fit une raison et alla se réchauffer près du poêle. Dans son sillage, le major remit une bûche dans l'âtre ventru. Dès qu'il se rassit, la chatte bondit sur ses genoux. Il lui frotta le crâne entre les oreilles. Il reprit :

— Cookie est raisonnable. Pour les procès à Old Bailey, il privilégie un profil d'espion à poursuivre : il faut qu'en dépit de preuves accablantes le type s'obstine à nier ou qu'il n'y ait plus grand-chose à en tirer.

— Du bon sens.

— Stephen ferait le contraire. Il estime les durs à cuire et méprise les hommes brisés. Malgré sa fonction, il apprécie ceux qui ne crachent pas le morceau.

— Comme César.

— Tu connais la devise de son uniforme ?

— À Tin-Eye ? Celui qui n'a jamais un pli ? ironisa Peter.

— « Plutôt mourir que d'être un lâche » : la devise des Royal Gurkha Rifles. Il aurait pu en choisir d'autres : il a servi un peu partout.

— Et avec l'uniforme, le monocle et la raie impeccable qui va avec, ajouta Peter avec sarcasme.

— Un peu Heydrich, non ? Oh ! Il le sait, ne t'en fais pas. Et il savoure son surnom. Stephens est un drôle de zig.

Le major remit encore une bûche dans le poêle.

— Vois-tu, il y a deux types d'interrogateurs : le casseur et l'enquêteur.

— Cookie nous a expliqué que ce n'était pas si binaire, rétorqua Peter.

— Stephens croit dur comme fer à cette distinction. Il se considère comme un « casseur-né », une espèce rare visant à mettre K.-O. l'adversaire d'entrée de jeu. Il se croit prédestiné. Selon lui, les enquêteurs sont d'une race plus commune. Ils sont besogneux, ils assemblent des pièces. Pour lui, tout se joue lors du premier interrogatoire. Et ça marche. Sauf que ce premier interrogatoire intervient fort tard. Au mieux une semaine après le transfert. Les archives ont été épluchées, les écoutes des cellules, toutes truffées de micros, ont livré des bribes.

— En somme, sans enquêteurs, pas de casseurs, résuma Peter.

Il se mit à penser au représentant de commerce français qu'il n'arrivait pas à démasquer. Peut-être parce que le Mistigri n'avait pas de masque. Cet échec minait Peter. Il n'était ni un casseur-né ni un enquêteur hors pair.

— Exact, fiston. Aucun interrogateur, si expérimenté soit-il, ne peut s'arroger la victoire qui scelle des aveux. Stephens néglige les maillons de la chaîne : les garde-côtes, la police, les douaniers, les officiers d'immigration, les consulats, nos antennes à l'étranger, Bletchley Park, Patriotic School... Non, nous sommes du menu fretin. La victoire ultime lui revient. Quand bien même nous expédions d'ici la majorité de ses effectifs, il adore triompher.

— Son équipe semble le vénérer, fit remarquer Peter.

— Elle le voit comme la statue du Commandeur. Elle est soudée par la haine de l'ennemi. Stephens manie le tison à merveille. Ses avis sont tranchés : les Islandais sont inintelligents ; les Français désinvoltes et corruptibles ; les Italiens figés dans leur folklore ; les Espagnols têtus et immoraux et les Juifs sont..., hésita-t-il.

— ... des youpins qui veulent tout contrôler, échapper au

service militaire et diriger le marché noir, compléta Peter avec amertume. Malgré le *Black Book**, malgré les atrocités qui viennent d'être révélées, c'est ce que pense toujours une majorité d'Anglais.

— Tin-Eye est assez cinglé, éluda le major.

Les sondages de l'opinion publique menés chaque semaine par le ministère de l'Information étaient, effectivement, accablants. Les gens plaignaient les Juifs polonais, victimes d'extermination, mais toléraient peu les Juifs en Angleterre. Restons sur Stephens, songea le major.

— Des aînés haut placés l'apprécient. Tel ce bon vieux Dick White, dont ton père t'a peut-être parlé. Tu sais, le directeur de la Surveillance du territoire. Ma foi, Stephens n'est pas mauvais dans la fonction.

— Nous sommes meilleurs, asséna Peter.

— Un autre whisky ?

— Oui, s'il vous plaît.

Le major but une gorgée, la dernière, et regarda le fond de son verre vide comme s'il le décevait.

— Pourquoi m'avoir choisi ? s'enquit Peter.

— Comme filleul ? Tes parents l'ont décidé.

— Non, pour le MI5. Des policiers, des détectives privés, des avocats, c'est dans l'ordre des choses.

— Tu es bon au bridge.

Le commandant William le laissa méditer pendant qu'il retournait à sa table de travail.

Si farfelu que fût l'argument, Peter ne tarderait pas à découvrir qu'il avait raison : le contre-espionnage s'apparentait au

* Le *Black Book of Poland* est un rapport publié par le gouvernement polonais en exil, décrivant les atrocités commises par l'Allemagne dans la Pologne occupée. Il documente notamment l'extermination des Juifs.

bridge. Bluffer, appeler un partenaire, éliminer les cartes maîtresses de l'adversaire…

Ils bavardèrent encore un peu, l'un debout, l'autre assis. Puis le major se leva pour répondre à une demande griffue : il fit sortir le chat dans la nuit noire. Il écrasa son cigare et referma la porte-fenêtre.

Pour Peter, c'était le signal du départ.

— Vous visez le même objectif : faire de ce lieu une souricière, dit-il avant de disparaître.

Lorsqu'il se déshabilla pour se mettre au lit, Peter se rappela ce qu'avait dit Cookie, à la veille de l'ouverture de Patriotic School. Malgré ses phases d'inattention ce jour-là, il avait facilement enregistré ce passage. C'était un moyen mnémotechnique pour résumer les motivations des espions amateurs. « MICE : *Money, Ideology, Coercion, Ego*[*]. »

---

* Acronyme signifiant « souris » utilisé pour comprendre ce qui peut motiver un agent ennemi à trahir son pays – argent, idéologie, coercition et ego – et, partant de là, à le retourner.

16 NOVEMBRE 1942

58

Piscine du Roehampton Club, Londres, 8 h 30

Le lendemain, Peter vit descendre de voiture un grand gaillard rasé de frais, qu'escortaient deux estafettes.

Peter s'approcha et lui tendit la main. L'autre la serra sans conviction.

— Vous avez pris un *breakfast* ?

— J'ai pris ce qu'il y avait, bougonna Martin. Les gardes, c'était pas utile.

— Voyez-les comme des maîtres-nageurs. Prêts à plonger pour vous sauver.

Tous deux se déshabillèrent et se mirent à l'eau. Peter suivit le Belge pendant deux heures.

— Vous avez de l'endurance, lui dit-il, une fois hissé au bord du bassin alors que Martin continuait d'onduler avec aisance.

— J'appartiens au club de natation de Schaerbeek à Bruxelles, se défendit Martin. Ce n'est pas faute de l'avoir répété, ajouta-t-il dans un souffle avant de reprendre sa glisse.

Peter se sécha.

— Est-ce un VIP pour que vous lui réserviez la piscine ? demanda un policeman.

L'agent était manifestement plus accoutumé à patrouiller dans les rues surtout depuis que l'Éventreur du black-out semait l'effroi.

— Pas que je sache, dit Peter. Vérifiez bien qu'il ne pose pas un pied dans le petit bassin et qu'il ne se tienne pas au rebord quand il achève une longueur.

— Bien, j'y veille. Qu'est-ce qu'il a fait pour qu'on lui inflige ça ?

— Il a enroulé ses vêtements dans une toile huilée puis a sauté d'un bateau reliant Marseille au Maroc où il avait embarqué en clandestin et il a traversé à la nage le détroit d'Algésiras. Courants forts, brusques changements de température pendant plus de quatre heures.

— Vous ne le croyez pas ?

— À moitié. Il n'est qu'à mi-parcours.

Peter observa le Belge tracer ses lignes. Un crawl parfait. Avant-guerre, il enchaînait au Bath Club les mouvements de brasse coulée tandis que Patrick agrippait les anneaux suspendus au plafond ou s'entraînait au trapèze volant. Le commandant Wilson avait raison : son fils détestait l'eau.

— Combien de temps ? demanda Peter à l'autre policeman qui se sentait ridicule pieds nus et en uniforme.

— Deux heures dix-sept, répliqua-t-il après avoir consulté le chronomètre. Dites, je peux sortir m'en griller une ?

— Allez-y, répliqua Peter en s'essorant les cheveux.

La natation lui déliait plus que les nerfs et les muscles : elle rendait son humeur légère, à la manière d'une griserie.

Martin fit la planche une trentaine de secondes. Puis recommença ses battements de jambes et ses rotations de bras, aussi fluides que l'eau.

Une fois rhabillé, Peter compulsa deux dossiers qu'il avait emportés dans une sacoche. Il feuilleta celui d'un dénommé

Louis Marteau dont le CV mentionnait plusieurs séjours en maison de correction jusqu'à ses vingt et un ans, suivis de deux peines de prison. Il passa ensuite au pedigree de Maurice Sandre. Comparé au précédent, c'était un citoyen au-dessus de tout soupçon : un représentant de commerce qui détestait Darlan, un joli cœur que révulsait l'armistice signé par Pétain. Et, pour l'officier Kensington, une épine dans le pied. Il butait sur quelque chose que nul autre que lui ne voyait.

Deux heures plus tard, Peter autorisa Martin à sortir de l'eau.

— Ça va ?

— Les muscles en feu, mais j'avais besoin de me défouler. *Popeye, Fantasia* et *Dumbo* en boucle pendant deux semaines, ça me porte sur les nerfs.

— Tenez.

Martin se saisit de la serviette.

Peter décida de passer au tutoiement.

— Je parie que tu as faim.

— Et comment !

— Tu n'es pas contre une petite virée ?

— Et les gardes ?

— Je leur ai accordé quartier libre.

— C'est bon alors ?

— Le temps de régler les formalités de sortie. Mais on va jouir d'une récréation. Viens !

Ils sortirent à l'air libre.

— C'est à vous la moto ? dit Martin, hésitant.

— À personne d'autre. Monte !

À 14 h, après un restaurant aux prix modiques dont Peter régla la note, et une visite motorisée de la ville, ils étaient de retour à Patriotic School.

Trente minutes plus tard, les pointes de cheveux encore

mouillés et une courbature tenace au mollet, Martin faisait ses adieux à ses camarades de chambrée.

Deux ans plus tard, incorporé à la brigade Piron, il perdrait la vie au sud des Pays-Bas.

59

PERSONNEL

Le 15 novembre 1942

Cher commandant Wilson,

Le gouvernement belge m'a remis sa note de bienvenue pour les arrivants à Patriotic School. Je vous la joins.

Un modèle du genre, à mon avis. Je vais la faire circuler pour inspirer d'autres plumes.

J'espère en recevoir d'autres la semaine prochaine.

Liddell

Royaume de Belgique
116 Eaton Square
Londres S.W.1.
Volontaires belges

Votre gouvernement est heureux de vous souhaiter la bienvenue sur le sol de la Grande-Bretagne amie.

Il vous félicite du dénouement favorable d'un voyage dont il n'ignore ni les difficultés ni les dangers. Il vous remercie d'être venu travailler et combattre avec lui pour la délivrance de la patrie.

Quelques jours de patience sont encore nécessaires avant que vous puissiez prendre contact avec vos compatriotes résidant ici. Si hauts soient vos mérites, vous devez comprendre qu'un grand pays en guerre manquerait à ses devoirs essentiels vis-à-vis de lui-même et de ses alliés s'il laissait des étrangers pénétrer chez lui sans contrôle ni formalités. Les services britanniques accomplissent cette tâche indispensable avec le maximum de compréhension, de tact et de générosité. Que votre bonne grâce réponde à la leur ! Ainsi, dès l'abord, vous aurez servi la réputation et le prestige de notre pays.

Nous vous attendons et nous nous préoccupons, dès à présent, de vous réserver un accueil cordial qui facilitera, matériellement et moralement, votre installation en Angleterre et vous fera oublier les vicissitudes de la route.

En dépit des épreuves que vous avez subies, gardez un moral élevé, gardez la foi, gardez le sourire ! Le moment est proche où vous pourrez pleinement dépenser votre ardeur au service du pays.

Demain, vous serez à l'œuvre à nos côtés pour la libération de la patrie qu'ensemble nous retrouverons bientôt plus forte et plus belle que jamais.

Pour le Gouvernement
Le Ministre de l'Information
Antoine Delfosse

En voilà un qui n'est pas ingrat, songea le major qui se promit d'appeler le ministre Delfosse pour le remercier. Il se rappela une lointaine conversation avec le docteur Devon sur la « maladie des barbelés » dont souffriraient les pensionnaires, alors que Patriotic School s'employait à leur faire, effectivement, « oublier les vicissitudes de la route ».

PERSONNEL

Le 15 novembre 1942

Cher capitaine Liddell,

Je viens à l'instant lire la lettre d'accueil à Patriotic School rédigée par les services de Delfosse, et vous aviez raison, c'est un modèle du genre et, dans son genre, universel. Je vais la faire traduire en plusieurs langues et retrancher la signature pour les non-Belges. En attendant qu'elle fasse des émules et que d'autres gouvernements nous livrent la leur, elle sera présente à l'accueil de Patriotic School.

Je m'en veux de vous raconter l'épisode suivant et la bagarre qu'il a provoquée, car il concerne précisément les Belges dont je me félicite de la note de bienvenue. Cet épisode témoigne que les mauvais peintres nous auront joué bien des tours dans cette guerre. Voici l'histoire : avant-hier, la visite de l'ambassadeur de Belgique s'est soldée par une crise. Croyant bien faire, le baron Cartier de Marchienne a apporté un portrait de Léopold III. Or, il semblerait que le souverain ne soit plus en odeur de sainteté depuis l'annonce de son second mariage. Qu'il capitule : soit ! Qu'il convole : non ! Donc les Belges, pourtant d'un tempérament plus placide que les Français, ont chahuté. Une rixe a éclaté, et le tableau a été décroché. Il semble que les noces du roi aient conduit à une considérable perte de son prestige. Selon Harry Finley, mon chef de section chargé, notamment, de la Belgique, des actes de lèse-majesté ont eu lieu dans plusieurs villes. À Anvers, par exemple, des portraits ont aussi été décrochés et les citoyens appellent de leur vœu un nouveau règne.

Ce genre d'incidents à Patriotic School est voué à se répéter. Imaginez les Français ou les Yougoslaves, leurs guerres intestines. N'importe qui, n'importe quoi peut froisser les susceptibilités. Sans oublier que les Norvégiens réclameront demain un portrait du roi Haakon, les Bataves celui de la reine Wilhelmine. Chacun voudra ici déposer son écot patriotique. Alléguez que nous préférons les dons en nature – textiles, conserves de nourriture –, que le bâtiment est trop humide pour les œuvres d'art. Je charge aussi quelques-uns de mes hommes de répandre cet évangile dans les clubs et les cantines.

Commandant Wilson

Ce soir-là, Kate, anciennement Big Jack, lui apporta un rat en travers de la gueule, sa troisième offrande de la semaine. Le major fit tournoyer le rongeur par la queue et, d'un geste ample, l'expédia dans l'herbe noyée par l'obscurité. La chatte l'observa sans frémir d'une oreille. Le haut gradé ne devinait pas sa tendresse jalouse derrière sa placidité. L'incorruptible Kate continuerait à lui fournir des preuves d'amour et à admirer un lâcher de rat de mieux en mieux balancé.

17 NOVEMBRE 1942

60

Mess des officiers, 8 h 20

Le commandant déposa une liasse de télex dans une corbeille.

— Nous accueillerons deux nouvelles recrues la semaine prochaine avant leur prise de fonctions au Caire, annonça le major. Le premier à l'interrogation, le second à l'inspection.

À mesure que les antennes du MI5 à l'étranger se multipliaient ou s'étoffaient, les stagiaires se succédaient.

— Ce n'est pas tout. J'ai une bonne nouvelle de notre ami du MI9.

— Nestor Blythe, le petit chauve ?

— Celui-là même.

— Un évadé a, pour la première fois, emprunté avec succès la route vers la Suède, par l'intermédiaire de Dantzig.

Parmi les officiers, quelques applaudissements se firent entendre.

— Notre ami qui aide à faire libérer nos prisonniers m'a aussi chargé d'un cadeau pour vous.

Le major sortit de sous son bras un Monopoly. La vue du jeu doucha instantanément l'intérêt de l'assistance.

— Trop aimable, railla Follett.

— Comme si on n'était pas assez occupés, ricana Finley.

— J'aurais préféré une boîte de chocolats, persifla Julian qui crevait tout le temps de faim, à croire que sa parentèle lui suçait le sang.

— Le colonel Nestor a prélevé cette boîte dans un colis pour nos prisonniers, précisa le major.

— Très aimable de sa part de prendre sur les colis aux détenus. En plus, ceux-ci vont être ravis de payer des loyers aux promoteurs immobiliers, ajouta Samuelson qui, aussitôt, se mordit la langue.

— Pas faux, remarqua Henry. C'est grotesque quand on y pense. Imagine : tu es dans ton baraquement, sur ta paillasse et tu achètes un immeuble à Mayfair.

Samuelson lui fut reconnaissant de son soutien inattendu.

— Écoutez, conclut le major, je n'ai pas tous les détails. Vous me direz.

Ils s'approchèrent. Le commandant dégagea la table plus proche pour déplier le plateau et sortir les jetons du Monopoly : dé à coudre, chapeau haut de forme, botte, automobile, navire de guerre, brouette, terrier écossais. Autant de symboles exprimant les contours disparates d'un pays.

— « *Go to jail* » lut Andrew, en tirant une carte.

— J'ai plus de chance, répondit Peter : « *In jail/Just visiting* ».

L'Europe des rentiers et des propriétaires fonciers raffolait de ce jeu dont le nom, Monopoly, était éloquent. Apparu cinq ans plus tôt, il battait des records de popularité au Royaume-Uni. Samuelson détestait cette compétition ludique qui stylisait, en les sacralisant, les antiques différences de classe aggravées depuis le mouvement des enclosures au XVIe siècle, d'où Karl Marx datait la naissance du capitalisme. En ville, les aristocrates accaparaient les mètres carrés afin de faire payer au miséreux la protection d'un toit, ne serait-ce que pour dormir quelques heures avant d'embaucher à l'usine. Tout était concentré autour de Westminster où résidaient les élites économiques et politiques. À Regent Street, bombardée en octobre 1940, le droit de passage au Monopoly coûtait trois cents livres. Il était de trois cent cinquante livres à Park Lane où Eisenhower possédait à présent son quartier général, et Churchill une suite au Dorchester. Il s'élevait à quatre cents livres à Mayfair, la plus chic adresse du West End. C'était parmi la noblesse anglaise que des résistances s'étaient exprimées avec véhémence contre le projet d'adaptation du Monopoly inventé par des Américains. Partout ailleurs, lorsqu'elle était convertie en monnaie locale, la « Luxury Tax » était supérieure d'un tiers à la somme initiale en dollars, cela afin d'obtenir un chiffre rond. Les lords, eux, s'y étaient opposés. Ils avaient remporté une autre victoire : que cette « Taxe de luxe » soit rebaptisée « Super Tax », et que l'impôt sur le revenu soit remplacé par une amende payable par tous, prix fixe. Pour les autres, il restait les cartes « Chance » et « Community Chest » ponctuées d'un point d'interrogation. Le scandale du Monopoly à l'anglaise n'avait pas dépassé le lectorat du *Daily Worker*, publication que le secrétaire d'État à l'Intérieur, le travailliste Herbert Morrison, avait interdite en janvier 1941, en même temps qu'il ordonnait une série d'arrestations dans les cercles communistes. Tout cela, Samuelson ne l'ignorait pas et en gardait une rancune vivace. Des sentiments contradictoires traversaient le cryptanalyste. Depuis l'évacuation réussie de Dunkerque, il estimait Churchill au plus haut point, mais il s'obstinait à détester en lui l'héritier des Spencer. Les aristocrates préféreraient toujours la charité à l'équité. Ils continueraient à professer quelque chose tout en pensant une autre. Les quartiers de noblesse leur donnaient des privilèges indus et les inclinaient à cultiver une hypocrisie sociale, indissociable de l'apparat. Pour Samuelson, le Monopoly était le comble de leur perversité. Pendant qu'il était plongé dans ses réflexions, un chœur de commentaires se mit à résonner.

— Regardez, major.

— De vrais billets parmi les faux. De quoi se payer un coup.

— J'ai trouvé une boussole.

— Une lime !

— Ah oui, c'est ingénieux, s'extasia le major.

— Vous permettez ? fit Belish qui actionna son fauteuil jusqu'au bord de la table.

Il prit le plateau de jeu, en déchira le tablier et un carré de soie imprimé voleta à ses pieds.

— Le message était sibyllin, confia le major : « Pour la carte ». Je pensais qu'il s'agissait d'autre chose.

Ils contemplaient la carte de Suisse et le reste des jetons quand Belish siffla la fin de la partie :

— Retournons à nos moutons. Le War Office prépare un questionnaire. Il faudra le faire remplir aux pensionnaires en provenance des territoires ennemis. Des exemplaires seront disponibles en plusieurs langues.

— De quoi s'agit-il ? s'enquit Follett.

— Disons que l'éventail s'élargit. Il faut les sonder sur le moral de leurs compatriotes, l'influence de la BBC. Est-elle écoutée, appréciée ? Quelle est sa fréquence d'écoute là où ils logeaient ? La transmission était-elle correcte ? Y a-t-il pénurie alimentaire ? Quels sont les prix des produits de première nécessité ? Quels hommes politiques disposant encore d'un certain crédit pourraient, après-guerre, assurer la transition vers la démocratie ? énuméra le colonel.

— Question optimiste à ce stade, ne put s'empêcher de faire remarquer Finley.

Belish adopta un ton cinglant :

— L'optimisme est le nerf de la guerre.

Tous convinrent que le paralytique privé des nerfs sciatiques, fémoral et tibial, avait bougrement raison. C'était une manière élégante de lever la séance.

Rob Swayne retint Peter.

— Finley et moi avons à vous parler, murmura-t-il.

— Je vous ai donné trois jours pour trancher le cas de Maurice Sandre. Où en êtes-vous ?

— J'ai avancé.

— Au sens probatoire du terme ?

— Non, convint Peter.

— Je vais avoir besoin de vous à plein temps. Finley dispose de suffisamment d'interrogateurs parlant français. Un flot de Polonais de Haute-Silésie et de Poméranie va déferler à Patriotic School. Ils ont fui la conscription par la Wehrmacht. D'autres y ont servi. La question sera de savoir si l'enrôlement s'est fait de gré ou de force.

— Je suis donc affecté exclusivement à la section E ? demanda Peter en regardant Finley.

— À partir de ce jour, oui.

— Cookie doit passer dans deux heures, poursuivit Rob Swayne à haute voix. Soyez tous là. Il a des astuces pour trancher le cas des déserteurs.

61

Service d'inspection, 10 h 12

— Donald ? fit Peter avec un sourire radieux.

— Oui ?

Le trentenaire roux releva la tête d'un tiroir dont il venait d'extraire une réglette bardée de lettres. Des tables étaient punaisées (Beaufort, Vigenère) au mur et dans une bannette trônaient des grilles et des cartons quadrillés dont certaines cases étaient ajourées.

— Explique-moi. Comment es-tu parvenu à ce résultat ?

Peter tenait entre ses doigts une enveloppe contenant une lettre jaunie. Il la connaissait quasiment par cœur. De l'autre main, il exhibait un bout de papier noirci d'une ligne.

— Oh, c'est très simple. Le code est un jeu d'enfant : la première lettre de chaque phrase. Bref, un stupide acrostiche. Sauf que, pour moi, l'assemblage des lettres ne signifiait rien. J'ai soumis un ensemble de combinaisons opérées sur cette lettre et d'autres à Barry et c'est lui qui a découvert l'adresse cachée.

— Bon travail, Donald !

— Va aussi féliciter Barry.

62

Bureau de la section F, 10 h 25

Après plusieurs coups de fil infructueux, de Bruyn réussit à entrer en contact avec Adriaanus Vrinten des services centraux du renseignement néerlandais, le MIVD.

Celui-ci fut catégorique :

— Le transport maritime est strictement contrôlé aux Pays-Bas. Les soldats allemands montent toujours à bord aux fins de vérification, et la flotte de pêche n'est autorisée à naviguer qu'en deçà de cinq miles.

— Entendu. Qu'aurait risqué Dronkers au marché noir ? demanda encore de Bruyn.

— Il trafiquait en gros ?

— Non, du café, du lait concentré, des bas, du sucre. Il faisait ses petites affaires dans des arrière-salles de brasserie à La Haye.

— Comme tout le monde. La moitié des Hollandais s'adonne au trafic : cigarettes, alcool, café. Les autorités ferment plus ou moins les yeux, à moins qu'il ne s'agisse de Juifs que les nazis déportent sur-le-champ, répondit l'homme du MIVD. Pour les autres, c'est deux à trois semaines de prison contre une probable exécution quand on est pris en flagrant délit d'évasion.

— Vous n'auriez pas entendu parler d'un Jan qui aurait été arrêté par la Gestapo à Hellevoetsluis ?

— Non. Écoutez : envoyez-moi les photos de mes concitoyens, et je mènerai ma propre enquête.

— Cela sera fait, avec un résumé de leur histoire.

Hugues Wallace grogna, mais dans le quart d'heure il exécuta des tirages d'après négatifs, et les clichés furent aussitôt transmis par une estafette.

Demeuré dans son antre, le technicien jeta un coup d'œil aux clichés qu'il égouttait au-dessus d'un bac. Des visages, toujours des visages. Il ne connaissait pas leurs noms et, partant du principe que certains rajeunissent dans l'action tandis que d'autres vieillissent dans l'épreuve, il ne cherchait pas à leur donner un âge.

L'ampoule rouge clignota deux fois. Hugues se rinça les mains avant d'ouvrir.

Henry se faufila dans l'encoignure.

— C'est pour quoi ? le rabroua Hugues.

Il le fit rentrer en rabattant le rideau et il essuya son nez au revers de sa manche.

— Auriez-vous développé ma pellicule ? demanda Henry.

— La référence ?

— J'ai ça... quelque part..., dit Henry en tâtant ses poches. Ah non, je l'ai rangée là, ajouta-t-il en pointant son crâne du doigt.

Il la lui communiqua.

Hugues vérifia dans un registre. Il arrêta son index sur une colonne et confirma que le travail avait été effectué.

— C'est bon. 13.22-36, dit-il en relevant la tête.

— Ce n'est pas ma référence, objecta Henry.

— C'est la mienne, dit le laborantin. Fil 13. Photos numérotées de 22 à 36.

Wallace devança Henry dans l'arrière-salle festonnée de clichés. Un système de poulies que le technicien manœuvra avec dextérité permettait d'ajuster la hauteur des cordes. Il décrocha des vues de paysage.

— Rendez-vous utile. Dégotez-moi une enveloppe, une grande là sur le bureau, non, une grande j'ai dit… Une des vertes, voilà.

Henry s'exécuta sans regimber. Il connaissait l'ermite enténébré qu'était Hugues Wallace.

Sitôt sorti dans le couloir, Henry jeta un coup d'œil aux photos. On y voyait un terrain d'aviation allemand et une garnison militaire en milieu forestier. Les clichés avaient été pris par un agent français de retour de mission. De Gaulle avait râlé, à propos de cette escale forcée. *Dura lex, sed lex*, comme disait Peter qui, selon Henry, faisait un abus excessif de maximes latines.

Hugues retourna devant son bac. Des photos achevaient leur mue dans un bain. Les contours s'étaient précisés. Un portrait de femme flottait sous la lumière rouge. Ah non, d'autres formes apparaissaient. Des formes plantureuses, une pose lascive. Rien de plus sur un corps nu que des jarretelles. Hugues écarquilla les yeux. Une toison foncée embroussaillait l'entrejambe. Les cochons, pensa Wallace. Il sourit. À cet instant même, il savoura au plus haut point son choix de solitude.

63

Bureau du colonel Belish, 11 h 40

— Colonel Belish, dit un gradé en claquant des talons, tranche de la main sur le front.

— Lieutenant Vishner.

— C'est à propos de Gunnar Olsen, dit celui-ci.

Vishner avait des yeux cernés et une mine de déterré.

— Nous sommes dans une impasse, répliqua Belish d'un ton sec. Comme je vous l'ai expliqué au téléphone, il subsiste des doutes, dit-il au chef britannique de la section N du SOE.

— Vous trouveriez des poux sur le crâne d'un chauve, reprocha Vishner avec amertume.

— Un individu peut mettre en péril toute une institution, argumenta Belish, le menton tremblant.

— Nous répondons de lui, protesta Vishner.

Belish se ressaisit. Alliant la rhétorique à la colère, il fit valoir que tout conflit d'intérêts ou dissension sur les responsabilités pourrait conduire au désastre, que la priorité de Patriotic School était la sécurité, qu'aucune autre considération ne devait interférer avec cet impératif, que le SOE se refusait à admettre que ses agents puissent être compromis, que des réseaux tombaient en

Norvège, en Belgique, aux Pays-Bas, en France et, concernant des opérateurs radio qui reprenaient contact après un long silence, le SOE méconnaissait la règle des mineurs de fond : quand le canari cesse de chanter, c'est qu'il y a une fuite. Belish voulut ajouter une perfidie :

— Dois-je rappeler votre fiasco… ?

— J'en aurai tout autant à votre service, le coupa le lieutenant Vishner. Nous vous accordons une faveur en consentant que nos hommes passent par chez vous, et vous en abusez.

— Ce n'est pas une faveur, mais une obligation. Tous nos agents et tous les agents alliés doivent désormais nous rendre une petite visite.

— On ne remet pas en cause le principe. Ce qu'on vous reproche est que vous reteniez Olsen contre toute logique.

— Si son histoire était moins illogique, il serait déjà sorti.

— N'importe quelle accusation peut griller nos meilleurs hommes. Facile pour vous de les mettre hors circuit. Pour nous c'est un immense gâchis.

— Les interrogateurs qui ont rencontré Olsen ont ressenti un malaise.

— L'expérience qu'il vient de vivre l'a perturbé. Vous pouvez le comprendre.

— Je le comprends. Telle n'est pas la question.

— On peut signer une décharge.

— Vous plaisantez, j'espère. Nous sommes dans l'impasse, répéta Lord Belish, en actionnant les roues de son fauteuil.

De sa canne, il fit reculer le lieutenant Vishner pour faciliter la manœuvre.

— À propos d'un miraculé qui a survécu à quatre balles et trois mois de torture par la Gestapo ? s'emporta celui-ci. Non ! Et cela ne fait pas rire, et pas non plus Hugh Dalton.

Vishner rapporta que le ministre de l'Économie de guerre

était très affecté par la situation. Les camarades de la section N du SOE l'étaient également.

— Si c'est là la juste rétribution pour risquer sa vie en première ligne, poursuivit le lieutenant des Opérations spéciales.

— Navré. Telle n'est pas la question, encore une fois, objecta Belish sur un ton sans appel.

— Ça l'est par contrecoup, lui répondit Vishner du tac au tac. Que je saisisse bien : si Olsen confirme vos soupçons, il devra quitter le SOE. S'il dément, même punition. Je vois : votre style de négociation c'est à prendre ou à laisser.

Belish retroussa ses lèvres.

— Pas d'exemption, pas d'exception. C'est la règle. D'ailleurs, à propos de quoi souhaitiez-vous négocier ? Une porte est ouverte ou fermée.

Au tour de Vishner de fulminer.

Belish ne lui laissa aucun répit :

— Pourriez-vous me pousser jusqu'au vestibule ? Mes bras sont fatigués en fin de matinée.

Se plaçant derrière le fauteuil roulant, le lieutenant Vishner ravala sa rancœur.

Malgré son handicap ou à cause de lui, Belish possédait un ascendant naturel. Il suffisait de l'observer : son visage plissé de cabot en imposait, ainsi que son œil de verre donnant une ardente fixité à son regard. Parfois, il caressait des doigts sa canne – inutile – qu'il tenait en travers sur ses genoux. Tel un animal domestique ou un serpent venimeux qu'il aurait dompté.

Quand Vishner s'éloigna vers la sortie, Belish dirigea les roues de son fauteuil dans la direction opposée. Il n'éprouvait aucune honte de son stratagème : il fallait clore une discussion qui ne menait à rien, ne serait-ce qu'en poussant un paralysé. Vishner avait raison sur toute la ligne mais, encore une fois, là n'était pas la question. *No exception*, disait souvent le major.

Cela lui coûtait. Cela coûtait à tous. Subitement, il se mit à crier :

— Lieutenant Vishner, lieutenant Vishner !

En quelques enjambées, le lieutenant repassa le seuil.

— Venez demain à 14 h, dit Belish. Vous participerez à l'entretien. Vous jugerez par vous-même.

Vishner hocha la tête et le salua.

Vishner ne saurait rien de l'épisode qui suivit. Et personne n'en aurait rien su si Gunnar avait retrouvé son pyjama en pièces, mais c'étaient ses draps qu'on venait de lacérer. Gunnar rapporta l'incident au responsable d'étage, sinon quiconque aurait pu croire qu'il détériorait le linge de maison. Ce point n'était pas indifférent au Norvégien né dans une famille de femmes. À la lisière du brouillard formé par son insondable tristesse, Gunnar persistait à voir ce qui était invisible pour les habitants de Patriotic School : ces petites mains qui lavent, soignent, mitonnent, nettoient ; ces ombres furtives portant blouses ou tabliers qui dévalaient les escaliers, toujours pressées, courant d'un endroit à l'autre, et qu'ils n'avaient jamais en face d'eux dans un bureau. Elles ne prenaient pas des notes : elles les tapaient. Elles ne formulaient ni verdict ni diagnostic, elles administraient un traitement. Elles n'étaient pas dans le maintien de l'ordre mais elles repoussaient le désordre, la saleté et la faim.

Le responsable d'étage écouta Gunnar avec attention.

64

Vestibule, 12 h

Ce fut un hasard inespéré. Sans l'envie d'uriner qui lui avait fait quitter son bureau, Henry n'aurait pu apercevoir la silhouette de Cookie. Il se décida à rattraper le gradé dans le couloir.

— Lieutenant-colonel ?

Cookie le dévisagea.

— Fielding, c'est cela ?

— Oui, je peux vous demander conseil ?

C'était pure rhétorique, un prétexte pour rassasier sa curiosité. Cookie le devina. Il le laissa parler et, devant la banalité de ses propos, lui fit une réponse aussi plate que sa question.

— Autre chose ? dit-il sur un ton cinglant.

Acculé, Henry se lança. Après tout, le sujet n'était plus tabou : Goertz.

À ce nom, les lèvres de Cookie s'étirèrent et ses yeux se fendirent.

— L'humeur est à la fête.

Depuis que le G2, la Direction du renseignement irlandais, avait percé le code du lieutenant allemand, près de cinquante agents avaient été identifiés. Cookie omit sciemment de révéler le rôle du directeur de la Bibliothèque nationale d'Irlande (total secret-défense) et, ce faisant, épargna à Henry l'histoire des combinaisons rotatives. Il se borna à dire que c'était un homme du livre qui avait fait tomber Goertz, et confia à Henry que lui-même s'était octroyé un petit plaisir vengeur :

— Dans une fausse lettre rédigée par nos soins, nous lui avons fait croire que Berlin était si satisfait de ses services que les autorités militaires venaient de le promouvoir major. Goertz a pleuré de joie. Il s'est empressé de célébrer sa promotion avec ses compagnons de cellule.

Sur ces mots, Cookie prit congé.

Comme Sherlock, Henry pensait qu'un magicien perd son prestige en dévoilant ses tours. Cookie n'avait jamais perdu le sien, la roublardise lui allait bien au teint. Henry repensa à cet énigmatique « homme du livre » qui avait permis l'arrestation de Goertz. Henry n'avait pas exigé de détails et ne doutait pas qu'il n'en aurait pas reçu. L'absence de contexte offrirait, cette nuit-là, à son imagination plusieurs scénarios où tantôt un obscur imprimeur, tantôt un écrivain à succès démasquait l'ennemi infiltré.

65

Bureau du colonel Belish, 14 h 5

— Un Serbe prénommé Goran pense que le dénommé Radan pourrait agresser Gunnar Olsen. Il dit que le jeune a volé un couteau à la cantine, rapporta le responsable d'étage.

— Un envoyé de l'Abwehr ? Un saboteur ?

— Non, à moins d'avoir été recruté à l'âge des culottes courtes.

Le commandant Wilson, le colonel Belish, le docteur Devon et le capitaine Springett tenaient conciliabule. La moindre bévue les mettrait en porte à faux avec le SOE.

— Le Tsigane a été vu par le psychiatre. J'ai contacté Dearden quand Radan refusait de se prêter à la visite médicale. Il a fallu l'intervention d'un compatriote pour le décider à entrer dans la salle d'examen.

— Verdict de Dearden ?

— Comme moi : le gamin est dérangé.

Dearden, le psychiatre du MI5, avait noté l'air impassible et les yeux mobiles de l'adolescent, son silence buté, le regard effronté qui défiait le sien, la manière dont il faisait craquer les jointures de ses doigts dans un bruit d'os concassé.

— Il n'a rien pu en tirer, précisa Devon.

— Comment sait-il alors que le gamin… ?

Il abandonna sa question.

— L'autre Yougoslave dit qu'il n'est pas sourd-muet. Mais personne ne l'a entendu proférer le moindre son, rappela Springett.

— Le Serbe pense que son jeune compagnon d'infortune pourrait s'en prendre à quelqu'un. Je formule en termes clairs ce qu'il a sous-entendu en phrases alambiquées.

Une ride d'inquiétude se forma sur le front de Belish.

— Étant donné qu'il souffre de paranoïa, ça pourrait tomber sur n'importe qui, compléta le docteur Devon.

— J'ai consulté le journal de bord. Il a été à l'origine de plusieurs incidents, dit Miss Davies. Le responsable d'étage va le tenir à l'œil.

Le commandant demanda l'avis du colonel Belish :

— J'ignorais qu'il s'en prenait au Norvégien, avoua Belish d'un ton navré. C'est délicat.

Le commandant confirma en fronçant le nez.

— Plus encore que vous ne le pensez, ajouta Belish. Je viens justement de parler au lieutenant Vishner à propos de Gunnar Olsen. Pour résumer, il est en pétard. Je l'ai convié à assister à l'interrogatoire de son agent à 14 h demain. Je vais décaler l'heure. S'il apprend que son homme, en plus d'être détenu, se fait malmener, nous serons en crise ouverte.

— Je peux me libérer pour 16 h.

— J'appelle Vishner après la réunion.

Le major revint au fauteur de troubles.

— Un tour en prison ? suggéra le major.

— Pour un paranoïaque qui n'a encore rien fait ? L'effet serait désastreux et le rendrait plus agressif, jugea Devon. Vu son âge, il ne devrait pas être ici.

— Nous recevons des jeunes, nuança Belish.

Dans les tranchées de 14-18, lui aussi l'était, ainsi que ses camarades. Ils étaient soldats. Ils partageaient l'engagement de leur pays, comme les armées en face précipitées dans une boucherie par l'assassinat d'un archiduc. Mais certains jeunes qu'accueillait Patriotic School n'avaient pas été appelés sous les drapeaux. Ils venaient seuls, issus de nations asservies et divisées. De ces initiatives individuelles naissaient des collectifs que des instances à Londres structuraient.

— Pas si jeunes que ce Tsigane, souligna Devon.

— C'est-à-dire ?

— Difficile de lui donner un âge à cause de son extrême malnutrition. Mais je dirais treize, quatorze ans.

— Il peut être confié au British Refugee Council, proposa Miss Davies.

— Bonne idée. Si vous pouviez prévoir sa sortie au plus tôt.

— En attendant, il faudrait éviter que le gamin fasse des vagues, décréta le commandant.

— Et qu'il croise Gunnar Olsen, ajouta Belish.

— Devon, pourriez-vous garder Olsen à l'infirmerie cette nuit ?

— Je trouverai un prétexte.

66

Bureau de la section F, 14 h 45

Adriaanus Vrinten rappela de Bruyn.

— Dronkers appartient au NSB, le mouvement nazi.

— Vous en êtes sûr ?

— Certain, trancha Vrinten. Je m'y suis infiltré en 37. Il y avait bien moins d'adhérents qu'aujourd'hui. J'ai copié leur registre. Dronkers y figure page 5. Pareil pour Verkel, son beau-frère.

— Et pour le bateau ?

— Aucune rumeur d'un vol ayant mis la Gestapo en émoi. Rien non plus sur un dénommé Jan et une éventuelle arrestation.

De Bruyn raccrocha. *Enfin.* Il nota les informations et partit avertir la garde d'interpeller Dronkers.

Ils commandèrent des sandwichs à la cuisine. Face à Finley, de Bruyn et Pinto, Dronkers passa aux aveux. Il fut aussi sincère que l'avait été Schipper, une fois démasqué. Les adresses de couverture dont il devait se servir étaient indiquées sous forme de piqûres d'épingle au-dessus des lettres F et S de son dictionnaire, et les chiffres codés en bas des pages. F pour Fernando, des pages 765 à 808 et S pour Stockholm des pages 108 à 1094. Quel avait été son officier traitant ? « Un docteur Schneider. — Schneider ? Pas Strauch ou Strauss ? — Non, Schneider. — Et son instructeur pour la transmission sans fil ? Complexion ? Dents artificielles ? Bien rasé ? Lunettes ? » Dronkers fournit des descriptions.

À jouer avec les nazis, Dronkers avait perdu. Toutefois il se flattait de les avoir dupés. Il ferait un excellent propagandiste, argumentait-il en quête de rédemption. Toute sa collaboration avec le SD, le service de renseignement allemand, le démontrait. « Ah oui ? » ironisa Pinto. Dronkers se mit à expliquer l'arnaque qu'il avait conçue. Elle datait de 1938. Après avoir raccroché ses filets de pêche, Dronkers rongea son frein – il n'avait pas encore été admis à la poste –, et les rares économies du ménage fondaient à vue d'œil. Son épouse avait confié son héritage au mari de sa sœur qui leur avait garanti des rendements à dix pour cent. Placements malheureux. Le couple avait tout perdu. En compensation de la ruine qu'il leur avait causée mais qu'il imputait à la Grande Dépression comme s'il s'agissait d'une catastrophe naturelle, Verkel vanta les mérites de Dronkers au docteur Schneider qui appartenait au SD : n'avait-il pas le profil idéal ? Il pourrait retourner en Angleterre et, de là-bas, fournir des renseignements sur les convois et mouvements de troupes. Dronkers dit qu'il avait juste besoin d'une mise de départ – disons, deux cents florins, puis de versements mensuels. Son cousin recevrait ses rapports – une adresse de couverture indétectable, et il les transmettrait à qui de droit.

Affaire conclue.

Les rapports se succédèrent et, avec eux, les récriminations financières. Ainsi le comprirent à demi-mot les officiers anglais du renseignement qui recueillaient à l'instant les aveux de Dronkers. Selon la version de celui-ci, le SD s'exécuta. Puis, devant la pauvreté des informations, les Allemands décidèrent de couper les vivres à Dronkers. Qu'il revienne ! Une autre mission lui serait confiée, lui dirent-ils.

— Ah oui ? Et où est l'arnaque ? s'impatienta Pinto.

Dronkers ménageait ses effets et cela l'irritait.

Le quadragénaire aux cheveux gris posa ses mains menottées sur le bureau et les fit glisser devant lui, tel un joueur de poker annonçant « banco ».

— Elle m'a permis de rester auprès de ma femme. Je ne suis pas parti en Angleterre, cette fois-ci.

Il se redressa et prit une pose théâtrale, conscient que les trois hommes en face de lui étaient suspendus à ses lèvres.

— Voici comment j'ai berné Schneider : j'ai écrit à des pensionnats anglais pour solliciter des précisions sur leurs conditions d'admission. Je joignais à mes courriers des enveloppes libellées à l'adresse de mon cousin. Les pensionnats les renvoyaient dûment timbrées et oblitérées par Royal Mail. Une fois livrées par le facteur, je les ouvrais et y glissais des infos que j'inventais.

Quand il eut fini, Finley ébaucha un sourire auquel répondit celui de Bruyn. Ingénieux était le stratagème. Finley pensa que cela n'empêcherait pas cette fripouille d'être pendue. Pour sa part, de Bruyn estima en son for intérieur que Dronkers aurait dû se méfier de son beauf.

Ils décidèrent de confier également Mulder aux bons soins de Tin-Eye, comme une patate chaude. Assez de sornettes ! L'hurluberlu était trop volatil.

Une heure plus tard, de Langen fut discrètement avisé du sort réservé à ses camarades. Il jura par ses grands dieux qu'il n'était au courant de rien. De Bruyn le crut. Il fallut retenir le jeune employé de la poste néerlandaise quand il vit passer Dronkers et Mulder menottes au poignet. De Langen se consola à l'idée que sa libération serait imminente et qu'il rassurerait bientôt sa mère par le message convenu entre eux sur les ondes de Radio Oranje.

67

Bureau du major, 16h

Tous les quatre pénétrèrent à la suite dans le bureau du major. Celui-ci laissa son fauteuil de travail à Miss Davies et invita Gunnar Olsen et son supérieur, le lieutenant Vishner, à s'asseoir sur le sofa. Il rapprocha deux chaises pour lui et le capitaine Springett. Puis il les décala. La science de l'espace était chose compliquée.

Transcription d'interrogatoire de GUNNAR OLSEN, citoyen norvégien, arrivé au Royaume-Uni le 5 novembre 1942

P.-V. du 15/11/1942
Réf : LRC/NO/GO/24
Dossier individuel : LRC/NO/ GO/327

Interrogateurs :
- Capitaine Springett (MI5)

- Major Wilson (MI6)
- Lieutenant Vishner (SOE)

Sténographe :
- Miss Davies + bande

Copies à :
- Guy Liddell (MI5)
- Colin Gubbins (SOE)
- John Senter (SOE)

·(Capitaine Springett) *Prenez place, je vous prie. Nous allons vous imiter. Une cigarette ? Bien.*

·(Gunnar Olsen) *C'est la grand-messe aujourd'hui.*

·(Capitaine Springett) *Vous connaissez le major Wilson qui dirige cet établissement. Sa présence témoigne de l'importance que nous accordons à cette affaire et le sérieux avec lequel nous la considérons, au regard de la sécurité de ce pays et de la cause des Alliés.*

·(Lieutenant Vishner) *Gunnar, vous avez enduré beaucoup d'épreuves. Vous avez hâte d'en finir. Nous aussi.*

·(Capitaine Springett) *Il est nécessaire de dissiper les soupçons qu'inspire votre fuite.*

·(Major Wilson) *Voudriez-vous ajouter quelque chose à vos précédentes déclarations ?*

·(Lieutenant Vishner) *J'ai toute confiance en vous, Gunnar. Je partage votre lassitude, c'est bien la peine de traverser le Styx pour se retrouver en cage.*

·(Capitaine Springett) *Une prison dorée, tout de même.*

·(Lieutenant Vishner) *Mon vœu le plus cher est de vous voir dehors. En tant qu'agent de terrain, vous êtes grillé, mais vous ferez un formidable instructeur.*

·(Capitaine Springett) *Venons-en au fait : votre évasion. Vous leur avez dit que vous leur montreriez un dépôt d'armes dans la forêt.*

·(Gunnar Olsen) *L'évasion, c'est tout ?*

·(Lieutenant Vishner) *C'est tout. Pas l'arrestation chez vos parents à Drammen…*

·(Gunnar Olsen) *Je ne savais plus où crécher. J'ai commis une erreur.*

·(Capitaine Springett) *Vous l'avez payée cher. John Devon, notre médecin, a été impressionné par le travail des chirurgiens d'Oslo. Quatre balles dans le dos. Ils ont accompli des miracles. Que vous puissiez remarcher aussi.*

·(Major Wilson) *Dix jours à l'hôpital Aker puis la prison de Hollergial. Et une longue rééducation pour vos jambes, trois mois, c'est ça ?*

·(Gunnar Olsen) *Exact.*

·(Major Wilson) *Selon le lieutenant Vishner, les Allemands étaient sur vos traces après l'incident de Telavåg. La fille de Knutsen était en route pour vous prévenir. Elle a été arrêtée quelques heures après vous.*

·(Gunnar Olsen) *Ce n'était pas un incident.*

·(Lieutenant Vishner) *Non, vous avez raison. C'était un carnage.*

·(Gunnar Olsen) *Donnez-moi une cigarette, en fait.*

·(Capitaine Springett) *Tenez. Voulez-vous faire une pause ?*

·(Gunnar Olsen) *Ça ira.*

·(Capitaine Springett) *Qu'est-ce que vous avez aux doigts ?*

·(Lieutenant Vishner) *Vous connaissez les méthodes des nazis, Springett ? Jusqu'au bout des ongles.*

·(Major Wilson) *Reprenons, Olsen : vous étiez blessé. Valide, mais pas apte à la course, et les mains meurtries. Malgré tout, vous réussissez à vous défaire de trois agents de la Gestapo.*

·(Gunnar Olsen) *Deux. Le chauffeur était resté dans la voiture.*

·(Major Wilson) *Deux. Ce qui veut dire que seulement deux hommes vous escortaient à un dépôt d'armes ? Ils devaient pourtant supposer que les environs seraient surveillés, et qu'un renfort serait nécessaire.*

·(Gunnar Olsen) *Je ne sais pas.*

·(Lieutenant Vishner) *Ils comptaient sans doute localiser la cache d'armes et revenir ensuite.*

·(Major Wilson) *Sans doute, sans doute. Bon, jouons cartes sur table : nous avons une source, et notre source nous certifie que votre histoire d'évasion est bricolée. Nous disposons de son témoignage signé.*

·(Capitaine Springett) *La source en question nous a spontanément raconté que la Gestapo a organisé une filière d'évasion entre la Norvège et le Royaume-Uni. Les faux évadés ont pour mission de collecter des informations. C'est à cette occasion que notre source vous a cité. Vous auriez accepté la proposition de la Gestapo parce qu'elle menaçait d'envoyer votre mère et votre sœur en camp de travail.*

·(Major Wilson) *On ne peut pas mettre cette déclaration sous le tapis et dire : « Nous, on lui fait confiance, on l'aime bien. » Vous comprenez ?*

·(Gunnar Olsen) *Je comprends.*

·(Lieutenant Vishner) *Sinon je peux vous traduire.*

·(Gunnar Olsen) *Je comprends.*

·(Major Wilson) *Vous avez peut-être entrevu le moyen de vous arracher à l'enfer. Et vous avez bien fait. Les Allemands proposent ce marché à tous les Norvégiens. Si vous avez fait semblant de jouer le jeu pour vous échapper, rien ne sera retenu contre vous mais nous devons le savoir. Vous comprenez ?*

·(Gunnar Olsen) *Je comprends.*

·(Capitaine Springett) *Dire la vérité ne sera pas le moindre des maux, c'en sera la fin. Nous avons toute confiance en vous. Accordez-nous la vôtre.*

·(Major Wilson) *Je vais vous raconter une petite histoire. Ce n'est pas la mienne, c'est celle de mon épouse. La naissance de notre premier enfant fut, il y a deux ans, particulièrement douloureuse. Je l'ai su bien plus tard. Elle m'a dit que c'était insoutenable, comme un écartèlement. Un peu comparable à la torture de la roue ou des chevaux partant dans des directions opposées, vous voyez. Bref, du fait de ma mauvaise influence,* id est *ma sensibilité à la trahison, Dieu sait pourquoi, elle s'est demandé à ce moment-là si elle accepterait de signer un pacte faustien, un contrat la délivrant de toute souffrance contre l'abandon de son enfant. Elle n'a pas tranché la question, elle hésitait, c'est ce qu'elle m'a dit, alors même qu'elle savait qu'il n'y avait, derrière ses douleurs de parturiente, nulle intention de malveillance et, au-delà, la perspective d'une vie sauvée et non d'une vie détruite. Vous comprenez ?*

·(Gunnar Olsen) *Je comprends.*

·(Capitaine Springett) *Naturellement, quelqu'un qui a passé un accord avec la Gestapo ne veut pas trop que ça s'ébruite. Mais il n'y a aucune honte à avoir. Aucune dans pareilles circonstances. Quelque chose à ajouter, major ?*

·(Major Wilson) *Non, si tout est clair pour notre ami.*

·(Lieutenant Vishner) *Voudriez-vous me parler à moi seul ? Ailleurs.*

·(Gunnar Olsen) *Oh ! Cela revient au même. Je voudrais, en effet, modifier mon histoire. Je n'ai pas besoin de revenir en arrière, n'est-ce pas ?*

·(Capitaine Springett) *Pas la peine. Poursuivez.*

·(Gunnar Olsen) *Ils m'ont eu à l'usure. J'ai fini par avouer que j'étais revenu en Norvège à la demande du major Munthe.*

J'ai dit que quatre personnes avaient été parachutées à Oslo. Je n'ai pas dit qui, quand et où. Je suis désolé.

·(Capitaine Springett) *Qu'ont-ils exigé de vous ?*

·(Gunnar Olsen) *Ils m'ont demandé d'envoyer des lettres de Suède.*

·(Lieutenant Vishner) *L'avez-vous fait ?*

·(Gunnar Olsen) *Non. Ni en Suède ni ici. Je n'ai même pas essayé.*

·(Lieutenant Vishner) *Comptiez-vous me dire la vérité ?*

·(Gunnar Olsen) *Je voulais en parler.*

·(Major Wilson) *Qu'étiez-vous supposé faire dans la forêt ?*

·(Gunnar Olsen) *Leur indiquer la localisation d'un dépôt d'armes.*

·(Lieutenant Vishner) *Les deux gestapistes vous ont-ils vraiment accompagné dans les bois ?*

·(Gunnar Olsen) *Oui, un bout de chemin. Puis ils m'ont laissé. Comme le chauffeur n'était pas dans la confidence, ils ont tiré quelques balles, sans m'atteindre.*

·(Capitaine Springett) *Sauf que tout était arrangé.*

·(Gunnar Olsen) *Oui.*

·(Lieutenant Vishner) *Vous avez donné des noms à la Gestapo ?*

·(Gunnar Olsen) *Oui. Ils ont pris le code.*

·(Lieutenant Vishner) *Vous n'aviez pas eu le temps de le brûler, comme vous nous l'aviez dit ?*

·(Gunnar Olsen) *Non.*

·(Lieutenant Vishner) *Il y avait trois noms sur ce papier. Une adresse ou trois adresses ?*

·(Gunnar Olsen) *Une adresse, cinq noms.*

·(Lieutenant Vishner) *Cinq noms et une adresse ?*

·(Gunnar Olsen) *Oui.*

·(Capitaine Springett) *L'adresse de l'un des cinq ?*

·(Gunnar Olsen) *Non, d'un autre qui n'était pas nommé.*

·(Capitaine Springett) *Vous souvenez-vous…*

·(Gunnar Olsen) *Gunnar Schive d'Oslo, Olaf Myhre de Kongsberg. Stavrum de Notodden. Après… Je crois qu'il y avait Horten et Haar.*

·(Major Wilson) *D'où venaient-ils ?*

·(Gunnar Olsen) *D'Oslo.*

·(Lieutenant Vishner) *Vous avez aussi donné le nom de Ruth, Christiansen et de Jacobsen qui n'étaient pas dans le code ?*

·(Gunnar Olsen) *Oui.*

·(Lieutenant Vishner) *Vous avez donné le nom d'autres agents ?*

·(Gunnar Olsen) *Oui.*

·(Lieutenant Vishner) *Lesquels ?*

·(Gunnar Olsen) *Jonasson, un policier de Bergen. Ils savaient pour certains. Ils m'ont demandé si je les connaissais. Künge, par exemple.*

·(Miss Davies) *Comment l'épelez-vous ?*

·(Gunnar Olsen) *K.U.N.G.E. Et Klien. K.L.I.E.N et Slatten, S.L.A.T.T.E.N.*

·(Lieutenant Vishner) *Slatten ? Mais il ne fait pas partie de l'organisation !*

·(Gunnar Olsen) *Je sais, mais ils étaient persuadés du contraire. Ils me pressaient, ils me pressaient, et ils avaient une photo de lui. Ils ne m'auraient jamais cru si je les avais démentis.*

·(Lieutenant Vishner) *Est-ce qu'ils connaissaient Sven ?*

·(Gunnar Olsen) *Oui.*

·(Lieutenant Vishner) *Et Olav ?*

·(Gunnar Olsen) *Ils ignoraient son nom, mais ils m'ont décrit quelqu'un d'assez ressemblant. J'ai dit que ça ne m'évoquait rien. Je leur ai demandé une photo. J'ai répété que ça ne m'évoquait rien. Ils sont passés à autre chose.*

·(Lieutenant Vishner) *Possédaient-ils plusieurs clichés ?*

·(Gunnar Olsen) *La plupart de ceux dont ils détenaient la photo étaient de Bergen.*

·(Lieutenant Vishner) *Connaissaient-ils d'autres noms d'agents ?*

·(Gunnar Olsen) *Leroy, Ingvald, Fagerli. Et des camarades morts. Swann, par exemple. Il a été pris avant moi.*

·(Lieutenant Vishner) *Oui, à Telavåg.*

·(Gunnar Olsen) *Oui, et Gabrienssen. Presque tous en fait. Les Allemands m'ont dit qu'ils avaient aussi arrêté Endresen et Stensland de Stavanger.*

·(Lieutenant Vishner) *Ce ne sont pas deux frères ?*

·(Gunnar Olsen) *Non, mais ils sont allés à la même école que les frères Johenrien.*

·(Capitaine Springett) *D'autres noms encore ?*

·(Gunnar Olsen) *Pas qui me reviennent à l'esprit.*

·(Lieutenant Vishner) *Faisons une pause.*

·(Gunnar Olsen) *Non, non, attendez… Voilà : Bjørn Pedersen, Johenrien, de Trondheim. Ils savaient aussi pour les frères Fürre. Ils m'ont demandé si je les connaissais.*

·(Capitaine Springett) *Qu'avez-vous répondu ?*

·(Gunnar Olsen) *Que je ne les connaissais pas.*

·(Lieutenant Vishner) *Vous ne les aviez pas vus à Oslo ?*

·(Gunnar Olsen) *Non, ils étaient sur la côte occidentale. La Gestapo les soupçonnait…*

·(Lieutenant Vishner) *D'autres noms ?*

·(Gunnar Olsen) *L'une des missions qu'ils m'ont confiées était de découvrir dans quoi ils trempaient.*

·(Lieutenant Vishner) *Les frères Fürre ?*

·(Gunnar Olsen) *Oui, les frères Fürre.*

·(Lieutenant Vishner) *Est-ce qu'ils ont dit ce qu'ils entendaient faire de Jacobsen ?*

·(Gunnar Olsen) *Ils avaient l'intention de l'emmener à Oslo.*

·(Lieutenant Vishner) *Ont-ils donné à penser qu'ils essaieraient de l'envoyer ici ?*

·(Gunnar Olsen) *Ils ne m'en ont rien dit.*

·(Major Wilson) *La Gestapo vous a-t-elle dit si elle envisageait d'envoyer un grand nombre de gens dans ce pays ?*

·(Gunnar Olsen) *Non. Mais ils m'ont demandé de découvrir si un certain Wells avait été démasqué par les Anglais.*

·(Capitaine Springett) *Wells. Des détails à son propos ?*

·(Gunnar Olsen) *Il avait un prénom composé mais je ne m'en souviens pas.*

·(Capitaine Springett) *De quoi d'autre vous ont-ils chargé ?*

·(Gunnar Olsen) *Glaner tout ce que je pouvais sur le SOE, l'organisation des résistants à Drammen et les espions nazis dans le viseur des Anglais.*

·(Capitaine Springett) *Vous ont-ils demandé autre chose ?*

·(Gunnar Olsen) *Oui, sur l'approvisionnement en nourriture et la censure postale.*

·(Capitaine Springett) *Ici, dans ce pays ?*

·(Gunnar Olsen) *Oui, comment elle s'exerçait, si elle était systématique. Je leur ai raconté ce que je savais : pas grand-chose.*

·(Major Wilson) *Par quels moyens étiez-vous censé communiquer ?*

·(Gunnar Olsen) *Je devais remettre une lettre à un agent du SOE, en partance pour la Norvège, qu'il devait poster.*

·(Major Wilson) *Combien de temps vous ont-ils laissé ?*

·(Gunnar Olsen) *Un mois ou deux.*

·(Major Wilson) *Avant la première lettre ?*

·(Gunnar Olsen) *Oui. C'est la seule que j'aie envoyée avant de passer en Suède. Ils m'ont dit qu'à la réception de la première lettre, ils libéreraient ma mère.*

·(Capitaine Springett) *Vous deviez vous-même écrire ces lettres ?*

·(Gunnar Olsen) *Oui.*

·(Lieutenant Vishner) *À quelle adresse ?*

·(Gunnar Olsen) *C'était une poste restante.*

·(Lieutenant Vishner) *Quel était le contact ?*

·(Gunnar Olsen) *Harald Henrien, je crois, poste restante, Oslo.*

·(Lieutenant Vishner) *Pas Andersen ?*

·(Gunnar Olsen) *Non, Henrien, j'en suis sûr. Harald Henrien.*

·(Lieutenant Vishner) *Henrien disposait-il de sa propre boîte à la poste ?*

·(Gunnar Olsen) *Non, pas de numéro de boîte, juste son nom. Il y avait aussi Borghild Paulsen, Haarfagers' gate 10 à Oslo. Le troisième contact était un certain Finck, 11 Helen's View.*

·(Major Wilson) *Vous saviez qu'il s'agit des quartiers de la Gestapo ?*

·(Gunnar Olsen) *Oui, l'Abteilung IV.*

Pause de cinq minutes.

·(Major Wilson) *Avez-vous rencontré le Kriminalrat Siegfried Fehmer qui dirige la Gestapo à Oslo ?*

·(Gunnar Olsen) *Deux fois.*

·(Lieutenant Vishner) *Il l'a déjà raconté.*

·(Major Wilson) *Je n'y étais pas. Je n'étais pas là quand il l'a raconté. Poursuivez, Olsen. Alors avez-vous été en sa présence ?*

·(Gunnar Olsen) *À Victoria Terrasse.*

·(Lieutenant Vishner) *Gunnar a été balancé dans une voiture après son hospitalisation et il a entendu Fehmer dire : « Jetez ce porc au n° 19. » Le n° 19 est la prison de la Gestapo à Oslo.*

·(Major Wilson) *Nous sommes désolés.*

·(Gunnar Olsen) *Je l'ai revu ensuite. Il était avec son chien.*

·(Major Wilson) *Que dites-vous ?*

·(Gunnar Olsen) *Fehmer, il était avec son chien à Victoria Terrasse.*

·(Lieutenant Vishner) *Pour ceux qui l'ignorent, le chien de Fehmer est un tortionnaire aux ordres de son maître.*

·(Gunnar Olsen) *Shock.*

·(Major Wilson) *Shock ?*

·(Lieutenant Vishner) *Shock est le nom du berger allemand. Vous vous sentez bien, Gunnar ?*

Le lieutenant Vishner et Gunnar Olsen sortent de la pièce. Ils reviennent au bout de dix minutes et se rasseyent.

·(Major Wilson) *Et le Reichskommissar Josef Terboven ?*

·(Gunnar Olsen) *Seulement de réputation. À cause de Telavåg.*

·(Capitaine Springett) *Avez-vous gardé le papier sur lequel figuraient les noms et les adresses ?*

·(Gunnar Olsen) *Non, ils l'ont posé devant moi et me l'ont fait mémoriser.*

·(Capitaine Springett) *Quel était le code ?*

·(Gunnar Olsen) *Oh ! Très simple. Vous écriviez une lettre ordinaire et vous commenciez par exemple à la troisième lettre de la deuxième ligne et vous suiviez ensuite l'alphabet.*

·(Capitaine Springett) *Expliquez.*

·(Gunnar Olsen) *A ne correspond pas à 1, mais peut-être 24. Par exemple au E censé être n° 5, vous ajoutez un nombre fixe, par exemple 3 et qui donnait 8 et puis vous calculez : 1, 2, 3, 4 et 8 jusqu'à la prochaine lettre.*

·(Major Wilson) *Ce n'est pas l'un des codes que nous enseignons à nos agents.*

·(Gunnar Olsen) *Si, je l'ai appris à Beaulieu.*

·(Lieutenant Vishner) *Il est enseigné en perfectionnement, major.*

·(Capitaine Springett) *Avez-vous vu un officier du nom de Strattenschulter ?*

·(Gunnar Olsen) *Ça ne me dit rien.*

·(Capitaine Springett) *Un type de la Luftwaffe.*

·(Gunnar Olsen) *J'en ai vu un pour le code. Je ne sais pas s'il s'agit du même.*

·(Capitaine Springett) *Décrivez-le.*

·(Gunnar Olsen) *Entre 40 et 50 ans. Cheveux gris, bien bâti, avec une sorte de baïonnette, un drôle de poignard.*

·(Capitaine Springett) *Un poignard ?*

·(Gunnar Olsen) *Vous savez ce qu'ont les médecins quand ils opèrent…*

·(Capitaine Springett) *Un scalpel ?*

·(Gunnar Olsen) *Voilà c'est ça : un scalpel.*

·(Capitaine Springett) *Quel rang ?*

·(Gunnar Olsen) *Je l'ignore. J'avais les paupières boursouflées.*

·(Major Wilson) *Vous ont-ils donné de l'encre invisible ?*

·(Gunnar Olsen) *Non.*

·(Capitaine Springett) *Vous ont-ils posé des questions sur les centres d'entraînement ?*

·(Gunnar Olsen) *Oui. Ils connaissaient Stodham Park et Meoble.*

·(Lieutenant Vishner) *Qu'en est-il de Fawley Court ?*

·(Gunnar Olsen) *Ils savaient que c'était au sud de Londres. Ils savaient aussi pour Grendron.*

·(Lieutenant Vishner) *Et Brompton Square ?*

·(Gunnar Olsen) *Ils n'ont rien demandé à ce sujet.*

·(Major Wilson) *Vous ont-ils demandé de dessiner des plans ?*

·(Gunnar Olsen) *Je l'ai fait aussi maladroitement que possible. Je leur ai dit que, sans carte, c'était compliqué.*

·(Major Wilson) *Ils n'avaient pas de carte ?*

·(Gunnar Olsen) *Pas qu'ils m'aient montrée. Ils savaient aussi pour « 61 ».*

·(Major Wilson) *Combien de temps êtes-vous resté à Gendron ?*

·(Gunnar Olsen) *14 jours. C'est ça, lieutenant ?*

·(Lieutenant Vishner) *C'est ça.*

·(Major Wilson) *Avant d'aller à Fawley Court ?*

·(Gunnar Olsen) *Oui. Selon eux, Gendron était un centre d'entraînement pour les transmissions radio.*

·(Major Wilson) *Ils le savaient ou vous le leur avez dit ?*

·(Gunnar Olsen) *Je ne leur ai pas dit car tel n'est pas le cas.*

·(Lieutenant Vishner) *Si, en fait. Pas au temps de votre formation mais depuis quelques mois.*

·(Gunnar Olsen) *Ah, je l'ignorais. Aussi m'ont-ils accusé de mentir. Ils m'ont torturé après ça et m'ont empêché de dormir durant une semaine.*

·(Major Wilson) *Quoi d'autre ?*

·(Gunnar Olsen) *J'ai aussi dessiné l'aérodrome de Benson.*

·(Major Wilson) *Vous y êtes allé ?*

·(Gunnar Olsen) *Oui, une fois.*

·(Capitaine Springett) *Pour quoi faire ?*

·(Gunnar Olsen) *Apprendre à détruire des aéroplanes.*

·(Major Wilson) *Qu'est-ce que c'est, « 61 » ?*

·(Gunnar Olsen) *J'y étais en même temps que le major Rhodes. C'est près de Cambridge.*

·(Capitaine Springett) *Cambridge Road.*

·(Gunnar Olsen) *Exact.*

·(Capitaine Springett) *Vous ne connaissez pas l'autre nom du centre ?*

·(Gunnar Olsen) *Non. Ils savaient beaucoup de choses sur les camps d'entraînement. Par exemple, ils disposaient du programme de formation de Wanborough Manor. Ils savaient qu'on m'y avait initié aux techniques de codage. Je leur ai montré le « Playfair ». Ils m'ont expliqué d'autres méthodes que j'aurais dû avoir apprises.*

·(Capitaine Springett) *Ils vous ont interrogé sur l'encre invisible ?*

·(Gunnar Olsen) *Je leur ai dit le truc de base, pour le reste, que j'avais oublié les formules chimiques.*

·(Capitaine Springett) *Ont-ils évoqué l'usage de l'acétate ?*

·(Gunnar Olsen) *Non.*

·(Capitaine Springett) *Et de la phénolphtaléine ?*

·(Gunnar Olsen) *Non plus.*

·(Lieutenant Vishner) *Connaissaient-ils les noms de nos instructeurs ?*

·(Gunnar Olsen) *Ils ont mentionné le major Tyman à Stodham et le major Bentley à Fawley.*

·(Capitaine Springett) *Qui d'autre ?*

·(Gunnar Olsen) *Munthe…*

·(Major Wilson) *Qui est-ce ?*

·(Lieutenant Vishner) *Le chef de l'organisation norvégienne à Drammen.*

·(Gunnar Olsen) *… et aussi Douglas et le vôtre aussi, mon lieutenant.*

·(Lieutenant Vishner) *Je ne sais pas si je dois en être flatté. Et Marks ? Le capitaine Marks ? Il était avec vous au camp 61.*

·(Gunnar Olsen) *Oui, ils l'ont évoqué, ainsi que le major Stagg.*

·(Lieutenant Vishner) *Pourquoi n'avoir rien dit ?*

·(Gunnar Olsen) *C'était ma toute première intention. J'avais l'impression d'avoir remporté une victoire, d'avoir berné les Allemands en leur faisant croire que j'acceptais leur marché. Mais leur travail de sape était plus efficace que je ne le croyais. Ils m'ont fait comprendre que si j'en touchais un mot, comme j'avais craqué, je serais jugé par les Anglais pour haute trahison. Je n'ai rien fait pour les aider, je n'y ai même jamais songé, croyez-moi, bien qu'ils retiennent ma famille en otage. Pas seulement mes parents et ma fiancée, aussi mes tantes et un cousin.*

·(Lieutenant Vishner) *On vous croit, Gunnar. Je viens de passer un coup de fil. Sur les cinq noms figurant sur votre papier, un seul a été arrêté. Deux sont sains et saufs. Quant aux deux derniers, nous n'en avons aucune trace.*

·(Capitaine Springett) *Avez-vous des nouvelles de votre famille ?*

·(Gunnar Olsen) *Mes parents sont en camp de concentration. C'est ce qu'ils m'ont annoncé mais, selon l'organisation, ils sont à la prison de Grini. Je crois que ma fiancée et ses parents sont incarcérés à Bergen.*

·(Major Wilson) *Bien, merci.*

·(Gunnar Olsen) *Ils m'ont dit qu'il n'y avait pas d'autre solution, qu'ils veilleraient à tuer toute ma famille si je parlais aux Anglais et que, si je le faisais, cela se retournerait contre moi, vous me condamneriez à mort. Ma vie ne vaudrait pas cher, au regard de l'organisation.*

·(Capitaine Springett) *Cela fait partie intégrante de leur stratégie.*

·(Gunnar Olsen) *Oui, mais Christiansen et Ruth ont été arrêtés.*

·(Lieutenant Vishner) *Ils ne sont pas morts, à notre connaissance.*

·(Major Wilson) *Merci pour votre franchise. Vous avez été courageux.*

·(Capitaine Springett) *Dernière chose : vous ont-ils parlé d'un dénommé Jondo, qu'ils auraient arrêté ?*

·(Gunnar Olsen) *Non.*

Le major sortit éreinté de l'interrogatoire avec Gunnar Olsen. Ces histoires de chiffres codés auxquels il ne comprenait rien, les folles cruautés des nazis, les menaces d'anéantir toute une famille… Il songea : la guerre n'est plus ce que c'était. Il se trouva bien naïf. Il alluma sa pipe. Dans le couloir, il s'entretint du sort à réserver à l'ex-prisonnier avec le lieutenant Vishner et le capitaine Springett.

— Vous avez promis qu'il ne subirait aucunes représailles, leur rappela l'officier du SOE.

— Rassurez-vous. Cet homme a déjà souffert au-delà de toute limite. Aucune charge ne sera retenue contre lui, l'assura le major.

Ils convinrent d'un poste d'instructeur, l'idée initiale du lieutenant Vishner.

Pendant que celui-ci s'attardait avec le major, le capitaine Springett rejoignit Gunnar Olsen.

— On m'a dit que vous avez rencontré des ennuis ici, dit-il à voix basse. Quelqu'un qui vous embêtait. Ce n'est pas la vocation de cet établissement. Nous avons fait le nécessaire. Toutes nos excuses.

Et dans ces excuses, Springett englobait beaucoup plus que les épisodes dont il avait eu vent. Il ignorait le rat crevé et les draps lacérés.

— Il me prenait pour un kapo, murmura Olsen. Le jeune, Radan, il me prenait pour un kapo.

Soudain, il éclata en sanglots qui secouèrent tout son corps. Vishner l'étreignit. Springett eut des mots de consolation. Gunnar Olsen pleura sans discontinuer pendant un quart d'heure tandis que le commandant vaquait à ses occupations, le cœur lourd.

Tôt dans la matinée, le responsable d'étage avait fouillé le coffre de Radan et découvert deux couteaux. Il avait sollicité deux gardes pour surveiller l'adolescent et appelé une voiture de police pour le conduire au Bristish Refugee Council. Les jeunes de son âge étaient souvent envoyés en Australie. Il y serait hébergé en famille d'accueil et scolarisé.

Peu avant la remise de son autorisation de débarquer, Goran se renseigna : y aurait-il moyen de lui écrire et qu'on lui lise sa lettre ? Probablement, dans plusieurs mois, lui répondit-on. Goran se contenta de ces réponses, parvenu à ce degré d'optimisme qui veut que « probablement » soit suffisant. Après tout, Radan était suffisamment débrouillard pour s'en sortir, et, peut-être, déboucher sur l'état de quiétude qu'exprimait son sourire de lézard. Le hasard redistribuerait les cartes.

À son départ de Patriotic School, Goran n'eut personne à qui dire adieu.

68

Cagibi, aile ouest, 16 h 45

Cette alerte ne ressemblait en rien à une alarme. Mary était manquante, voilà tout. Souffrante peut-être et repartie chez elle, ou ici et requise par une urgence. Sauf que Miss Davies aux grandes oreilles n'avait rien entendu à ce sujet. Pour s'en convaincre, elle arpenta les parties communes des pensionnaires, elle rendit visite aux responsables d'étage. Pas d'urgence ni de malaise à rapporter. Dans l'hypothèse où Mary aurait été malade, elle aurait prévenu ses collègues qu'elle devait rentrer. George, l'Irish Guard, plus physionomiste que ses manières rustaudes ne le trahissaient, était catégorique : il n'avait pas vu passer Mary.

Miss Davies se mit alors à penser au cagibi, à leur rencontre inopinée qui n'avait pas eu de suite.

C'est là qu'elle la découvrit. En position fœtale, le corps secoué de spasmes et le visage roide aux lèvres bleuies. « Mon enfant ! Mon enfant ! » murmura-t-elle d'une voix étouffée. Elle aperçut l'aiguille. Elle se saisit de la seringue et la cacha dans son corsage. Elle lui administra des tapes sur la joue, et, cette fois, sonna l'alarme. Devon accourut et mit l'état de choc de Mary sur sa découverte du pendu. Il l'observa mieux : son teint était pâle, sa respiration très irrégulière. Veines marbrées, pupilles étrécies. Il fallait faire vite.

Ensuite ? Miss Davies demeura dans le cagibi, comme assommée. Le chahut s'était tu. Elle se sentait vide. Sa respiration raccourcie lui fit sentir la seringue qu'enserrait sa poitrine, et la chambre d'écho qu'était ce réduit.

Ce réduit, devenu un cercueil.

69

Bureau de Henry Fielding, 17 h

— À quoi travailles-tu, Henry ? demanda Scarface.

Mike était sur le départ. Il attendait la quille. Ce soir et demain seraient pour lui. Dans deux jours il occuperait un autre poste. Lequel ? Il l'ignorait. Aussi naviguait-il à l'estime, c'est-à-dire en se fiant aux étoiles. De Patriotic School, la recrue de l'OSS nommée Scarface avait fait le tour. Comme son boss à Londres, exégète de Nathaniel Hawthorne, Mike McColl était convaincu que la vie était faite de marbre et de boue : il faut user tantôt de la fiction, tantôt de la vérité pour espérer vivre en paix. À cette aune, son séjour ici lui avait plu.

— Le cas le plus simple du monde… sur le papier, dit Henry en plaçant en éventail les feuilles qui l'absorbaient.

C'était l'affaire Baudouin dont le commandant menaçait de le dessaisir, le Belge qui correspondait en tous points – excepté la maîtrise de la langue allemande – à l'espion envoyé par l'Abwehr et dont le MI6 leur avait annoncé l'arrivée. Les services de la Sûreté de l'État belge au 38 Belgrave Square n'avaient pu lui fournir aucun éclaircissement à son propos. Et aucune interception ultérieure n'avait confirmé le débarquement effectif de l'émissaire nazi en Angleterre. Jusque-là, Henry avait utilisé divers stratagèmes. À l'égal d'un cocher évitant d'instinct les ornières, Baudouin était demeuré imperturbable. Ordonner, sans l'ombre d'une preuve, son transfèrement au camp 020 revenait à le condamner irrémédiablement. S'il tombait par méprise entre les griffes de Tin-Eye, il serait difficile de l'en faire sortir.

— Avez-vous des glaces sans tain ? questionna Mike, soudain excité par l'idée qui venait de germer dans son esprit.

Henry le toisa d'un regard vide. Il jugeait inutile de répondre.

— Des micros ? Des agents provocateurs ? relança Scarface.

— Latchmere House a tout cela, l'informa Henry sans lui prêter plus d'attention.

Mike semblait déçu.

— Ici ce n'est ni Hollywood ni la Gestapo, se justifia Henry. Nous n'avons pas besoin d'accessoires. Encore moins d'un polygraphe.

— Latchmere House dispose d'un polygraphe ?

— Non, nous avons le nôtre, enfin le vôtre. Cadeau de ton patron.

— Mon vieux, vous en avez reçu un ! Formidable ! Où est-il ?

Mike se leva d'un bond. Henry le tira par la manche pour le faire rasseoir.

— Arrête ! Ne me dis pas que…

Mike ne voulut rien savoir. Il fallait mettre la main dessus.

Ici et là, ils posèrent la question. Ils s'adressèrent au major qui les foudroya du regard et à Belish qui les écarta de sa canne. Quant à Miss Davies, elle balaya leurs silhouettes d'un revers de main. Néanmoins, cette chasse au dahu ne déplaisait pas à Henry.

— Dans la remise à bois ?

— Non.

Restait le Débarras, la salle d'inspection dans l'aile ouest.

— Messieurs, pourriez-vous nous indiquer…, commença Peter.

— *Fuck!*

Leurs regards se braquèrent sur Joseph Hirsch qui grimaçait, un doigt sous le nez.

— C'est infect, gémit-il, en désignant une valise sur la table en face de lui.

Les ferrures entrouvertes laissaient filtrer un fumet nauséabond.

Nesbitt s'approcha.

— Qu'est-ce que c'est?

Il venait de déverser le contenu de la valise.

— Un rat. Un rat crevé. Donald, ouvre les fenêtres. Je vais tourner de l'œil.

Nesbitt recula, en empêchant Jeanfoutre de s'envoler.

Mike et Henry s'esquivèrent. Ils passèrent par les Enfers, la pièce des biens confisqués : faux papiers, opium, armes de poing, médaillon de saint Christophe en broche dont l'épingle était trempée dans du curare. Mike fut distrait par une paire de semelles en forme de pieds nus.

— Laisse ça!

Henry l'entraîna dans la « bagagerie ». Là, des casiers alignaient des havresacs, des sacoches et quelques rares malles-cabines.

— Serrure Fichet, admire-moi ce mécanisme, fit Henry. Bon, on va chercher. À quoi cela ressemble, Mike?

— À une grande valise, je crois.

Mine consternée de Henry.

— En bois, précisa Mike.

Henry fut soulagé, cela réduisait leurs recherches.

Ils découvrirent la mallette, non étiquetée, sous une étagère métallique.

Allan les surprit et fit des histoires. Il ignorait la présence de ce poste de transmission, mais il refusait qu'ils l'emportent. Henry le démentit ; il ne s'agissait pas d'une radio. Il laissa à Mike le soin d'exposer la nature de l'affaire mais, au lieu de cela, celui-ci se contenta de reprendre la mallette des mains du capitaine Allan.

— Les États-Unis d'Amérique vous sont reconnaissants d'avoir protégé leur trésor national.

Scarface délégua le port de la valise à Henry et arma deux doigts dans la direction d'Allan. Et ce fut tout.

Un rouleau dans son logement se dévidant sur des tambours métalliques comme un orgue de barbarie, des boutons, un galvanomètre et une ventouse : voilà en quoi consistait l'engin. Mike prit le temps d'en expliquer le fonctionnement à Baudouin, ainsi que la finalité de l'expérience.

— Pour mesurer votre pression artérielle, enregistrer votre rythme cardiaque, votre respiration.

— Un médecin aurait suffi, abrégea le cobaye.

— En termes stricts de physiologie, oui, intervint Henry qui avait eu cinq minutes pour apprendre sa leçon.

— Bien, vous devez donc répondre par oui ou par non aux questions que je vais poser, sauf contre-ordre de ma part.

— Compris.

— Avez-vous fumé une cigarette ce matin ? débuta Mike.

— Oui.

— Plusieurs ?

— Oui.

— Êtes-vous arrivé à Patriotic School le 1er novembre ?

— Oui.

— Avez-vous fait alliance avec des nazis ?

— Non.

— Été recruté par l'Abwehr ?
— Non.
— Êtes-vous né le 21 décembre 1911 ?
— Oui.
— À Fribourg ?
— Non.
— Je vais vous donner une carte. Choisissez-la dans la pioche. Non, ne me la montrez pas… Est-ce le valet de carreau ?
— Non.
— Maintenant, je vais vous demander de quelle carte il s'agit, et vous allez mentir.
— Pourquoi ?
— Faites ce que je vous dis. Alors ?
— Le 8 de trèfle.
— Bien. À présent, dites-moi la vérité : de quelle carte s'agit-il ?
— Le 3 de pique.
Mike retourna la carte, la réponse était exacte.
À intervalles réguliers, il se penchait vers Henry, pendant que le système pneumatique chuintait.
— Une toute dernière question : avez-vous mangé du *fish and chips* hier soir ?
— Non.
— Bien monsieur, c'est parfait. Nous vous convoquerons pour les résultats.
Un caporal raccompagna l'individu dans l'aile réservée aux pensionnaires.

Henry contempla l'accordéon en papier qui pendait dans la machine, puis regarda Mike.
— Tu n'y connais rien.
— Rien de rien, s'amusa Mike.

— J'ai failli éternuer de l'oreille tout à l'heure. Qu'est-ce que cette histoire de marmelade que tu m'as chuchotée ?

— La première chose qui m'est passée par la tête : une recette de ma grand-mère.

— Par qui vas-tu faire analyser les résultats ?

— L'encre a séché. Aucun graphique n'a été imprimé.

Henry déplia l'accordéon : en effet, le papier était vierge.

— La tuile, soupira-t-il.

— Cela ne change rien à la pertinence du test. Pour obtenir des aveux, à l'aide d'un tuyau d'arrosage ou d'une matraque, j'ai des exemples de première main. Tu ne connais pas la police de Chicago : corrompue jusqu'à la moelle. Ils ont freiné des quatre fers quand cet appareil s'est popularisé. Ils l'ont vu comme la première balle du fusil visant à les abattre.

— On convoque à nouveau le suspect ? On recommence ?

— Pas la peine.

— Tu ne veux pas recommencer avec de l'encre ?

— Pas la peine, te dis-je.

— OK. De toute façon, je vais lui signer son bon de sortie avec quelques réserves pour la suite.

— Je peux tenter autre chose ? exhorta Mike.

— Quel accessoire te faut-il cette fois ?

— Ton bureau, c'est tout.

Nul ne paria un penny sur Scarface et sa réussite.

Mike fit entrer Baudouin. Il le prévint qu'il avait passé haut la main l'épreuve du détecteur, et qu'il s'agirait, cette fois, d'un interrogatoire de clôture. Il lui fit répéter son nom, sa date et son lieu de naissance. Il lut à haute voix un résumé détaillé de son histoire. « *Right ?* » ponctuait-il. « *Right* », confirmait l'interlocuteur.

Cela dura une demi-heure. À la suite de quoi, comme n'importe quel greffier, Mike lui fit parapher des pages de procès-verbal.

Enfin, il conclut l'entrevue :

— *Deine Probleme sind vorbei. Du bist frei*[*].

Soudain réjoui, Baudouin lui serra la main et au même moment il comprit son erreur : au contraire, par la négligence dont il venait de faire preuve à l'instant, ses problèmes commençaient, il ne serait pas libre avant longtemps. Il sauta pardessus le bureau. Scarface lui asséna un crochet du droit. Les gardes intervinrent peu après et descendirent le forcené à la cave. Baudouin, Dronkers et Mulder seraient du même convoi pour Latchmere House.

Le soir même, quelques gars en uniforme célébrèrent la victoire dans un club de Soho. D'autant que la période de formation de Mike prenait fin et que la date coïncidait avec le remplacement, à Patriotic School, d'Oreste Pinto. L'un serait regretté. L'autre n'était pas invité à cette sauterie de dernière minute. Mike promit au *staff* de leur expédier une surprise pour Thanksgiving. Il était au fait du surnom dont les Anglais l'affublaient. Scarface, donc, s'en amusait, tout en considérant qu'il n'y avait pas figure de *mobster* plus cinégénique, après James Cagney, que le râblé Churchill quand il porte un costume à pochette, un cigare aux lèvres, un chapeau melon et un nœud papillon, et qu'il tient une mitraillette Tommy Gun, l'arme du gang d'Al Capone. Cette photographie de presse avait frappé Scarface. Elle avait été prise lors d'une tournée d'inspection en juin 1940. Les nazis à la solde d'un sanguinaire s'étaient gaussés : Churchill était bel et bien un « gangster ».

Au cours de la tournée offerte par Scarface, Henry revint sur l'épisode du jour :

---

* Vos problèmes sont terminés. Vous êtes libre.

— Et si Baudouin était tombé, par le plus grand hasard, sur le valet de carreau ou le 8 de trèfle ? questionna-t-il.

Son enthousiasme ne s'était pas tari depuis la fin d'après-midi.

— Je t'ai dit : ce n'était qu'un accessoire.

— Tu avais tout prévu ?

— Pas du tout, rétorqua Mike. Mais après notre petite mise en scène, comme j'ai vu qu'il ne cillait pas d'un poil, j'ai réfléchi à un truc : une fausse fin avant le véritable dénouement. C'était le credo de mon *roommate* à Los Angeles.

Samuel, qui partageait son taudis, était un infortuné scénariste de westerns. Il eut beau se plier aux modes, copier les intrigues pauvrettes de Winnetou*, les studios ne le prenaient plus au téléphone. Près de lui, il gardait les fins de non-recevoir. En s'empilant, les formes variaient : scripts tamponnés du mot « refus » ; lettres-types avec des cases cochées : « trop de stock », « pas de fortes situations dramatiques », « faiblesse de l'intrigue », « déjà vu », « ne passerait pas la censure », « trop difficile à produire », « illisible », « improbable » Les écrivains de Hollywood punaisaient ces courriers aux chiottes avec des *marginalia* scatologiques. Samuel, lui, les avait dépliés et repliés. Chaque soir, sur sa table de chevet, proche de son oreiller, elles infusaient leur venin. Samuel ne dormit plus. Il trouva préférable d'abréger son calvaire et finit par se pendre.

Tandis qu'il trinquait à l'Indian Tonic et faisait ses adieux au MI5, Scarface se souvint des pudeurs imprimées noir sur blanc par une compagnie de cinéma : « Les scènes de vol, kidnapping, meurtre, suicide, déchirante agonie, et toutes les scènes de nature déplaisante doivent être éliminées. »

* Nom du héros de westerns littéraires de l'Allemand Karl May.

Patriotic School était un décor à proscrire. Certains témoignages étaient « déchirants » : oui, ils déchiraient le voile.

Peut-être que lui aussi, tôt ou tard, perdrait le sommeil, songea-t-il.

18 NOVEMBRE 1942

70

Parc de Patriotic School, 9 h

Un vrombissement en contrebas se fit entendre. À la fenêtre de sa chambrée, Victor sourit en pensant au train qui l'emmènerait ce soir. *Bye-bye*. Il disposait d'une pince pour les barbelés planquée derrière le poulailler. Il passa tout en revue une dernière fois. Il fallait espérer qu'il ne soit pas convoqué pour interrogatoire à l'heure où il devrait se tapir avec la volaille.

Dans le parc, quelques silhouettes se promenaient engoncées dans des pardessus, le col relevé. Trois pensionnaires se massaient devant un roncier tandis qu'un match de football s'ébauchait sans conviction. Un gardien de but ramassa un ballon mal centré et le relança d'un coup de pied.

— Maurice Sandre, tu sors ! gueula un soldat.

— Quand y a eu faute ? C'est de la triche ! Je n'ai commis aucune faute. Vous ne pouvez pas m'expulser.

— Nigaud, tu ne sors pas du terrain, tu sors d'ici, lui expliqua un coéquipier.

Le Mistigri resta incrédule jusqu'à ce qu'un sourire s'élargisse sur son visage et qu'il fût plaqué au sol par trois autres joueurs.

— Mais qu'est-ce…

— Mistigri, c'est le grand jour.

— Tu ne nous as pas dit de laquelle tu feras une femme honnête.

— Paule, Rachel, Mathilde, Daisy, se moqua quelqu'un.

— Arrêtez !

— Tu nous écriras des mots doux, dis ?

— Vous êtes cons !

Ils portèrent l'Oranais en triomphe. Maurice rejoindrait les forces navales. Le soldat qui avait braillé son nom au mégaphone lui fit signe de le suivre. Après une trentaine de pas, le Mistigri sentit que quelque chose clochait. Deux autres soldats surgirent de nulle part pour fermer la marche derrière lui. Peter l'attendait une vingtaine de mètres plus loin.

— Allons dans mon bureau, lui enjoignit-il.

— C'est bon, je connais le chemin, dit le Mistigri en se retournant vers les gardes.

— Avant que vous ne partiez, enchaîna Peter, j'aimerais que nous ayons une toute dernière discussion, dit-il. Trois fois rien, une formalité.

Maurice avança vers lui et les gardes lui emboîtèrent le pas.

Une fois dans son bureau, Peter lui désigna une chaise. Le Mistigri s'assit. Derrière lui se tenaient les deux soldats qui l'avaient escorté.

— Croyez-moi, je n'ai pris aucun plaisir pervers à plonger dans votre intimité.

— Je l'espère, répliqua Maurice avec une pointe d'arrogance. Je ne pensais pas que les Anglais fourreraient leur nez dans des affaires privées.

— Si vous aviez su… J'imagine. Alors, où est-elle, la vilaine. Ah la voilà !

Peter tenait à la main la lettre que venait de déchiffrer Samuelson et l'agitait nonchalamment.

— Ah ! Yvette. Je vais la lire à haute voix. Ou préférez-vous le faire ?

— Faites.

Bonjour chéri,

Ici le temps s'écoule sous la Botte. Ressens-tu comme moi la douleur de notre séparation ? Grand est le chagrin qui m'a envahie à l'annonce de ton départ. Et c'est toujours une émotion pénible de te savoir si loin. Remplie des souvenirs de nos dix-huit mois passés ensemble, je me languis de nos retrouvailles. J'envisage de demander le divorce. Amour, crois-tu qu'après la guerre je pourrais t'épouser ? Rarement un homme m'aura fait éprouver un tel bonheur. Le quotidien dans cette guerre civile. Sans toi, c'est une horreur. Gare au sentimentalisme, me dis-tu souvent. Aujourd'hui, je romps ma promesse de ne jamais t'ennuyer avec mes sentiments. Tata Paulette est décédée et je n'ai plus que toi au monde. Attire-moi contre toi. Notre lien ne se brisera jamais.

Peter reposa la feuille et planta ses coudes sur son bureau.

— Yvette vous aime beaucoup.

— À l'évidence.

— Vous l'épouserez ?

— Probablement pas.

— Une femme dans chaque port. Ou dans chaque comptoir de commerce.

— Jaloux ? questionna le Mistigri avec morgue.

Peter choisit d'ignorer la pique.

— Figurez-vous que je suis allé au cinéma hier.

— Grand bien vous fasse. Moi aussi, je suis allé au cinéma. Enfin, j'ai vu un film ici.

— Lequel ?

— Encore *Casablanca.*

— Mon film s'appelait *Are Husbands Necessary** ?

— J'ai une réponse toute prête.

— Je n'en doute pas. Vous connaissez Oslo ?

— Jamais mis les pieds.

— Vous y avez des relations, des amis, des connaissances ?

— Pas la moindre.

— Il y a pourtant là-bas une adresse de couverture que vous nous avez dissimulée.

Le Mistigri fit mine d'être interloqué.

— Je ne vous ai rien caché.

Peter montra une copie du courrier d'Yvette où des lettres étaient entourées.

— Le 18 Birger Jarlsgatan. Merci de nous l'avoir indiquée.

À ce moment de l'entretien, une secrétaire fit irruption.

— Kensington, votre père vous attend à l'entrée.

— Mon père ?!

Peter se leva d'un bond. Il contourna son bureau et jeta un dernier coup d'œil à l'espion affaissé sur sa chaise.

— Je vous le laisse, dit-il à l'intention des gardes. Il est tout à vous.

Peter aperçut son père sous l'imposte, se secouant d'un reste de pluie.

— Pourquoi êtes-vous…

En s'approchant, Peter vit qu'il pleurait.

---

* Sorti en France sous le titre *Madame exagère.*

— Qu'y a-t-il ?

— Mon fils…

Lord Kensington l'étreignit, lui communiquant des frissons qui l'atteignirent en plein cœur.

— Viens avec moi. Ma voiture est dehors, murmura-t-il, comme à bout de force.

— Dites-moi, je ne peux pas tout laisser en plan.

— Ta mère…

Il lui confia le reste dans un souffle, le visage plissé d'angoisse.

Peter le repoussa et plaqua ses mains sur ses épaules pour l'interroger du regard.

Son père hocha la tête, le menton baissé.

Il hoqueta :

— C'est de ma faute, tout cela est de ma faute.

— Je ne comprends pas. Je ne comprends rien. Votre faute ? *Dad*, parlez-moi.

Ses doigts se refermaient comme des serres sur les épaules de son père.

— J'ai laissé, j'ai laissé, j'ai laissé… sur mon bureau…

— Votre revolver ? Pourquoi, il n'était pas dans un tiroir ? Vous n'aviez pas retiré les balles pour éviter un accident ?

— Non, elle a pris… Non, ce n'est pas ça, ce n'est pas le Webley.

— Je ne comprends pas, je ne comprends rien, vous m'entendez ?

— J'ai laissé…

— Qu'avez-vous laissé à la fin ? Qu'est-ce que vous racontez ?

Peter s'était mis à le secouer et à crier sous l'effet de la colère.

— Le *Black Book,* lâcha son père.

— Vieux fou ! hurla Peter.

Lord Kensington avait découvert son épouse dans son lit. Sur la table de chevet, des flacons vides de médicaments.

71

Fumoir des officiers, 14 h

— En quel honneur cette bouteille ? demanda Miss Davies qui venait de faire irruption.

Elle cherchait Finley ou Eliot, quelqu'un de la section F. Un chef d'escadron s'était présenté à propos d'un Français échappé de Colditz.

— Ils l'ont arrêté, lui annonça Henry.

— Le Français de Colditz ?

— Non, l'Éventreur, s'enthousiasma Henry.

— Je sais, répliqua Miss Davies.

— Grâce au matricule de son masque à gaz, informa Henry.

— Amen. J'ai dû raccompagner une grosse cantinière. Elle a bousillé mes suspensions, accusa Barry.

Du haut de son mètre cinquante, Miss Davies le regarda de bas en haut et lui fit comprendre que, vu son gabarit, lui aussi y était peut-être pour quelque chose.

— C'est bien un type de la RAF ? s'enquit Charles Follett.

— Oui, beau gosse, paraît-il, intervint James Nesbitt.

— Vingt-huit ans, marié, sans antécédents, précisa Henry. Il s'est servi d'un rasoir et d'un ouvre-boîte pour…

Miss Davies esquissa une moue réprobatrice.

— Charmant, coupa-t-elle. Épargnez-nous les détails et donnez-moi cette bouteille. Les filles auront à cœur de fêter cette bonne nouvelle.

Miss Davies espérait, au contraire, que ce remontant aiderait à diluer la mauvaise nouvelle : Mary ne reviendrait pas. Elle ne reviendrait nulle part. Son décès avait été constaté la veille à 21 h 52.

— Henry, tu as encore raté une occasion de te taire, ricana Julian.

— Nous n'avons pas perdu grand-chose, répondit Henry dès que Miss Davies s'éclipsa, en compagnie de Finley.

Il souleva une couverture et dévoila une caisse à ses camarades.

— Cadeau de Mike. Où est Peter ?

19 NOVEMBRE 1942

72

Chambrée n° 9, 7 h

Le responsable d'étage réveilla Raymond qui dormait à poings fermés.

— Levez-vous, lui intima-t-il.

— Que se passe-t-il ? grogna Raymond, ensommeillé.

— Je n'en sais rien. Je dois vous conduire au capitaine Finley.

Raymond se frotta les yeux.

— Habillez-toi, dit le responsable d'étage dans un mauvais français.

Raymond se redressa et enfila son maillot de corps. Quand la lumière pâle du petit jour éclaira la chambrée, il était fin prêt. Il disparut avec son escorte.

— Cela devait arriver, entendit-on.

— C'était couru, enchérit-on.

— Pas sûr qu'on le revoie, conclut-on.

— Bon débarras ! se réjouit-on.

La veille, un agent britannique posté en Suisse avait informé son officier traitant qu'il venait d'emprunter un col du Tyrol réputé infranchissable. L'information fut télégraphiée à une standardiste du MI5 qui la répercuta à Patriotic School : une alerte avait été mise sur ce col de montagne. *Tout renseignement bienvenu*. C'était le col de montagne qu'avait emprunté Raymond. Son histoire était crédible, et son exploit réel. *Ah*... « Ce n'est pas vraiment une nouvelle pour moi », manqua-t-il de dire.

Raymond emporta dans une valisette les pantoufles offertes par Miss Davies.

73

Vestibule, 22 h

Victor revint des toilettes. Elles étaient couvertes de graffitis. Jamais il ne comprendrait cette tradition ailleurs qu'au pensionnat où les chiottes servent de défouloir. Même les latrines de Pompéi n'avaient pas été épargnées.

C'était ce soir qu'il avait prévu de partir, mais ses plans avaient changé. Il se demanda comment il occuperait ses dernières heures en ces lieux. Peut-être une ultime partie de poker. Il fit une halte dans le vestibule pour se rouler une cigarette. Des portraits de Churchill et de la famille royale y étaient accrochés. Un insolent avait fiché une fléchette sur le front du Premier ministre anglais.

— Puis-je vous tenir compagnie ? demanda le major, en jetant un coup d'œil au réfectoire transformé en salle de cinéma. Encore *Daffy le commando* ! Qu'est-ce qu'ils trouvent à ce *cartoon* ?

Daffy Duck, Daddy Fuck, pensa Victor.

— Le plaisir de ridiculiser la Gestapo, répondit-il avant d'humecter sa feuille de tabac. Les aventures sont amusantes. Plus que *Popeye*, si vous voulez mon avis.

Un hochement de tête trahit l'assentiment du major.

— Croyez-vous aux fantômes, monsieur Rousseau ?

— Dieu m'en préserve, répondit Victor en esquissant un pas de côté, comme s'il s'écartait d'un danger.

En réalité, il y croyait autrement. « Fantôme » était le qualificatif atrocement banal de ses chers disparus ; ceux qui avaient gravé leur nom dans des geôles ; ceux qui n'en avaient pas eu le temps. Pour Victor, les Anglais possédaient une conception étroitement surnaturelle des spectres. Des apparitions en lieu et place d'obsessions.

D'un pas chassé, Victor revint à sa position initiale.

Le commandant renoua le fil de la conversation.

— Connaissez-vous l'histoire de ce lieu ?

En réponse, Victor produisit un rond de fumée.

— Je sais démonter et remonter un fusil en moins de deux, mais je n'ai jamais su faire ce que vous faites, confessa le major avec envie.

Il ralluma sa pipe, tira quelques bouffées, puis, l'écartant de sa bouche, la tint entre le pouce et l'index.

Il ne fumait jamais de cigare en public. Seul Winston pouvait se le permettre sans passer pour une caricature d'aristocrate.

— Patriotic School est réputée hantée…

— Par quoi ? s'enquit Victor.

— Le spectre d'une fillette. Une orpheline. Triste histoire, amorça le commandant qui fit mouvement vers le portrait de Churchill pour en décrocher la fléchette.

— Auriez-vous préféré diriger un pensionnat pour jeunes filles ?

— Que ce camp mi-scout, mi-voyou ? questionna le major en fourrant la fléchette dans sa poche.

— Par exemple.

— Les demoiselles m'auraient donné beaucoup de fil à retordre, convint le maître de Patriotic School.

Chacun évalua le pour et le contre dans un clair-obscur aux ombres mouvantes. De la salle de projection leur parvenaient des éclats de rire. Quelques retardataires hâtaient le pas pour ne pas manquer le spectacle. Le dernier à fermer la marche était un unijambiste.

À son passage, Victor récita à voix basse :

— « Le major vous souhaite la bienvenue dans ce pays et vous félicite de votre arrivée ici sain et sauf. » Ou pas trop mal fichus, ajouta-t-il, un brin sarcastique.

— La notice d'accueil… Elle n'est pas si mal troussée, protesta le commandant dans un murmure.

Il marqua une pause.

— Colditz donc.

— Colditz, confirma Victor.

— Comment avez-vous pu… ?

— *Off the record?*

— Je ne suis plus en service quand il y a un saboteur dans le corps d'un canard sur grand écran.

Victor sourit.

— Il y a un mot en français – « canarder » – tirer sur tout ce qui bouge, faire s'abattre une pluie de balles.

— Colditz, insista le commandant.

Victor joua avec son briquet.

— Si je développais, vous seriez tenté de ne pas me croire.

— Laissez-moi en juger, intima le major avec sévérité.

Victor partageait son point de vue. Toutefois il le fit mijoter avant de résumer les faits :

— Il y avait un gars. On parlait de s'évader. On échafaudait des plans. Comment ? Il s'en fichait. Il disait : « Je penserai à ce petit détail demain. » Un jour, il fit part du « petit détail » auquel il avait pensé, et « demain » fut le lendemain.

— Aussi simple que ça ? fit le major.

Victor esquissa une moue tirant vers le rictus. Il estima avoir exprimé l'essentiel.

Le générique du dessin animé défila, la lumière revint dans la grande salle, le temps que le projectionniste place la première bobine du film.

— Tout vient à point à qui sait attendre, philosopha le commandant en guise de morale.

À ses côtés, Victor rectifia :

— Méditer. Tout vient à point à qui sait méditer. Parce que, après, l'attente peut être brève et le lendemain précisément demain.

Le commandant y réfléchit en se frottant l'arête du nez.

— Sur ce, bonsoir, salua-t-il.

Il s'éloigna. Après quelques mètres, il se ravisa et revint sur ses pas.

— Vous sortez.

— Je sais, répliqua Victor.

James, le chef d'escadron avec qui il s'était évadé, s'était présenté en qualité de témoin de moralité, « plutôt en qualité de témoin d'immoralité », avait-il précisé. Sans son témoignage, Victor se serait volatilisé à l'heure qu'il est et n'aurait pas eu cette conversation avec cet Anglais distingué dont les yeux s'enfonçaient sous des sourcils épais. Il ne le regretta pas.

Le commandant tapa sur l'épaule du Français puis lui tendit la main :

— Prenez soin de vous.

— Prenons soin de nous, enchérit Victor en serrant la paume du major.

20 NOVEMBRE 1942

74

Vestibule, 7h45

Le lendemain, James passa chercher Victor à la première heure. Il dut patienter un peu pendant que celui-ci contresignait son inventaire et récupérait le reste de ses affaires.

— Vous ne me fouillez pas ? demanda Victor.

Moue dubitative.

— Je devrais ? dit le préposé, en fronçant le nez.

L'homme goguenard en face de lui avait quelque chose d'inquiétant, du fait de l'accessoire qu'il portait. De son point de vue, celui-ci pouvait passer pour une arme contondante.

— Non, bien sûr que non, le rassura Victor. Avec mon meilleur souvenir, fit-il en esquissant une courbette.

Il se dirigea vers le hall d'entrée en réfléchissant. C'était le talon d'Achille du colosse invincible qu'ambitionnait d'être Patriotic School. N'importe qui pouvait sortir en emportant des messages de suspects potentiels, de reclus pas encore blanchis. Cela, en toute ingénuité. Il se souvint qu'il avait surpris le Mistigri confier une enveloppe à Valère juste avant son départ.

James discutait avec l'Irish Guard quand il vit le Français avec une sacoche en bandoulière et un club de golf sur l'épaule.

— À quoi cela va te servir ? dit-il en levant les yeux au ciel.

— Je l'ai gagné au jeu, répondit benoîtement Victor.

— Qu'as-tu misé ? demanda James.

Celui-ci arborait deux bâtonnets brodés sur ses épaulettes. Depuis qu'il avait quitté Victor sur une route de montagne, le chef d'escadron anglais était passé capitaine. Victor siffla d'admiration en y posant son regard.

— Tu as pris du galon et du gras !

— Tu plaisantes, se récria James en lissant son ventre d'une main. Qu'as-tu misé ? répéta-t-il, conscient de l'inspection à laquelle il était soumis.

— Une machine à écrire.

— Que tu n'avais pas, *I presume*.

— Que j'aurais pu avoir. Allons-y !

Victor s'arrêta face à George, l'Irish Guard. Bouche-à-incendie pour la tunique ou Plat-à-barbe pour le casque, il ne s'était toujours pas décidé. Il parapha le registre des départs.

— J'eusse préféré un livre d'or.

Il adressa un salut militaire à Bouche-à-incendie puis claqua des talons avant de pivoter d'un pas martial.

— Vive l'Irlande libre, dit-il en se dirigeant vers la sortie.

James courut pour le rattraper. Tandis qu'ils franchissaient le seuil de Patriotic School, il sermonna Victor à voix basse :

— Tu es fou. Il était temps que je te sorte de là.

James tira son camarade par le bras et s'éloigna à grandes enjambées. Dans la voiture qui les emmenait au club Interallié, il se demanda quel poste serait taillé pour ce *Frenchy*. L'insolent du « petit détail » qui les avait fait s'évader de Colditz.

75

Salle de réunion des officiers du renseignement, 8 h

Lors du *brief*, le commandant fit les présentations.

— Messieurs, voici Nol Wolters. Il remplace Oreste Pinto.

L'honneur était sauf. Officiellement, Pinto était parti à la demande expresse de la reine Wilhelmine, « le seul homme dans le gouvernement néerlandais » selon Churchill. Le genre de compliment à double tranchant. La Majesté batave cherchait comment adoucir le sort de ses concitoyens détenus par les Japonais dans les camps d'internement, tel Tjideng, dans les Indes néerlandaises. Ils y étaient affamés et terrorisés. Dans la requête de la reine Wilhelmine, Pinto ne vit aucun prétexte destiné à l'écarter, en tout cas il n'en fit rien paraître. Il présenterait sa mutation forcée différemment : il était l'homme de la situation, partout, tout le temps. *Fucking farewell*, pensèrent les officiers britanniques à l'unisson.

Le successeur de Pinto était un blond à la chevelure crantée et au regard hardi qui serrait des mains avec la poigne d'un jardinier.

Nol Wolters, c'est quoi ce nom ? se demandait Barry qui creusait dans le puits de son cervelet sans rien remonter. Ah si !

Wolters était une maison d'édition et *nol*, le mot hollandais pour brise-lames. Ainsi cardé, le nouveau venu lui inspirait de la sympathie. Il serait un homme de papier et de coupe-papier. Voilà qui promettait.

Le commandant énuméra les points du jour. Il essayait de faire bonne figure, malgré une nuit agitée. À peine avait-il cumulé trois heures de sommeil. Et ces additions de minutes étaient autant de fatigues mal réparées. Hier soir, Kate était restée près du poêle, lovée sur le tapis. Lorsqu'il avait voulu se coucher, il avait ouvert la porte et l'avait appelée. Elle s'était étirée en yogi, l'avait rejoint et elle était demeurée sur le seuil de la porte à lui lustrer les bottes. Il l'avait invitée à sortir en pointant du pied le noir de la nuit. La chatte avait fixé le jardin. Sa queue s'était enroulée à ses jambes, puis Kate était partie reprendre sa place près du feu. Le commandant s'était résigné et avait gagné son lit. À moitié ensommeillé, il avait eu la désagréable sensation qu'une masse chaude s'était collée contre sa nuque. Il n'avait pas osé se retourner. Il en gardait des douleurs aux cervicales.

Le commandant abrégea le *brief* en tapant dans ses mains.

— Bien, à midi, nous fêterons le départ de Henry pour Gibraltar. Je lui ai accordé sa demande de mutation dans le cadre des postes à mobilité, dont je vous avais parlé.

Ils se tournèrent vers l'intéressé. Henry fit une demi-volte pour croiser leur regard. Il était mi-embarrassé, mi-amusé.

Fielding s'était porté volontaire pour seconder Donald Darling à Gibraltar. Moins de sept kilomètres carrés et une densité à peine croyable d'embrouilles et de complots.

À l'issue de la réunion, une mise au point s'imposa. Elle eut lieu dans une cour réservée au staff de Patriotic School que jonchaient des mégots. Henry se justifia :

— Ce n'est pas que je m'embête avec vous…

— C'est juste que tu t'embêtes avec nous, remarqua Julian à moitié narquois.

— Je n'aurais pas mieux dit, reprit Henry d'un ton faussement désolé.

— Tu te sacrifies. Vivre sur un rocher, franchement ? Une fois le fauve lâché, tu vas te sentir en cage.

Henry lui montra les murs qui les entouraient.

— Comme ce huis clos… Là-bas, je verrai au moins la mer et le soleil.

— Jane !

L'archiviste doublée d'une cartographe venait de faire irruption. Ils se regardèrent l'un et l'autre en souriant. Henry lui adressa un clin d'œil, la prit par l'épaule et la tourna vers l'assistance.

— Vas-y, l'encouragea-t-il.

Jane montra l'annulaire de sa main gauche. Ils s'étaient fiancés. Encore un secret bien gardé, s'ébaubit Samuelson. Barry faillit ajouter quelque chose, avant de juger que ce n'était pas opportun. Cette fulgurante présence d'esprit chez lui tenait du miracle.

— Et que dit Mlle Bennett à propos de cette expatriation ? demanda Julian à brûle-pourpoint.

— Jane, ma chère Charlotte Jane, est une fille de militaire. Elle a grandi aux Antilles et dans les Caraïbes. Et elle pense que prendre l'air et servir…

— Mlle Bennett n'a pas dit ça ! s'écria Jane.

— Bien, mademoiselle Bennett, future madame Fielding, admit Henry dans un sourire.

Henry était déjà en poste quand Peter revint travailler trois jours plus tard.

Pour lui, Patriotic School ressemblait à une enclave où une poignée de transbordeurs restait à quai en pleurant leurs pertes.

Nota bene : l'année suivante, au printemps 1943, Kate réussit à capturer Jeanfoutre, en présence de deux témoins. La perruche trépassa. Nesbitt demanda son arme au sergent Dixon, lequel la lui refusa. Toutefois le verdict s'imposa : la mort ou l'expulsion de Patriotic School. Ses jours dans l'institution étant comptés, le commandant préféra le bannissement. Il décida d'adopter Kate et l'exfiltra. Kate survécut à la guerre et à l'attaque d'un aigle. Elle mit au pas la meute de chiens de son maître, ce qui ne fut pas pour déplaire à celui-ci.

Épilogue

> *« All wars begin long before the first shot is fired and continue long after the last bullet has done its job. »*
>
> (« Toute guerre commence bien avant que le premier coup de feu soit tiré et s'achève longtemps après le dernier. »)
>
> *Au prix du sang*, film de Roland Joffé

Patriotic School joua un rôle essentiel dans les préparatifs de l'opération Overlord. Les mois précédant le D-Day, l'institution continua à recevoir des résistants et des évadés et distribua des notes de renseignement à une quarantaine de services, parmi lesquels le MI4 chargé de la reconnaissance aérienne.

L'affluence d'espions en provenance de ou en partance pour l'Amérique du Sud s'amplifia pour diverses raisons. Un exemple parmi d'autres : Ernesto Hoppe, parti de Bilbao en vue de travailler dans une entreprise de Buenos Aires, et arrêté lors de son transit à Gibraltar. Sa mission consistait à convoyer des fonds et des objets de valeur en Amérique pour de hauts dignitaires nazis qui envisageaient d'émigrer au cas où le régime nazi s'effondrerait. Il était censé réceptionner, d'un U-Boat, quarante caisses remplies d'or, de devises et de documents lors du carnaval de février 1944.

Le FBI s'opposa à ce que le MI5 dispose de la primeur des interrogatoires en Normandie et en Allemagne. Le Bureau fédéral d'investigation estimait que ce privilège devait revenir au G-2 et au X-2, respectivement le service du contre-espionnage de l'US Army et celui de l'OSS. Le FBI n'obtint pas gain de cause auprès de l'état-major général des forces expéditionnaires alliées (SHAEF). Des agents du MI5 partiraient sur le Vieux Continent et sélectionneraient les individus à expédier en Angleterre, Patriotic School et le camp 020 s'étant engagés à fournir dans un délai d'une semaine un premier rapport Intérim sur chacun d'eux. Consigne était donnée de rafler tous les manuels d'inscription et de cryptographie, les combinaisons de serrures. Sur la base d'une liste compilée par le MI5 avec des contributions du G-2, de l'OSS, du FBI, les unités de l'armée américaine, britannique, canadienne filtreraient les prisonniers de guerre et les civils suspects et les orienteraient vers des centres régionaux.

Tous les documents confisqués par les troupes au fur et à mesure de leur avancée vers Berlin furent décrétés propriété commune de la Grande-Bretagne et des États-Unis. Ils furent d'abord examinés à Londres par la Section du renseignement militaire (MIRS), puis envoyés aux États-Unis.

À Patriotic School, la vague ne déferla pas tout de suite. Le premier expédié par les troupes alliées arriva le 10 juin. C'était un Français de vingt-huit ans, soldat de métier, séduit par la Légion des volontaires français, la LVF, et arrêté par les FFI à Bayeux. Des travailleurs du mur de l'Atlantique suivirent. De Turquie, du Portugal, Patriotic School reçut des dirigeants de l'Abwehr. Tels Erich Pfeiffer qui forma et dirigea des espions vers la France et l'Amérique, Hermann Giskes qui causa la chute de nombreux agents du SOE. Les chefs des stations de Hambourg, Bruxelles, Brême, Paris, Oslo et d'ailleurs passèrent en fin d'année par le camp 020. Quelques Juifs libérés d'Auschwitz transitèrent également par Patriotic School. Ils évoquèrent les horreurs qu'ils avaient subies et le traitement que les Russes leur avaient réservé. L'un des derniers pensionnaires fut Chaim Wasserman, un jeune Juif polonais de vingt-quatre ans, passé par le ghetto à Varsovie, Auschwitz, et enfin Buchenwald, d'où il s'était évadé en avril 1945. Il a été évacué vers l'Angleterre avec des prisonniers de guerre britanniques récemment libérés.

La Royal Victoria Patriotic School ferma ses portes fin mai 1945 après avoir accueilli environ 33000 hommes et femmes, ces dernières dans son annexe à Nightingale Lane. Au total, 44 pays envoyèrent 500 espions pour le compte de l'Allemagne nazie.

Les entretiens donnèrent lieu à 100000 fiches dans l'index du centre et à 3768 rapports. Par exemple, celui du 23 août 1943 sur les conditions de vie et de mort dans le ghetto de Riga, ou celui du 5 août 1944 sur le massacre de Katyn.

Durant la guerre, 440 agents potentiels de l'Axe furent transférés de Patriotic School au camp 020. Celui-ci détint 480 personnes appartenant à 34 nationalités : 77 Allemands, 68 Belges, 64 Français, 35 Norvégiens, 21 Hollandais, 29 Britanniques, 25 Espagnols, 16 Islandais, 12 Italiens, 9 Portugais, 9 Polonais, 8 Danois, 16 individus originaires d'Amérique du Sud ou d'Amérique centrale, 5 Suisses, 5 Suédois…

Après jugement, 16 furent exécutés en vertu du Treachery Act, la loi sur la haute trahison.

En 1952, le Conseil du comté de Londres racheta les lieux pour en faire une école. Celle-ci ferma en 1974, et l'édifice tomba à l'abandon. Vandalisé, il fut promis à la démolition. Deux associations de défense du patrimoine s'y opposèrent et obtinrent que le bâtiment fût classé aux monuments historiques.

En 1980, la municipalité le céda pour une livre symbolique à un promoteur immobilier, à condition qu'il entreprenne une rénovation totale à ses frais. Juste avant le transfert officiel, le réfectoire avec ses poutres en forme de blochets brûla dans un incendie. Il fut restauré à partir d'un relevé photographique.

Aujourd'hui, vingt-neuf appartements de luxe, vingt-cinq studios, des ateliers ainsi qu'une école d'art dramatique et un restaurant français, Le Gothique, occupent l'ancien orphelinat.

NOTE DE L'AUTRICE

Plusieurs épisodes survenus au cours de l'année 1942 et au premier trimestre 1943 ont été concentrés dans le temps par souci de densité. Le récit marie personnages fictifs et personnes réelles. Pour celles-là, voici ce qu'elles sont devenues.

Han Peteri s'enrôla dans les forces navales et combattit en Méditerranée et dans le Pacifique. Son frère aîné Willem fut moins chanceux. Le canonnier sur lequel il avait embarqué fut torpillé près des côtes françaises. Il nagea jusqu'au rivage. Parce qu'il ne portait pas d'uniforme, les Allemands le déportèrent comme espion à Berlin. Après avoir été torturé pendant trois semaines, Willem Peteri fut transféré dans un camp de prisonniers, où il passa le reste de la guerre.

Environ mille sept cents Néerlandais ont tenté de rejoindre la Grande-Bretagne par divers itinéraires. Parmi eux, trente-deux choisirent de traverser la mer du Nord en kayak ; huit réussirent et seuls trois d'entre eux survécurent à la guerre, dont les frères Peteri.

Un monument en l'honneur de ces rameurs courageux a été érigé sur la plage de Sizewell, dans le Suffolk.

À l'issue d'un procès, reconnu coupable de trahison, Johannes Marinus Dronkers fut pendu à la prison de Wandsworth, en face de Patriotic School, en décembre 1942.

Un ouvrage consacré à son affaire d'espionnage, *Rough Justice* (voire « Sources »), apprend qu'« après sa libération, de Langen a rejoint la brigade de Prinses Irene, qui débarquera plus tard à Graye-sur-Mer, en Normandie, le 6 août 1944, dans le cadre de la 1re Armée canadienne. Il est probable qu'il ait pris part à la libération de Pont-Audemer le 26 août, à laquelle l'unité a participé, et qu'il ait ensuite traversé les Pays-Bas le 20 septembre à Borkel en Schaft, où l'unité a été accueillie par la Waffen-SS néerlandaise Landstorm Nederland ». Après-guerre, il a fait partie d'une association d'anciens *Engelandvaarders*. « Il est devenu un reclus qui collectionnait les vieux journaux et les chiffons et était entouré de centaines de souris. Il est mort des suites des blessures subies dans l'incendie de sa maison », ajoutent les coauteurs David Tremain et Nigel West.

Quant à Mulder, il est également retourné vivre en 1946 à La Haye. En 1964, son épouse enceinte le quitta et trouva refuge dans un foyer pour mères isolées. Elle accoucha et entreprit une procédure de divorce. Lors d'une visite au foyer, Mulder la tua à la hache, ainsi que leurs deux filles. À l'arrivée de la police, il se défenestra du huitième étage.

Claude Robinet, *alias* Claude Rivière, est en réalité arrivé à Londres le 15 janvier 1942. Il a fallu près d'un demi-siècle pour que ce résistant, natif de Paimpol, découvre qu'il avait été à l'origine de l'opération « Fahrenheit » que rappelle une stèle à la pointe de Plouézec. Par la suite, Claude Robinet, dont l'exploit fut révélé par l'historien et ingénieur Michel Guillou, acquit l'ancien sémaphore du Pouldu, à l'entrée de l'estuaire de la Laïta.

On estime qu'un périple sur dix vers l'Angleterre a été couronné de succès.

Après-guerre, Tin-Eye, le lieutenant-colonel Robin Stephens, fut nommé commandant du camp d'interrogatoire n° 74 de Bad Nenndorf destiné à « dénazifier » l'Allemagne. En 1948, avec trois autres officiers du camp, dont le médecin militaire, il fut traduit en cour martiale pour mauvais traitements envers les prisonniers. En fin de compte, seul le médecin du camp, le capitaine John Stuart Smith, fut reconnu coupable et renvoyé de l'armée. Stephens fut acquitté des quatre chefs d'accusation qui pesaient sur lui.

De décembre 1944 à mars 1945, Pinto resta en Grande-Bretagne pour se remettre d'une bronchite. À la libération des Pays-Bas, il rejoignit le Bureau de la sécurité nationale (BNV), dont il forma le personnel. Cependant, il commit deux « faux pas » – difficile d'en savoir plus – envers des suspects de sexe féminin et dut quitter le service le 15 octobre 1945. Rangé du renseignement et sachant que les hommes du MI5 amoureux de l'ombre ne pourraient en sortir pour le démentir, Pinto romança les faits et s'attribua le titre d'interrogateur en chef de Patriotic School ainsi que les exploits d'autres officiers. Il en fit un livre, *Chasseur d'espions,* adapté en série télévisée.

L'espion allemand Hermann Goertz (1890-1947) se suicida après-guerre, à la veille de son expulsion d'Irlande pour l'Allemagne. En 1983, la chaîne de service public irlandaise RTÉ One consacra une série télévisée aux espions allemands dans le pays durant la Seconde Guerre mondiale, *Caught in a Free State*.

Guy Liddell tint un journal de guerre rendu public en 2005.

William Hinchley-Cooke (1894-1955), retraité du MI5 avec

le grade de général de brigade, finit sa vie dans le Kent. Il n'est l'auteur d'aucun livre, et sa personnalité reste insaisissable.

Durant la guerre et ses activités au sein des services secrets irlandais, le casseur de codes Richard Hayes (1902-1976) continua de se rendre tous les jours à la Bibliothèque nationale qu'il dirigea jusqu'en 1967. Il fit l'objet d'une biographie : *Code Breaker : The Untold Story of Richard Hayes, the Dublin Librarian who Helped Turn the Tide of WWII*, de Marc McMenamin, Gills Books, 2018.

Dudley Newitt (1894-1980) était le directeur de la recherche scientifique à la Station IX, chargée de concevoir des gadgets pour les agents du SOE et leurs missions de sabotage. La Station occupait un manoir appelé « The Frythe » près de la ville de Welwyn, au nord de Londres. Des bâtons de dynamite furent glissés dans des cadavres de rat. Responsable des gadgets du MI5, le professeur Newitt enseigna, à partir de 1945, le génie chimique à l'Imperial College de Londres. Il fut le modèle du personnage de « Q » dans la saga « James Bond » écrite par Ian Fleming.

Le vrai responsable de Patriotic School s'appelait Ronnie Haylor.

SOURCES

Bien que le séjour en ses murs constituât un moment charnière dans l'expérience des réfugiés, le rôle de Patriotic School a sombré dans l'oubli. « On sait peu de chose sur l'objectif et les conditions de vie du camp. Cela est dû en grande partie aux autorités britanniques et à l'ambiguïté délibérée qui a entouré ce lieu, et qui en a fait un point aveugle pour les recherches historiques. Plus précisément, le statut de camp de détention de la Royal (Victoria) Patriotic School (RPS) a été dissimulé pendant la guerre, puisqu'il a été présenté comme un camp d'accueil pour les réfugiés et les volontaires des forces alliées », confirme l'historienne Artemis J. Photiadou dans l'article « The Detention of Non-Enemy Civilians Escaping to Britain during the Second World War », paru, en 2022, dans la revue *Historical Journal* des Presses universitaires de Cambridge.

De surcroît, les archives nationales britanniques déclassifient au compte-gouttes les documents relatifs à Patriotic School : dossiers individuels, rapports, mémorandums sur l'organisation interne de ce camp de filtration et d'asile temporaire.

Cotes principalement consultées : KV 4/7, KV1/53 ; KV4/1-3 ; KV4/2 ; KV 2/2636 ; KV 2/1142 ; KV 2/43 et KV 2/44 ; KV 2/1148 ; KV 4/447 ; KV 4/448 ; KV 2/3390 ; KV 4/185-187

(Liddell) ; KV 2/2736 ; KV 4/170 ; KV 4/339 ; KV 4/340 ; WO 215/505 ; HO 215/488 ; KV 4/342.

La diatribe de l'Écossais bigleux à Gibraltar contre les Anglais est tirée d'un paragraphe de « Radio libre. 1940-1945 » de Maurice de Cheveigné. Témoignage mis en ligne par son fils et à retrouver sur audition.ens.fr ou sur recherche.ircam.fr. Il a été traduit en français par l'autrice.

Tous les livres de Nigel West, nom de plume de l'historien militaire Rupert Allasson, spécialiste des services secrets britanniques, également éditeur de la *World Intelligence Review*, ont été très utiles, dont *MI5 : British Security Service Operations, 1909-1945. The True Story of the Most Secret Counter-Espionage Organisation in the World* (Frontline Books, 2019). West a aussi édité le journal de guerre de Guy Liddell, *The Guy Liddell Diaries*, en deux volumes : 1939-1942 et 1942-1945, chez Routledge, en 2005.

D'autres livres consultés :

The Official History of the Joint Intelligence Committee. Volume I : *From the Approach of the Second World War to the Suez Crisis*, de Michael S. Goodman, Routledge, 2014.

Rough Justice. The True Story of Agent Dronkers, the Enemy Spy Captured by the British, de David Tremain, Amberley Publishing, 2016.

The Defence of the Realm : The Authorized History of MI5, de Christopher Andrew, Allen Lane, 2009.

Carnets des jours d'attente, de Pierre Bourdan, Pierre Trémois, 1945.

The Forgotten French : Exiles in the British Isles, 1940-1944, de Nicolas Atkin, Manchester University Press, 2003.

2e Bureau à Londres, du colonel Passy, Raoul Solar, 1947.

Souvenirs d'un marin de la France Libre, de Louis Héron de Villefosse, Éditeurs français réunis, 1951.

Europe in exil. European Exile Communities in Britain 1940-1945, édité par Martin Conway et José Gotovitch, Berghahn Books, 2001.

Les Français à Londres. 1940-1941, de Pierre Accoce, Balland, 1989.

Les Services secrets du général de Gaulle. Le BCRA 1940-1941, de Sébastien Albertelli, Perrin, 2009.

Ami, entends-tu…, de Joseph Kessel. Propos recueillis par Jean-Marie Baron. La Table ronde, 2006. En poche, Gallimard, « Folio » n° 4822.

Prisonniers de la liberté. L'Odyssée de 218 évadés par l'URSS. 1940-1941, de Jean-Louis Crémieux-Brilhac, Gallimard, 2004.

Un fou s'évade. Souvenirs de 1941-1942, d'André Postel-Vinay, Le Félin, 1997. J'ai emprunté au récit une phrase mise dans la bouche du Mistigri.

Chasseurs d'espions, du colonel Oreste Pinto, Corréa, 1952.

Espions ou amis ?, du même Oreste Pinto, Corréa, 1954.

Camp 020: MI5 and the Nazi Spies, introduced and edited by Oliver Hoare, Public Record Office, 2000.

J'ai également parcouru des témoignages parus dans *La Revue de la France Libre* et ailleurs.

REMERCIEMENTS

Merci à feu Joseph Kessel, que j'aime tant et tant, pour m'avoir fait découvrir ce lieu dans quelques pages de son livre de souvenirs de guerre : *Ami, entends-tu…*, titre tiré du *Chant des partisans* dont il a écrit les paroles et que chanta Germaine Sablon, notamment à Patriotic School.

Merci à Olivier Dumons pour m'avoir soutenue tout du long de cette aventure.

Merci à Marie-Caroline Aubert, ma flamboyante éditrice, pour ses précieuses relectures. *You rock!*

DE LA MÊME AUTRICE

Chez d'autres éditeurs

CORPS, CORPS, CORPS : CARNET D'UNE MÉDECIN LÉGISTE, avec Karine Dabadie, Globe, 2025.

SUR LE MUR D'HADRIEN : VOYAGES AUX CONFINS DE L'EMPIRE ROMAIN, Stock, 2024

CECI EST POUR VOUS, Philippe Rey, 2012

ALBERT CAMUS À 20 ANS : PREMIERS COMBATS, Au Diable Vauvert, 2011

BLANCHE MAUPAS : LA VEUVE DE TOUS LES FUSILLÉS, avec Alain Moreau, L'Archipel, 2009

LES CENDRES DU SOUPÇON… ET AUTRES NAUFRAGES, Philippe Rey, 2007

Composition : APS-ie.
Achevé d'imprimer
sur Roto-Page
par l'Imprimerie Floch
à Mayenne, le 20 août 2025.
Dépôt légal : septembre 2025.
Numéro d'imprimeur : 107398.
magasin@gallimard.fr

ISBN 978-2-07-303515-8 / Imprimé en France.

612782